若きヘミングウェイ

生と性の模索

前田一平
Kazuhira Maeda

Hemingway in His Youth : The Making of a Writer

南雲堂

若きヘミングウェイ

生と性の模索

目次

若きヘミングウェイ

生と性の模索

序論　変容するヘミングウェイ批評

1　マッチョと女たちの肖像

第一次世界大戦後の一九二二年、パリで若い芸術家たちのパトロン的存在であったガートルード・スタインは、アーネスト・ヘミングウェイ（Ernest Hemingway, 1899–1961）の習作「北ミシガンにて」の原稿を読んで、こう言った。「これはイナクロシャブル《掛けられない》（*inaccrochable*）ね。つまり、画家が絵を描いても、展覧会で壁に掛けることはできないし、掛けられないから誰も買わない、そんな絵みたいなものよ」（Hemingway, *Moveable* 15）。「北ミシガンにて」は修業時代のヘミングウェイが最初期に書いた短編小説のひとつで、そこには強姦めいた暴力的な性描写が含まれている。その露骨な性描写をスタインは暗に批判したのである。

それから半世紀以上を経た一九八九年、スーザン・F・ビーゲルはヘミングウェイ研究の新時代を宣言して「イナクロシャブルとされたものは、もはやイナクロシャブルではない。むしろ、時代の流行なのである」（12）と断言した。つまり、今や性の問題は公然と表現し議論する時代だということである。その背景には、性に対する時代の意識変化もさることながら、ヘミングウェイの遺作『エデンの園』（1986）出版が与えた衝撃がある。出版された『エデンの園』は、原稿に著しい編集が加えられているという条件つきながら、それまでのヘミングウェイ観を一変させた。この遺稿小説には若い夫婦ともう一人の女の三角関係の中で繰り広げられる性の試み、即ち、セックスにおける男女の役割交換や異性愛と同性愛と両性愛の混交が全編にわたって描かれているからである。長年、男性中心的でヘテロセクシュアルなヘミングウェイ像を構築してきたヘミングウェイ批評は、『エデンの園』出版によって多様な性の問題に対峙せざるを得なくなったのである。今日、ジェンダーおよびセクシュアリティ批評は時代の趨勢であり、ヘミングウェイ批評の方向転換はビーゲルの認識どおり加速度的に進んでいったのである。

そもそもヘミングウェイの「マッチョ（男らしさを誇示する男）」像は、二十年代後半にはすでに形成されていた。『日はまた昇る』（1926）の成功によって「失われた世代」のスポークスマンと目されたヘミングウェイは、学生フットボールの花形選手、アマチュアのボクサー、イタリアの突撃部隊に入隊して三度の負傷、スペインのパンプローナでは闘牛場に入って牛に突かれてあばら骨を骨折、と新聞や雑誌で紹介された（Raeburn 22–25）。このような報道はまったくの虚偽とはいえないまでも、事実の誇張や誤認がはなはだしい。ヘミングウェイは既にみずからの経歴をヒロイックに粉飾し、「男らしい」自己イメージを構築するためにマス・メディアを共謀関係に巻き込んでいたと考えられている。また、『武器よさらば』（1929）が商業的ばかりか批評上も成功を収めると、ヘミングウェイ自身と主人公の経験が類似していることから、主人公に作者へミングウェイが重ねあわせられ、作品と伝記、いや、作品と伝説は切り離すことができなくなるのである。三十年代以降のヘミングウェイはスペインの闘牛、アフリカのサファリ、メキシコ湾流での大物釣りに興じ、スペイン内乱に参加し、それをマス・メディアが報道することによって、有名人ヘミングウェイの「男らしい」イメージは増幅するばかりであった。さらに、それぞれの体験をもとに作品が出版されると、「英雄的なヘミングウェイ伝説が彼の作品に侵入し」(Wilson, "Gauge of Morale" 248)、「主人公はヘミングウェイ自身」という先入観は一般読者のみならず批評家や研究者の間でも拭いきれなくなるのである。

このようなヘミングウェイ観は、当然のことながらヘミングウェイが描く女性像の解釈と不可分の関係にある。ヘミングウェイが描く女性は一般的にふたつのカテゴリーに分類されてきた。男を骨抜きにして破滅に導く「悪女(ビッチ)」タイプと、男を満足させるためにのみ存在するような「夢の女(ドリーム・ガール)」タイプである(Holder 103)。このようなヘミングウェイの女性像を早くに読み取ったのはエドマンド・ウィルソンであった。「キリマンジャロの雪」と「フランシス・マカンバーの短い幸福な生涯」で描かれる主人公の妻たちを「最も魂を破壊するタイプのアメリカ悪女」とみなし、ヘミングウェイの作品にはひとつの傾向として「増大する女性への敵意」がみられる、とウィルソンは指摘した("Gauge of Morale" 253–55)。そして、ヘミングウェイの女性観に人種意識を読み取り「ニック・アダムズが完全に満足できる関係をもてる女性は、少年時代のインディアン少女たちだけである。彼女たちは絶望的に不利な社会的立場にあり、白人男性の行為に対して無力である。それゆえ、彼は用が済んだとたんに彼女たちを排除できるのである」（"Gauge of Morale" 254）と言う。このようなヘミングウェイの女性観を明確な二項対立に描き分けて定着させたのはレスリー・A・フィードラーである。フィードラーはヘミングウェイが描く女性を「妊娠して結婚をせまり、あるいは性的魅力を使ってみずからの権利を主張し…男の脅威および破壊者とみなされる」アングロ・サクソン系の女性（「フェア・レイディ」）と、「愚鈍で、やさしく、服従的であり、面倒な関係をもたずに射精させてくれる」先住民少女のような女性（「ダーク・レイディ」）に分類した（*Love and Death* 318）。かくして、物語の主人公を作者ヘミングウェイと同一視し、そこに男性主人公の成長物語を構築し、女性人物はその男性主人公にとって破壊的な悪女か従順な女として規定するヘミングウェイ批評が展開されるのである。

2　フィリップ・ヤングの影響　ヘミングウェイ研究の形成

ヘミングウェイ研究の基礎は一九五二年に出版されたふたつの研究書によって築かれた。カーロス・ベイカー著『ヘミングウェイ』およびフィリップ・ヤング著『アーネスト・ヘミングウェイ』である。ベイカーは作家ヘミングウェイの経歴をたどりながらも、ニュー・クリティシズムの立場から精緻な解釈を提示した。たとえば『武器よさらば』には雨が災厄のシンボルとして機能していると指摘し、『日はまた昇る』の登場人物を健康で堅実なグループ（ジェイク、ビル、ロメロ）と堕落した神経症患者のグループ（ブレット、マイク、コーン）に分類して対比する。このような批評は基本的な読解のためには現在も有効ながら、作品の構造に縛られた閉塞感があることは否めない。

一方、ヤングはヘミングウェイの作品と伝記に心理分析を試みた。ニック・アダムズを作者のペルソナ的人物「ヘミングウェイ・ヒーロー」と呼んだのである。ニックはヘミングウェイと「多くのことを共有している。…実際、ニックに関する多くのストーリーがまさにヘミングウェイの実人生の最も重要な出来事の書き換えである」（*Reconsideration* 62-63）とヤングは断言した。このような理論から生まれた解釈の圧巻は、統一性が見えにくい『われらの時代に』（1925）の短編小説とスケッチ群にニック・アダムズの成長物語を跡づけたことである。そればかりではない。ヤングは「ヘミングウェイ・ヒーロー」という概念を他の短編や長編小説の主人公にまで敷衍する。彼らが共有するのは作者の実人生である。その点ではウィルソンが指摘した作者と主人公の混同に類似するが、ヤングの心理分析は「傷」の共有に焦点を絞る。とりわけ、ヘミングウェイが第一次世界大戦中に前線で受けた戦傷は、『われらの時代に』のスケッチ「第六章」でニックが背骨に受ける戦傷として描かれ、後のヘミングウェイ・ヒーローの多くが共有する傷になる、という理論が展開されるのである。

ヘミングウェイ・ヒーローは単に肉体的な負傷者であるばかりではなく、不眠症などの症状をきたすトラウマに苦しむ人物でもある。ヤングのヘミングウェイ論が卓越しているもうひとつの点は、ヘミングウェイ・ヒーローを繊細で傷つきやすく、精神に傷をもつ複雑な人間であると論証したところである。それによって、単純で行動的な強者マッチョ・ヘミングウェイという大衆的イメージは、少なくともアカデミックな世界では修正されたのである。同書は一九六六年に改訂版が出版され、わが国でも一九六七年に翻訳出版されて広く研究者のよりどころとなり、六十年代以降のヘミングウェイ研究に支配的な影響力をもつことになるのである。

しかし、今にして思えば、ヤングによる画期的な研究も男性主人公の成長過程を追ったものであり、その範疇に入らないと思われる作品はほとんど除外されている。「『季節はずれ』のほかに『雨の中の猫』、『白い象のような山並』、『贈り物のカナリヤ』、『海の変容』のようなマイナーなストーリーもある」(*Reconsideration* 178)というヤングの一文は無視できない。なぜなら、これら「マイナー」な作品は今日、「メジャー」な作品だからである。つまり、いずれもジェンダーとセクシュアリティの問題が顕著に描かれており、研究対象として頻繁に議論される作品なのである。(ただ、一九六六年の改訂版の注で、ヤングはこれらの短編がひどく無視されていることを指摘し、その理由として、当時はまだこれらの物語が理解されなかったことをあげている。男性中心でヘテロセクシュアルなヘミングウェイ観が支配的であった時代に、これらのストーリーはヘミングウェイらしからぬ作品として無視ないし理解困難とされたのであろう。）

ヤングが「マイナー」とみなした作品およびそのカテゴリーに入る作品は、徐々にではあるが、女性人物に焦点をおく批評家によって評価されるようになる。しかし、それが結実するのは八十年代になってからである。リンダ・W・ワグナーが、ヘミングウェイの描く女性に「強さ」を認める論文を発表したのは一九八一年であった。「あることの終わり」や「白い象のような山並」などの初期短編では、男性人物に期待される「ストイックな自己認識」（Wagner 63）がすでに女性人物によって達成されていて、たとえば「あることの終わり」のマージョリーには自尊心と品格がある、とワグナーは主張した。同様にロジャー・ウィットローは *Cassandra's Daughters* (1984) においてウィルソンやフィードラーによる旧弊な女性観を否定し、ヘミングウェイが描くほとんどすべての主要な女性を「強さ」の持ち主として再評価した。

一方、七十年代のフェミニズムを代表し、明確なイデオロギーを前面に押し出してヘミングウェイの女性描写を徹底的に批判する評者が現れた。ジュディス・フェッタリーである。フェッタリーが解釈するのはヘミングウェイが描く女性の強さでもなければ、女性に対するヘミングウェイの共感でもない。フェッタリーによると、『武器よさらば』の女性描写は「表面的には理想化されているが、その背後には敵意があることがわかるであろう。その敵意の度合いはキャサリンが死ぬという事実、しかも女であるがゆえに死ぬという事実から十分に推し量ることができる」(*Resisting Reader* 49)。よって、ヘミングウェイにとって「唯一のいい女とは死んだ女である」

(*Resisting Reader* 71) と結論することによって、「死んだ女だけが退屈な女にも母親にもならなくてすむ。だから、キャサリンはどちらかになる前に死なねばならない」(*Death and Love* 318) というフィードラーを反復する。

フェッタリーは『武器よさらば』の背後に隠された作者へミングウェイのミソジニー(女嫌い)を暴くことによって、フェミニスト批評の成果を示しているようにみえる。しかし、フェッタリーの解釈はフィードラーが提示した二項対立的女性観の女性版といってもよい。つまり、フェッタリーは男性中心の物語構造を『武器よさらば』の所与の条件として疑わず、フィードラーと同様にそこに見える女性嫌悪や女性差別を解明するが、それにとどまらず、支配者たる男性主人公と男性作者を糾弾するに及ぶのである。このようにフェミニズム批評を試みながら、男性中心の物語解釈を男性批評家と共有するフェッタリーの限界は、女性人物を積極的に評価する八十年代の評者によって批判されることになる。ジョイス・ウェックスラーは「男と女を対立者と見るわれわれの文化の習慣的傾向」に疑問を投げかけ、へミングウェイの伝説的ともいえるマチズモが不用意に作品解釈にもち込まれ、それが特に『武器よさらば』の解釈を歪めていると主張した(122)。また、サンドラ・ウィップル・スパニアーは、みずからの女性観によって曇った目でキャサリン・バークレーを「誤読」するフレデリック・ヘンリーと同様に、批評家たちも、みずからの女性観によってではないにしても、へミングウェイが描く女性に関する思い込みによって目が曇り、キャサリンを「誤読」してきた、と批判した("Catherine" 147)。ウェックスラーもスパニアーもキャサリンをある種の「ヒーロー」とする視点から『武器よさらば』を再構築している。

3 「ケネディ図書館」発　**豊かな性をさぐる**

スーザン・ビーゲルがヘミングウェイ研究の新時代を宣言して、無視されていた短編小説の再評価を試みたのは八十年代の終わりであった。その姿勢は無視されていた女性人物の研究と軌を一にしていたのである。八十年代にヘミングウェイの再評価が顕著になった背景には、ヘミングウェイが残した膨大な資料の公開がある。

一九六一年にヘミングウェイが亡くなると、大量の原稿、書簡、メモ類が回収され、最終的にボストン郊外にあるジョン・F・ケネディ図書館に「ヘミングウェイ・コレクション」として収蔵された。そして一九八〇年、同図書館の一隅に「ヘミングウェイ・ルーム」が正式にオープンし、遺稿や書簡など貴重な資料が公開された。これを記念して同年、米国ヘミングウェイ学会が設立された。新資料をもとに書誌の作成や伝記と批評の見直しなどに研究者が協力して取り組む必要があったのである。実際、この学会で確認されたことは「これまでのヘミングウェイ批評はこれらの資料から得られる新しい証拠に照らして再考されなければならない。…新たな批評はすべてこれらの証拠によって導かれなければならない」(Oldsey xiii–xiv) というものであった。

その取組は資料の利用を許可されていた研究者によってすでに着手されていた。『エデンの園』の他に特筆すべき遺稿出版として、フィリップ・ヤングが編纂した『ニック・アダムズ物語』(1972) がある。これはニック・アダムズが登場するストーリーを既出版作品に未出版原稿を加えて年代順に編集したもので、ヤングの持論であるニックの成長物語を跡づけている。「インディアン・キャンプ」の削除された前半部 (「三発の銃声」として出版) が収録されているなど、資料としての価値も高い。また出版された作品と草稿を照合するテキスト研究も進められ、マイケル・レノルズは *Hemingway's First War* (1976) で『武器よさらば』の原稿を仔細に調査し、ヘミングウェイは執筆時には明確な物語の構想をもっていなかったこと、よって執筆途中でフレデリック・ヘンリーは主人公ではないと認識し、キャサリン・バークレーを中心人物に昇格させたことを論証した。さらに、赤ん坊が生きているという結末など、試みられた複数の結末の比較から、『武器よさらば』の意味はフレデリックの精神的敗北であり、フレデリックはカタルシスを何も見出せない、と結論する。

テキスト研究は八十年代に引き継がれ、フレデリック・J・スヴォボダの *Hemingway & The Sun Also Rises* (1983) とレノルズの論文 "False Dawn" (1983) は『日はまた昇る』の原稿を詳細に吟味している。この研究で注目すべきは、原稿の段階で削除された「序文」("Foreword") の存在である。この「序文」には「失われた世代」というレッテルに対するヘミングウェイの執着や、戦争によって決定されたみずからの「失われた世代」観が表明されており、そこにヘミングウェイの創作上の意図を読み取ることが可能である。レノルズは「ヘミングウェイの当初の意図は将来性のある闘牛士の崩壊を描くことであった。書き上げたのはジェイク・バーンズの崩壊である」("False Dawn" 132) と結論する。

短編小説の原稿研究に取り組んだポール・スミスの功績も大きい。スミスの最大の功績は、ヘミングウェイの短編小説それぞれについて原稿執筆から出版に至る過程や批評史をまとめた *A Reader's Guide to the Short Stories of Ernest Hemingway* (1989) であろう。この本はヘミングウェイの短編小説を研究する際の便利かつ信頼できる参考書であるばかりではなく、今後の短編研究が超えることを要求される批評基準ともいえる。

この時期の新研究の中でも最も華々しいのは伝記研究であろう。八十年代に相次いだヘミングウェイ伝記の出版に当惑したフランク・スカフェラは、どの伝記が正確か、誰が決定版と呼べる伝記を書くかを判断するのは、これまでになく難しい、と語った (9)。八十年代から九十年代にかけて、ピーター・グリフィン (二部作)、ジェフリー・メイヤーズ、マイケル・レノルズ (五部作)、ケネス・S・リン、ジェイムズ・R・メローによる計十冊の伝記出版が相次いだ。スカフェラの当惑も無理からぬところである。いったい、これほどの伝記研究を促したものは何であったのか。

それまで唯一の信頼されるヘミングウェイ伝記であったカーロス・ベイカーによる伝記『アー

ネスト・ヘミングウェイ』（1969）は、マルカム・カウリーによって人間味が欠如していると批判された。みずから「まえがき」で認めているように、ベイカーによる伝記はストイックなままに史実を追ったものであり、ヘミングウェイの内面の変化に深入りしていない。マイケル・レノルズは一九八〇年のヘミングウェイ学会で、ベイカーがあえて回避した「文学的伝記」、即ち「時代の政治的および知的環境の中における作家ヘミングウェイの芸術的成長」（"Unexplored Territory" 15）をたどる構想を宣言した。それが上記五部作として結実したわけである。

しかし、直ちに注目を浴びたのは、丹念な資料調査に基づいて作家ヘミングウェイを構築したレノルズではなく、伝記に大胆な心理分析を加えたケネス・S・リンであった。七〇〇頁を超える大著でありながら、リンの伝記が注目を浴びたのは、ヘミングウェイの幼少年時代を描く最初の一〇〇頁あまりである。リンはヘミングウェイと母グレイスとの確執に焦点をあてた。グレイスは息子アーネストが生まれると、一歳年上の姉マーセリーンと同性の双子として育てた。ふたりは時に女の子の、時に男の子の、あるいはその両方の格好をさせられ、その姿のまま外に連れ出されることもあった。母グレイスがスクラップ・ブックに書き残したところによると、一九〇二年のクリスマス、三歳のアーネストは次のように言った。「ぼくは姉さんと同じ服を着てたので、ぼくが男の子だってサンタさんがわかってくれるか本当に心配」（Lynn 45）。息子の男性性を消そうとし、逆に男性性を促そうとする母親のふたつの願望にはさまれて、アーネストが不安かつ心配であったのは当然である、とリンは言う。さらにリンは、このようなアーネストの心の動揺は不眠症の兆候をきたし、母が植えつけた性的倒錯は創作において近親相姦や両性具有（アンドロジニー）願望として表現されると心理分析する。リンが構築したヘミングウェイ像は伝記としての信頼性に問題はありながら、ヤングが提唱した「戦傷」としての傷理論を修正し、幼少期における「性の傷」を原体験と解釈することによってヘミングウェイのアイデンティティを再構築し、性の多様性、特に両性具有願望を読み取るヘミングウェイ批評の端緒となった。

かくして八十年代の終わりになると、ヘミングウェイ批評に新次元が開けることになる。ビーゲルが宣言したヘミングウェイ研究の新時代は、まさにこの時期をさすのである。わが国においても、ヘミングウェイ研究が概して停滞ぎみの感があったこの時期に、新鮮な驚きで迎えられたのは今村楯夫の『ヘミングウェイと猫と女たち』(1990) である。今村は「男性的」作家ヘミングウェイを「女性的」視野の中で捉える。なかでもヘミングウェイが「子猫ちゃん」と呼んだ最初の妻ハドレーの存在は大きく、ヘミングウェイにとってハドレーという女性は「猫的」な、即ち「猫に特有な女性性」(78) をもつイメージとなって定着した。そのイメージが『武器よさらば』のキャサリンや『誰がために鐘は鳴る』(1940) のマリアという「猫的」な女性として作品化される。キャサリンは「キャット」であり、マリアは髪を短く切られた頭をロバート・ジョーダンに「子猫のように」すりつける。このような視点から今村はマリアの髪に表されているヘミングウェイの髪に対するフェチシズムを発展させ、ヘミングウェイが描くヒーローとヒロインの同一化願望、即ち両性具有願望へと論を進める。「雨の中の猫」で猫と髪のテーマの融合をみて、

「最後の良き故郷」に髪と兄妹の両性具有願望との関係を読み取る。さらに『エデンの園』で描かれる若い夫婦の異性変身願望と両性具有願望を説く。

米国において今村と同様のテーマを扱ったのはマーク・スピルカである。スピルカはケネス・リンとテーマを共有し、「やわらかい」ヘミングウェイを「両性具有の傷」（13）という文脈で捉えて、ヘミングウェイ批評に両性具有論を定着させた。スピルカによると、ヘミングウェイは幼少期に両親によって両性具有的な性向を植えつけられ、それが成人後も執拗に持続した。そのためヘミングウェイは「男らしい」スポーツや「男らしい」作品を追及することによって、みずからの女性的な面を克服しようとした。しかし、晩年に向けては「最後の良き故郷」や『エデンの園』において女性的な面が再び表に出る。特に『エデンの園』でヘミングウェイは悪魔的であると同時に崇敬の念を示す内なる女性性と、密かにしかも必死に闘うことになる、とスピルカは論じる。

ヘミングウェイ批評で頻繁に使用されることになった「両性具有」という語は、服装や髪型、言動や行動、あるいは性行為などにおける男女の役割の交換、融合および変身願望を指示する。ヘミングウェイが姉と同性の双子として育てられたこと、『武器よさらば』でキャサリンが欲望するフレデリックとの精神的かつ身体的一体感、「最後の良き故郷」でリトレスが兄ニックに表現する一体化願望と近親相姦的愛情、『エデンの園』でキャサリン・ボーンが夫デイヴィッドに積極的かつ執拗に求めて試みる性の役割交換などが両性具有論の対象となる。それを広くジェンダーとセクシュアリティの問題に拡大したのはナンシー・R・カムリーとロバート・スコールズ著『ヘミングウェイのジェンダー』(1994) である。同書はフィードラーが定型化したヘミングウェイの女性像を再考し、『エデンの園』を中心にヘミングウェイのテキストが原始的で肌の色が黒い人 (種) を好み、レズビアニズム、性役割交換、異人種混交願望というセクシュアリティがヘミングウェイの芸術と相関関係にあることを分析する。また、ヘミングウェイは同性愛に強い関心をもっており、闘牛士などの人物に同性愛願望が描かれていると論じる。ただ、ヘミングウェイのテキストでは性の多様性は罪であり、それを体現する女は「狂気」としてコード化される。即ち、ヘミングウェイは常にヘテロセクシュアルの側から性の境界線とその向こう側を見ている、とヘミングウェイのセクシュアリティが批判的に規定される (59)。

4 ポスト両性具有論 **人種と植民地主義**

八十年代から急速に進められたヘミングウェイ再考の中心は、ヘミングウェイのマチズモ解体という修正主義であった。ヘミングウェイ研究はようやくフィリップ・ヤングの「ヒーローと掟」および「戦傷」論という「男性的な」縛りから解放されたのである。しかし、ヤングの影響力がそうであったように、二十世紀末においても、スピルカが「両性具有の傷」と呼んだ両性具有論は魅力的かつ支配的な批評であったがゆえに、そのかなたを展望することは再び難しいように思われた。そういう時に、両性具有論を批判的に論じる研究が発表された。デブラ・A・モデルモグ著『欲望を読む』(1999) である。モデルモグはいわゆる「作者の死」から作者ヘミングウェイを「欲望する/欲望される主体」として回帰させ、異性愛と同性愛という対立する欲望の緊張の中でヘミングウェイのアイデンティティを構築しようとする。その前提として、ケネス・リンやマーク・スピルカなどの両性具有論は否定される。つまり、ヘミングウェイ批評における両性具有とは、社会的に構築された固定観念としての「男らしさ」と「女らしさ」の融合の謂いである。よって、両性具有論はその固定観念を再生産し、同性愛という性的要素を中性化してしまい、ヘミングウェイが描く、あるいはヘミングウェイ自身に疑われる同性愛を隠蔽し、ヘテロセクシュアルなヘミングウェイを復権させようとするのである、と批判される。モデルモグは『エデンの園』を中心に『日はまた昇る』などの「主要な」作品の主要人物にホモセクシュアリティを読み取り、ヘミングウェイのさらなる再構築を企図している。それゆえ、ヘミングウェイに同性愛への関心を読み取ったカムリーとスコールズは、主要作品の中心人物とヘミングウェイ自身のホモセクシュアルな欲望の解読に踏み込んでいない、と批判される。スピルカをはじめ、ほとんどの修正主義者たちは「古いヘミングウェイに新しい服を着せる」(35) だけである、と断じられている。モデルモグが提示したヘミングウェイの同性愛論に説得性があるかどうかは、今後の検証が待たれる。

ジェンダーやセクシュアリティと同様に、ヘミングウェイ批評のキーワードになるのは人種である。学校文芸誌に掲載された短編小説にはじまり、後の作家ヘミングウェイが好んで描くことになるミシガンの先住民については、伝記やコンスタンス・キャペル・モンゴメリーによる研究（1966）が事実関係については触れているが、ヘミングウェイ・テキストの人種性の研究は手薄である。ただ、「父と子」で回想される先住民少女ツルーディから髪と肌の色が「ダーク」な『エデンの園』のマリータにまで見られる人種と肌の色とセクシュアリティの不可分性は、カムリーとスコールズおよびモデルモグに研究の萌芽がある。その一方で、ヘミングウェイが描くアフリカ系アメリカ人については厳しい批判が浴びせられた。トニ・モリスンは『白さと想像力』（1992）において「アフリカニズム」という概念を提示した。モリスンの言う「アフリカニズム」とは、白人によって創り上げられた「アフリカ人らしさ」であり、それがいかに白人中心の「アメリカ人らしさ」を形成し強調するために機能しているか、についての研究である。『持つと持たぬと』（1937）の黒人ウェズリの人種的劣等性は白人ハリー・モーガンの男らしさと権威を強調し、『エデンの園』では「黒さと欲望、黒さと無分別、黒さとぞくぞくする邪悪」（*Playing* 87）という連想が白人の性的官能を高める、と論じられる。これは人種とセクシュアリティが交差するヘミングウェイのテキストに対する辛らつな批判となっている。

その意味で、遺作『夜明けの真実』（1999）も同様の批評対象になるであろう。アフリカでのサファリ体験を綴った『アフリカの緑の丘』（1935）から二十年後、ヘミングウェイは再びアフリカを訪れ、描いたのである。これは読者の目をアフリカのみならず、キューバをはじめとするカリブ海へ、さらには北ミシガンへと再び向けさせ、創られたアフリカ、創られたカリブ、創られた北ミシガンを解読する機会となるであろう。こうしたポスト・コロニアルな視点も今後のヘミングウェイ批評に残された課題である。

一九九九年、日本ヘミングウェイ協会はヘミングウェイ生誕百周年を記念して論集『ヘミングウェイを横断する——テクストの変貌』を出版した。収められた研究は八十年代以降の修正主義の検証をふまえたテキスト研究、ジェンダー／セクシュアリティ論、大西洋両岸の地政学など多岐に渡り、二十一世紀のヘミングウェイ研究の指針となるべく編集されている。また、同協会の学術誌『ヘミングウェイ研究』は最新の議論を展開している。しかし、今後ヘミングウェイ研究がどのように展開していくかを予見することは難しい。テキスト研究やジェンダーおよびセクシュアリティ批評が継続される一方で、人種性とセクシュアリティが交差し、さらに植民地主義的あるいは辺境へのまなざしが交差するヘミングウェイ・テキストの重層性の解明が求められよう。また、ほとんどの作品が出版されて半世紀以上を経た今日、ヘミングウェイが作品に描いたことはすでに「歴史」であり、二十世紀前半の時代考証を含む広い意味での歴史主義が新たな批評の次元を開く可能性を秘めている。フェミニズムやジェンダー批評によって、矮小化されるどころか、さらなる深みを見せたヘミングウェイ・テキストは、時代の変貌に呼応するかのように新たな相貌を表す豊かなテキストであると思えるからである。

5　作家ヘミングウェイの形成　本書の目的

一九八〇年代から急速に進んだヘミングウェイ文学のリヴィジョンは、時を同じくして実践された様々な批評理論に支えられ、また拍車をかけられた。その批評理論の中でもフェミニスト批評あるいはジェンダー批評やセクシュアリティ批評が、ヘミングウェイ研究に新しくて豊かな解釈の次元を開いたことは特筆に価するであろう。一九八四年六月号の別冊『英語青年』は「日本の英米文学研究――現況と課題」と題した特集号を組んでいる。その中で今村楯夫はヘミングウェイ研究に関する将来的展望を次のように述べている。様々な新しい資料が公開されている今日、「神話化されたヘミングウェイの虚像のベールをわれわれの手ではがし、その内側にある実像を明らかにすること、また虚飾に彩られた像から生じた作品に対する先入観をぬぐい去り、再びヘミングウェイの文学の本質に迫りうること、などが可能である」(117)。まさに、八十年代から九十年代にかけてはヘミングウェイの「虚像のベール」をはがし、あるいは解体し、ヘミングウェイの人物像を再構築し、ヘミングウェイの作品解釈を修正した時期であったと言える。特に、大衆的イメージから研究の世界にいたるまで定着していた「マッチョ・ヘミングウェイ」の「男らしさ」の解体は急速に進行したのである。

本研究は作家ヘミングウェイの形成に焦点をおき、生まれ故郷であるイリノイ州オークパークの歴史の掘り起こしから始め、『武器よさらば』の創作に至るまでをヘミングウェイの作家修業としてたどるものである。その目的は、従来のヘミングウェイ研究に批判を加えながら、同時にヘミングウェイ批評の現在を踏まえることによって、これまで無視ないし軽視されてきた故郷オークパークをヘミングウェイ研究の中で意味づけし、閉鎖的でお上品な故郷の町からの離反という通説を否定し、これまで研究の対象になることはまれであった学校文芸誌の作品とアメリカ修業期の習作に作家ヘミングウェイの初期形成を跡づけ、語りつくされた感のあるシャーウッド・アンダソンの影響を技法ではなく主題の観点から解明し、ヘミングウェイ文学の原点とされるミシガンの原始性と先住民の人種的劣等性という欺瞞を暴き、一九八〇年代からのヘミングウェイ再考を推進してきたヘミングウェイのマチズモ解体のさらなる可能性を『日はまた昇る』と『武器よさらば』に探り、そこにヘミングウェイの修業時代の完成をみることである。これらふたつの長編小説を論じるにおいては、性意識の揺れを読み解く議論を展開する。それが若きヘミングウェイ文学の豊かな到達点であると判断するからである。『日はまた昇る』では第一次世界大戦後のジェンダーの揺れを、『武器よさらば』においてはヘミングウェイ研究のキーワードともなった両性具有願望が読み取れることを論じる。それを受けて続く章では、ヘミングウェイ文学あるいはヘミングウェイ伝記のいわば「聖域」とも言うべき一点について、その「聖域を犯す」議論を試みる。修業時代のヘミングウェイを支えながら、夫の心変わりにみずから身を引いた糟糠の妻（と考えられている）ハドレーのセクシュアリティが、ヘミングウェイ文学の両性具有的要素の原型であるという議論である。これはヘミングウェイ文学にみられるセクシュアリティの多様性を作者ヘミングウェイ自身のセクシュアリティに求める従来の研究とは異なるアプローチである。最後に終章として、故郷オークパークの現在を検証する。現地でリサーチを実施する中で、オークパークは町が輩出したノーベル賞作家を許していなかったこと、そして現在は有志の地道な努力によりヘミングウェイ祭が実施されるまでに至っている、という事実に突き当たった。この章ではヘミングウェイが故郷で許されるに至るまでの変遷を、収集した資料をもとに検証する。オークパークの現在を検証することは作家ヘミングウェイの形成に関わる再考の一部なのである。

本研究の前半部において、ヘミングウェイを故郷オークパークや避暑地ミシガンの文化・社会の中に引き戻し、伝記資料を多く用いて「作者」ヘミングウェイを論じ、そこからヘミングウェイの作家としての形成を再構築する議論を展開する。このような議論は、作者を歴史と言説の中で構築されるひとつの機能にすぎないとするミシェル・フーコーや、「作者の死」を説いたロラン・バルトと整合性をもたせる上で困難が危惧された。その不安をある程度払拭してくれたのはデブラ・モデルモグであった。バルトもフーコーも作者という概念を保持したことを論証したショーン・バークを紹介した上で、モデルモグは作者の身体（the author's body）の残存を主張し、その理由を自己の批評ポジションを踏まえて次のように言う。

アイデンティティは社会的に構築されるというポスト構造主義の理論と、特定のアイデンティティを生きる政治的倫理的現実に対する多文化主義的な関心とを結合させる私自身の研究を位置づけるのは、まさにこの歴史的作者というものの形跡（this trace of the historical author）においてだからである。（*Reading Desire* 17）

モデルモグは「作者の死」以降のバルトの論考、特に『サド、フーリエ、ロヨラ』の中にみられる書く主体、つまり歴史的作者の復帰（the historical author's return）に言及して、バルトの言う歴史的作者の復帰の条件は言語自体の法則ではなく読者の主体性（the reader's subjectivity）に基づいていることを指摘する。バルトが復帰させる作者はまとまりをもつ単一な存在でも、伝記の中の主人公でもなく、「伝記素」（"biographemes"）に還元される。バルトの言う「伝記素」とは、当該読者の目を特に引く作者の人生の断片、読者自身の「快楽、イメージ、イデオロギー、そして歴史と共鳴する細部」、つまり読者自身の「好み、偏愛、情念」（151）によって生み出される「個人的」なものである。ここにモデルモグがみずからの本の題名『欲望を読む』に込めた批評スタンスがある。つまり、「作者」は読者の個人的な「欲望」として解釈の舞台に立ち現れるのである。

ヘミングウェイのような大衆性の強い作家の場合は特に、作家のイメージは「メディア、批評家、書店、編集者、教師、出版社、伝記作家、そして作家自身の再現行為から立ち現れる」ので、その創られたイメージは「知識と欲望と権力の体系に縛られているのである」（1）とモデルモグは言う。その「知識と欲望と権力の体系」を白日の下にさらし、残存する「作者の身体」を精査することが、まさしく本書の前半部において企図するヘミングウェイの読み直しである。厳格で排他的でお上品なヴィクトリア朝時代的な故郷の町への反逆というドラマチックに創られた伝記と作品解釈は、二十世紀アメリカの批評家と一般読者が欲望したものであった。彼ら／彼女らは作者ヘミングウェイやニック・アダムズを、リップ・ヴァン・ウィンクルやハックルベリー・フィンの文化的な兄弟として欲望したのである。世界を舞台に数多くの冒険に身を投じた男らしさのモデルというマッチョ・ヘミングウェイ像も、男性中心志向の大衆社会アメリカが欲望したものであった。そして、ヘテロセクシャルなヘミングウェイを崇拝すること、即ち、ヘミングウェイに内在する性の多様性を抑圧することは、まさに性の権力が欲望したことであった。同性愛者という「特定のアイデンティティを生きる」モデルモグは、みずからの同性愛者としての主体に関する理解を反映させる作者像を構築するのである。いわば、モデルモグは同性愛者へミングウェイを「欲望」し、構築するのである。本研究のように、ヘミングウェイを第一に故郷オークパークと避暑地ミシガンにおける幼少年期と戦後のアメリカ修業期という範疇で構築しようとする試みは、ヘミングウェイが描く主要人物に見られる作者の幼少年期の残像をたどり、ヘミングウェイが描かない傾向にあった主人公の出自（出身地、家族、幼少年期）を解読し、従来の批評が軽視してきたヘミングウェイの幼少年期を反映させるヘミングウェイ像と作品解釈を構築するものである。

マッチョ・ヘミングウェイを再構築するのに、ジェンダーとセクシュアリティという観点からの読み直しが先行し、それが研究の主流となるのは当然であった。長編小説を対象とする本書の第Ⅳ部においても、この研究動向を踏まえた議論が展開される。しかし、そのような研究の流れの中で、オークパークとミシガンにおけるヘミングウェイの幼少年期および第一次世界大戦後のアメリカでの作家修業期は等閑視されてきた嫌いがある。ヘミングウェイが一九二一年十二月に新妻のハドレーを伴ってパリへ旅立つまでをヘミングウェイの「アメリカ時代」と呼び、アメリカ時代の中でも第一次世界大戦から帰還した一九一九年以降を「アメリカ修業期」と呼ぶとすれば、もともとヘミングウェイのアメリカ時代とアメリカ修業期は研究が手薄であった。ガートルード・スタインとの出会いに始まるパリでの作家修業や交友関係、その後の執筆と出版のほうに研究の焦点が絞られたのも当然である。結局、ヘミングウェイのアメリカ時代である最初の二十数年間はほとんど手つかずのまま、ヘミングウェイの再構築は進められてきたのである。わずかに、マイケル・レノルズによるオークパーク研究とピーター・グリフィンが公刊したアメリカ修業期の習作が、ヘミングウェイのアメリカ時代を再考する材料を提供した程度であった。

そのような少ない資料をもとにあえて本書の前半部においてヘミングウェイのアメリカ時代を論じる理由は、ヘミングウェイのアメリカ時代の研究が手薄であるという事実に加えて、ヘミングウェイの故郷オークパークを理解することが、さらにはヘミングウェイ研究者によるオークパーク観を修正することが、作品解釈に少なからず影響を及ぼすと判断するからである。そして、アメリカ修業期における創作上の模索と完成度の高さが、パリ修業時代に劣らず作家ヘミングウエイの形成における重要な部分を占めていると考えるからである。その重要性を解明することが、結果的にヘミングウェイのアメリカ時代を再構築することになる。いわば、私が欲望するのは、ジェンダーやセクシュアリティなど、性のアイデンティティ構造から志向する作者ヘミングウェイのみならず、従来のヘミングウェイ研究において周縁に置かれてきたアメリカ時代の未熟で未完成な若きヘミングウェイであり、主要人物の中に残存するその形跡である。そのプロセスで故郷オークパークの経済階級や文化レベル、ミシガンの原始性や先住民に対する人種意識など、これらアイデンティティ形成に関わる範疇が議論される。

一方、後半部で議論の対象となる長編小説『日はまた昇る』と『武器よさらば』は主としてヨーロッパ在住時の二十年代に書かれたものであり、議論はジェンダーとセクシュアリティをめぐって展開される。それは、それぞれの中心人物であるジェイク・バーンズとフレデリック・ヘンリーにとって「如何に生きるか」とは「性観念の変化に如何に対応するか」と同義語であるからであり、二人の代表的な若きヘミングウェイ・ヒーローの生の模索は、突き詰めれば「性」の模索であると解釈できるからである。しかも、その議論はヘミングウェイのアメリカ時代研究から切り離されたものではなく、その延長にあるものである。つまり、『日はまた昇る』と『武器よさらば』に関する議論は、戦前のアメリカ時代における初期形成の中で構築された未熟なヘミングウェイが、青年あるいは成人として戦後のヨーロッパでジェンダーとセクシュアリティの変化にさらされるときのアイデンティティの揺れの振幅を測ることであるからである。そして、これら最初の長編小説二編の創作をもって、ヘミングウェイのアメリカ修業期は「実質上」その終わりを告げると判断するからである。なぜならば、若きヘミングウェイを真剣な創作へと駆り立てた経験を素材とする物語、即ち、父と母と息子の物語、ミシガンの辺境とマス釣りと先住民の物語、そして戦場における負傷と看護婦との恋愛および破局の物語を、ヘミングウェイは『武器よさらば』をもっておおよそ描き終えるからである。そして、描かれる年代と出版年が『武器よさらば』と前後するが、戦後のヨーロッパを舞台とする『日はまた昇る』において、ヘミングウェイは回想の中の素材だけではなく直近の過去、即ち、執筆時の自己と等身大の人物をも描くに至るのである。その等身大像は即ち、戦後のヨーロッパを舞台とする『われらの時代に』の後半の作品群で描かれる若いアメリカ人男女の群像に呼応するのである。これによってヘミングウェイは創作の素材たる過去のおおよそすべてを、当面、作品へと描き切ったのである。その意味で、ヘミングウェイの修業時代は『日はまた昇る』と『武器よさらば』の執筆をもって終結したと言ってもよかろう。それは同時に、ヘミングウェイ文学の重大かつ魅力的な特質が顕現した時でもあったのである。『武器よさらば』では暗示的に描かれるジェンダーとセクシュアリティの揺れは、『日はまた昇る』において明確な輪郭をもって描かれるからである。かくして、ここに作家ヘミングウェイの形成、換言すれば、作家ヘミングウェイの「われらの時代」の完成をみることができよう。

ヘミングウェイにとって「われらの時代」が二十世紀を指すとすれば、もちろん、二十年代をもって「われらの時代」が終わるわけではない。しかし、作家としての名声と地位を確立した一九三〇年代以降のヘミングウェイは、過去の経験によって創作へと突き動かされるのではなく、むしろ意識的に創作素材を未来に探し求めるかのように、憑かれたように経験を追及することになるのである。闘牛に関する専門的解説（『午後の死』、一九三二年）、アフリカのサファリ（『アフリカの緑の丘』、一九三五年）、フロリダ州キーウェスト沖で展開する政治経済問題（『持つと持たざると』、一九三七年）、スペイン内乱（『誰がために鐘は鳴る』、一九四〇年）、イタリアでの鴨猟と十代の伯爵令嬢との老いらくの恋（『川を渡って木立の中へ』、一九五〇年）、キューバ沖での寓話的な巨大魚との格闘（『老人と海』、一九五二年）を描くことになる作家ヘミングウェイは、それが「成熟」であれ「衰退」であれ、二十年代までの作家ヘミングウェイの形成期からみれば、たとえ深い水脈で結ばれているとしても、分水嶺の向こう側にいる作家なのである。

『アフリカの緑の丘』を男性誌『エスクワイア』の読者が期待するような自己劇化であると批判したエドマンド・ウィルソンは、『誰がために鐘は鳴る』を書評でこう評価した。「このヘミングウェイの新小説は『アフリカの緑の丘』や『持つと持たざると』や『第五列』が気に入らなかった人たちには安堵となろう。…芸術家ヘミングウェイは再びわれらと共にある。懐かしい友人が戻ってきたみたいである」（"Return," 240）。しかし、「安堵」という言葉が示すとおり、この評言は『誰がために鐘は鳴る』を決して手放しで賞賛しているのではない。三十年代の作品に対する失望を前提にして、旧友ヘミングウェイの帰還を抑制ぎみに歓迎しながら、ウィルソンは手厳しい批判でもって書評を結ぶことになるからである。ウィルソンが指摘する『誰がために鐘は鳴る』の「弱点」は、「時にしまりがなく、時に膨れあがった」(241) 小説形態にある。『三つの短編と十の詩』(1923) およびパリ版『ワレラノ時代ニ』(1924) の書評でヘミングウェイの短編作品の簡潔な文体を高く評価していたウィルソンは、ヘミングウェイは「入念な長編小説という形式には自信がない」(241) のだと断じる。事実、『誰がために鐘は鳴る』は「少し長すぎる」し、「読者がもっと速く進んで欲しいと感じる結末近くで、物語は速度を緩めてしまう。それに、作者は主人公の内的独白の書き方あるいは削除の仕方が身についていない」(242) と厳しい評価を下す。ウィルソンに共感しようが反発しようが、三十年代以降のヘミングウェイ研究は恐らく、二十年代のモダニスト・ヘミングウェイの研究とは別次元の視点を要するであろう。

本書は必ずしもヘミングウェイのアメリカ時代に関する包括的な研究書ではない。本書の目的はあくまでもヘミングウェイ批評において研究が手薄で、とりわけ一九八〇年代以降のヘミングウェイ再考の時期においても特に光が当てられることも再考されることもなかったヘミングウェイのアメリカ時代を、作家ヘミングウェイの形成という視点から検証することである。そして、最終的に『日はまた昇る』と『武器よさらば』を作家ヘミングウェイの形成の到達点として読み直すことである。このような再考を推し進めることによって、これまで情報と研究が手薄であった分野に分け入り、新たな資料と情報を提供し、埋没していた感のある既出の資料と情報を強調して再提示し、その意義深さを解明し、そのアングルからヘミングウェイ文学に新たな光を照射できるものと自負している。本書が半世紀以上に及ぶヘミングウェイ研究の一瞬にでも貢献できれば幸いである。

I

描かれなかった故郷の町

イリノイ州オークパーク

第1章　故郷の歴史、創られた故郷

ヘミングウェイの両親、グレイス・ホールとクラレンス・エドモンヅ・ヘミングウェイは、結婚後、グレイスの父アーネスト・ミラー・ホールの家に住んだ。この家の裏手に住んでいたルース・バグリー・バーチャードは当時を回想してこう語っている。

一八九九年、私の家族は北グローブ通り四三九番地に住んでいましたが、そこは北オークパーク通り四三九番地にあったクラレンス・ヘミングウェイ医師の家とは目と鼻の先でした。その年の夏、ヘミングウェイ家にもう一人赤ちゃんが生まれると、うちの年長の者たちが聞いてきました。最初の子マーセリーンは十八カ月に近づいていました。ですからヘミングウェイ家では今度は男の子を待ち望んでいたのです。

「男の子だったら、ポーチに出てコルネットを吹くよ」と、この善良な医師は言いました。私たち子供はこの出来事について何も知りませんでした。でも、七月のある暑い日、オークの木蔭で遊んでいると、オークパーク通りからラッパが高らかに鳴り響きました。ポーチで椅子に座っていた母が私たちに叫びました。「ヘミングウェイさんところに男の子が生まれたよ。」(n. pag.)

かくして、一八九九年七月二十一日、アーネスト・ミラー・ヘミングウェイは米国イリノイ州オークパークに生まれた。

ヘミングウェイは地元のハイスクール (Oak Park and River Forest Township High School) を卒業するまでオークパークに住んでいたが、作品としては故郷の町を一度も描かなかった。一九五二年、「ヘミングウェイの修業時代」というテーマで博士論文の準備をしていたチャールズ・A・フェントンに、ヘミングウェイはこう語っている。「私はオークパークについて素晴らしい小説を構想していたが、結局書かなかった。生きている人たちを傷つけたくなかったからだ」(Fenton 1; Baker, *Letters* 764)。また、一九二八年に父親が自殺したとき、叔父のジョージ・ヘミングウェイも姉のマーセリーン夫妻も残された家族の面倒をみなかったことを恨んで、ヘミングウェイは母に手紙を書いた。「自分は誰の感情も傷つけたくないので、ヘミングウェイ家に関する小説は書きませんでした。でも、愛した人たちに死なれてみると、みずからが課したこのようなタブーには終止符が打たれたわけで、ヘミングウェイ家に関する本を書かざるを得ないかもしれません」(Baker, *A Life Story* 257)。しかし、結局ヘミングウェイはオークパークに関する小説は書かなかった。ヘミングウェイ家を描いたと思われる自伝的作品はいくつかあるが、「インディアン・キャンプ」(1924) も「医師と医師の妻」(1924) も「兵士の故郷」(1925) も、父の自殺以前に書かれたものである。しかも、これらの作品はヘミングウェイ家に関わる自伝的作品であっても、オークパークに関するものではない。

シンクレア・ルイスとミネソタ州ソークセンター、シャーウッド・アンダソンとオハイオ州クライド、ウィリアム・フォークナーとミシシッピー州オックスフォードあるいはジョン・スタインベックとカリフォルニア州サリナスなど、現代アメリカ作家は執拗に故郷の町を描いている。しかし、ヘミングウェイの作品の舞台は主としてヨーロッパやアフリカやキューバといった外国であり、アメリカを舞台とした場合でもミシガン州北部が中心である。それゆえ、オークパークはヘミングウェイ研究者によって軽視ないしは無視されてきた。ヘミングウェイが書かなかったことは、研究上重要ではなかったのである。しかし、単純な疑問が物事の本質を解明してくれることがある。何故ヘミングウェイは故郷の町を描かなかったのか。ヘミングウェイの主要な文学理論に「氷山の象徴原理」がある。

小説家は自分が書いていることがよくわかっていれば、わかっていることは省略してもかまわない。作家が真実を書いていれば、読者はその省略された事柄をあたかも作家が述べているかのごとく強く感じとることができるのだ。氷山の威厳はそのわずか八分の一しか水面上に出ていないことによる。わからないゆえに省略する作家は著述の中に空虚なところを残すだけである。(*Death* 192)

換言すれば、ヘミングウェイの創作においては、描かれなかったことは単なる空虚や欠落ではなく、むしろ極めて意識的芸術的な冗舌であるということであろう。テキストにおける欠如は横溢であり、省略は過剰であることに、ヘミングウェイは極めて意識的な作家であったわけである。氷山の象徴原理解釈については議論が絶えないが、ここでは、乱暴かつ強引を承知の上で、最も単純に次のような仮説を立ててみたい。即ち、描かれなかった故郷オークパークおよび同様に描かれなかった主要人物の出自は、ヘミングウェイが省略あるいは隠蔽した氷山の水面下にある、と。水面上の作品から水面下を探る従来の推測型のアプローチよりも、水面下の八分の七が何であるかをまず仮定すること、つまり、氷山の一角たるヘミングウェイ文学が、水面下の何に根を張っているかを特定して検証することは、方法としてはぎこちないかもしれない。しかし、極めて自伝性が高いにもかかわらず主人公の故郷が描かれていないヘミングウェイ文学へのアプローチとして、また、短絡な判断と断片的な研究の中で誤解ないし曲解されたオークパーク観および故郷と作品との関係を修正する観点からも、この方法の意義は認められよう。ヘミングウェイが故郷オークパークを描かなかったことと中心人物の出自を描かなかったことは表裏一体なのである。

ヘミングウェイが描く中心人物の描かれていない出自は、ヘミングウェイ研究の関心の埒外にあった。F・スコット・フィッツジェラルドの『グレート・ギャッツビー』において、一人称の語り手ニック・キャラウェイはギャッツビーの出自と経歴をたどり、その出自と経歴よってギャッツビーの物語を解釈あるいは再構築する。それと同時に、そのような解釈をするニック自身の出自をも明らかにしていく。そこには、単純に言えば、高度な近代文明と洗練を表象する東部ニューヨークとの対比の中で強調される中西部の田舎者の質朴さでもってギャッツビーを解釈して語る、という構図がみえてくるのである。あるいはJ・D・サリンジャーの『キャッチャー・イン・ザ・ライ』でホールデン・コーフィールドは、出自を語ることを「デイヴィド・コパーフィールド流のたわごと」(1) と言って拒絶しながら、ニューヨークの富裕階級出身であることや、兄弟、妹、両親、友人たちがいかに自己の形成に大きな影響を与えたかを執拗に繰り返し語る。ホールデンは常にみずからの出自に立ち返っているのである。ホールデンが語る物語は、みずからが語るみずからの出自によって形成されたみずからの物語である。そして読者は、ホールデンみずからが語る出自に依拠してホールデンの「病」を分析し解釈するのである。

ところが、ヘミングウェイが描く中心人物たちの出自については、わずかにニック・アダムズの家庭に関して断片的な情報が与えられている程度である。その情報も、研究者たちのあいだでは、ヘミングウェイ家や北ミシガンの避暑地についての伝記的知識の補充によって支えられている。長編小説の中心人物であるフレデリック・ヘンリーもジェイク・バーンズも、父親や母親、兄弟姉妹、親戚関係、故郷、学校教育など、出自や経歴に関してほとんどまったくと言ってよいほど情報が与えられていないし、みずから語らない。しかし、ヘミングウェイの読者はこれら一人称の語り手の省略された出自を、無意識的にであれ、なにがしか措定して読み進めているはずであるし、ヘミングウェイみずから確信しているように「あたかも作家が述べているかのごとく強く感じ」とっているはずである。その出自は、少なくとも一九二〇年代のヘミングウェイ読者が容易に推測ないしは自己投影できるものでなければならないであろう。

ニック・アダムズやフレデリック・ヘンリーやジェイク・バーンズが作者ヘミングウェイのペルソナを意味する「ヘミングウェイ・ヒーロー」と呼称され、彼らがそれぞれ括弧つきの「ヘミングウェイ」であり、これまでのヘミングウェイ研究がこの解釈に意味と説得性を認めてきた事実を前提とすれば、括弧つきの「ヘミングウェイ」の出自を括弧つきの「オークパーク」として定立し、その場合、虚構としての作品の整合性が保たれるかどうか、また、そこに新たな読みが展開される可能性があるかどうか。それを検証するためにはまず、オークパークの歴史と性格を詳しく知る必要がある。これまで、ヘミングウェイ研究者はオークパークをほとんど無視してきたからである。一九八〇年代に高まったヘミングウェイ再考の中で、アメリカのヘミングウェイ研究者たちはようやくオークパークに注目し始めた。中でもマイケル・レノルズはヘミングウェイの幼少年期を扱った伝記でオークパークの歴史を概観し、「ヘミングウェイの創作において、オークパークは見えず汚されず水面下にとどまっている」（*The Young Hemingway 5*）と述べ、作品の中に読み取れるオークパークの影響を示唆している。しかし、レノルズは示唆するにとどまっている。

ここに提示するのは、レノルズが紹介したオークパーク観とは別に、現地において筆者が独自に行ったリサーチに基づいて構築したオークパークの歴史の概観である。ただ、オークパークに関する包括的な歴史書はない。それゆえ、収集できる限りの断片的資料を整理するという方法を採ったが、主として依拠した資料はアーサー・エヴァンズ・ル・ゲイシーが一九六七年にシカゴ大学に提出した博士論文 "Improvers and Preservers: A History of Oak Park, Illinois, 1833–1940" と、オークパーク在住の郷土史家ジーン・ガリーノが編纂した *Oak Park: A Pictorial History* (1988) である（レノルズはいずれの資料にも言及していない。しかし、レノルズのオークパーク観や使用資料はル・ゲイシー論文への依拠が疑われるほどよく似ている）。以下に紹介するオークパークの歴史は、ヘミングウェイ研究という文脈からみると冗長さは否めないが、誤ったオークパーク観と、歪曲されたヘミングウェイと故郷の関係を修正するためには必要な詳記かと思われる。

1　十九世紀　進歩の時代

オークパークは「酒場が終わり、教会が始まる」ところと言われる。現在でもオークパークの人々がよく口にするこの言葉の由来は、オークパークの第一会衆派教会の牧師であったウィリアム・E・バートンにあるようだ。バートンは次のような逸話を紹介している。


二人の御者が山と積んだ建築材を、シカゴから西に隣接する急成長していた郊外に向けて運んでいた。先頭の御者が荷台越しに振り返って後ろの御者に叫んだ。

「わしはこの辺りには来たことがないんだ。どうしたらオークパークに着いたってことがわかるかね。」

「酒場が終わり、教会の尖塔が始まったら」と後ろの男が答えた。「そうすりゃ、オークパークに着いたってことがわかるさ。」(n. pag.)

この逸話が示唆することとは、オークパークは禁酒の町であり、信仰心篤いクリスチャンのコミュニティであったということであろう。逸話の前段からは、オークパークがシカゴの郊外町として発展していて、人口増に伴い住宅建築が盛んであったことも読み取れる。これは十九世紀の終わりから二十世紀初頭にかけての、つまりヘミングウェイの幼少年期におけるオークパークの特徴を端的に表している。オークパークはシカゴのミシガン湖沿いから西へ九マイル（約十四キロ）ほどのところにある郊外の町で、一八三五年にイギリス人ジョゼフ・ケトルストリングズによって最初の入植が行われ、一九〇二年に独立した自治体となった。政治的には徹底した共和党支持で、宗教的には厳格なプロテスタントであった。その歴史の早くから禁酒を提唱し、道徳的には保守的であったが、社会的には進歩的な白人中心のコミュニティを形成していた。

一八〇八年にイギリスのヨークシャー州ニュートンで生まれたジョゼフ・ケトルストリングズは、一八三二年妻ベティと二人の子供を伴ってアメリカに移住した。ボルチモアに上陸後、シンシナティを経由して、一八三三年にシカゴというフロンティアの町に到着した。その二年前に、イギリスでケトルストリングズの隣人であったジョージ・ビッカーダイクがアメリカを訪れ、シカゴに関する熱烈な報告を書いていた。その報告にはシカゴから西へ何マイルも離れていないところに、豊かな樹木が繁る土地があることも書かれてあった。しかし、ケトルストリングズ一家が政府所有地に入植すべく目的地シカゴに着いてみると、そこは友人による牧歌的な描写とはかなり違っていた。

一八三三年はシカゴが人口百人の町として町制が敷かれた年だが、当時シカゴは泥の沼地であり、水たまりやぬかるみの中にペンキが塗られていない板張りの家が立つ陰鬱なところであった。ケトルストリングズ一家は直ちにさらに西へ八・五マイル進んだ。そこで一家は数週間ぶりに乾いた土地を見た。そこはオークとブナの木が繁る頂の広い丘陵地で、一家が後にしたイギリスの森を思い出させた。ケトルストリングズはここが旅の終点であることを知った。

ケトルストリングズはさらに一マイル西のデス・プレインズ川岸で友人と製材所を営み、二年後の一八三五年に当時オークリッジと呼ばれていたオークの木が繁る丘陵地に戻り、小さな板張りの家を建て、入植地の支払いをした。彼はオークパークで最初の入植者になったのである。ケトルストリングズの家はシカゴとデス・プレインズ川の間にある唯一の家であったので、旅人の宿泊所にもなった。そこでは食事は提供したが決して酒類は売らなかった。後にケトルストリングズが所有地を売る時は、敷地内では酒類は決して売らないという一文を必ず証書に入れた。オークパークはその歴史の始まりから禁酒を提唱したのであった。

当時オークリッジには学校がなかったので、ケトルストリングズは子供の教育のために十二年間シカゴに移り住んだ。一八五五年、一家が再びオークリッジに戻ってから、ケトルストリングズはその広大な所有地を売却し始め、オークリッジは小さなコミュニティとして発展し始めた。シカゴは一八三七年に市制が敷かれたが、オークリッジは長年不明確な政治形態の下にあった。一八六七年に隣接するシセロ・タウンシップがイリノイ州議会で認可され、オークリッジはオースティン、リッジランド、シセロ、バーウィンおよび二、三の小さな入植地と共に自治体を形成した。

オークパークという町名は郵便局の局名に由来する。一八七一年に雑貨店内に郵便局ができたとき、「オークリッジ」という局名をもつ郵便局は州内にすでにあったため、「オークパーク」という局名がつけられた。そして、一八七二年四月二十日に最初の鉄道駅ができたとき、駅名も局名に合わせて「オークパーク」とされ、“Oak Park”はこのコミュニティの公式の名称となった。この年オークパークの人口はおよそ五百であった。一八四八年に敷かれたガレナ＝シカゴ・ユニオン鉄道は一八六四年にシカゴ・ノースウェスタン鉄道となり、駅の開設と共にオークパークは人知れぬ田舎町からシカゴの郊外町へと発展していった。

駅ができてから五年後、オークパークとシカゴのウェルズ・ストリート駅の間を週六日、一日三十九便の列車が走っていた。駅ができてから十年の間に人口は五百から二千を越えるまでに増加した。一八七一年、当時人口約三十万の大都市に発展していたシカゴで大火が起こり、街全体をほとんど焼失した。住民の多くが郊外に移動したため、これもオークパークの人口増加の大きな要因と考えられている。一八八七年までには二本の鉄道がオークパークを走っていた。ウィスコンシン・セントラル線が町の南側を走り、シカゴ・ノースウェスタン鉄道はシカゴとオークパーク間に毎日六十二本の列車を走らせていた。鉄道が通り、それから人が入ってきて、シカゴとその郊外は西へと広がっていった。オークパークの人口は一九〇〇年には優に九千を超えていた。

ヘミングウェイが生まれる十九世紀の終わりまでには、オークパークはコミュニティに必要な近代的設備を整えていた。最初の学校が開校したのは一八五七年だが、ハイスクールが建てられた一八九〇年には小学校は八校に増えていた。一八六九年には排水溝敷設が認可され、一八八四年には最初の下水道建設が契約された。一八七七年、オークパークで最初の警察官が任命され、一九〇〇年には七人の巡査、一人の巡査部長、一人の警部補が配属されていた。消防署も既に二箇所に設置され、一九〇〇年には消防士が四人いたが、さらに二十三人のボランティア消防士がふたつの消防団を組織していた。一八八四年に最初の松材による板歩道が建設され、主要な通りは整地が行われ砂利が敷かれた。一八八九年にローラーで固める砕石「マカダム」が敷かれ、一八九一年には南北の主要道路がアスファルトで舗装された。八年後にヘミングウェイが生まれることになるオークパーク・アヴェニューもそのひとつであった。一八八四年、通りにガス灯が設置され、一八九一年には電灯に取って代った。一八九五年、最初の電話交換局が設置された。

一般に「村（Village）」と呼ばれていたオークパークは、ヘミングウェイが生まれる十九世紀の終わり頃には、このように近代的な町として急成長していた。同時に住民の精神的な問題についても、オークパークはその性格を形成していた。オークパークはクリスチャンのコミュニティであり、教会の数がおびただしく増えたので「神を恐れる」人々が住む「聖者の休息地（Saint's Rest）」と呼ばれた。その歴史は最初の入植者ケトルストリングズに始まる。一八五五年にケトルストリングズが寄贈したフォレスト・アベニューとレイク・ストリートの土地に板張りの家が建てられ、そこは当初学校として使われていた。この建物は後に「母なる教会（Mother of Churches）」と呼ばれ、ほとんどのプロテスタントの宗派がそれぞれの教会をもつまで会合の場として共同利用していた。（一九一〇年までには主要なプロテスタントの宗派がそれぞれの教会をもっていたが、カトリックの教会はひとつだけであった。）一八六〇年、オークパーク初期の入植者ヘンリー・W・オースティン・シニアがこの建物を買い取ったが、そこは禁酒運動の中心となり「禁酒館（Temperance Hall）」と改名された。オースティンはこの家のホールに掛かる緞帳に絵を描かせた。その絵は一人の美しい乙女がワインの中に水を注いでいる姿であった。その言わんとするところは、禁酒である。一八七三年、オースティンはオークパークにあった三軒の酒場をすべて買い取り閉鎖した。オースティンは店の設備を競売に出し、オークパークには酒場営業免許を与えないことをシセロ町議会に承認させた。シセロ・タウンシップでオークパークは唯一の禁酒地区となった。「女性クリスチャン禁酒同盟」が禁酒に関する講演や親睦会を頻繁におこなった。少年少女のクラブや社交会は禁煙連盟を組織し、そこでは禁煙禁酒に関する討議が盛んに行われた。この禁酒運動は後にオークパークがシセロ・タウンシップから分離する要因にもなるのであった。

当時、オークパークの住民のほとんどが共和党支持であった。オークパーク住民であったメイ・エステル・クックはエイブラハム・リンカーンを回想して次のように書いている。「連邦軍を統帥し、奴隷を解放し、その英知と正直さと質朴さと優しさで国民の心を捉え、そのユーモアで国民を楽しませた人を、敬い従いたいと思うのは当然でした。それに彼が亡くなったのはとても残念なことでした」(105)。民主党員の存在はまれであり、一八九四年に選挙人登録が行われたとき、新たに登録された選挙人三十人の内二人が民主党支持と噂された。これで合計三人の民主党支持者が存在すると地元の新聞は書き立てた。オークパークで民主党が組織されたのは一九三八年のことであった。

十九世紀末のオークパークの政治はコミュニティ内の問題に向けられていた。当時シカゴは合併を進めて大都市へと急成長していた。特に一八八九年にハイド・パーク（現在のシカゴのサウス・サイド、シカゴ大学のある地区）を合併し、シカゴの面積は二倍以上に拡大した。一八九〇年のシカゴの人口はおよそ一一〇万で、ニューヨークの約一五一万に次いで合衆国で二番であった。面積では全米最大の都市であった。オークパークの政治はこの巨人の合併の手にいかに抵抗するかが問題となった。シカゴへの合併を回避する方法は、オークパークがシセロ・タウンシップから分離し、独立した自治体になることであった。しかも分離の気運はタウンシップ内部の問題として既に高まっていた。

独立したオークパーク自治体に関する議論は一八八〇年代に高まった。タウンシップの政治形態は特定のコミュニティが恩恵を受けるか損失を被るという不平等が生じた。オークパークとオースティンはタウンシップの中で最大のコミュニティであり、互いに敵対していた。一八七〇年に庁舎がオースティンに建設されたとき、オークパークは嫉妬心を露わにした。オークパークの人々はオースティンには「気品」がないと言い、オースティンの人々はオークパークの住民はいずれも貴族気質で、衿にひだ飾りのついたナイト・シャツを着ていると反撃した。今度はオークパークが反撃した。「『聖者の休息地』の住民は、よその人がどんなナイト・シャツを着ているかを見るために夜中に走り回ったりしないので、オースティンに住む隣人たちの夜着については何も知らない」（*Oak Park Reporter*, February 27, 1891; Le Gacy 65）。

最初の分離の試みは一八九五年になされたが、オースティンの反対によって大敗した。オークパークを分離する主たる動機は、他のコミュニティへの対抗意識、禁酒主義、シカゴへの合併に対する危機感、タウンシップ政治の会計上の濫費と非民主的性格であった。特にオークパークの禁酒を維持する姿勢は堅く、オースティンが発展すれば酒場を好む人種が流入するのではないかと恐れたのである。このような危機感を抱いたオークパークは一八九九年に委員会を結成し、タウンシップ分割の法案を作成し、これが一九〇一年のイリノイ州議会で認可され、同年に施行された。オークパークは即座に分離運動を再会し、一九〇一年十一月五日に投票が行われ、大差で勝利を収めた。一九〇二年一月一日、オークパークは独立した自治体として新たに出発したのである。かくして、オークパークが大都市シカゴとの合併やタウンシップ内の他のコミュニティとの併存から身を守り、コミュニティの独自性を維持するべく自立の道を歩んでいた一八九九年に、アーネスト・ヘミングウェイは生まれたのである。

2　二十世紀初頭　保守の時代

オークパークにとって十九世紀後半が進歩の時期であったのに対して、二十世紀初期はその進歩によって達成したものを守る保護の時期であった。特にシカゴとの合併からオークパークの自治を守る運動は、二十世紀初頭の政治的焦点であった。一九一〇年と一九一一年に合併に関して投票が行われ、いずれも否決した。

二十世紀に入ってアメリカの大都市郊外は都市の発展と共に急速に成長したが、オークパークも例外ではなかった。オークパークの人口は十年毎に倍増し、一九〇〇年には一万以下であったのが一九二〇年には四万に達しようとしていた。地元の不動産業者もオークパークを宣伝した。

> 一九〇七年、この小さな村は理想的な位置にある。…第一に都市から十分離れているので、完全に平穏な郊外の環境を楽しむことができる。しかも、その都市は短時間で便利に行けるほどの近距離にある。今やまさに我らが村の玄関口にある都市シカゴがいつの日か村を取り込み、よって村の郊外的特質を喪失させてしまうであろうと危惧する者もいよう。そのような計画に対しては、オークパークの圧倒的多数の人々が不変の反対姿勢をとり、将来にわたって問題を処理してくれよう。（*Oak Leaves*, April 7, 1907; Le Gacy 128）

当時、最も目ざましく住宅開発が進んだのはオークパーク南部の地域であった。マディソン・ストリートの南側は「サウス・プレーリー」と呼ばれ、「ブルーグラスが夏風に揺れる」（*Oak Park Reporter-Argus*, May 10, 1906; Le Gacy 139）平原であった。建設業者がこの地域を買い取り、分割して労働者階級にも買える住宅を建てた。一九一五年まではオークパークの人口の約三十%がこの地区に住んでいた。ここは十年前にはプレーリーであったことを考えると驚くべき成長である。サウス・サイドの新しい住宅の購入者はシカゴから移ってきた自営業を営む人たちであり、彼らはオークパークでは低所得者層であった。シカゴとの合併を推進したのはこの地区の人々であったのである。ヘミングウェイの少年時代、オークパークは決して均質なコミュニティではなかったのである。

サウス・サイドの住民がシカゴとの合併を支持した背景には、オークパークの中心部であるノース・サイドが既に受けている行政上の利点を、急速に成長したサウス・サイドが享受できないという不満があったようである。彼らは、オークパークは北部と中央部の「百万長者同志」(Guarino 69)によって運営されていると非難した。合併派の主張は、オークパークがシカゴの一部になれば税金が下がり、行政上のサービスが安く受けられ、費用が安くしかも優れた学校をもつことができるというものであった。これに対して反対派は、郊外生活の改良と維持には必然的に経費がかさむものであり、オークパークの学校はシカゴの学校より少人数で優れているし、合併されたら清潔な自治体と学校の基金と図書館およびその他の公共サービスを失い、酒場や工場や組織政治で郊外は腐敗してしまうであろう、と主張した。結局、一九一〇年と一九一一年の投票で合併を退けた。

オークパークはシカゴの合併案を拒否することによって自立性を保ったものの、大都市の影響は免れなかった。特にオークパークの住民を不安にしたのはジャズや映画やもぐり酒場のような新しい娯楽で、これらはシカゴばかりではなく他の郊外でも楽しめるようになっていた。禁酒と自治を成功させ、シカゴとの合併を退けたオークパークは、その道徳的健全さを守るために日曜映画の興業に反対した。一九一七年、一九二三年、一九二五年の投票ではいずれも日曜映画を排斥したが、一九三二年十一月の投票では時代の変化に抵抗できず日曜映画を認可することになる。

日曜映画の問題は市民グループ、宗教グループ、政治グループをはじめとして、コミュニティ全体を議論に巻き込んだ。日曜映画を道徳的腐敗と考える反対派にとってこの運動は聖戦であった。

…オークパークは神を信じる人々、神に仕える人々、コミュニティを健康で価値あるものにするために闘った人々、高貴な理想を代表する人々によって築かれた。オークパークは清潔で健全な村である。その学校と教会は国の中でも最良のものである。

…我々はこの高い水準を維持する義務に忠実であろうとするのか。それとも我々の父祖との約束を破り、日曜映画を導入することによってこの美しい町の構造を安っぽくしてしまうのか。他の村や市はそうしているのに、どうしてオークパークもそうしないのか、という議論はまったく議論になっていない。問うべきは、イエスがもしここにいたら、日曜日に映画館に行くだろうか、それとも教会へ行くだろうかということだ。

（*Oak Leaves*, April 8, 1911; Le Gacy 207–08）

問題なのは映画は良いことか悪いことかということではない。…ましてや日曜日に映画を観ることが悪いことかどうかではない。問題はわが村で日曜映画を興行することが、今日のオークパークを形成してきた伝統を築き上げることになるのか、あるいは破壊することになるのかということである。

オークパークはシカゴ周辺のほとんどどの郊外とも異なったタイプのコミュニティである。…この村はもともと清潔な環境の中、宗教の影響の下で子供たちに最良の教育・文化施設を提供できる家庭を築くためにやってきた屈強な開拓者たちによって創始された。善の影響が息子や娘たちの生活に及ぶ機会を与えるために、大都市の道徳的腐敗から十分離れた場所を求めた。現在われわれが目にするすべての文化組織は、オークパークを特別なものにするというこれら初期の創始者たちの根本的な情熱から育ったものであり、彼らの哲学の根本には安息日を商業的娯楽から守る強い決意があった。（*Oak Leaves*, October 28, 1932; Le Gacy 208）

オークパーク教育長も日曜映画に真っ向から反対した。

小学校の成績記録によると、日曜映画に定期的に通っている子供は学校で十分な成績をおさめていない。この点は広範にしかも慎重に調査したものであります。当コミュニティの父母も一般住民もわれわれの教育プログラムの一部として、健全なコミュニティ環境の維持に学校と共に協力すべきである。

映画館と撞球場とダンス・ホールが堂々と営業している日曜日は、オークパークの子供たちの精神的・肉体的能力を混乱させ破壊してしまうでしょう。

（*Oak Leaves*, April 4, 1925; Le Gacy 211）

反対派の主張は日曜映画を悪徳ないしは害悪と見なし、安息日の神聖を犯すもの、村の創始者たちの高貴な理想に背くもの、若者たちの教育上好ましくないものとして非難した。これに対して賛成派は次のように反論した。自由と啓蒙の時代において、個人的な宗教観を他者に強要している。政治あるいは宗教観にかかわらず、週のいずれの日にもいずれの個人も保護されるべきである。高貴な理想をもって築かれた町や村はオークパークだけではない。レイク・フォレストもハイランド・パークもウィルメッツもラ・グレインジもグレン・エリン（いずれも当時のシカゴ近郊の町）も同様に高貴な主義によって築かれた。これらのコミュニティは日曜映画を許可している。地元に健全な日曜の娯楽があれば、若者たちがよその町に行って好ましくない所に出入りしなくなる。今日、映画は最も有効な教育メディアである。

さらに賛成派は日曜映画による歳入の増加を見込み、オークパークは単なる「ベッドルーム」

から脱し、時代と共に進歩し、将来のために堅固な財政的基盤をつくらねばならない、と主張した。このような主張はまさしく時代の変化を反映していた。オークパークの人口は一九二〇年のおよそ四万から一九三〇年の約六万四千へと急増した。オークパークに移り住んだ人々のほとんどがシカゴ出身であった。さらに経済恐慌の影響はオークパークにも及び、日曜映画の興業は景気刺激の一部と考えられた。経済恐慌下ではおよそどのようなビジネスも良いビジネスであったのだ。一九三二年の投票は賛成一万八千五百七十五票、反対一万四千五十二票で日曜映画を認可した。一九三二年十二月四日、オークパークで最初の日曜映画が上映されたのである。

3　創られた「偏狭な」町オークパーク

十九世紀から二十世紀初頭のオークパークの歴史を概観すると、オークパークはピューリタンの宗教的道徳的厳格さ、民主的自治体と優れた教育と文化、それに安全で健康な住宅環境を維持するために闘い、またその間にみずからのコミュニティとしてのアイデンティティを確立したことがわかる。禁酒を実行し、教会中心の社（交）会を形成し、白人中心でミドル・クラスのコミュニティであることを誇り、子供たちのために優れた学校を創設し、大人たちには様々なクラブで健全な教養と娯楽を提供した。みずからを「聖者の休息地」と呼び、これを汚す恐れのあるものを排除した。その一方で、シカゴとは鉄道で結ばれ、大都市が提供する職業や文化施設（美術館、博物館、コンサート・ホール、オペラ・ハウスなど）は享受した。オークパークの魅力の秘密は「新鮮な空気、至便な交通手段、木陰、陽光、健康」、これに加えて「快適な住宅環境、気どりのない社交、刺激的でしかも重苦しくない知的生活、昼間の仕事の後の心地よい夜の休息、一週間働いた後の静かな日曜日、優れた学校、優れた音楽、それに人生は生きるに値するという気持ちから湧きあがる喜び」(Barton n. pag.) にあった。依拠した資料から判断する限り、オークパークは決して閉鎖的で排他的で因習的なコミュニティであったとは思われない。みずからのコミュニティ環境の健全と健康を保守し、高い文化と教育レベルを維持することの一体どこに問題があろうか。同様に、新しい時代の進歩的な技術と文化を積極的に取り入れることのどこに非があるのであろうか。

しかし、このようなオークパークの自足的な郊外住宅地としての性格は、お上品で気取りがあり、因習的で排他的であるという印象を与えた。ヘミングウェイは後年オークパークを「広い芝と狭い心」に溢れていると言ったとされている。マルカム・カウリーは一九四九年に『ライフ』誌でヘミングウェイを紹介したとき、オークパークを「時に世界のミドル・クラスの中心地と呼ばれるシカゴの郊外」(“A Portrait” 45) と表現している。恐らく、これがオークパークをヘミングウェイとの関係で描いた最初のものではないかと思われる。カウリーはヘミングウェイの両親やハイスクールでの活動を簡単に紹介した後、「しかし、彼はハイスクールでは幸せではなく、二度も家出をした。クラスメートによれば、彼は孤独な少年で、時々冗談の的になり、最終学年までダンスパーティーには行かなかった」("A Portrait" 46–47) とも書いている。後のヘミングウェイ研究者たちはオークパークを閉鎖的でお上品な町と表現し、ヘミングウェイの作家としての出発点はヴィクトリア朝時代的な故郷の町からの離反にあるというような書き方をした。「イリノイ州オークパークというミドル・クラスが支配的なシカゴ郊外」(Young, *Reconsideration* 135)、「イリノイ州オークパークの固定した価値観」(Rovit 17)、「イリノイ州オークパークという房飾りのついたヴィクトリア朝時代的なブラインド」(Benson, *Hemingway* 3)、「世紀の変わり目の頃、シカゴの郊外オークパークほどお上品なコミュニティはなかった」(Benson, *Hemingway* 4)、「[オークパークは] 高潔な礼儀のモデルであった。通りは清潔で、家と芝は手入れが行き届き、犯罪と青少年非行の発生率は低く、平均収入は高く、市民の誇りは極めて高かった。…この因襲的なお上品さを背景として、アーネストは因襲的にお上品な育ち方をした」(Gurko 5–6)。

このようなステレオタイプ的なオークパーク観の依り所は、一九五二年にオークパークで実証的研究をおこなったチャールズ・A・フェントンのオークパーク研究であろう。フェントンはオークパークを次のように報告した。

　[オークパークは] お上品で裕福であり、プロテスタントでミドル・クラスであった。…ヘミングウェイの同時代人がかつてこう言った。「オークパークは世界で最も大きな村であ

ることを誇りにしている。」しかし、これには利点ばかりでなく欠点もあった。オークパークがシカゴの政治と腐敗に合併することを拒絶し、その運営において穏やかなタウン・ミーティングに似た趣を維持したとしても、それは村の生活の偏狭で排他的な性格を継承することでもあった。近隣の人たちはニュー・イングランドの厳格さで吟味された。また表面的にはバラエティに富むタイプや場面を提供しないという点で、かなり限られた世界であった。例えば、ジャーナリズムや戦争の醜悪さにやがて接触するときのショックは、このような比較的温室的世界で育った若者にとっては強烈で忘れられないものとなるだろう。…［オークパークは］現在のアメリカの同じような住宅地よりもはるかに社会的経済的に均質な世界であった。…オークパークの社会的同質性の内部には微妙な階級差はあったが、普通のオークパークの子供が見る限り貧困も華美もなかった。高潔にも禁酒の町であったので、酒場はなかった。近隣のシセロの開放的な通りは、オークパークのほとんどの思春期の若者には知られざる興奮であった。社交の中心は、最も洗練された家族にとってさえ、学校と教会であった。事実、シカゴとオークパークの境界は不敬な人によって、酒場が終わり教会が始まる所と定義された。(2-4)

フェントンによるオークパーク観は、オークパークの偏狭さを幾分誇張しているように思える。ヘミングウェイ研究家だけではない。オークパークの著名人としてはヘミングウェイよりも堅実な名声を獲得していると思われる建築家フランク・ロイド・ライトの伝記作家も、オークパークの人たちは「白人、プロテスタント、偏狭、排他的、そして裕福であった」と書いている（Twombly 27; Meyers 4）。オークパーク在住のジャーナリスト、ジェイムズ・クロエ・ジュニアは、一九八三年に設立されたオークパーク・アーネスト・ヘミングウェイ財団を紹介した新聞記事の中で、フェントンによるオークパーク観の偏りを指摘している。

この町は三十五年間も伝記研究家によって傷つけられてきた。…例えば、一九五〇年代初期にここを訪れたフェントンは、オークパークは気に入ったが退屈な所だと匂わせる描き方をしている。彼は町の通りに共通する「心地よい同質性」や「かなり限られた」社交の型、見苦しく古めかしい家々について書いている。それ故、歴史心理学者や博士号志願者たちによる名誉毀損からオークパークを守ろうという衝動が、ヘミングウェイ財団の指導者たちの間に生じたのも当然である。（"Come Home" 19）

クロエが危惧しているのは、フェントンによるオークパーク観の歪曲のみならず、それが後のヘミングウェイ研究者たちによってステレオタイプ化されていることである。レオ・ラニアは一九六一年に出版したヘミングウェイ伝記の中でフェントンのオークパーク観を踏襲して、オークパークは「近隣の『プロレタリアン』で不道徳かつ腐敗した町シカゴを、ある程度の尊大さをもって見下す富裕な住民のコミュニティである」(17) と書いた。一九六九年に出版されて以来ヘミングウェイ伝記の決定版とされてきたカーロス・ベイカーによる伝記も、オークパークに関しては「[アーネストが] 育った偏狭な世界」(*A Life Story* 44) と、慎重ながらステレオタイプ的言及をするにとどまっている。

繰り返すが、みずからのコミュニティ環境の健全と健康を保守し、高い文化と教育レベルを維持することの一体どこに問題があろうか。マルカム・カウリーが紹介したオークパーク観は、皮肉ながら、いみじくもオークパークの特質を言い当てているのではないだろうか。オークパークは「世界のミドル・クラスの中心地」だったわけではないが、少なくとも「アメリカ合衆国のミドル・クラスの郊外コミュニティ」を代表していたのである。十九世紀から二十世紀の変わり目のころ、オークパークはその他のアメリカの郊外町に比して、特殊なコミュニティであったとは思われない。

アメリカにおける郊外の発達を論じるピーター・O・ミュラーによると、郊外の進歩を理解するには「アメリカの国家的性格と土着の文化に深くしみ込んでいる強力な価値と信念」(20) を知ることが不可欠であり、その価値は十八世紀後半のアメリカを観察したジャン・ド・クレヴクールが『アメリカ人農夫からの手紙』において示したアメリカの文化的特徴にある。その特徴である「新しさ好き」、「自然志向」、「自由な移動」、「個人主義」などが具現化されたのが「ジェファソン流の田園理念」(21) であり、この理念は「個々人が罪を犯す機会を最小限度に抑えてくれるゆえに、田園生活は魂にとって最も望ましいのである」(21)という熱烈な信念に基づき、「直接的な相互交流と参加の平等および地元行政機能の自治を認容する小さな農業コミュニティを民主的に組織することによって表現された」(21)のである、とミュラーは言う。またミュラーは、田園生活こそ豊かな自然の恵みと健全な家庭と民主的で自由な社会を体現するとし、このような十八世紀アメリカのアルカディア的な理念が、田舎の村から十九世紀の都市郊外へと継承されるのであると言う。オークパークはそのようなアメリカの郊外形成のひとコマであったと考えられる。オークパークは、オースチン、シセロ、バーウィン、フォレスト・パーク、リヴァー・フォレスト、ゲイルウッドなど「シカゴ大都市圏を構成する最も古い二十五のコミュニティのひとつ」(Raymond 42)であったのである。

もしオークパークが十九世紀において特別な町であるとみなされたとしたら、それは禁酒を徹底したからであろう。同じシカゴの郊外町であるエヴェンストンはオークパークと比較されることが多い。エヴェンストンも禁酒を提唱し、シカゴからの合併案を拒絶した歴史をもっているからである。エヴァンストンの歴史を紹介するマイケル・H・エブナーはこう書いている。「十九世紀アメリカのほとんどの都市が、酒類の販売と消費に関係する様々な悪徳に由来する問題で道徳的にも社会的にも傷ついたとしても、エヴァンストンのようにその純粋さを保つことに専念した郊外もあったのである」(49)。ただ、この時代、禁酒は特殊な郊外町の特殊な道徳的偏狭さの表れではなく、アメリカ合衆国の全国的な風潮へと発展していったのであり、一九一七年に禁酒条項と呼ばれる憲法修正第十八条が可決され、一九二〇年に禁酒法が施行されたことは説明を要さないであろう。

一九七四年の『マッド』誌に、カール・サンドバーグの詩「シカゴ」のパロディ、カール・サンドバッグによる「シカゴ郊外」が掲載された。

世界のための豚バーベキュー焼き手、
学校差別主義者、芝刈り人、
ゴルフ・クラブの会員、全国の妻交換者。
頑迷で、気取り屋で、目立ちたがりの
ホワイト・カラーの郊外。
……………（Muller 2）

一方、サンドバーグ作の原詩は、二十世紀はじめのシカゴを、いかつい男性的な産業都市として描いていた。

世界のための豚屠殺者、
器具製作者、小麦の積み上げ手、

鉄道の賭博師、全国の貨物取扱人。
がみがみ怒鳴る、ガラガラ声の、喧嘩早い
でっかい肩の都市。
……………………（サンドバーグ 12）

郊外の歴史研究家であるキャロル・オコナーは次のように論じる。上記のふたつの詩のうち、パロディの方になじみがあるように思えるのは、「このパロディが郊外について真実をついているからではなく、社会批判が盛んであった五十年代と政治的なレトリックが蔓延した六十年代以来、郊外をあざけることが流行になっているからである」(66)。ヘミングウェイ研究者たちがオークパークを排他的で偏狭な郊外町としてステレオタイプ的に紹介したのは、まさしくこの時代であったのである。郊外研究そのものに関しては、その後、次第に多くの学者たちが誤った郊外観を正すべく、「もっとバランスのとれた観点から」(66) アメリカの郊外を検証し始めたのである。しかし、ヘミングウェイ研究においては、一度定着したオークパーク観は長らく検証も修正もされなかったのである。

オークパークは禁酒にかけては、ほかのコミュニティより厳格であったかもしれないが、入手できる情報による限り、ヘミングウェイが特殊なワスプ中心の特殊なミドル・クラスの町の特殊な家庭環境で特殊な育ち方をしたと判断できるものは何もない。「ワスプ」と「ミドル・クラス」

が特殊ということであれば議論は別だが、「特殊なワスプ」と「特殊なミドル・クラス」の町というオークパーク観は曲解か、少なくとも極めて恣意的な誇張のように思える。今日の文化意識をもって社会学的にみれば、オークパークには人種的偏り（ワスプ中心）と経済階級（ミドル・クラス）あるいはジェンダー（家父長制的）の点で考慮するべきことはあったにしても、文学的にみれば、まさにこれらの要素ゆえにこそ、ヘミングウェイと小説の中心人物たちは、同時代の同年代のミドル・クラス出身の多くのアメリカ人読者が共有する、あるいは容易に理解して感情移入できるバックグラウンド、即ちミドル・クラスの出自をもっていると考えられるのではないだろうか。ニック・アダムズ、ジェイク・バーンズ、フレデリック・ヘンリーなど、極めて自伝色の濃いペルソナ的人物を描いたヘミングウェイがその出自をあえて描かなかったのは、故郷オークパークは自分がよく知っていることであり、オークパークは当時のアメリカの、特に都市郊外に遍在するミドル・クラスのコミュニティのひとつであることを、ヘミングウェイはわかっていたからである。虚構化された自己である主要登場人物は虚構化されたイリノイ州オークパーク、即ち、二十世紀初頭アメリカのミドル・クラスのコミュニティ出身なのである。ヘミングウェイの省略理論を繰り返せば、「小説家は自分が書いていることがよくわかっていれば、わかっていることは省略してもかまわない。作家が真実を書いていれば、読者はその省略された事柄をあたかも作家が述べたかのごとく強く感じとることができる」（*Death* 192）からである。つまり、描かれなかった故郷オークパークと自己のペルソナたる中心人物の出自は、描かれないことによって、即ち、省略されることによって二十世紀初頭のアメリカの読者にアメリカのミドル・クラスを想起させたのである。描かれなかった故郷オークパークと中心人物の描かれなかった出自は、同じひとつのコミュニティだからである。

先に引用したように、チャールズ・A・フェントンは「かなり限られた世界」であるオークパークで育ったヘミングウェイを想定して、「ジャーナリズムや戦争の醜悪さにやがて接触するときのショックは、このような比較的温室的世界で育った若者にとっては強烈で忘れられないものとなるだろう」と書いたが、同じことがアメリカの同時代のスモール・タウンや都市で育った若者についても言えるのではないだろうか。マルカム・カウリーは大学卒業年が一九一五年頃から一九二二年の間にあたる「失われた世代」について、同時代意識をもって次のように書いている。「一九〇〇年より前の数年間は、地域や地方の影響のほうが相対的に重要だった」が、「急激な変化の時期」に育った「失われた世代」にとっては「階級や地域性の影響よりも時代そのものが重要であったのだ」（*Exile's Return* 4）。その世代のほとんどはミドル・クラスの出身だったので、カウリーの世代は「巨大な階級差のない社会の一員であるという幻想」（*Exile's Return* 5）を抱いていた。この世代の作家たちがミドル・クラスであるゆえんは、そのほとんどが「医者や小規模の弁護士や富裕農家あるいは奮闘するビジネスマンの子供たち、即ち、暮らしが今より安価であったその当時の年収が二千からおそらく八千ドルの間の家庭の出身」（*Exile's Return* 5）であったからである。地域性をまだ維持していた深南部を除いて、ニュー・イングランドでも中西部でも南西部でも太平洋岸でも、この世代の育つ「環境はほとんど同じ」（*Exile's Return* 5）であった。ヘミングウェイと当時のアメリカの一般読者たちも、カウリーと同じように「巨大な階級差のない社会の一員であるという幻想」を共有できたのであろう。ヘミングウェイがみずからの主人公たちを描くとき、その出自を「省略」してもよいもうひとつの理由がここにある。ヘミングウェイは、貧困家庭の出自ゆえに淪落する人物を描く自然主義的物語や、そこから身を起こして「ボロから富へ」はい上がる成功物語を書いたのではないし、南部や極西部の特殊な歴史や地域性に翻弄される人々の運命的な悲劇を描いたのでもないのである。

4　フェントンとの確執

チャールズ・A・フェントンはヘミングウェイの故郷としてオークパークを研究する過程で、ヘミングウェイの逆鱗に触れた。フェントンはヘミングウェイ自身と何度か書簡を交わしている。その手紙から判断すると、当初ヘミングウェイはフェントンに好意的であったようだ。ヘミングウェイは一九五一年一月十二日付の手紙で、フェントンの質問に答えた後、「他に真相を知りたいことがあれば何でも私にききなさい」（Baker, *Letters* 719）と書いている。ところが一九五二年六月十八日付のヘミングウェイの手紙は、両者の間で何か不愉快なやりとりがあったのか、「私の手紙が君の感情を害し、君があのような手紙を書いたことは残念です」(Baker, *Letters* 764) という書き出しで始まっている。恐らく、ヘミングウェイとオークパークの関係を調べていて、フェントンはヘミングウェイのプライバシーを侵害したものと推察される。この手紙の中でヘミングウェイはフェントンに伝えたい要点として、次のように書いている。

私はオークパークに関する素晴らしい小説を構想していたが、結局書かなかった。生きている人々を傷つけたくなかったからだ。銃で自殺した父親のことでも、そのようにしむけた母親のことでも、それで金を稼ぐべきではないと思ったのだ。…私が書き始めた頃、実際に起こったことについていくつか短編小説を書いたが、その内の二編が人を傷つけた。そのことでは私も申し訳ないと思った。それ以後は、実在の人を使うときは、私が完全に敬意を失った人だけを使った。それからその人たちを公正に扱うよう努めた。(Baker, *Letters* 764)

この手紙の前半部をフェントンは出版した本で使ったわけである。この後に続けてヘミングウェイは、「私が生きている間に私の家族のことをほじくりまわす」(Baker, *Letters* 764) ことを中止するようフェントンを説得している。

オークパークには私のことを良く思っている人は一人もいないだろう。最良の友人だった者たちは死んでしまった。私はオークパークを避け、標的として一度も使わなかった。君も故郷の町を爆撃したいとは思わないだろう。たとえ町を去ることができた日に、そこがもはや故郷ではなくなったとしてもだ。…君が私の家族などを調べるとき、それは私にとってはプライバシーの侵害だ。だから君に停止命令を出したのだ。…君も同意してくれると思うが、もし私がオークパークに関するものを書いていたら、君の研究も筋が通るだろう。しかし私はオークパークのことは書かなかったのだ。(Baker, *Letters* 764)

そして、ヘミングウェイは次のようにこの手紙を結んで、フェントンへの警告としている。「本として出版された著述こそ私の依って立つところである。だから私の私的な生活は放っておいてもらいたい。いったい誰にそんなことを詮索する権利があるというのだ。そんな権利はまったくない」(Baker, *Letters* 765)。確かに、ヘミングウェイは自分の故郷「オークパークのことは書かなかった」が、同時に主要な登場人物の故郷も描かなかったのである。このようにみずからの故郷も登場人物の故郷も描かなかったという符合は興味深く、無視できない意味をもつ。しかし、ヘミングウェイの故郷を調査するフェントンには、オークパークを氷山の象徴原理と関連づける意識はなかったようである。

フェントンとヘミングウェイの確執はさらに続く。一九五二年七月二十九日付の手紙で、ヘミングウェイはフェントンに調査を中止するようさらに説得している。この手紙の中でヘミングウェイは、数週間前にオークパークに関する長い手紙を書いたが、「君の憤慨した手紙」を受け取ったので出すのはやめたと記している。その未投函の手紙は、投函された手紙を編纂したカーロス・ベイカー編の書簡集には当然収録されていないが、ヘミングウェイの妻メアリーが自作の伝記に転載しているものと同一と思われる。メアリーによると、この手紙はシングル・スペースで二ページにわたり、六月二十二日の日付がついている。この手紙の中でヘミングウェイは、生きている人間の過去を調べて出版することの違法性を説いた後で、オークパークに関する情報を提供している。それによると、オークパークにはかつて「ノース・プレーリー」と「サウス・プレーリー」があり、ノース・プレーリーは自分の家の一ブロック先からはるかデス・プレインズ川まで広がっていた。この川にはカワカマスがたくさんいた。その近くのウォレス・エヴァンズの猟鳥農場で密猟をした。現在アパートが建っている所にはたいてい芝生のある大きな屋敷があった。分譲地と画一的な家が何列にも並んでいる所では、かつて秋になると馬車と馬を連れたジプシーたちがキャンプをしていた。オークパークには独自の堀抜き井戸による上水設備があって、川で取ったカワカマスを貯水池に入れたものであった。オークパークには宗教的道徳的な一面(**Christer element**)はあった。いい人もたくさんいた(以上 *How It Was* 299)。

このような情報がフェントンにとってさほど有用であったとは思われない。ただ、ヘミングウェイの真意は単なる情報提供にはなく、「このようなことを述べて言わんとしたのは、三十五年も経って何かを探ってみても、真相は得られないということだ。得られるのは生き残った者の情報だ。統計やおぼつかない記憶やかなり歪められた話しだ」（*How It Was* 299）という助言あるいは警告にあったのである。ヘミングウェイは以前にフィリップ・ヤングによるフロイト的心理分析研究で不愉快な思いをしていた。その研究とは、ヘミングウェイが一九一八年にイタリア前線で受けた砲弾による傷は精神的外傷となり、それがヘミングウェイの全著作を実質上形成している、というものであった（*Reconsideration* 164-71）。それゆえヘミングウェイは、フェントンによる伝記的研究にことさら警戒心を募らせていたようだ。事実、フェントンはオークパークを訪れ、ヘミングウェイを直接知る人々にインタビューを試み、それを出版した。ヘミングウェイが批評家を攻撃する根底には「連中はみんな理論をもっていて、人をその理論に合わせようとするのだ」（Baker, *Letters* 867）という考えがあった。

結局フェントンが出版した本は、先に引用したようにかなり短絡で偏ったオークパーク観に終わっている。この本の「オークパーク」と題された第一章の大半がハイスクールにおけるヘミングウェイの教育と活動に焦点が当てられている。フェントンが研究を進めていた一九五〇年代には、オークパークに関する歴史資料は皆無に等しかった。それ故、フェントンはオークパークでインタビューを行い、ヘミングウェイが警告した「生き残った者の情報」に頼るしかなかったと思われる。フェントンは出版した本の冒頭で「オークパークでは多くの不愉快なことがヘミングウェイに起こった。彼はこの町のかなり特殊な環境に心から安らぐことは決してなかったし、町もまた彼とは相入れなかった」（1）と書いたが、その詳細は提示していない。恐らくフェントンが依拠した資料は先に紹介したカウリーの記事と、恐らくカウリーに依拠したヤングの次のような評言であろう。

［ヘミングウェイの］友人たちは彼を孤独な少年だったとも言っている。そして彼が当時このような環境で生活に満足していなかったことは、彼がそこから逃避しようとし、二度も家出をしたという事実が十分な証明になっている。(*Reconsideration* 137)

かくして、お上品で抑圧的で偏狭なオークパークとそこからの離反という少年ヘミングウェイの伝説が生まれるのである。ただフェントンに関して評価するべきは、このようなヘミングウェイ伝説を修正しようとする態度があることである。「［ヘミングウェイの］思春期を悲惨や不適応という観点でとらえることは、彼のオークパーク時代の経験と彼の人格全体を誤解することになる。…このようなことは、そうでなければ不安定ながらかなりうまく適応していた時期の、マイナーな一要素にすぎない」(13)。しかし、ヘミングウェイがオークパークで「不安定ながらかなりうまく適応して」おり、オークパークは必ずしも偏狭な町ではなかったという研究は、フェントン以降三十年以上も現れることはなかったのである。

第2章　少年時代のヘミングウェイ神話

チャールズ・A・フェントンによる研究以降、オークパークは長らくヘミングウェイ研究者によって検証されることも詳述されることもなく、お上品で抑圧的で偏狭なオークパークと、そこからの離反という少年時代のヘミングウェイ伝記が定着した。いや、この伝記は何の証左もないまま定説となって一人歩きしていることを考えると、もはや神話と呼ぶべきであろう。ヘミングウェイ研究は一九八〇年代以降、これまで男性的作家と考えられていたヘミングウェイのマチズモ神話を解体し、ヘミングウェイ自身および作品に内在する女性性あるいは複雑なセクシュアリティを解明する批評へと大きく転換している。そのような中で、短絡なオークパーク観と故郷からの離反という少年ヘミングウェイの神話も再考する必要があろう。

そもそも、少年時代のヘミングウェイ神話はヘミングウェイ自身が創作したふしがある。カウリーが公にしたヘミングウェイの「二度の家出」を証明するものは何もない。ヘミングウェイの妹キャロルは「もし［アーネストが］家出をしていたなら、家の者みんなが知っていたはずです」（Buske 210）と証言している。もう一人の妹マドレインも「わたしのように、成長期に兄の行動に近くで接していた者なら誰でも、もし実際に彼が家を飛び出すというようなことが起こっていたら、きっと動揺して心を痛めたことでしょう。そして、その一件を忘れてしまうことなどできないでしょう。わたしには本当に全くそのような記憶はありません」（Miller 147）と兄の家出を否定した。姉マーセリーンもカウリーに始まるヘミングウェイ神話を否定した。マーセリーンによると、ハイスクール一年時の春、即ち「私が十六歳、アーネストがもうすぐ十五歳になるとき」（Sanford 141）二人はダンスパーティに行ったし、その一年後、ダンス教室に通い始めてからアーネストはデートをするようになり、「パーティとダンスを楽しんだ」（Sanford 144）。これは先に紹介した「［ハイスクールの］最終学年までダンスパーティには行かなかった」というカウリーの『ライフ』記事を否定するものである。また、ヘミングウェイはシカゴのボクシング・ジムでプロのボクサーからレッスンを受け、鼻を折り目を痛めたとカウリーは伝えたが、マーセリーンはこれも否定した。

一九一六年頃だったと思うが、アーネストは初めてシカゴで行われたプロの懸賞つきボクシングを観に行った。それから何かの関係でダウンタウンのジムでボクサーの練習を見る機会があった。レッスンを受けたがっていたが、一度もレッスンは受けていない…。

(Sanford 137)

アーネストは友人とグラブをつけてボクシングのまねごとをしたが、それは家の「音楽室」(Sanford 137)の中であった。ヘミングウェイはカウリーとのインタビューで誤った情報を提供したというより、恐らく初めて公表される紹介記事の中で、みずからの経歴をヒロイックに粉飾する神話作りを始めたと言えよう。

実際は、ヘミングウェイはオークパークでむしろ保守的で幸福な育ち方をしたと考えられる。ヘミングウェイ後半生の評伝を書いたA・E・ホッチナーによると、ヘミングウェイは『ライフ』誌に掲載されたカウリーの記事を非難して「『ライフ』とライフ[実人生]の間には大きな隔たりがある」(107)と言った。みずから自己の神話創りに加担したにもかかわらずである。記録による限り、ヘミングウェイがオークパークで不幸な少年時代を送り、それゆえ故郷に反逆したという証拠はない。

ハイスクール時代のヘミングウェイはフットボール、水泳、陸上、新聞、オーケストラなど多彩な課外活動に従事し、特に学校新聞『トラピーズ』には数多くの記事を書き、編集者にもなっている。担当教師に文才を認められ、学校文芸誌『タビュラ』に短編小説三編と四編の詩を書いている。当時、共に学校新聞の編集をしていたスーザン・ローリー・ケスラーは次のように回顧している。「彼はあの頃快活で、いつも笑っていて、屈託がなかった。彼の文学的才能は認められていたが、作家になるとしたらユーモア作家になるのではないかと思われた」(Schleden 27)。(フェントンはこの部分を「あるクラスメート」とのインタビューとして、出版した本の十二ページ目に掲載した。)卒業生の三分の二が大学に進学していたハイスクールで、ヘミングウェイの学業成績平均点は八十五であり (Bruccoli and Clark 128)、当時ヘミングウェイを教えた英語教師フランク・J・プラットによると、ヘミングウェイは優秀な学生であった (Schleden 12)。ヘミングウェイとハイスクールで同期であり、後に著名な英文学者となったボストン大学名誉教授エドワード・ワーゲンネクトによると、ヘミングウェイが「タフ・ガイ」で家出をしたという話しを「確認できるものは何も知らない」(Fenton 13)。

皮肉にも、学者たちがヘミングウェイ神話を創り上げ、その神話を事実としてヘミングウェイ解釈に取り込んできたのに対して、ヘミングウェイを直接知る家族や知人はその神話の虚構性を指摘し修正してきた。もちろん、屈折しがちな思春期の少年の心を表面だけで推し量ることは危険である。しかし、もっと危険なのは、神話化された少年時代をヘミングウェイの文学世界に無批判に取り込むことであろう。

その神話と作品解釈を融合させたのがフィリップ・ヤングである。ヘミングウェイ研究に長年多大な影響を与えてきた研究書『アーネスト・ヘミングウェイ』において、ヤングはヘミングウェイが描いた短編小説群の中心人物ニック・アダムズをヘミングウェイのペルソナ的人物「ヘミングウェイ・ヒーロー」と呼んだ。そして、ニックはハックルベリー・フィンと「ほとんど同一な人物」(*Reconsideration* 233) であり、「ほとんど双生児」(*Reconsideration* 232) と言ってよく、二人の「共通性は完全に近い」(*Reconsideration* 234) と断言した。ヤングはまず、ハックの物語のテーマは少年の心を傷つける暴力からの「逃亡」であるという解釈を提示し、ニックもハックも「上品な生活に満足できず、家から逃亡する少年」(*Reconsideration* 231) であるという解釈を展開する。中でもニックが無賃乗車をして列車から叩き落とされる物語「拳闘家」は「家から逃亡したニック」(*Reconsideration* 235) の物語であるとする。しかし、物語のどこにも「家出」を指示するものはない。ヤングはニック・アダムズをヘミングウェイの自伝的人物であると解釈するあまり、少年ヘミングウェイの神話化された伝記を疑うことなく利用したのだ。再度引用するが、ヘミングウェイのオークパーク時代をヤングは次のように描いている。「[ヘミングウェイの] 友人たちは彼を孤独な少年だったとも言っている。そして彼が当時このような環境で生活に満足していなかったことは、彼がそこから逃避しようとし、二度も家出をしたという事実が十分な証明になっている」(*Reconsideration* 137)。カウリーに始まり、フェントンへと受け継がれ、伝記上の常識にまでなったヘミングウェイ「家出」神話は、ヤングにおいては作品解釈を決定する要素ともなった。かくして、リップ・ヴァン・ウィンクルからハック・フィン、そしてニック・アダムズへという「逃亡」の物語が、「アメリカ神話」として原型化されることになる。

しかし、仮に「逃亡」論を留保するとしても、ニック・アダムズはいったい何から「逃亡」するのであろうか。オークパーク（のようなコミュニティ）からの「逃亡」とは考えられない。少年ニックの物語の舞台であるミシガンは、ニックにとって「逃亡」先ではなく、両親に連れてこられた避暑地である。もちろんミシガン北部はオークパークのような郊外町に比すれば「荒野」が残るところであった。あえて伝記的解釈をすれば、ヘミングウェイ自身がフェントンに語ったように、当時のオークパークもまだ開拓時代の自然が残るところであり、ヘミングウェイ家の西わずか一ブロック先からプレーリーが広がっていて、そこでヘミングウェイはシギやウズラを撃ったりした。またその土手には原生林が広がり、そこでアーネストは野鳥の観察や「インディアン」の遺物を収集した。一方、ミシガンにはカワカマスではなくマスが釣れる清流があり、泳ぎのできる大きな湖があり、シャコの大群や禁猟鳥のアオサギがいたし、遺物ではなく本物の「インディアン」がいた。ヘミングウェイにとってミシガン北部は、郊外町におけるアウトドア志向を十九世紀フロンティアの名残の中で満足させる場であった。

ヘミングウェイがミシガンを描くとき、作品の中に持ち込んだオークパークは自然の中での遊びだけではない。「医師と医師の妻」で描かれるように、医者でアウトドアを好む父親と、夏の日差しを避けてブラインドをおろしたインドアに閉じこもる母親、そして精神的には母親が支配的である両親の関係は、オークパークでの実際の父クラレンスと母グレイスを特徴的に描いている。両親だけではない。ニック・アダムズは素性の曖昧なハック・フィンとは違い、ミドル・クラスの町のミドル・クラスの家庭出身であり、両親の愛情を深く受けている。ニックは正規の教育を受けている印に、「三発の銃声」、「医師と医師の妻」、「三日吹く風」で多くの本を読むし、しつけの厳しい家庭の育ちを証明するように「三発の銃声」で「服をきちんとたたむ」（*Nick Adams Stories* 13)。また家庭あるいは故郷の町が熱心なクリスチャンの世界であることは、「三発の銃声」において故郷の教会でニックが賛美歌に熱心に耳を傾ける姿（*Nick Adams Stories* 14）や、「最後のよき故郷」でミシガンの森の中でも就寝前の祈りを欠かさない（*Nick Adams Stories* 118）ことからわかる。裕福な家庭を象徴するように「ナース」（*Nick Adams Stories* 14）と呼ばれる子供の世話役の女性がいることも「三発の銃声」に描かれている。実際、アーネストのナースはアーネストがいつも本を読んでいたこと、しかも「彼の年頃には難しすぎる本」（Meyers 15）であったことを回想している。現実のアーネストも虚構のニックも、比較的裕福なミドル・クラスの養育を受けて育ったよき「オークパーク」人であるのだ。

ニック・アダムズは故郷の裕福な育ちと堅実な教育としつけ、それに熱心なクリスチャンの教えを身につけ、それを両親と共にミシガン北部の避暑地に携えて来ているのである。ニックは単なるミシガンの森のハック・フィンではない。いわば「文明化された」ハックである。いや、むしろ、無邪気でロマンチックで比較的裕福な家庭出身のトム・ソーヤーが暴力的現実にさらされる姿と言うべきかもしれない。さらに言えば、ハックとトムの混交型と言えるかもしれない。夏の休暇中であるので、ニックはハックと同様に仕事もなければ学校もない。ニックの実体は休暇中の避暑地でハック・フィン的自然児であることを楽しむ、あるいは演じる裕福な家庭の少年である。もちろん、このようなミドル・クラス出身の少年にとって、本物の「インディアン」は、たとえ二十世紀の白人経済システムに取り込まれた先住民であっても、人種上の他者を認識させたし、カワカマスではなくマスの釣れる清流は単なる遊び以上の精神性をもち、そこでの釣りは儀式性を帯びている。都市郊外ではなく辺境の人々は経済的に下位の階級であり、辺境を走る鉄道はシカゴのような都市ではなく、社会の辺境で生きる未知の人間の未知の世界へと導く。少年ニックにとってミシガン北部は、みずからの出自たる豊かで平穏で道徳的なミドル・クラスのコミュニティとの差異を思い知らされる世界であったのである。

ニック・アダムズだけではない。『武器よさらば』のフレデリック・ヘンリーは酒を飲んだ後に売春宿へ行くような軍隊の世界にいながら、犠牲と奉仕の愛、つまりアガペを説く従軍牧師に、軍隊の中で一人だけ心をひかれている。ヨーロッパと軍隊生活の中で希薄になったとはいえ、フレデリック・ヘンリーに内在するオークパーク的価値が牧師の教えに共鳴しているかのようである。また、『日はまた昇る』は全編を通じて飲酒と性的放縦に溢れているような印象を与える。しかし、ジェイク・バーンズは罪意識で自棄的になるとき以外はほとんど酒を飲まない。ジェイクは堅実な仕事と貯蓄によって伝統的なアメリカの価値を実践している。仕事をせずに酒を飲み性的に放縦なのは他の人物たちである。

ヘミングウェイを受け持ったことのある教師がこう語った。「私にとっても…またオークパークの多くの人々にとっても驚きなのは、キリスト教の、またピューリタンの養育を受けて育った少年が、悪や暗黒社会について、あれほどまでよく知り書いたということなんです」（Fenton 2）。このようなインタビュー内容は、ニック・アダムズもフレデリック・ヘンリーもジェイク・バーンズも、酒やセックスやギャンブルに耽るギャングの一味ででもあるかのような印象を与える。いずれもオークパークにとって「悪や暗黒社会」であるのだ。しかし、ニック・アダムズもフレデリック・ヘンリーもジェイク・バーンズもギャングではない。未熟な若者として描かれる『武器よさらば』のフレデリック・ヘンリーを除いて、酒やセックスやギャンブルに溺れることはない。しかも、先述したように、語り手フレデリック・ヘンリーが語るみずからの未熟な過去の物語は、そうした「悪」の生活を悔い、アガペ的愛を希求する物語でもあるのだ。彼らはみな「キリスト教の、またピューリタンの養育を受けて育った少年」であり、その養育によって身についた道徳観でもって「外」の世界である「悪や暗黒社会」を見ているのである。このようなアメリカのミドル・クラス出身の少年と「外」の世界との接触こそ、ヘミングウェイ文学の座標なのである。

先に述べたように、ヘミングウェイは後年、オークパークは「広い芝と狭い心」に溢れていると言ったとされる。ヘミングウェイにとってオークパークが偏狭に見えたとすれば、それは二十歳に満たずして身をもって体験したヨーロッパと第一次世界大戦の影響が決定的であったからであると言えよう。ヨーロッパから帰還後、ヘミングウェイは姉マーセリーンにこう語った。

「オークパークにはない他の人生を味わうことを恐れてはいけないよ。ここの生活もいいけれど、外には本当に物事を感じる人たちの住む大きな世界があるんだ。彼らは感覚でもって生き、愛し、そして死ぬんだ。…それが新しいからといって、新しいものを味わうことを恐がってはいけない。ぼくはここでは人生を半分しか生きていないんじゃないかと思うときがある。」(Sanford 184)

ヨーロッパ、戦争、負傷、酒、タバコ、外国語、多くの新しい知人、結婚の約束までした看護婦との恋、これらを一年足らずで一度に経験したアーネストにとって、アメリカの保守的で信仰心篤い自足的な郊外社会が閉ざされた世界にみえたのは当然かもしれない。作家へミングウェイにとって、オークパークのように閉塞的に思える世界はもはや創作の対象ではなかったのである。自足的で閉ざされたアメリカのコミュニティはオークパークだけではなかった。故郷の町の閉塞性は既にシャーウッド・アンダソンが『ワインズバーグ・オハイオ』(1919)で、シンクレア・ルイスが『メイン・ストリート』(1920)で描いていた。しかし、一世代若いヘミングウェイの心をとらえたのは、「外」の「大きな」「新しい」世界であったのである。故郷オークパークはヘミングウェイ文学の背景へと後退していったのである。

『われらの時代に』の前半部でミシガンを舞台とするストーリーとヨーロッパの戦場を描く中間章のスケッチを並列させたことは、帰還後のヘミングウェイの変化をよく表している。ヘミングウェイはエドマンド・ウィルソンに宛てた手紙で、ストーリーとスケッチを並列する形式に関して、次のように書いている。

全体の光景を間に入れておいて、それからそれを仔細に調べてみるのです。何か、例えば過ぎ去る海岸線のようなものを肉眼で見て、それから十五倍の双眼鏡で見るような感じです。あるいは、多分、それを見た後で、その中に入っていって生活する…そして出てきてもう一度それを見る、と言った方がよいかもしれません。

(Baker, *Letters* 128)

つまり、スケッチが描く「全体の光景」とは戦場の暴力の世界であり、泥酔と臆病、避難民の惨状、無力な病院と教会、そして信仰心の欺瞞が露呈される世界であり、人間が獣のように殺され、酒と売春宿で恐怖と喪失感と心の痛みを紛らす世界である。そこは禁酒、高潔な精神、安定した平和な自足的生活、そして教会を中心とした厳格な信仰心と道徳を堅持する故郷オークパークの「外」にある世界であり、ヘミングウェイがヨーロッパの戦場で見た二十世紀の現実、即ち「われらの時代」であった。そして、その世界をレンズの絞りにかけ倍率を高くしたときに見えたものは、未知の暴力と恐怖に遭遇するハック・フィン的世界を提供したミシガン北部であって、オークパークのような安定した自足的世界ではなかった。唯一中心人物の故郷の町を描いた作品「兵士の故郷」でハロルド・クレブズは、町の娘たちの複雑な世界ばかりではなく、母の愛情と信仰が代表する故郷の戦前と変わらぬ世界にもはや「入って」いけない。そのような閉ざされた世界に「入って」いき「生活」し「仔細に調べて」みたのは、一世代前の作家たちであったのだ。

ヘミングウェイの文学において、オークパークは物語の舞台とはならなかった。しかし、拒絶されることもなかった。ヘミングウェイが描いたのは、オークパークのような保守的な世界に中心人物を対立させたり、そこから「逃亡」させたりすることではなく、オークパークのようなミドル・クラスで保守的で信仰心篤い自足的な環境で育ったアメリカ人少年あるいは青年が、「外」の世界の様々な暴力に遭遇するときの衝撃であったのだから。ヘミングウェイはその衝撃を描き、衝撃を受ける受容体たる人物の出自はあえて省略したのである。ニック・アダムズもフレデリック・ヘンリーもジェイク・バーンズも、ヘミングウェイのペルソナたる中心人物たちは、いわばよき「オークパーク」人である。ヘミングウェイ自身と批評家が共謀して創り上げた偏狭で抑圧的な町オークパーク、そして故郷からの逃亡というアメリカ神話は解体されるべきものなのである。

第3章　少年ヘミングウェイの創作

「十四、十五、十六あるいは十七歳の頃、君はどんなたわごと（"shit"）を書いていたかね？今言えることは、私はそのたわごとを書いたということだけだよ」(Bruccoli xvii)。これはヘミングウェイがチャールズ・A・フェントンに語った言葉である。ヘミングウェイはハイスクール時代に学校新聞『トラピーズ』と学校文芸誌『タビュラ』に多くの記事や作品を書いている。ヘミングウェイみずから「たわごと」と呼んだハイスクール時代の作品は、その質はともかくも、ヘミングウェイが作家修業時代のパリはもちろんのこと、『キャンザス・シティ・スター』紙の見習い新聞記者やイタリア戦線あるいは看護婦アグネス・フォン・クロウスキーとの恋愛を経験する以前に書かれたものである故に、興味深い。特に『タビュラ』誌に掲載された短編小説には、後の作家ヘミングウェイの創作の基本的特質が既に表れていることが見て取れる。先に見たように、「外」の世界で様々な暴力に遭遇するときの衝撃を描くことになる作家ヘミングウェイは、既にハイスクール時代に「外」の世界の暴力を好んで描いていたのである。これまでほとんど批評の対象にならなかったハイスクール時代の作品を、その題材、文体、技法そしてテーマの観点から分析すれば、ヘミングウェイがパリで修業時代を送る前のハイスクール時代に既に有していた文学的資質が見えてくるはずである。

ヘミングウェイは一九一三年にハイスクールに入学した。先にも引用したように、ヘミングウェイと共に『トラピーズ』紙の編集者であった級友スーザン・ローリー・ケスラーは「彼が書くものは滑稽なものが多かった。…文才は認められていたが、どちらかというとユーモア作家になるのではないかと思われた」(Schleden 12) と回想している。また姉のマーセリーンはハイスクールでファニー・ビッグズ先生の授業をアーネストと共に受講したことを回想している。これは短編小説を創作する授業であったが、アーネストは「ポーやリング・ラードナーやO・ヘンリー風の物語を提出していた」(Sanford 138)。当時の人気作家であるラードナーのユーモアとポーやO・ヘンリーのサプライズ・エンディングが、十代のヘミングウェイのお気に入りであったことがうかがえる。

ヘミングウェイは『タビュラ』誌に短編小説を三編発表している。「マニトゥーの裁き(“Judgment of Manitou”)」(一九一六年二月)、「色の問題(“A Matter of Colour”)」(一九一六年四月)、そして「セピ・ジンガン(“Sepi Jingan”)」(一九一六年十一月)である (Bruccoli および

Mazarka and Vogel 所収)。いずれも邦訳はないし、詳細に論じられたこともない作品なので、ここにストーリーの要約とそれぞれの特徴を紹介しておく。第一作の「マニトゥーの裁き」はアメリカ北部地方を舞台に、白人とアメリカ先住民の狩猟仲間の間に生じる誤解と復讐が描かれ、一種のサプライズ・エンディングで終わっている。白人狩猟家のディック・ヘイウッドがある寒い朝、相棒のクリー・インディアンのピエールを小屋に残して、しかけたワナを見るために森の中へ入る。ピエールは小屋の戸口で「あの泥棒野郎め、ウサギみてえに片足で宙ぶらりんになったら、今より寒くてふるえあがるだろうよ」と言う。ピエールはディックが自分の財布を盗んだものと思い込み、復讐のためにディックが入る森の入口にワナを仕掛けておいたのであった。果たして、ディックはそのワナに足をすくわれ宙づりになる。折しも、ディックの後を狼が追っていた。一方、小屋で寝ていたピエールは頭上の物音で目がさめる。見ると、たる木のところでリスが財布の革をかじっている。財布を盗んだのはリスであったことに気づいたピエールは、ディックに仕掛けたワナを思いだし、ライフル銃を握るが早いか小屋を飛び出した。森の入口にたどり着くと、二羽のからすが原形をとどめないディックの死体から飛び去った。あたりの雪は真っ赤に染まり、狼の足跡がついていた。そこでピエールが足を一歩踏みだしたとたん、足を取られて前に倒れた。熊用のワナに掛かったのである。そのワナは死んだディックが見に来ていたものであった。ピエールは「これはマニトゥー［北米先住民の神、精霊］の裁きだ。狼に手間を省いてやろう」と言って、ライフル銃に手をのばす。つまり狼に食われる前に自殺することをほのめかして、ストーリーは終わる。
よくできたストーリーである。その文学的評価は別にして、物語がコンパクトに無駄なく収まっている。技法としてはアイロニーをねらったO・ヘンリー的サプライズ・エンディングが顕著であり、当時のヘミングウェイの文学趣味がうかがわれる。また北国の冬を背景に猟師と動物を登場させる題材に、ジャック・ロンドンの影響を見て取ることは難しくない。ヘミングウェイ家はミシガン北部に別荘を所有し、毎年避暑に出かけていたので、大都市郊外育ちでありながら、ヘミングウェイにとって北国の森林地帯や北米先住民は自信をもって描ける題材であったはずである。文体もシンプルで、単文を連ねるか"and"や"but"で動作の流れを半ば機械的に連続させる文章が多い。また、動作の即物的描写と口語による会話文が主で、語りは全知のそれであり、感情表現は極力抑制されている。例えば、冒頭の文章は次のようになっている。

Dick Haywood buttoned the collar of his mackinaw up about his ears, took down his rifle from the deer horns above the fireplace of the cabin and pulled on his heavy fur mittens.
(Bruccoli 96; Maziarka and Vogel 93)

人物の動作を必要最低限の事物を交えて連続的に描き、客観描写に徹していて、若さにありがちな気負いがない。後の作家ヘミングウェイの名高いシンプル・スタイルは、ハイスクール時代にすでにその萌芽があったと考えて間違いなかろう。

　第二作の「色の問題」は前作に比べると稚拙なサプライズ・エンディングをもつストーリーである。老ボクシング・マネージャーのボブ・アームストロングが若い聞き手に過去の思い出を語る形式をとっている。一九〇二年にボブはモンタナ・ダン・モーガンというボクサーのマネージャーをしていた。ダンが腕をあげて名が売れるようになった頃、ピート・マッカーシーが当時無名の黒人アマチュア・ボクサーであったジョー・ガンズとの試合をもちかける。契約の中に、試合放棄の場合は罰金五百ドルという条項があったので、奇妙だなと思いながらも、ボブはサインをした。ところが、試合の二日前、ダンが頼みの右手を痛めてしまった。練習用のパンチ・バッグがゆるんで、その骨組に右手を当ててしまったのである（これはピートの仕業と推察される。これで試合放棄の罰金の意味が明らかになる）。そこでダンは次のような不正試合を企む。リングの後ろにカーテンが下がっている。第一ラウンドでジョー・ガンズをカーテンまで追い詰めるから、誰かにカーテンの後ろから野球バットでジョーの頭を殴らせればいい、と。ダンにみずから多額の金を賭けていたマネージャーのボブは、大柄なスウェーデン人を雇い、黒人の方を殴るように指示を与える。しかし、このスウェーデン人は誤って白人のダンを殴ってしまう。彼は「色盲」であったのだ。これが題名「色の問題」が意味するところである。

　ヘミングウェイはハイスクール時代からボクシングに興味があり、証拠はないにしてもシカゴのジムに通ったと言い、友人を相手に自宅や友人宅や戸外でよく試合をした（Baker, *A Life Story*

22)。これほどのボクシング好きの少年にとって、ボクサーとマネージャーそれに八百長試合は得意な話題であったであろうことは想像に難くない。興味深いことに、ヘミングウェイは作家になってからも「ぼくの親父」や「五万ドル」などでボクシングや八百長をテーマにした作品を書いている。『武器よさらば』でもキャサリンは八百長の競馬に賭けるし、フレデリックはスイスでボクシング・ジムに通う。少年ヘミングウェイの関心は成人後も持続し、作家ヘミングウェイに特徴的な題材を提供している。

技法的には、「色の問題」もO・ヘンリー的サプライズ・エンディングが顕著であるが、スポーツ選手という人物設定や口語および俗語を多用した会話でストーリーを展開させる手法はリング・ラードナー的である。ラードナーは一九一三年から一九一九年まで『シカゴ・トリビューン』紙に"In the Wake of the News"と題したコラムを連載していたし、一九一四年には『サタデー・イヴニング・ポスト』誌が野球投手ジャック・キーフの一人称書簡体物語を六編掲載した。ジャックは読み書きがまともにできないので、そのスペリング・ミスや同音異義語の誤使用や文法上の誤りが滑稽で笑いを誘った(Evans 243-47)。ラードナーは一九一六年には *You Know Me Al* を出版している。ヘミングウェイが『タビュラ』誌に短編小説三編を発表したのも一九一六年である。『シカゴ・トリビューン』紙と『サタデー・イヴニング・ポスト』誌両方の読者であったヘミングウェイがラードナーのストーリーを読んでいたことは間違いないだろうし、ハイスクール時代にラードナーを模倣していたことも間違いない。ヘミングウェイが『タビュラ』誌に掲載したストーリーの登場人物たちも、ラードナーが描いた人物同様に、経済的社会的に下層の出身であることを示す非文法的な英語やスラングを話す。実際、ヘミングウェイが描いたのはワナ師やボクサーやネイティヴ・アメリカンである。ハイスクール時代にヘミングウェイが書いたものはユーモラスなものであったことも、先の級友の証言で紹介した。実際、学校新聞『トラピーズ』紙にはみずからをラードナーに見立てるか、あるいは「リング・ラードナー・ジュニア」と自称したヘミングウェイの記事が数編掲載されている（Bruccoli 49–51, 57–58, 79–81; Maziark and Vogel 60–61, 64–65, 81–83）。

例えば一九一七年五月四日の「リング・ラードナー帰還」と題された記事で、ヘミングウェイは明らかにラードナーを模倣している。この記事は「マースへ」で始まる書簡形式で、姉のマーセリーンに宛てたユーモラスな内容のものである。“ain't” “ast” [“asked”] “they ain't got nothing on you” “you must of knew” のような破格の会話表現が多用されているが、これらはラードナーが好んで使用した口語表現である。内容的には姉マーセリーンに対するからかいである。

> 「マーセリーン、学校には姉弟（兄妹）が五組いるってこと知ってたかい。奇妙な偶然なんだが、例外なく姉（妹）の方は顔立ちが良くって、弟（兄）はそうじゃないんだ。シュワーブとシェパードとコンドロンとカフツとヘミングウェイだよ。一組を除いて姉（妹）の方が弟（兄）よりもずっといい顔してるっていうのは実に奇妙だ。でも、慎みってものをわきま

えているから、どの姉弟（兄妹）が例外かってことは言わないけどね。だろ？・マース？・」

(Bruccoli 79; Maziarka and Vogel 81)

ラードナーを自称し、口語を意図的に多用し、書簡体のユーモラスな記事を書き上げるところは、ハイスクール時代のヘミングウェイがどれほどラードナーに「かぶれていた」かがわかる。

さらに、赤十字社の運転手としてイタリアに滞在する第一次世界大戦中の一九一八年に、ヘミングウェイは『チャオ』紙にもうひとつラードナーの模倣作を書くことになる。『チャオ』紙はヘミングウェイが配属されていた赤十字第四分隊がイタリアのスキオで発行した新聞である。ヘミングウェイは自作を「アルもう一通の手紙を受け取る」と題したが、それ自体が書簡体の模倣とリング・ラードナーへの長く続く愛着を証明している。次の引用はその一部であるが、ラードナーの模倣が確認できるよう原文のまま引用する。

> Well Al we are here in this old Italy and now that I am here I am not going to leave it. Not at all if any. And that is not no New Years revolution Al but the truth. ...
>
> (Fenton 59; Baker, *A Life Story*, 42)

チャールズ・フェントンが言うように、この作品は「ラードナーが描く無教養な人物にお馴染みのマラプロピズム［言葉の滑稽な誤用］、文法の歪曲、そして気取りをうまく利用している」(59)。ヘミングウェイは「新年の決意（New Year's resolution）」とするべきところを「新年の革命（New Years revolution）」としたわけだ。

「色の問題」の特徴のひとつで、後の作家ヘミングウェイを予感させるのが「語り」の手法である。老ボクシング・マネージャーが少年に思い出を語る形式をとっているが、その聞き手であると同時にストーリー全体の語り手でもある少年は一度も登場しないし名前も与えられていない。語り手はストーリーの中には実質的に登場せず、他者にストーリーを語らせている。これはヘミングウェイが「スミルナ埠頭にて」で採用している語りの方法である。希土戦争においてスミルナから撤退するギリシャ軍や避難民の姿を、直接目撃した人物に語らせることによって、ストーリー全体の「語り手」は完全に「聞き手」の立場を維持し、何らコメントは加えない。この「聞き手」／「語り手」の存在がわかるのは、作品の第一文「奇妙なことに、と彼は言った。彼らは毎晩、真夜中になると悲鳴を上げたのだ（"The strange thing was, *he said*, how they screamed every night at midnight."）」（*The Short Stories* 89）（強調筆者）で、ストーリー内のストーリーの語り手を指示している箇所のみである。「色の問題」においても、第一文で「『え、お前、ジョー・ガンズのデビュー戦の話を聞いたことがないのかい』とボブ・アームストロングは片方のグラブを引っ張りながら言った（" 'What, you never heard the story about Joe Gan's first fight?' *said old Bob Armstrong, as he tugged at one of his gloves.*"）」（Bruccoli 98; Maziarka and Vogel 95）（強調筆者）というように、作品全体の「語り手」の存在を「聞き手」として示しているにすぎない。上記の斜字体の部分を除けば、ストーリーはすべてマネージャーのボブの語りである。ボブが "Well, son, ..." と「聞き手」に語りかけていることから、「聞き手」は少年であると推測される。ヘミングウェイはこのような語りの方法においてもラードナーの書簡体を模倣している可能性がある。

第三作の「セピ・ジンガン」は舞台をミシガン北部に設定している。語り手の「私」は北米先住民オジブウェイ族のビリー・タベショーと共に雑貨店にいる。ビリーは「ピアレス」(「無比の」という意味がある)というタバコをひと箱買い、カナダの二十五セント玉を出して釣り銭を待っている。すると大きなハスキー犬がソーセージをひとつなぎくわえて逃げた。ビリーはソーセージの代金も支払う。その犬はビリーの飼い犬で「セピ・ジンガン」という名前である。ビリーが関心を寄せるのは様々な銘柄のタバコと犬のセピ・ジンガンである。「お前にセピ・ジンガンの話しをしたかな?」と言って、ビリーは「私」に話し始める。ポール・ブラック・バードというインディアンがいて、彼は前年の独立記念日に酔っぱらい、線路で寝ていて列車にひかれて死んだことになっている。ポールは悪いインディアンで、一日中酒を飲んでいたが、どうしても酔えなくて気が狂ってしまう男だった。ポールは不法に魚を獲ったために、監視人のジョン・ブランダーに追われていた。ある日、ジョンが帰ってこないのを不審に思った女房は、従兄のおれに捜索を依頼した。ジョンは発見されたが、鳶口で背中を刺されて死んでいた。ポールの跡を追っていたおれは、昨年の七月十四日、セピ・ジンガンと線路を歩いていて頭を殴られた。気がつくと、鳶口を手にしたポール・ブラック・バードが立っていた。すると背後からセピ・ジンガンが飛びかかってポールの咽元に噛みついた。おれは死んだポールを線路に寝かせて、泥酔による列車事故に見せかけたんだ。「そういうわけで、いいかい、ポール・ブラック・バードは酔っぱらってペール・マルケット鉄道の線路に寝てしまった、というのは的はずれさ。あのインディアンは酔えない奴だったんだ。酒を飲んでも頭がおかしくなるだけだったんだよ。…おいで、セピ。」

やはりこの作品もサプライズ・エンディングの手法であるが、前二作ほどトリックが単純であからさまではない分、質の高い作品になっていると言ってよかろう。しかも、セピ・ジンガンの物語を語るビリー・タベショーには、話しの「落ち」を声高に強調する「わざとらしさ」がない。セピの物語を話し終えるとビリーは「私」に、「そういうわけでおれとお前はここに座って月を眺めてるってわけさ。それに、借りは返したわけだよ。セピがホーリーの店でソーセージを盗むのを許してやったんだ。面白いだろ。おれの意見を聞き入れて、あのタキシード［タバコの銘柄］は吸わないことだな。タバコといえるのはピアレスだけだ。おいで、セピ」と言って話しを打ち切り、ストーリーもそこで終わる。このような結末の手法は、聞き手の「私」を物語の結末で突き放し、「私」と共に読者をも宙づりの状態に保ち、余韻を長びかせる効果をもつ。これはオープン・エンディングの傾向が強い作家へミングウェイの作品を予兆するものである。

マイケル・レノルズによると、ヘミングウェイが学校新聞に書いた記事は当時のオークパーク文化を反映している。例えば、ヘミングウェイが記事の中に記した人名は「スコットランド系、アイルランド系、イギリス系、ドイツ系、スカンジナビア系である。少数民族はこのアッパー・ミドル・クラスの村では不在であること著しい」("Portrait" 14)。しかしながら、その一方で、ハイスクール時代のヘミングウェイは短編小説の登場人物としてアメリカ先住民や黒人、つまり少数民族を好んで描いている。白人を描く場合も猟師やボクサーといったアッパー・ミドル・クラスからかけ離れた人物たちである。事実と虚構の間で二分化された人物像は、後の作家ヘミングウェイの作品に引き継がれる。ヘミングウェイはニック・アダムズを中心とするミドル・クラスの白人とその家庭や夫婦あるいは恋人像を描く一方で、アメリカ先住民やボクサー、闘牛士、売春婦、殺し屋、あるいはミシガンやモンタナやワイオミングの辺境に住む人々を題材にした。ヘミングウェイはみずから生まれ育ったワスプ中心でミドル・クラスのコミュニティ出身の人々を描くと同時に、みずから滞在したアメリカ北部の辺境やその住人、またお上品なミドル・クラスとは異質な世界に住む人々をも描いたのである。このような異なる世界の住人はハイスクール時代のヘミングウェイの執筆上の視野の中に既に存在し、前者は学校新聞の記事という事実の世界に、後者は学校文芸誌の小説という虚構の世界に描き分けられているわけである。そして、いわばこの現実の世界と虚構の世界を接触させて、ミドル・クラスの裕福な白人家庭出身の少年が、アメリカ先住民や下層社会の人々と遭遇するという作家ヘミングウェイの小説世界が生まれるのである。実際、「セピ・ジンガン」の中心人物であるアメリカ先住民ビリー・タベショーは「医師と医師の妻」に登場し、ニック・アダムズ物語の中で再び描かれることになるのである。

レノルズが指摘するもうひとつの興味深い点は、ヘミングウェイが学校新聞に書いた運動競技に関する記事には、女性あるいは女性の競技がまったく言及されていないということである。他の記事でも女性の登場は極めて少ない。同様に、学校文芸誌の作品に登場する女性は一人もいない。ただ「セピ・ジンガン」の中で狩猟監視人の「女房」という言及があるだけである。少年へミングウェイの関心は、事実においても虚構においても男性的スポーツと男性的世界にあったようである。

成人した作家へミングウェイも、作品名『女のいない男の世界』が象徴するように、男性中心的世界を描いた作家のように考えられがちだが、実際は長編小説にも短編小説にも多くの女性が登場する。しかも、それらの女性との関係において、男性人物は決して支配的立場にはない。作家へミングウェイは、むしろ男と女の関係を執拗に描くことになる。父と母、恋人、夫婦の関係はハイスクール時代のヘミングウェイの関心事ではなかったか、あるいは描ききれない題材であったか、また、不幸な男女関係は保守的な故郷の町が容認しないテーマであったか、と推察される。それゆえにこそ、後に描かれることになる女性像や男女関係、さらには、錯綜したジェンダーとセクシュアリティは、ヘミングウェイの作家としての成長を測るひとつの尺度となるのである。

ハイスクール時代の創作の技法に関しては、視点の効果が指摘されている。レノルズによると

「アクションの展開を見ている距離を置いた受動的観察者」は、後の作家ヘミングウェイに特有の視点になる（"Portrait" 14）。またマシュー・J・ブルッコリーは「会話によって人物像を作り上げていくこと」が意識的になされていることを指摘し、さらに「三編の中で最良の作品『セピ・ジンガン』は、文明化された世界の語り手が半文明世界の主人公の話を報告するという二重の視点を採用している」（Bruccoli xiv）と述べている。既に指摘しておいたが、この二重の視点は「スミルナ埠頭にて」で、戦争中の退却場面を直接目撃した人物から聞いた話を、語り手が何もコメントを加えずに報告するという形で再び用いられることになる。そして『日はまた昇る』におけるように、一人称の語り手が複数の他者からの情報と「インサイダー」としての知識を構成して物語世界を構築しながらも、その物語世界の中心にみずからを置き、みずからの物語を語るという手法は、ハイスクール文芸雑誌の小品から作家ヘミングウェイの文学への成長を印すものである。先にも述べたように、ブルッコリーの言う「半文明世界」に対置される「文明化された世界」こそオークパークのようなアメリカのミドル・クラスで保守的で道徳的な安定したコミュニティである。そのコミュニティ出身の語り手はそのコミュニティを出て、「外」の世界あるいは「半文明世界」を見るとき、その差異に鋭敏に感応し、その衝撃を非情に、あるいは寡黙に語るのである。しかも、後の作家ヘミングウェイは「半文明世界の主人公」ではなく「文明化された世界の語り手」に、みずからを中心人物とするみずからの物語を語らせることになる。

ヘミングウェイは学校文芸誌によらず、ハイスクールの授業で書いた作文でも際だった個性を発揮していたようである。一年次の授業を担当した教師フランク・J・プラットによると、ヘミングウェイは一年生用の作文でも「リアリスチックな冒険にたいする熱烈な興味をもって」(Fenton 8)書いた。級友たちもヘミングウェイの作品が「極めて個性的であった」と回想し、その内の一人によると「[ヘミングウェイが]このクラスで書いたものは、課題作文としては受け入れられないのではないかと思われるほど、人とは違っていた」(Fenton 6)。少年ヘミングウェイがハイスクール一年時に書いた作文は現存していないので、その内容を確認することはできない。ただ、「リアリスチックな冒険にたいする熱烈な興味」を示し、かつ「極めて個性的」で「人とは違っていた」作文は、アメリカ先住民やボクサーあるいは狩猟家を題材とし、血生臭い暴力や自殺や八百長試合を描いた学校文芸誌の作品を予兆するものであったと推察される。ヘミングウェイが関心を示した創作上の題材は、ハイスクール時代から既に故郷オークパークの「外」にあったのである。

ヘミングウェイはハイスクール卒業後、『キャンザス・シティ・スター』社の見習記者となったが、この新聞社には文体心得があり、これが作家ヘミングウェイの文体に影響を与えたと考えられている。その内容は、例えば、短い文章を使うこと、第一節は短くすること、力強い英語を使うこと、否定形ではなく肯定形を使うこと、古いスラングは決して使わないこと、形容詞、特におおげさな形容詞は使わないこと、であった(Fenton 31-33)。しかし、『トラピーズ』紙の新聞記事はともかくも、『タビュラ』誌に発表された短編小説には、リング・ラードナーを模倣しと思われる歯切れの良い文章とスラングが特徴的に見られるし、不必要と思われる「おおげさな形容詞」は特に見られない。ハイスクール時代のヘミングウェイは『キャンザス・シティ・スター』社の文体心得を待たずとも、小説の文体と技法に関して作家ヘミングウェイになる基本的素養を有していたと考えてよかろう。姉マーセリーンが「セピ・ジンガン」に言及して、「あの物語は文章が唐突で短く、反復がスタイルとなっていて、会話が自然で生き生きとしているので、後に出版されることになる本の先駆的存在である」(139) と言っているが、まさにそのとおりである。戦後のアメリカ修業期にヘミングウェイが学ぶことになるのは、技法よりもむしろ小説のテーマと題材のほうであったと思われる。「外」の世界を題材としながらも、プロットとトリックに依存する「よくできたストーリー」ではなく、知性と情緒の中心たる「私」の物語、あるいはその「私」が深く関わる女性との物語、即ちニック・アダムズの物語を着想するのはまだ先のことであった。

II

未熟という魅力

戦後のアメリカ修業期

第4章　アグネスから「北ミシガンにて」へ

ヘミングウェイは第一次世界大戦から帰還して再びヨーロッパへ旅発つ間に、「北ミシガンにて」というストーリーを書いていた。このストーリーは作家志望の青年から作家へミングウェイへの成長を印す作品と言えるかもしれない。なぜなら、このストーリーはハイスクール時代の作品と同様にミシガンと暴力を描きながら、作者の目は暴力やサスペンスやユーモアではなく、その暴力に遭遇する中心人物の情緒あるいは心理に注がれているからである。しかも、その情緒と心理は女性の性にまつわるものであり、それは後の作家へミングウェイの中心的テーマへと発展するからである。しかし、そこに至る道は決して平坦ではなかった。帰還後の若きへミングウェイは今すぐ売れる物語を書くことに専念していたからである。先に述べたように、トリックに依存した「よくできたストーリー」ではなく、知性と情緒の中心たる「私」に関わる物語、即ちニック・アダムズの物語を着想するのはまだまだ先のことであった。この「北ミシガンにて」の創作に至るまでの模索の時期を、戦後のアメリカ修業期と呼んでもよかろう。

第一次世界大戦のヨーロッパ戦線から帰還してオークパークの自宅に戻っていたヘミングウェイは、一九一九年三月十三日、アグネス・フォン・クロウスキーから絶縁状を受け取った。手紙を「読み終えると床についてしまい、本当に病気になってしまった」(Sanford 188)と姉マーセリーンは回想する。ヘミングウェイは一九一八年七月八日にオーストリア軍の砲弾を浴びて重傷を負い、ミラノのアメリカ赤十字病院に収容されていたが、アグネスはその病院の看護婦であった。アグネスに恋をしたヘミングウェイは、二人は結婚を約束したものと信じ込んでいた。それゆえ、この突然で一方的な関係破棄は若きヘミングウェイに癒しがたい傷を残すことになり、この経験から「とても短い話」という辛辣なストーリーが書かれることになる。

アグネスに関する研究や資料は豊富だが、これまでは作中人物のモデル、特に『武器よさらば』のヒロイン、キャサリン・バークレーのモデルとしてのアグネスに研究者の関心は集まっていた。しかし、アグネスはヘミングウェイの創作の中で回想される失われた恋人であるばかりではない。先行研究が指摘も解明もしていない伝記上の興味深い出来事がある。アグネスは帰還して間もない若きヘミングウェイに、作家としての人生を急がせる人物でもあったということである。ヨーロッパ戦線から帰還後、アグネスと結婚するために職に就く必要に迫られたヘミングウェイは、故郷のオークパークで短編小説を書き始めていた。ヘミングウェイは職業として作家になることを考えていたようである。当時、手早く収入を得るために大衆雑誌向けの物語を書いていたことは、すでに明らかになっている。

アグネスとの関係が決裂してからは、ヘミングウェイは大衆小説を書くことを当座はやめて、ミシガンで「スケッチ」とも呼ぶべき実験的な創作を始めた。一度はそのスケッチを中座して大衆小説に戻ったときもあったが、ヘミングウェイは一九二一年のシカゴで実験を再開し、「北ミシガンにて」の第一草稿を書くことになるのである。この時期がわれわれが知っている作家アーネスト・ヘミングウェイの始まりである。同年一月のシカゴで、ヘミングウェイはシャーウッド・アンダソンに会う。既に作家として成功していたアンダソンは、若きヘミングウェイに文学と文学界について語り助言を与えた。この出会いがヘミングウェイの短編小説のコンセプトを決定的に変えさせ、「北ミシガンにて」の初版を完成させることになるのである。このように概観されるヘミングウェイのアメリカ修業期を探ることによって、あまり光の当てられることのなかった初期の創作過程および作家形成の実質的な始まりを浮き彫りにできるものと思える。

1　アグネスとの約束

一九一八年十一月十一日に停戦を迎えると、アグネス・フォン・クロウスキーはヘミングウェイにアメリカへ帰るよう促した。二人が結婚できるように、ヘミングウェイが先に帰国して仕事に就く、というのがその理由である。この伝記的記述はヘミングウェイ自身が書いたストーリー「とても短い話」に端を発している。このストーリーは一九二四年にパリ版『ワレラノ時代ニ』のひとつの章として出版され、翌一九二五年に若干の修正が施されて『われらの時代に』にストーリーとして組み込まれた。このストーリーでは、停戦後に「彼」とルズは「ふたりが結婚できるように、彼が故郷に帰って仕事に就く」ことに同意した（*The Short Stories* 142）。因みに、最初の草稿から『われらの時代に』のスクリブナーズ一九三〇年版までルズ（Luz）はアグ（Ag）、即ち、アグネスという名であった（Paul Smith, *A Reader's Guide* 25-26）。しかし、ルズがすぐにアメリカに帰国しないことについて、二人はけんかをする。ミラノの駅で別れたときは、二人のけんかはまだ終わっていなかった。その後、イタリア人の少佐がルズに言い寄り、「全く予期しなかったことに」（142）その少佐と結婚することになったルズは、シカゴに戻った「彼」に二人の恋愛は「こどもの恋にすぎなかった」（142）と手紙に書いた。

確認できる伝記的事実としては、ヘミングウェイがアグネスに最後に会ったのは一九一八年十二月九日で、場所はイタリアのトレヴィーゾであった。アグネスはトレヴィーゾの陸軍病院に配置転換になっていたのだ。ただ、ジェイムズ・R・メローによれば、二人は「十二月三十一日のミラノで、ヘミングウェイがアメリカへ帰国する直前に最後に会っている」(85)。いずれにしても、カーロス・ベイカーが指摘しているように、トレヴィーゾでヘミングウェイはアグネスに「すぐに帰国することを約束した」(*A Life Story* 55)。事実、アグネスはヘミングウェイに宛てた手紙の中で、ヘミングウェイが「すぐに帰国する約束をしたこと」について書いている(Villard and Nagel 142)。アグネスはヨーロッパに残って看護婦としての仕事を続けることを選択する一方で、ヘミングウェイと結婚して良き妻になることをほのめかしてもいる。「年下の人と結婚するつもりだと母に手紙を書きました…あなたにひもじい思いはさせないわ。だってあなたの未来の妻は一人の男性に食べさせるぐらいの料理は知ってるんだから」(Villard and Nagel 140–41)。実際、ヘミングウェイはアグネスより七歳年下であった。

恐らくアグネスが早晩アメリカに帰国して結婚してくれると信じたヘミングウェイは、翌年の一九一九年一月四日にイタリアを出国し、一月二十一日にニューヨークに到着した。そして、三月十三日、イタリアのアグネスから例の一九一九年三月七日付の絶縁状を受け取ったのである。その手紙の中でアグネスはこう書いている。アグネスのヘミングウェイに対する愛情は「恋人というより母親としてのものでした。…私は今もいつまでも年上すぎますし、それは事実なのです。それにあなたがまだ少年――こどもであるという事実から、私は逃れることができないのです。…それから――これは私にとっても突然のことと言わなければなりませんが――もうすぐ結婚することになりました」(Villard and Nagel 163)。アグネスはイタリア人将校ドメニコ・カラッチョロと新たな恋愛を始めており、結婚にはいたらなかったものの、婚約をしていたのである。

かくして、アグネスがヘミングウェイに合衆国へ帰るように促したのは事実と判断できる。また、アグネスが絶縁状を送ってヘミングウェイとの関係を断ち切ったのも事実である。さらに、アグネスがヘミングウェイとの恋愛を大人同士の恋とは考えていなかったか、少なくともそのように手紙で表現したことも事実である。ストーリーと伝記は基本的に符合する。しかし「とても短い話」で三度も言及されていながら、アグネスは公刊された書簡でもインタビューでも一切言及していないことがある。それは結婚できるように彼が先にアメリカに帰って「職に就く」という二人の同意である。

しかしながら、この同意に関して、状況証拠とも呼ぶべきものがある。トレヴィーゾでアグネスに最後に会ってから二日後の一九一八年十二月十一日付の手紙で、ヘミングウェイはアメリカの家族に次のような手紙を書いた。

当分こんな機会はないだろうから、こっちにしばらく滞在してぶらぶらしたいと思っています。でも、帰国して少しみんなの顔を見たら働かなきゃいけないと本当に感じています。…ぼくは人生を楽しむべく生まれついているのに、神様はぼくをお金持ちに生んではくれなかった——だから稼がなきゃいけないし、早ければ早いほどいいんです。

（Villard and Nagel 195）

この手紙でヘミングウェイはアグネスのことには何も触れていないが、帰国して金を稼ぐために仕事に就かなければならない、しかも「早ければ早いほどいい」という切迫感は、トレヴィーゾでのアグネスとの最後の会合に由来すると推測される。この手紙より以前、つまりアグネスとトレヴィーゾで会う前に家族に宛てた手紙では、ヘミングウェイは帰国したくない旨を繰り返し伝えている（十月十八日、十一月十一日、十一月十四日、十一月二十八日付の手紙。Villard and Nagel 186–94）。特に十一月十四日付の父に宛てた手紙でヘミングウェイは、鉄道を無料で利用できる特典を与えられているし、できるだけイタリアを見て回りたいので、翌年（一九一九年）の五月あるいは六月までアメリカには帰らないとさえ書いている（Villard and Nagel 192）。この計画を突然に変更した理由は、現在のところアグネスとの最後の会合の他には見あたらない。

この推測の正当性はトレヴィーゾでの会合から四日後の一九一八年十二月十三日にヘミングウェイがビル・スミスに宛てた手紙でさらに高まる。ビルはヘミングウェイが避暑先のミシガン州ホートン・ベイで一九一六年に会って以来の親友である。

だからアメリカに帰って the Firm［会社?・不明］で仕事を始めるつもりだ。アグ［アグネス］はぼくたち二人なら貧しくても楽しくやれるって言うんだ…。

だから今しなきゃいけないのは、二人が最低限暮らしていけるだけの賃金をもらって、北［ミシガン］で六週間かそこら滞在できる金を貯めて、君に新郎の付添い役をお願いすることなんだ。いいかい、ぼくの人生はあと五十年ぐらいしかないんだ。だから一年たりとも無駄にしたくないし、あの娘と離れている一分一分が無駄なんだよ。(Baker, *Letters* 20)

ヘミングウェイがアグネスとまもなく結婚できるものと信じ込んでいたことは明らかで、ビルに結婚式での付添い役を依頼さえしている。しかも生活費や貯金のために仕事に就かなければならないというヘミングウェイの切迫感はここでも繰り返し表明されている。同時期に書かれた家族への手紙と合わせて考えると、終戦後も半年ほどヨーロッパに滞在するつもりであったヘミングウェイは、トレヴィーゾでアグネスに帰国を促され、予定を変更してトレヴィーゾでの会合から一ヶ月ほどでアメリカに帰国したことは事実と断定できよう。しかもアグネスはヘミングウェイに帰国ばかりでなく、早く仕事に就くように促したことも同様に事実と考えてよかろう。たとえ絶縁状の中で、年齢差を意識するアグネスが若いヘミングウェイの「人生を急がせるのはよくない」(Villard and Nagel 163) と書くことになるとしても、である。

アグネスの絶縁状を受け取ってからおよそ一ヶ月後、ヘミングウェイはジェイムズ・ギャンブルに手紙を書いた。ギャンブルは戦時中にヘミングウェイが配属されていた移動酒保を指揮していたイタリア赤十字の大尉であった (Baker, *A Life Story* 43)。(ジェイムズ・ギャンブルは「石鹸製造会社プロクター・アンド・ギャンブルの御曹司」［Baker, *A Life Story* 43］という説はヘミングウェイ研究では常識にまでなっていたが、ゲリー・ブレナーによって否定されている［Brenner, "Enough" 90］。）ギャンブルは停戦後ヘミングウェイをシシリーのタオルミナへ旅行に誘ったが、アグネスはその提案が気に入らず、ヘミングウェイに思いとどまらせようとした。それがヘミングウェイの帰国を促した理由だと、アグネスは後に語っている（Reynolds, *Hemingway's First War* 204）。ギャンブル宛の手紙でヘミングウェイは、アグネスとの関係が終わったことによる安堵感と解放感を吐露している。

まず第一にぼくは今、自由なんだ。もつれた関係はぜんぶ一ヶ月ほど前に終わった …ともかく今はしたいことは何でも自由にできるんだ。行きたいところはどこでも行けるし、なにがしかの作家（some kind of writer）になるための時間はたっぷりある…もう働かなくてもよくなったから、何をしていいのか決めかねるよ。（Griffin 117–19）

アグネスとの決裂がどんなに憂鬱なものであったとしても、ヘミングウェイにとって確かなことがひとつあった。それは仕事を見つけなければならないという切迫感から解放されたことだ。ヘミングウェイは脚に受けた戦傷のため、旅行者保険で少なくと一年間は暮らすことができた（Reynolds, *The Young Hemingway* 75）。もう急いで身を固める必要はなくなったのである。

これらの書簡は「とても短い話」の伝記的読みを支持するだけではない。ヘミングウェイの作家歴における最初の重大な転換期を示すものでもある。ストーリー「とても短い話」の中には、「彼」がアメリカに帰国後どんな仕事に就いたのか、あるいはそもそも仕事に就いたのかどうかも一切書かれていない。しかし、現実にはヘミングウェイは仕事に就こうとした。つまり、作家として成功するべく懸命に努力したのだ。イタリアから帰還してまもなく、ヘミングウェイはいくつかの短い物語を書き始め、それを『サタデー・イヴニング・ポスト』のような大衆雑誌に送っていたのである。

2　始まりは大衆娯楽小説

一九一九年一月にイタリアから帰還してから一九二一年十二月に再びヨーロッパへ旅立つまでの三年間に、ヘミングウェイはおよそ十三編のストーリーを試作していた。その中には完成して大衆雑誌に送られたものもあったが、すべて拒絶された(Paul Smith, "Hemingway's Apprentice Fiction" 137)。いずれのストーリーも出版されることはなかったが、そのうちの五編がピーター・グリフィンによって一九八五年に研究者用に公刊された。それらは「傭兵―物語("The Mercenaries—A Story")」、「流れ―物語("The Current—A Story")」、「アッシュヒール腱―物語

（"The Ash Heels Tendon—A Story"）」、「恋する観念主義者の肖像—物語（"Portrait of the Idealist in Love—A Story"）」、「十字路—作品集（"Cross Roads: An Anthology"）」である。それぞれのストーリーの創作時期については研究者の見解によって様々異なる推測がなされているが（Baker, *A Life Story*; Griffin; Reynolds, *The Young Hemingway*; Paul Smith, "Hemingway's Apprentice Fiction" に言及がある）、ヘミングウェイがいつ書き始めたかについてはほとんど議論がなされていない。しかし、ヘミングウェイの創作の変化をたどる上で、創作開始時期は重要な意味をもつのである。

これまで見てきたように、アグネスに早く仕事に就くよう促されたヘミングウェイは、すぐに稼げる作家になるべくこれらのストーリーを、少なくともその何編かを、アグネスから絶縁状を受け取るまでに書き始めていた、と考えられる。この想定をヘミングウェイが一九一九年三月三日付でジム（ジェイムズ）・ギャンブルに宛てた手紙が支持してくれる。

ジム、結構いいのをいくつか書き上げたよ。よかった。それにフィラデルフィアの雑誌『サタデー・イヴニング・ポスト』に作戦行動を開始してるんだ。この前の月曜日に第一作を送った。もちろんまだ何も返事はないけどね。明日はもうひとつ送るつもりだ。これからかなりいい作品をいっぱい送りつけるから——いや、うぬぼれてるわけじゃないよ——連中としても自己防衛のために買わないわけにはいかないだろう。（Baker, *Letters* 22）

当時どのストーリーを書き始めていたのかは大して問題にはならない。なぜならば、ヘミングウェイが帰還してから再びヨーロッパに旅立つまでの三年間に書いたストーリーのほとんどは「市場から模倣した陳腐な大衆うけねらいの作り話」(Reynolds, "Introduction" 6) であり、大衆雑誌向けに、即ち生活費を稼ぐために書かれたものであったからだ。ヘミングウェイはアグネスとの約束を果たすために、物語作家として早く成功しようと必死になっていたのである。当時ヘミングウェイがどのようなストーリーを書いていたのかを知るために、原稿が公刊された五作を見てみよう。

「傭兵—物語」は一人称の語りによる物語で、語り手リナルディ・リナルドはシカゴのウォバッシュ・アヴェニューにあるカフェ・カンブリナスの内部事情に通じている。このバーには「ひと儲けをねらう連中のための情報交換所」(Griffin 104) として機能する小さな部屋があった。この部屋で、第一次世界大戦中に野戦砲兵隊の隊長であったペリー・グレイヴズが、シシリーのタオルミナで知り合った女について話すのを、語り手リナルディは聞いている。グレイヴズによると、この女はあるアメリカ人大尉を家で待っていたのだが、グレイヴズはその大尉になりすまして女のもてなしを受ける。ところが、二人が一緒に朝食をとっているところを、女の夫あるいは愛人である有名なイタリア空軍撃墜王イル・ルポ (イタリア語で「狼」の意) に見つかってしまう。この三角関係はピストルによる決闘で結末を迎える。ところが、イタリアの英雄イル・ルポは約束の三つまで数える前に撃とうとした。果たして、彼のピストルはグレイヴズが放った弾丸によってはじき飛ばされる。恥じ入って立ち尽くすイル・ルポをよそ目に、グレイヴズはモーニング・コーヒーを飲み終え、悠然と家を出ていく。

この西部劇風のほら話はヘミングウェイ自身の経験を題材にしている。停戦後の一九一八年の冬、アグネスとトレヴィーゾで再会してまもなく、ヘミングウェイはシシリー島のタオルミナに滞在していたジム・ギャンブルを訪ねている。ところが、後にチンク・ドーマン-スミスに語ったところによると、ヘミングウェイはタオルミナには行かず、シシリー島は「ベッドルームの窓から眺めただけだった。というのは、最初に投宿した小さなホテルの女将が彼の衣服を隠してしまい、一週間も引き止められていたからだ」(Baker, *A Life Story* 56; Reynolds, *The Young Hemingway* 126)。ヘミングウェイはみずからのイタリア経験を自慢話あるいはほら話へと虚構化していたのである。ポール・スミスが指摘するように、「傭兵―物語」を含む当時のストーリーはリング・ラードナーとO・ヘンリーを身近なモデルとしていて、「その結末をジョークや皮肉なひねり、あるいは気の利いたトリックにいくぶん頼っているきらいがある」("Hemingway's Apprentice Fiction" 141)。「傭兵―物語」の原稿が語ることは、この時期においてもヘミグウェイはまだハイスクール時代に書いたストーリーと同種のサプライズ・エンディングとユーモアを特徴とする「よくできたストーリー」をめざしていたということである。

次に、「流れ―物語」はボクシングの試合を描いたものであり、ヘミングウェイがハイスクール時代に書いた「色の問題」を想起させる。ハンサムで裕福なスタイヴサント・ビングは、フライ・フィッシング、ポロ、ゴルフが得意なスポーツマンである。しかし、何をしても優勝できないし、長続きしない。それは女に関しても同じである。ところが彼は幼なじみのドロシー・ハドレーに結婚を申し込む。長続きしないことを知っているドロシーは断る。そのドロシーにスタイヴサントはこう説明する。きみへの愛情は大きな川の流れみたいだ。流れはいつも前に進んでいるのだが、風で水面が白く波立ち、まるで逆流しているように見える。しかし、水面下では流れは強く、いつも変わらない。自分の愛情はその流れのようなものだ、と。心打たれたドロシーは、条件を出す。何か困難なことを徹底的にやって成功し、チャンピオンになれ。そうしたら、もう一度、プロポーズして、と。スタイヴサントはその腕を認められていたボクシングを始める。スタイヴサントは勝ち進み、ついにミドル級のチャンピオン、マックギボンズとの試合を迎える。ダウン寸前に見えるチャンピオンに気を抜いたスタイヴサントは、強烈なアッパー・カットをくらう。チャンピオンの汚い手口なのだ。ふらふらで敗色濃厚なスタイヴサントは「流れ」のことを思い出し、気力を取り戻す。今度はスタイヴサントがダウン寸前に見せかけておいて、自慢の右でチャンピオンのあごをつぶす。試合を見に来ていたドロシーは、新チャンピオンに駆け寄って愛を告白する。

ボクシングはヘミングウェイが好んだ題材でありながら、「流れ―物語」においてはボクシングの試合内容も恋愛も陳腐で現実味がない。同じくボクシングを描いた作品「色の問題」のほうが、稚拙とは言え、単純で落ちが効いているだけに、まとまりがあると言えるかもしれない。

「流れ―物語」に伝記的背景を読み込むことは可能である。ヘミングウェイはこの物語を執筆当時、ハドレー・リチャードソンと婚約中であったことを考えると、「流れ―物語」はハドレーへの愛情を証明しようとする物語として読めるからである。物語の女の姓がハドレーとなっているのは偶然ではなかろう。ポロとゴルフは別にしても、フィッシングとボクシングはヘミングウェイが興じたスポーツである。個人的経験を創作の素材とする姿勢は終生変わらなかった。

続いて、「アッシュヒール腱―物語」は他者の語りを聞く語り手が配された物語である。語り手は次のように語る。昔から「ワインの中に真実あり」という諺があるとおり、酒は人の本性を露にするもの。ところが酒の影響を微塵も受けない御仁もいる。殺し屋ハンド・エヴァンズである。だが、ハンド（Hand of God を短縮したあだ名）にも弱点があって、シカゴの警察署長ジャック・ファレルはそれを「アッシュヒール腱」と呼ぶ。シカゴで殺しをした後、よそでも殺しを続けた一匹狼のハンドは、いっさい足がつかない。女にも引っかからない。大酒飲みではあったが、酒で人が変わることはまったくない。二年ぶりにシカゴに戻ったハンドは、ロッキー・ハイフィッツの酒場に現れる。ハンドの「アッシュヒール腱」を知っている署長ジャックは、ロッキーと画策する。今晩、店に電話するから、それを合図にこのレコードをかけろ、と。はたして、その晩、浴びるように酒を飲みながらも片手を銃から離さず、店の内部と入り口が映る目の前の鏡から目をそらさないハンドの前で、ロッキーは約束どおりレコードをかける。するとハンドの鉄の表情がくずれ、視線は床へと落ちる。曲の終わりには拍手をしようと思わず両手をあげる。ハンドが目を伏せた隙に店に入っていたジャック・ファレルは叫ぶ。「手を下ろすな、イタ公」。ハンドは本名をグアルダベーネというイタリア人であったのだ。ジャックがかけさせたのは、イタリアの作曲家レオンカヴァロの名作オペラ『パリアッチ』で、歌うはエンリコ・カルーソのテノールであった。ハンドの「アッシュヒール腱」は音楽、特にイタリア・オペラであったのだ。

タイトルになっている「アッシュヒール腱」とは警察署長ジャック・ファレルが「アキレス腱」のことを故意に、あるいは誤って言ったマラプロピズム、即ち、滑稽な誤用である。ハード・ボイルドの殺し屋ハンドの心を大きく動かしたオペラ『パリアッチ』は、現実と劇の内容が渾然とするオペラで、不貞を働く妻役を演じる実の妻とその愛人を舞台の上で実際に殺すパリアッチ（道化）の物語。このオペラを聴くと、本当のイタリア人であれば感動のあまり銃から手を離し、拍手をするというわけである。酒ではなくオペラが本性を、すなわち人種を、露にしたのである。

「アッシュヒール腱―物語」は「落ち」に依存した陳腐な西部劇風の物語であり、帰還後のヘミングウェイはユーモアを旨とする大衆作家になろうとしていたことが、ここにも顕著である。ただ、本作品はカウンターの背後に張られた鏡から目をそらさない殺し屋を配することによって、短編小説「殺し屋」へと発展する素地をもつ。また、「傭兵―物語」と同様に、内部事情に通じていながら、そこから距離をおく語り手が、聞き手として他者に（本作品では酒場の主人ロッキーに）物語を語らせるというヘミングウェイの語りの技法は、ハイスクール時代の作品「セピ・ジンガン」にその萌芽が見て取れる。後の作家ヘミングウェイの特徴的な技法になるこの語りの技法は、ハイスクール時代から戦後のアメリカ修業期を経て引き継がれてきたことがわかる。

最後に、「恋する観念主義者の肖像—物語」はシカゴのダウンタウンを舞台とする。高架鉄道を見下ろすオフィスで、ラルフ・ウィリアムズは書きあげたばかりの手紙を読んでいる。宛先は婚約者アーマの姉イザベル。手紙の内容は次のようである。あなた（イザベル）が私（ラルフ）に悪感情を抱いていることには胸が痛みます。私には理念があり、それは自分が人に求めるより少しだけ多く人に与えるということにあります。他者の立場に身をおいて考える配慮や善意とい うことです。人の先入観、人のありのままの好き嫌いに取り入ることによって善意を育むのです。私にとってその理念とは女なのです。私は女の魅力や優美さを増すものしか見たくないのです。あなたは私の言う好き嫌いには偏見があり、無用のものだと考えようとします。でも、そういう好き嫌いが人にはあるのだし、それを大目に見ないと配慮や善意は身につきません。ともかく、私に嫌悪感を抱いてしまったのなら、謝るしかありません。私としては、あるがままの私でいた だけなのです。書き終えた手紙を投函したラルフは、高架鉄道の下にあるドラッグ・ストアでコカ・コーラを買いたいと思う。刺激物などないほうが健康的なのだが、時にはいいものだ。何でも適材適所ということがあって、要は乱用しないことが肝心だ、と考える。

以上が「恋する観念主義者の肖像—物語」のあらすじであるが、主として一通の長い手紙から成るこの作品は、手紙の内容が理解困難であるし、この手紙が書かれる文脈が何も示されていないので、不可解でもある。もともとアメリカ修業期に書かれた原稿については研究も言及もほとんどない。特にこの原稿については内容紹介すらない。言及する価値がないからか、手紙の内容が理解できないからであろう。ただ、この作品も「傭兵―物語」や「流れ―物語」で語られるエピソードと同じく、ヘミングウェイの伝記を反映していると考えられる。一九二一年にヘミングウェイは、最初の妻となるハドレーに会いにハドレーの故郷セント・ルイスを訪ねるのだが、ハドレーの姉フォニーはヘミングウェイのことを「利己的で思いやりがなく、しかも若すぎる」(Griffin 161) と思い、好きになれなかったようである。本作品はそのフォニーに対してヘミングウェイが自己正当化を試みるような内容になっている。また、この手紙はヘミングウェイのものではなく、ヘミングウェイが誰かほかの人の手紙を急いでコピーしたものと判断する原稿研究もある (Paul Smith, "Hemingway's Apprentice Fiction" 141)。しかも、原稿では題名は横線で消されている。これは未完成の原稿である可能性が高い。

さて、以上のような大衆向けの娯楽物語を書いていたヘミングウェイは、一九一九年六月、アグネスからの絶縁状を受け取ってからおよそ二ヶ月後、家の避暑地であるミシガン州北部の町ホートン・ベイとペトスキーへ行く。このミシガン滞在中にもヘミングウェイは大衆向けの物語を書いていて、その中にはオークパークから携えてきたと思われる原稿もあった (Baker, *A Life Story* 61)。仕事に就いて収入を得なければならないというアグネスが課した重荷から解放されたはずのヘミングウェイが、いまだに大衆向けの物語を書いていたということは、当時のヘミングウェイには大衆作家としてのキャリアしか念頭になかったか、あるいはその他のモデルとなる作家がいなかったかであろう。ただ、決定的な違いは、たとえ大衆作家を目指していたとはいえ、もはやヘミングウェイにはそのキャリアを急ぐ必要はなくなっていた、ということである。先に引用したギャンブル宛の手紙で書いていたように、アグネスとの関係が切れたヘミングウェイには「なにがしかの作家になるための時間はたっぷり」あったのである。果たして、一転して時間的余裕に恵まれたヘミングウェイは、それまでとは異なる種類の創作を試みることになるのである。その創作は当時のヘミングウェイにとっては、実験的とも言えるものであった。

一九一九年の秋、ペトスキー滞在中のヘミングウェイはホートン・ベイに住む人々を題材にスケッチを書き始め、一九二〇年の一月には「十字路—作品集」という題名のもとに八編(「ポーリーン・スノー」「エド・ペイジ」「ボブ・ホワイト」「ハード爺さんと奥さん」「ビリー・ギルバート」「ホートン夫妻」「ハンク・アーフォース」「ウォレン・サムナーと奥さん」)を書き上げていた(Reynolds, "Introduction" 5)。それぞれのスケッチは描かれる人物の名前を題名とする短いポートレートであり、エドガー・リー・マスターズが『スプーン・リヴァー・アンソロジー』(1915)で描いた墓碑銘詩に類似するものであった。ただ、ヘミングウェイに直接影響を与えたのはE・W・ハウであったと考えられる。ハウが描いたスモール・タウンの住人を題材にしたスケッチが、一九一九年十月十八日から一九二一年二月五日の間に『サタデー・イヴニング・ポスト』誌に連載されていた。また、これらのスケッチは一九二〇年に『アンソロジー・オブ・アナザー・タウン』として本の形で出版された（Sackett 36）。当時シカゴにいたビル・スミスと交わした書簡の中で、ヘミングウェイはみずから書いたスケッチについて語り合っている。一九一九年十一月十三日付の手紙でビルはこう書いた。ヘミングウェイが書いたスケッチの方が「『サタデー・イヴニング・ポスト』の最新号に載っている『アンソロジー・オブ・アナザー・タウン』」よりずっといい（Reynolds, "Introduciton" 4）、と。

ハウが書いたスケッチのほとんどは、わずか六行の「トム・ハリソン」や二頁ものの「マリー・テイラー」（Howe 63, 70）のように、描かれる人物の名前を題名とした非常に短いものである。ハウはスモール・タウンに住む人々の「概して退屈だが時に際だった経験によって彩られた」（Reynolds, "Introduction" 4）生活を郷愁を込めて語っているが、「スモール・タウンにある偽善や悪徳」（Sackett 36）を暴露することも多い。田舎町を題材にしたこの種の物語は二十世紀の初頭には人気があったので、『サタデー・イヴニング・ポスト』の読者であったヘミングウェイがハウのスケッチを読んでそれを模倣しようとしたのも不思議ではない。しかも、ふさわしい題材が身近にあったのだ。ヘミングウェイは幼少期よりホートン・ベイ近辺の避暑客であったので、土地の住民をよく知っていたであろうことは想像に難くない。「十字路―作品集」のスケッチ用にヘミングウェイが選んだ人物であるホワイト、ハード、ホートン、アーフォース等はホートン・ベイの住民であることが確認できるし（Ohle 1, 7, 16）、ギルバートは実在の先住民であった（Montgomery 62）。ウォレン・サムナーはヘミングウェイ家が所有していたロングフィールド農場で父クラレンスが雇った農夫であった（Baker, *A Life Story* 30）。おとぎ話に出てくるようなポーリーン・スノーという名前でさえ、「ホートン・ベイのウェイトレスの実名」（Reynolds, "Introcution" 5）であったと考えられている。

かくしてヘミングウェイ流のスモール・タウン・スケッチができあがる。札つきのアート・サイモンズに誘惑されたポーリーン・スノーは夕暮れに出歩くようになり、それを見かねた村の人たちによってポーリーンは矯正施設へ送られ、アートは別の女と結婚する（「ポーリーン・スノー」）。エド・ペイジはかつてボクサーのスタンレー・ケッチェルと最終の六ラウンドまで闘ったことがあるが、今ではほとんどみんな忘れてしまったか、誰も信じようとしない（「エド・ペイジ」）。徴兵されたボブ・ホワイトがフランスに到着したのは停戦のわずか三日前。フランス娘はみんな歯が黒く、フランス兵も海兵隊も戦わないというほら話を持ち帰り、それを村の人たちは信じ込む（「ボブ・ホワイト」）。下品な顔つきのハード爺さんは、目は涙目で周りが赤く、鼻先はいつも皮がむけている。娘時代に父親を失った奥さんは農場を引き継いだが、娘の手に負えるはずはなく、見かねたハードは求婚した。奥さんが言うには、ハード爺さんは、ひどいことに結婚したときも「今とまったく同じ顔つきだった」（「ハード爺さんと奥さん」）。オジブウェイ族のビリー・ギルバートと北ミシガンではいちばんの美人インディアンだった奥さんには、ブーラとプルーデンスという子どもがいた。ビリーはブラック・ウォッチ（英国陸軍スコットランド高地連隊）に入隊し、勲章とスコットランドのキルト・スカートを身につけて帰還したものの、スカートのことでからかわれたばかりか、妻も農場も消えていた（「ビリー・ギルバート」）。羽根の上では人は死なないと聞いたホートン爺さんは、死にかけている妻を安らかに死なせようとして、妻が寝ている羽根ぶとんを引きずり出したところ、妻はまもなく安らかに死んだ（「ホートン夫妻」）。ハンク・アーフォースの小屋が燃えているのに「ぼくたち」が気づかず、助けてあげられなかったので、ハンクは「ぼくたち」のことをひどく嫌っている（「ハンク・アーフォース」）。ウォレン・サムナーは、妻の顔はもう財産ではないという理由で、妻の鼻が陥没しても治療のために病院へ行かせない（「ウォレン・サムナーと奥さん」）。（以上はジョン・F・ケネディ図書館に「ヘミングウェイ・コレクション」として所蔵されている原稿347と348を参照した。グリフィンは最初の五つのスケッチしか掲載していない。）

ピーター・グリフィンによると、これらのスケッチは「アグネスに失恋した後、［ヘミングウェイが］最初にしたこと」であり、その文章は「短くて簡潔、アイロニーは辛辣かつ無情、言葉のひとつひとつは彼が松葉杖やステッキに頼らずに歩む一歩一歩のようである」（124）。ヘミングウェイは失恋の痛手から立ち直るあいだに新しい文体を見出した、とグリフィンは示唆しているのだが、これは事実を無視したセンチメンタルな解釈であるとしてポール・スミスは批判する（"Hemingway's Apprentice Fiction" 145）。確かにこれらのスケッチの文体はヘミングウェイ独自のものではなく、ハウの模倣である。しかし、次のような推測は可能であろう。アグネスに関係を絶たれた後、ヘミングウェイはそれまで使っていた文体とはまったく異なる新しい文体を試みる余裕ができたのだ、と。早く金を稼がなければならないという重荷から解放されたヘミングウェイは、たとえ一時的であったとしても、文体上の実験に目を向ける時間的精神的余裕ができたのだ。先に引用したジェイムズ・ギャンブル宛の手紙を繰り返せば、当時のヘミングウェイには「なにがしかの作家になるための時間はたっぷりある」のであった。ビル・スミスはヘミングウェイに、ホートン・ベイの村人の性格が「会話を通してうまく描き出せるように…もう少し会話を入れ」た方がよい（Reynolds, "Introduction" 4)、と助言した。これは若きヘミングウェイにとって有用な助言であり、後の作家へミングウェイの特徴的な技法を形成することになるのである。

ヘミングウェイは「十字路—作品集」のスケッチにおいて、描く対象から距離をおき、わずかに皮肉の態度を維持する視点を試みているが、これもまた後の作家へミングウェイの特徴になる。しかしながら、一九一九年から一九二〇年にかけて滞在した冬のペトスキーでは、みずからが試みたことの重要性と可能性には気づいていなかったようである。続く二年間には「十字路—作品集」のスケッチは中断し、再び「アッシュヒール腱」や「流れ」のような陳腐な大衆小説の執筆にとりかかり、「タフでデリケートな感傷のすり切れた端っこをかじる」（Paul Smith, "Hemingway's Apprentice Fiction" 145）ことになるからである。

3 「北ミシガンにて」

アメリカ修業期の到達点

一九二〇年の十月、ヘミングウェイはシカゴへ引っ越した。Y・K・スミスのアパートでヘミングウェイは最初の妻となるハドレー・リチャードソンに会う。ヘミングウェイは避暑先の北ミシガンでビル・スミスと妹のケイティと親しく交わったのだが、Y・Kは二人の兄であり、ハドレーはセント・ルイスでケイティのクラスメートであった。ハドレーがシカゴで三週間過ごして、十一月にセント・ルイスへ帰った後、ヘミングウェイはハドレーと「毎週手紙を交換し始めた」(Baker, *A Life Story* 76)。

レノルズによると、ヘミングウェイはシカゴでまだ「アッシュヒール腱」の原稿に推敲を重ねていた(*The Young Hemingway* 218; *Chronology* 26)。その間、シカゴでは何も仕事をしていなかったので、ヘミングウェイは十二月に『シカゴ・トリビューン』紙の求人広告に応募した。この雑誌は『コオペラティヴ・コモンウェルス』という雑誌の記者としての仕事であった。この雑誌は「アメリカ協同組合」が出版する月刊誌であった(Baker, *A Life Story* 76)。この頃、ヘミングウェイは再び大衆小説を完成させるか、手に入る仕事は何でもこなそうとしていたようである。それは恐らく、再度、近い将来の結婚生活に備えるためであったと推測される。今度はアグネスではなく、ハドレーとの結婚生活のために。二人の女性がヘミングウェイをしてすぐ金になる大衆娯楽小説の執筆に没頭せしめたのである。

ところが、婚約が公になった一九二一年の春、ハドレーは「年に二、三千ドルの収入が見込まれる小さな信託資金」があること、そしてその金でヘミングウェイが再訪したがっていたイタリアへ行くことができることをヘミングウェイに告げた（Baker, *A Life Story* 78）。しかし、九月三日に結婚した二人が同年の十二月八日に旅立ったのは、イタリアではなくパリへ向けてであった。ヘミングウェイにパリ行きを勧めたのはシャーウッド・アンダソンであった。ヘミングウェイはアンダソンによって文学修業の場としてパリに導かれたばかりではない。ヘミングウェイにとってアンダソンとの短い出会いはアメリカ修業期の掉尾を飾ることになり、しかもパリでの修業時代に劣らず後の作家ヘミングウェイの文学的特質を決定づけることになるのである。ハドレーとの結婚によって、今すぐ稼げる仕事に就くという重荷から再び解放されたヘミングウェイには、アンダソンから「文学」を学ぶ精神的余裕があったものと思われる（ヘミングウェイとアンダソンとの関係については後述する）。

その年の夏、ヘミングウェイは後に「北ミシガンにて」として出版されることになるストーリーの原稿をもっていた。一般的には、「北ミシガンにて」の草稿はパリで書き始められたと考えられている。「北ミシガンにて」はヘミングウェイが「パリに来てから書いたストーリーのひとつ」（*A Life Story* 87）であるとベイカーは言っているし、一九八三年にレノルズはベイカーの断定を緩めながらも「恐らくパリで書かれたストーリー」（"Introduction" 8）という推測をしている。しかし、レノルズは一九八六年に執筆時期を修正して、「北ミシガンにて」が書き始められたのは一九二一年七月のシカゴであった（*The Young Hemingway* 246）、と断言した。同じ一九八六年、レノルズと歩調を合わせるかのようにポール・スミスは、「一九二一年の秋、『北ミシガンにて』の最初の草稿を急いで書き上げたとき、ヘミングウェイはこれらのスケッチ、特にポーリーン・スノーのスケッチがもつ構成とスタイルに戻った」（"Hemingway's Apprentice Fiction" 146）と明言した。スミスは「北ミシガンにて」の執筆開始時期をヘミングウェイがパリに旅立つ前であること、また「北ミシガンにて」と「十字路―作品集」のスケッチ「ポーリーン・スノー」との間に同質性があることを認めている。ただし、「北ミシガンにて」の執筆開始時期を特定するのに、奇妙なことにレノルズもスミスも証左を提示していない。

両研究者による「北ミシガンにて」の草稿開始時期の修正は、ボストンのジョン・F・ケネディ図書館収蔵の原稿に依拠している可能性が高い。スミスが参照しているのは、タイプされた六頁のストーリー原稿８００および一頁の断片原稿８０１（ケネディ図書館収蔵のヘミングウェイの原稿は、このように番号で分類されている）である。ただ、レノルズもスミスも、これらの原稿がパリ行き以前に書かれたと想定する理由をひとつも挙げていない。「北ミシガンにて」にはもうひとつの原稿があって、二人の判断はこの原稿７９９（八頁のタイプ原稿で、手書きによる人名の変更が多くある）に由来すると思われる。このタイプ原稿の一枚目には"Up in Michigan"という手書きの題名がつけられており、作者の名前と住所が次のようにタイプされている。"Ernest M. Hemingway 74 Rue du Cardinal Lemoine Paris"（パリ市カルディナル・ルモワンヌ街七四番地　アーネスト・M・ヘミングウェイ)。これはヘミングウェイとハドレーが一九二二年一月九日に入居したパリのアパートの住所であるので、この原稿はパリでタイプされたものであること、さらに、題名はこの原稿を完成させた後で決められ、それが手書きで書き入れられた、ということは間違いないと判断してよかろう。

既に紹介した「イナクロシャブル(壁に掛けられない)」というガートルード・スタインの「北ミシガンにて」批評はあまりにも有名なエピソードであるが、パリに到着後まもないヘミングウェイがスタインに見せたのは、パリ版原稿799である可能性が高い。手書きの修正や削除をほどこした原稿800を、スタインに見てもらうためにさらに推敲したあとに清書したものが原稿799と推測される。その理由は、原稿799で"Dilworth"および"Buell"とタイプされた人物名(原稿800にタイプされているものと同じ名前)が、それぞれインクあるいは鉛筆で"Gilmore"と"Coates"(出版された版の人物名に同じ)に修正されているからである。また、原稿800には多数の手書きによる消去や加筆が施されているが、原稿799はこれらの消去や加筆を反映する修正がほとんど忠実になされた原稿であることも有力な判断材料である。そこから推測されることは、原稿800はパリ版原稿799よりも前に書かれた、ということである。つまり、これこそが、ヘミングウェイはパリ行き前の一九二一年のシカゴで「北ミシガンにて」を書き始めたのだ、と想定される根拠であると考えられる。この原稿を携えて、ヘミングウェイは作家修業をするべくパリへと旅立ったのである。「北ミシガンにて」はヘミングウェイのアメリカ修業期の到達点であり、それゆえにこそ、アメリカ修業期の終わりにあった若きヘミングウェイがどのような作家になろうとしていたのかを、このストーリーに読み取ることができよう。

ちなみに、パリ版原稿799の七頁目には、十一行にわたって削除を指示するものと思える鉛筆かインクの横線が入っている。それは「ジムは彼女のドレスをたくし上げ、何かをしようとしていた」から「…彼女はとても心地悪く窮屈だった」までの、暴力的で生々しいセックス場面である。その横には手書きで「無視せよ（"Pay no attention to"）」と記されてある。ポール・スミスは別の研究でこの原稿に言及し、「[スタインのもの]と思われる修正指示が入っている」（*A Reader's Guide* 3）と言っているが、それはまさに上記の点に触れていると考えられる。これで、事態が明らかになる。つまり、「北ミシガンにて」は「イナクロシャブル（壁に掛けられない）」であるというスタインの批判は、具体的にはこの性描写に向けられていて、そのためにスタインはこの場面を削除するようにと原稿に横線を入れたのである。それでは、「無視せよ」という手書きの一文は何を指示しているのか。恐らく、スタインの削除指示は無視せよ、というヘミングウェイ自身の手書きであろう。字体から判断して特徴的なヘミングウェイの手書き文字と判断できるし、実際、ヘミングウェイはこの箇所を削除することは決してなかったのである。

ともかく、パリ版原稿799は原稿800の修正版であり、原稿800はヘミングウェイがパリに行く前、つまりアメリカで書かれたと想定するに十分な根拠があると言ってよかろう。そうすると、「傭兵―物語」のような大衆的な娯楽小説を書いていたヘミングウェイが、女性の性をめぐる感情や心理の微妙な動きを描く「北ミシガンにて」を創作していたということ、しかもそれがパリで修業時代を送る前であったということは、アメリカ修業期の若きヘミングウェイの創作意識に大きな変化があったのではないかという推測を促す。

ポール・スミスとマイケル・レノルズが示唆するように、「北ミシガンにて」の原稿は多くの点でスケッチ「ポーリーン・スノー」に類似する（**Paul Smith, "Hemingway's Apprentice Fiction" 146-47; Reynolds, *The Young Hemingway* 246**）。ポーリーン・スノーは「［ホートンズ・］ベイあたりでたった一人の器量好しであった」。両親が死んだ後、ポーリーンはブロジェット家のやっかいになっていた。アート・サイモンズという「分厚くてごつい指をした」男がブロジェット家にやってくるようになり、ポーリーンを誘惑した。アートは「ベイでは顔を出せるような所はほとんどないような」札つきの男であった。二人の行動を好ましく思わない村人たちは「ポーリーンを矯正施設に送った」。アートは「ジェンキンズ家の娘の一人と結婚した」。（この段落の引用はすべて **Griffin 124**）

以上がスケッチ「ポーリーン・スノー」の要約だが、ヘミングウェイはこのスケッチをもとにして、**Pauline Snow** を **Liz Buell**（パリ版原稿７９９以降は **Liz Coates**）に、**Art Simons** を **Jim Dilworth**（パリ版原稿７９９以降は **Jim Gilmore**）に名前を変えて、「北ミシガンにて」となるストーリーを書いたと推測される。「北ミシガンにて」の **Jim** は「大きな手」（***The Short Stories* 81**; パリ版原稿７９９および原稿８００）をした鍛冶屋で、**A. J. Stroud**（出版された版では **D. J. Smith**）

の店で食事をする。Liz は Stroud（= Smith）の店で働いており、Mrs. Stroud（= Mrs. Smith）が言うには、Liz は「自分が知っている中でいちばんきちんとした娘」（*The Short Stories* 81; パリ版原稿７９９および原稿８００）である。Liz は Jim に気があり、Jim は Liz のきちんとした髪と愛らしい顔が好きである。鹿狩りから戻った日にウィスキーで酔った Jim は Liz を入江に誘い出し、暴力的な性行為の後、そのまま寝てしまう。（原稿によって名前が変更されているので、比較対照のため名前は原語表記のみとした。）

スケッチではポーリーンが矯正施設へ送られる理由は判然としないが、スケッチとストーリー「北ミシガンにて」の類似の中にその示唆を読み取ることができる。断片原稿８０１は「北ミシガンにて」の別の結末が試みられている。その中で Liz は妊娠の可能性に不安を感じている。「彼女はシーツを血で汚さないように生理用ナプキンをつけた。…『赤ちゃんができたらどうしよう。』…彼女は朝まで妊娠のことを考えていた」（原稿８０１; Paul Smith, "Hemingway's Apprentice Fiction" 147）。この結末は採用されなかったものの、ポーリーンがベイから追放される理由を示唆する重要な資料となる。ヘミングウェイは「北ミシガンにて」をスケッチ「ポーリーン・スノー」の続編として構想していたのではないかと推測されるのである。「北ミシガンにて」の原稿８００の一頁目にはストーリーの書出しと思える四行からなる一節があり、冒頭の数語はタイプライターのＸで、残りは鉛筆かペンの波線で消されている。それをポール・スミスが次のように復元している――「ウェズリ・ディィルワースのあごには母親譲りのくぼみがあった。母親はリズ・ビュエルという名であった。ジム・ディルワースがカナダからホートンズ・ベイにやってきて、リズと結婚した（"Wesley Dilworth got the dimple in his chin from his mother. Her name had been Liz Buell. Jim Dilworth married her when he came to Horton's Bay from Canada."）」（"Hemingway's Apprentice Fiction" 146–47）。ポーリーン・スノー、後のリズ・ビュエルは、ジム・ディルワースに誘惑された結果、妊娠して出産したのである。スケッチ「ポーリーン・スノー」では明確に書かれていないが、ポーリーン・スノーが矯正施設に送られたのは、評判の悪い男アート・サイモンズと夕方に出歩いていたからというよりも、未婚で妊娠したためなのである。アート・サイモンズ（＝ジム・ディルワース）によって妊娠したポーリーン・スノー（＝リズ・ビュエル）は、出産した。ヘミングウェイはその子をウェズリ・ディルワースと名づけ、スケッチ「ポーリーン・スノー」の続編となるウェズリの物語を書こうとしたのである。あるいは、そのようにヘミングウェイは意図していたのである。結果的には、完成された「北ミシガンにて」はスケッチ「ポーリーン・スノー」の小説化となっている。ポーリーンとアートの逢引がリズとジムのそれに変えられているのである。

　このスケッチとストーリーの顕著な相違のひとつは、「ポーリーン・スノー」が平板で客観的な語りで語られているのに対して、「北ミシガンにて」は客観的な語りの中に次のようなリズの視点からの心理描写が部分的に挿入されていることである（英語表現による反復とリズムの効果を失わないように、原文を引用する）。

She liked it about his mustache. She liked it about how white his teeth were when he smiled. ... she liked it the way the hair was black on his arms and how white they were above the tanned line when he washed up in the washbasin outside the house. Liking that made her feel funny.（*The Short Stories* 81; パリ版原稿７９９および原稿８００）

"liked" の反復使用が意図的と思われるほど顕著だが、このような反復を用いる描写は、淡々と事実を書き連ねるスケッチにはない心理の深みを描出する。"liked" の反復は『われらの時代に』に収められた「兵士の家庭」や「雨の中の猫」においても、発話者である人物の精神不安や欲求不満を表現するために使用されている（*The Short Stories* 148, 168）。「兵士の家庭」はパリ修業時代の一九二四年に、「雨の中の猫」は同じく一九二三年から二四年にかけて書かれたと考えられている（Paul Smith, *A Reader's Guide* 68, 43）。ここに引用した「北ミシガンにて」の一節は、アメリカ修業期に書かれたと判断される原稿８００の中にすでにあることを考えると、ヘミングウェイの修業時代に関する重要な定説をひとつ修正することになる。即ち、反復の技法はヘミングウェイがパリ修業時代にガートルード・スタインから教わったものとするのが一般的な見解だが、パリへ行く前のシカゴで、即ち、アメリカ修業期に、ヘミングウェイは既に反復の技法を身につけていたのである。

「北ミシガンにて」として出版されるストーリーは、ヘミングウェイがそれまでに一度も書いたことのないタイプのストーリーであった。そこには第一次世界大戦からの帰還直後に書き始めた大衆的娯楽小説につきもののユーモアとサプライズ・エンディングはない。「北ミシガンにて」の結末はオープン・エンディングになっているので、リズがジムに対して嫌悪感を抱いているのか、それとも愛情を感じているのか、あるいはいずれでもないのか、判然としない。

リズは自分のコートを脱ぎ、かがみこんで彼の上に掛けた。それで彼の身体の周りをきちんと細心にくるんでやった。それから桟橋を引き返し、床に就くために急な砂地の道を登っていった。冷たい霧が入江から森林ごしに立ちのぼっていた（A cold mist was coming up through the woods from the bay.）。（*The Short Stories* 86）

最後の一文はタイプ原稿800にはなく、手書きで "It was cold and there was a mist coming up from the Bay." と加筆されている。この加筆はパリ版原稿799では採用されず、出版された版で引用文のように若干の変更を施されて復活している。まるで複雑で曖昧なリズの気持ちを冷たく忍び寄る「霧」が表現し、同時に覆い隠すかのように、ヘミングウェイは感情を直接的な言葉では表現せず、自然現象に語らせたのである。このような技法がアメリカ修業期のヘミングウェイにとって新しい実験であったであろうことは、最後の一文を採用するに至るまでのヘミングウェイの逡巡にも見て取れる。ハイスクール時代以来の創作の特徴であったO・ヘンリー的サプライズ・エンディングを常套手段とするストーリーのコンセプトから、ヘミングウェイはようやく解放されたのである。反復技法とオープン・エンディングに加えて、当時としては大胆に性を描くこと、そして微細な心理、特に女性の心理の動きを自然現象や物や状況そして反復によって語らせる技法は、作家ヘミングウェイが二十年代に効果的に用いることになる創作技法である。いずれの技法も題材もパリ修業時代に先立つ故郷アメリカで既に身についていた文学的特質であることを考慮すると、ヘミングウェイのアメリカ修業期の豊かさはもっと強調されてもよいであろう。

父クラレンスは、パリに旅立った息子が残した荷箱を取りにシカゴに来たとき、ひとつの箱の中に無題の原稿や詩の他に「傭兵―物語」、「アッシュヒール腱―物語」、「十字路―作品集」の原稿を見つけた。しかし、「北ミシガンにて」の最初の原稿はパリにもっていくために荷造りされていたのである(Reynolds, *The Young Hemingway* 259)。パリに旅立つ前、ヘミングウェイは自分がどのような作家になりたいのかが分かっていたにちがいない。ヘミングウェイはシカゴでの修業を終え、ジェームズ・ギャンブルに語ったように、「なにがしかの作家」への道を歩み始めていたのであり、パリで『われらの時代に』のスケッチやストーリーを創作する準備がほとんどできていたのである。

作家ヘミングウェイの形成にこのような決定的転換をもたらした要因として、シャーウッド・アンダソンとの出会いが考えられる。『ワインズバーグ・オハイオ』はヘミングウェイがアンダソンに会ってから最初に読んだ本のひとつであったし、アンダソンはヘミングウェイに『ダイアル』、『アメリカン・マーキュリー』、『ポエトリー』などの文芸雑誌について語った。アンダソンに導かれて「ヘミングウェイは初めて大衆小説と文学の区別がつき始めた」し、ヘミングウェイにとって「『サタデー・イヴニング・ポスト』はもはや優れた文学の唯一の基準ではなくなった」(Reynolds, *The Young Hemingway* 183) のである。このようにヘミングウェイの作家としての初期形成に多大な影響をもちながら、シャーウッド・アンダソンとの出会いは頻繁に言及されても詳細には語られず、意外に思えるほど十分な解明がなされていない。特に『ワインズバーグ・オハイオ』の文学的特質が「北ミシガンにて」創作に始まる作家ヘミングウェイの形成に決定的な影響を及ぼしたと解釈する研究は、ヘミングウェイ研究者からもアンダソン研究者からもなされていない。アンダソンがヘミングウェイに直接語ったにせよ、ヘミングウェイがみずから学びとったにせよ、作家志望の若きヘミングウェイがアメリカ修業期に受けたアンダソンの教えは、これまでの批評が解明していない意義深さがあるのである。

第5章　シャーウッド・アンダソンの教え

ヘミングウェイがアンダソンに初めて会ったのは一九二一年一月のシカゴで、場所はY・K・スミスのアパートであった（Reynolds, *The Young Hemingway* 182）。Y・Kが働いていたクリッチフィールド広告代理店で、アンダソンはコピー・ライターをしていたのである。アンダソンは一九一九年に『ワインズバーグ・オハイオ』を出版しており、作家としての地位を一応は確立していた。この年の八月にパリ旅行から帰国していたアンダソンはヘミングウェイに、行くべきはイタリアではなくパリだ、と語ったとされている。パリでは「一人だったら年に千二百ドルあれば暮らせるから、アメリカの作家を苦しめる『成功という病』に屈することがない。だから、実験を試みることができるんだよ」（Reynolds, *The Young Hemingway* 254）と。

しかし、このようにまことしやかに描かれた師弟の会話は、マイケル・レノルズが伝記研究の中で作り上げたフィクションであることが疑われる。アンダソンとヘミングウェイの愛憎関係は後々まで続くのだが、二人の直接的な交わりは短期間であり、両者の関係を記す伝記的資料は乏しい。それゆえ、レノルズはアンダソンの著述の一部を、引証を示すことなく、アンダソンがヘミングウェイに直接語った言葉であるかのように利用したものと思われる。その著述とは『パリ・ノートブック』である。これはアンダソンが一九二一年に初めてフランスを訪れたときの日誌で、解説つきで死後出版されたものである。アンダソンはパリでシルヴィア・ビーチ、ジェイムズ・ジョイス、エズラ・パウンド、ガートルード・スタイン、アンドレ・ジードらに会って親交を深めたばかりでなく、フランスとアメリカの文化的違いを身をもって体験したのである。その影響が後の作品、例えば『多くの結婚』(1923) や『物語作者の物語』(1924) や『暗い笑い』(1925) に現れることになる。

この『パリ・ノートブック』の中でアンダソンは次のように書いている。「シカゴや他のアメリカの都市では、街で見かける顔も、店に入る女たちも、会社に通勤する人々も、工場に向かう労働者たちも、疲れた顔をしている。アメリカはみずから見つけることができないものを求めているのだ。いたるところに絶望に似た感覚がある。物質的進歩に対するかつての信念は失われ、それに代わる新しいものはまだ見出されていないのである」(Fanning 24)。それに対して「ここパリでは、戦争でひどい苦痛を味わったにもかかわらず、アメリカの都市に特徴的に見られるような疲弊した顔を見ることは決してない」(Fanning 33)。所属すべき土地をもち、そこに所属意識をもって定着している人々と、所属すべき土地と歴史をもたず、立身出世することに汲々としているアメリカ人との対比をアンダソンは強く意識する。そして、アメリカで労働を生の一部として当然視しているのは「アラバマの川沿いで働くニガーたちだけだ」(Fanning 33) と断言する。

このように、アメリカを離れてこそはっきりと見えてきたアメリカを、アンダソンは特に『暗い笑い』で描くことになる。この小説でアンダソンは、アメリカの産業と都市文明における疲弊を、ミシシッピー河の波止場人足の動物に近いゆったりとした生活と対比させることによって、主人公の白人男性に中流階級の生活を拒絶させ、原始的世界へ精神的に回帰させることを試みている。しかし、その不毛性をすらあざ笑うかのように、物語の背後に黒人たちの笑い声を響かせる。決して真実味と説得力をもつ物語として成功しているとは言いがたいが、『パリ・ノートブック』を書き綴ったアンダソンの気持ちの高揚は、帰国後の創作の中で少なくとも四、五年は続くのであった。

パリ滞在がアンダソンにアメリカをより鮮明に見えさせたとすれば、ヘミングウェイにとってもヨーロッパ滞在はアメリカを、特にミシガン北部での経験を鮮明に際立たせることになる。このようなヴィジョンの変化は両作家にとって創作への糧となったのである。帰国したばかりの高揚した気分でアンダソンが作家志望の若きヘミングウェイに、『パリ・ノートブック』に書き綴った内容と同じことを熱く語ったとしても不思議ではない。レノルズがアンダソンからヘミングウェイへのアドバイスとして利用したのではないかと疑われる箇所は、『パリ・ノートブック』の次の一節である。

アメリカの文学の場合を考えてみるとよい。なにゆえ作家はビジネスマンの生活水準を受け入れなければならないのか。作家は金銭を扱っているのではない。なにゆえ作家は金銭や商品を扱う者が作った基準に生活を合わせようとしなければならないのか。年に千二百ドルあれば、アメリカの作家は暮らしていける。生きていて仕事をする時間と自由があれば、作家にとっては十分なのだ。(Fanning 33)

ただ、アンダソンが若きヘミングウェイを導いたのは、修業のための都市ばかりではない。むしろ、作家志望の若者にとって直ちに役立ったのは、アンダソンが直接的にも間接的にも導いたと推測される物語の新しいコンセプトであろう。これまでのヘミングウェイ研究は意外にもこの点を迂回しているように思われる。『ワインズバーグ・オハイオ』を出版して間もないアンダソンはヘミングウェイに何を教え、ヘミングウェイは『ワインズバーグ・オハイオ』から何を学び何を模倣したのであろうか。意識の中心たる少年を共有する複数のストーリーを連ねた『ワインズバーグ・オハイオ』の連作形式が、少年の成長をおおざっぱな軸とした長編小説に類する本になる、という新しい形式のモデルを提供したことは想像に難くない。その影響が『われらの時代に』の連作形式として結実していることは既に指摘されている。しかし、大衆的な娯楽小説のみを追及していたアメリカ修業期のヘミングウェイに「北ミシガンにて」を創作させた動機づけは、『ワインズバーグ・オハイオ』が与えた物語コンセプトの転換にあるように思える。一般的に「イニシエーション」と呼ばれる若者の精神的成長を促す「経験」は、『ワインズバーグ・オハイオ』においては伝統的なジェンダーとセクシュアリティの揺れとの遭遇として焦点化されている。この点こそ、ユーモアとサプライズ・エンディングにとらわれていた若きヘミングウェイにとって未知の文学世界であったはずであり、後の作家ヘミングウェイが執拗に追及するテーマになるのである。その始まりが「北ミシガンにて」の創作であったと推察されるのである。

後に作家として成功したヘミングウェイは、アンダソンの作品にみられる感傷癖を書簡であからさまに批判することになるが、このような書簡を除いて、この師弟の出会いと文学的影響関係については不思議と記録がない。ヘミングウェイ研究においてアンダソンによる創作上の影響研究が手薄である理由のひとつは、記録のなさにあるのかもしれない。そうであれば、迂遠を承知で『ワインズバーグ・オハイオ』を単独で議論し、その独自性を検証してみてはどうだろうか。その検証結果の中に、ヘミングウェイのアメリカ修業期に終止符を打つ「北ミシガンにて」を創作させ、最終的に『われらの時代に』として結実することになるアンダソンの影響を探ることができるのではないだろうか。以下に展開する議論は、ヘミングウェイが『ワインズバーグ・オハイオ』から学び模倣したと推測されるアンダソンの独創性を解明するものである。

1　連作形式の構想　模倣とオリジナリティ

シャーウッド・アンダソンは『ワインズバーグ・オハイオ』の連作形式について次のように回顧している。「各ストーリーは互いにつながりをもつものであった。それらは、ひとまとめに考えると、ひとつの長編小説のようなもの、完成された物語を形成すると私は感じた」(Rosenfeld 289)。さらにアンダソンはみずからの創作観に踏み込み、「長編小説という形式は輸入されたものであり、アメリカの作家にはふさわしくない」として「新しい散漫さ (a new looseness)」(Rosenfeld 289) の必要を説く。そして『ワインズバーグ・オハイオ』において「独自のフォーム」を作ったが、それは個々のストーリーが「すべてなにがしか連関した人間の生について」(Rosenfeld 289) の物語である、と続ける。アンダソンは「新しい散漫さ」を表現する形式のひとつが連作形式であると示唆した上で、その形式によって「一人の少年が大人へと成長する」(Rosenfeld 289) という印象を与えたのだ、と言う。アンダソンは「新しい散漫さ」という観点から構想の独創性と形式と主題の効果的一致を認めている。とらえどころのない「新しい散漫さ」という言葉の意味するものを解明することが、『ワインズバーグ・オハイオ』の解釈を助け、それが即ちヘミングウェイへの影響を理解することに通じるのではないかと思われる。

『ワインズバーグ・オハイオ』以降のアメリカ文学には連作形式を採った作品は少なくない。ヘミングウェイの『われらの時代に』(1925) はもちろんのこと、ジーン・トゥーマーの『砂糖きび』(1923)、ジョン・スタインベックの『長い谷間』(1938)、ウィリアム・フォークナーの『行け、モーセ』(1942)、あるいは日系アメリカ人作家トシオ・モリの『カリフォルニア州ヨコハマ町』(1949)やユードラ・ウェルティの『黄金の林檎』(1949)はアンダソンの影響を受けていると指摘される。

連作形式がアンダソンの独創か否かは検討の余地がある。もちろん、ジェイムズ・ジョイスの『ダブリン市民』(1914)という先行作品はある。ただ、アンダソンが『ワインズバーグ・オハイオ』のストーリーを執筆していた一九一〇年代には、アメリカ中西部のスモール・タウンの名もなき人々の人生を連作形式で描いた作品が既に存在していたのである。エドガー・リー・マスターズの『スプーン・リヴァー・アンソロジー』(1915)である。これはマスターズの少年時代の故郷イリノイ州ルイスタウン近郊を流れる実在の川スプーン・リヴァーの名をとった町を舞台に、そこの墓地に眠る二四四人の独白を自由詩形で連ねた詩集である。マスターズは自叙伝『アクロス・スプーン・リヴァー』(1936)の中で、その詩集により「ミクロコスモスを描くことによってマクロコスモスを描く」(339)というアイデアを実現した、と回想している。バーナード・ダフィーによると、「ルイスタウンはそれ自体にアメリカの種子を内包していた。その典型的な人物たちに…争いと利害の様々な側面を墓の中から語らせることができれば、アメリカの生活に作用している諸要素を十分にしかもドラマチックに描くことができたのだ」(157)。『スプーン・リヴァー・アンソロジー』のひとつひとつの詩が一人ひとりの死者を描き、その詩集全体がスプーン・リヴァーという「ミクロコスモス」を、比喩的にはアメリカという「マクロコスモス」を描いたとすれば、アンダソンの少年時代の故郷オハイオ州クライドを舞台のモデルとした『ワインズバーグ・オハイオ』についても同様のことが言えよう。

『ワインズバーグ・オハイオ』の書評は『スプーン・リヴァー・アンソロジー』との相関を認めた。例えばH・W・ボイントンは、アメリカの典型的スモール・タウンの人々の内なる生を露にした点で両作品の比較は「不可避」(Ferres 259) であるとする。また『ニューヨーク・イブニング・ポスト』紙の匿名書評子は「読者がもつ最初の印象は『スプーン・リヴァー・アンソロジー』が散文で表現されたというものである」(Modlin and White 164) と言う。両作品の相関に関してウィリアム・L・フィリップスはアンダソンの親友マックス・ウォルドとのインタビューで決定的な証言を得ている。ウォルドによると「『スプーン・リヴァー・アンソロジー』が本の形で出版された(一九一五年四月)直後に買って読み、すばらしい本だとアンダソンに話しました。アンダソンは、テネシー・ミッチェル(その後すぐに彼の妻となる)がマスターズのことを知っていると言ってから、その本を部屋に持ち帰りました。翌朝それを戻しに来たが、一晩中起きてその詩を読み非常に感銘を受けた、と彼は語りました」(Phillips 71-72)。この証言から、『スプーン・リヴァー・アンソロジー』がアンダソンに『ワインズバーグ・オハイオ』の連作形式構想を芽生えさせたことはまちがいない、とフィリップスは判断する。

しかし、一九一九年の十二月付と判断される手紙で、アンダソンは『スプーン・リヴァー・アンソロジー』について次のような興味深い言及をしている。「アンソロジーの価値と無欠性は疑う余地はありませんが、私自身の生の衝動とは別です。それが出版されたばかりの頃、その一部を読んでやめました。それにはは本質的に退屈と反抗があると感じたからです」(Sutton 114)。これはウォルドのインタビュー内容に部分的に一致するが、「一晩中起きてその詩を読み感銘を受けた」とはほど遠い反応である。影響関係の真偽のほどは別にして、アンダソンは『ワインズバーグ・オハイオ』のストーリーを雑誌に掲載する前に『スプーン・リヴァー・アンソロジー』を読んでいたことは事実と判断できよう。『ワインズバーグ・オハイオ』の中で最初に単独で出版された作品は「グロテスクの書」で、一九一六年二月の『マッセズ』誌上であった。

アンダソンと立場を同じくする人物がいた。E・W・ハウである。ハウとアンダソンの関係が言及されることは少ないが、マスターズからハウそしてアンダソンへという、中西部のスモール・タウンを描いた連作形式の系譜は無視できない。S・J・サケットによると、ハウは一九一五年六月に友人のウィリアム・アレン・ホワイトから『スプーン・リヴァー・アンソロジー』をもらった。しかしハウはそれを読んで憤慨し、『スプーン・リヴァー・アンソロジー』に対する彼自身の「応答」(Sackett 35) を書かなければならないと思った。それが『アンソロジー・オブ・アナザー・タウン』(1920) である。この題名そのものが『スプーン・リヴァー・アンソロジー』への応答を示しているが、ハウに応答を促したのはスモール・タウンの人々の描かれ方であった。

マスターズの詩は町の偽善や醜聞を題材とすることが多く、盗人で殺人者のホッド・パットに始まり、酔っぱらい、不身持ちな女、放火、妻殺し、詐欺行為や収賄の金権政治家などを描く。これに対してハウは、マスターズが描いたものよりも「健康的で、より良き」(Sackett 99) スモール・タウンを描く作品を構想した。『アンソロジー・オブ・アナザー・タウン』は七十六編の散文スケッチ集である。それぞれのスケッチは描かれる人物の名前を題名とし、『スプーン・リヴァー・アンソロジー』と同じ形式をとっている。ヘミングウェイが帰還後のミシガンでハウを模倣し、その模倣が「落ち」をねらった安っぽい物語からの解放の糸口になったことは先に触れたとおりである。

サケットによると、ハウはそれぞれのスケッチを個別に扱い、「本全体を性格づける調子はひとつもない」(Sackett 99)。マスターズにもハウにも、作品に明確な有機的連関をもたらす意識はなかったようである。一方、アンダソンの独創性は『ワインズバーグ・オハイオ』のストーリー群に構造上の「散漫さ」と主題の「散漫さ」を与え、作品全体に「散漫な」有機性をもたせたことであろう。アンダソンは一九一八年にヴァン・ワイク・ブルックスに次のような手紙を書いている。「[マスターズの]成功は嫌悪に由来するという考えを私はもっています。燃えるような嫌悪が彼の中に生まれ、それが彼の軟弱な才能を刺激して鋭くてリアルなものにしたのです。それからその火は消え、この男は虚ろになったのです」(Jones and Rideout 39)。『ワインズバーグ・オハイオ』は『スプーン・リヴァー・アンソロジー』に対するアンダソン流の「応答」であったと言えよう。アンダソンは、ユーモアを交えて穏やかなスモール・タウンを描いたハウよりも、スキャンダラスに死者の情念を描いたマスターズに近い。アンダソンは「グロテスク」の心理を描いたからである。しかし、アンダソンの本質的姿勢は「嫌悪」ではなく「理解」であった。アンダソンの独創性は、アンダソンみずから「散漫」と呼ぶ主題とその表現方法にあると言えよう。

2 「散漫さ」と「粗野」

『ワインズバーグ・オハイオ』はそのほとんどのストーリーにジョージ・ウィラードが登場するか言及され、やや漠然とではあるが作品全体でジョージの成長を描いている。ジョン・W・クラウリーによると、最後の三作「死」、「世間ずれ」、「出発」はアンダソンが本の出版を準備していたときに、ジョージの「性格と経験に肉づけをする」ために書かれた。それゆえ、「一人の少年が大人へと成長する」という本の構想をアンダソンが「最初から抱いていたということは疑わしい」（Crowley 14）。確かに最後の三作は母の死とヘレン・ホワイトとの恋愛関係の中でジョージの成長を明白かつ幾分性急に描き、ジョージが町を出ていくことで一応の区切りを形成する。しかし、これら三作以外のストーリー群も「散漫」ではあるがジョージの成長に視点がおかれていて、アンダソンが早い時期からジョージの成長物語を構想していたことがうかがわれる。伝統的なビルヅングズロマンではなく、むしろ「散漫」でサブ・プロット的に描かれた成長であるゆえにこそ、そこにアンダソン独自の成長物語を読み取るべきであろう。

最初のストーリー「手」において、ジョージは中心人物ウィング・ビドルボームの聞き役であり、伝統的な物語の人物関係で言えば脇役である。しかし「手」はジョージの成長という観点から見ると、『ワインズバーグ・オハイオ』全体の主題の縮図を示す。「手」はあくまでウィングの手の物語であり、手が表象するウィングの「グロテスクさ」を描くことによって「グロテスクの書」で提示された『ワインズバーグ・オハイオ』のモチーフを表明する。その意味では『スプーン・リヴァー・アンソロジー』が最初の詩「丘」で「みんな、みんな丘の上に眠っている」(Masters, *Spoon River* 23) と詠って作品全体の縮図を導入したことに類似する。しかし、マスターズが死者のモノローグという形式をとったのに対して、アンダソンは聞き手を配置した。ただ、ジョージ・ウィラードは「手」の中でグロテスクな人物ウィングの聞き役であるばかりではなく、ウィングの手に隠されたストーリーがあることを感じとる感性と精神の中心として描かれる。ジョージはウィングの手の意味を探りたいという「抑えがたいほどの好奇心」(Ferres 29) をもつ一方で、ウィングへの敬意と恐れのために「『何か問題があるはずだが、知りたくない』」(Ferres 31) と言って理解を拒否する。このストーリーが示唆するのは、未熟な少年が他者を理解しようとする勇気と理解力を身につけるべく成長するという成長物語である。

ストーリーに重層的構造を与えているのは、グロテスクな人物の物語と聞き手ジョージの成長物語の間に介在する語り手の存在である。厳密な意味で言えば、それは語り手ではなく「詩人」である。語り手は次のように言う。ウィングの手の物語は「共感を込めて表現すれば、名も知れぬ人々の中にある多くの奇妙で美しい資質を引き出すことになろう。それは詩人の仕事である」(Ferres 29)。つまり、「手」はウィングとジョージの達成されないコミュニケーションを描き、ウィングをみずから理解できない不安の中に押し戻し、ジョージを当惑と恐れの中に投じたまま終わる。そしてこの詩人（語り手）は、ジョージにもウィング自身にも理解できない美しく宗教的ですらある手の物語を「共感を込めて」語る。この詩人の共感と理解の姿勢がストーリー群を有機的に結びつけるのである。

このような有機性は作品のフォームに対するアンダソンの意識の表れである。アンダソンはO・ヘンリーが描いたような明確なプロット（物語の構想、筋）を「毒のプロット」(*A Story Teller* 352) と呼び、それは「生の実体にはまったく触れずに、恐怖や歓喜や娯楽やサスペンスの感覚」(*The Modern Writer* 19) を求める大衆の欲望を満たすことを目的としている、と非難する。このような意識から生まれたストーリーの新しいコンセプトが「新しい散漫さ」であった。それは「生を創造する力が中心に集まらず、分散している」(Ferres 32) ウィング・ビドルボームのような人物を描くときに生まれる「分散した」、即ち「散漫な」フォームである。トリックを用いて効果をねらうストーリーは「フォームと呼ばれるこの定義しがたいものを裏切っているばかりでなく、生のすべてを裏切っている」(Pearson 57)、とアンダソンは言う。ストーリーをサプライズ・エンディングへと直線的あるいは円環的に導く計算された物語構造、即ち「毒のプロット」ではなく、アンダソンのストーリーは脱線と逆流と迂回を繰り返し、意識の流れに似て「散漫な」曲線を描き、少しずつ「散漫な」フォームを形成する。

「散漫」とはアンダソンが言う「粗野(crudity)」でもある。「粗野」はアメリカ文学の不可避の特質であると主張するエッセイ「粗野に対する弁明」の中で、アンダソンは次のように言う。アメリカ人は「粗野で子供のような国民」であり、アメリカには旧世界の作家が描く「美と精妙さ」がない。それゆえ客観性ではなく「主観的な衝動」をもって生の現実に触れることが求められ、その姿勢は「人間の生に密接であるために、結局は粗野で乱れたフォームを形成する」ことになる。アメリカの雑誌に見られる大衆受けするストーリーには「プロットと言い回しの精妙さがあって、そこにはリアリティがない」("An Apology" 437-38)。アンダソンが批判するこの「精妙な」ストーリーは、アンダソンが離反した物質的経済的成功と大衆に大量消費を求める産業主義のパターンとパラレルを成す。アメリカ修業期のヘミングウェイはまさしくこの大衆的成功を求めていたのである。シカゴでアンダソンが若きヘミングウェイに「毒のプロット」について語っていたとしたら、それはヘミングウェイの創作コンセプトを転換させるに十分な衝撃であったにちがいない。

3　性意識としての「散漫さ」

「新しい散漫さ」というアンダソンの創作観は、アンダソンみずから身を置いていた産業の世界に対するアンチテーゼの姿勢と考えられる。物質的金銭的成功を求めるビジネスの世界とアメリカン・ドリームという精神は、田舎から都市へ、貧乏から富へ、弱者から強者へという直線的男性的物語を形成するからである。アンダソンは『ワインズバーグ・オハイオ』執筆の動機を次のように回想している。当時アンダソンが住んでいたシカゴの下宿屋には「若い音楽家や作家や画家や役者」が住んでいて、その人たちはビジネスの世界にいたアンダソンにとって「新しいタイプの人たち」(Modlin and White 152) であった。しかし、その人たちの「新しさ」はそれだけではない。アンダソンはその下宿屋で知った一人の女性を回想する。その女性は男物の服装をしていたが、胸が大きいためにどこか滑稽な感じがした。その女性が言うには、同じ下宿屋の別の女性に恋しているが、その人は自分のことを好きではない。レズビアニズムにせよホモセクシュアリティにせよ、アンダソンは大都市シカゴで「奇妙な関係」を見るが、それは「一般的に言われる性的倒錯」(Modlin and White 153) ではないと感じる。その人たちは「いつもお互いに奇妙にも優しく、とりわけ驚くほどまじめであった」(Modlin and White 153) ように思えたからである。アンダソンはその人たちに「新しい」ジェンダーとセクシュアリティを見ることになるのである。

それを「新しい」と感じた理由として、「ビジネスマンや広告代理店の人たちや労働者」、即ち「芸術に携わることをある意味で男らしくない（unmanly）と感じる」人々と交わりすぎたのかもしれない（Modlin and White 153）、とアンダソンは言う。そして、アンダソンはためらいがちに言う。「これらの新しい人々は、ある意味、少し説明しにくいのだが、自分の中に、何というか、私の男性性（my maleness）というものを強く意識させてくれた。少なくとも、この人たちは私に新しい自信を与えてくれた」（Modlin and White 153）。これは産業界という男性的世界にアンダソンみずからが身を置いていたことを痛感した、という意味ではない。アンダソンが言う「私の男性性」とは、生産労働と利潤追求に携わり、芸術活動を「女性的」と規定して抑圧する男たちの「男性性」のアンチテーゼを指示している。それはアンダソンにとって新しい「男性性」意識、新しい性意識である。このことはアンダソンの誤解を恐れるような慎重な言い方からもうかがえる。アンダソンの新しい性意識こそが『ワインズバーグ・オハイオ』に表象されているものであり、ストーリー群をつなぐ有機性の核となっているものである。与えられた「新しい自信」とは、新しいジェンダーとセクシュアリティを創作のテーマとする冒険に推進力が与えられたということであろう。

フェミニスト批評が主張するように、直線的論理的構造と二項対立が男根中心的で男性的であるならば、アンダソンの「散漫な」フォームは「女性的」と言えるかもしれない。実際『ワインズバーグ・オハイオ』のほとんどのストーリーは「目に見えぬものを見えるようにし、物言わぬ人々に発言させる」「女性空間」（ショーウォーター 328）なのである。とりわけ「孤独」は「女性性」が描かれたストーリーであり、内なる「女性性」に対する男性の性意識がドラマタイズされた作品である。イーノク・ロビンソンが描いた絵を、言葉で解説できないイーノクに代わって語り手が説明する。「ニワトコの茂みに何かが隠れているんだ。それは女なんだ、そうなんだよ。彼女は馬から投げ落とされ、馬は走り去って見えなくなっているんだ。……それは女なんだ、そうなんだよ。女なんだ。それに、ああ、何と美しい。彼女は傷つき、苦しんでいる。けれども音ひとつたてないんだ。それがわからないかい？彼女は身動きせず、青白い顔をしてじっと横たわっているんだ」（Ferres 169–70）。これはイーノクのジェンダー意識を絵画で表現したものと解釈できる。つまり、女性は「傷つき」「苦しみ」「じっとしている」。そして女性は「見えない」存在である。イーノクの絵にシャーロット・パーキンス・ギルマンの作品「黄色い壁紙」とのパラレルを見て、「見えない」存在である女性を、家父長制の下で監禁され抑圧された女性の姿と解釈するのは容易である。しかし、アンダソンの場合、問題は幾分複雑である。なぜなら、その女性は「美しい」と表現されているからである。

このストーリーを語るにあたって、語り手はイーノクが住むアパートの部屋を「長くて狭く、廊下に似ていた」（Ferres 168）と描き、その部屋を念頭に置くようにと読者に促す。なぜなら、イーノクの物語は「人間の物語というより、ほとんど部屋の物語である」（Ferres 168）からだ。イーノクは部屋のドアをロックして、人を入れないようにする。そして空想の中で「男たちと女たちのスピリット」あるいは「エッセンス」(Ferres 170)の世界を創りだす。この描写はアンダソンの経験に酷似する。シカゴの下宿屋で知った「新しいタイプの人たち」は「独自の閉ざされた小さな世界」に住んでいたとアンダソンは感じ、「自分自身が生きていた世界からその家に入り、その人たちの生が、私の知っていた別の生とは驚くほど隔たっていることを感じるのは、実に奇妙な経験であった」(Modlin and White 152)と回想している。その新しい「生」がアンダソンにとって未知のジェンダーあるいはセクシュアリティであったことは先に述べた。そうすると、「独自の閉ざされた小さな世界」あるいは下宿屋の「家」とは、「新しいタイプの人たち」の心理あるいは性意識の世界と同義語とみることも可能である。実際、ストーリー「孤独」における「部屋」の物語とは、イーノクの心理の部屋の性意識の物語であるからだ。

イーノクの自閉的な「部屋」は、ジョージの母エリザベスの自閉的な暗い部屋に通じ、廊下に似たイーノクの部屋はエリザベスがさまよう新ウィラード館の廊下に呼応する。エリザベスの存在は政治的社会的成功を志向する夫トムにとって「幽霊のよう」であり、「ホテルとしてあるべき姿の幽霊にすぎない」新ウィラード館と同一視される(Ferres 39)。ストーリー「母」は息子に「抜け目がなく成功する」(Ferres 41)いわば「男としてあるべき姿」にはなって欲しくないと切望する母の物語でもある。母が息子に求めるのは、言うなれば政治的社会的成功という「男性性」の影、いわば「男としてあるべき姿の幽霊」として規定される「女性性」である。それは夫トムが「間抜けな女の子みたい」(Ferres 44)として非難するジョージの内向性であり、エリザベスが密かに喜ぶ「模索し自己を見出そうとしている」(Ferres 43) ジョージの内省的性格である。トムは息子ジョージに言う。「おまえはバカではないし、女じゃないんだ」(Ferres 44) と。このストーリーは母が表象する「女性性」と父が表象する「男性性」のクライマックスのない対立のドラマであり、明らかに母的な生き方を模索する息子ジョージの成長過程の物語でもある。そして、そのようなジョージの「女性的」性向と母エリザベスの抑圧され歪曲した「女性性」を、詩人兼語り手は共感をもって語る。

序章の役割を果たす「グロテスクの書」の老作家は「妊娠した女性」のようであり、彼の内部にあるのは若い「女性」(Ferres 24) であったと描かれる。その「女性」が描くグロテスクな人々の中でも老作家の心を痛めたのは「姿がすっかりくずれてしまった一人の女性」(Ferres 25) のグロテスクさであった。老作家の内なる「女性」が歪曲し屈折した「女性」に感応し、それを共感を込めて描く。これはまさしく果樹園に取り残された歪んだリンゴの「小さな丸みをおびたところ」に歯をあて、そこに「そのリンゴ全体の甘みが凝縮されている」(Ferres 36) ことを知る詩人の姿勢と感性である。「手」のウィングは「男性を愛するときの繊細な女性に似ていなくもない」(Ferres 31) と描かれ、「生を創造する力が中心に集まらず、分散している」(Ferres 32) 人間である。ウィングの場合は手に彼の甘み全体が偏在し凝縮しているのである。

『ワインズバーグ・オハイオ』の想像力は男性の内なる「女性性」が、男であれ女であれ「生を創造する力」が偏在し歪曲したグロテスクさを、即ち「男性性」の「幽霊」と規定される「女性性」を共感をもって理解するところに生まれる。それはクライマックスやサプライズ・エンディングに向かって直線的に進む「男性的」物語ではなく、コミュニケーションの不可能とフラストレーションと孤独をオープン・エンディングの中に宙づりにする「散漫」なフォームを要求する。そしてアンダソンの詩人はそのようなグロテスクな人物の抑圧された愛情や欲望、即ち「歪んだリンゴの甘み」(Ferres 38) を知り、それを「美しい」と表現する。そこには何の解決もないし、解決しようとする姿勢もない。この詩人は厳密な意味でのフェミニストではない。クラウリーが言うようにアンダソンは「反―反フェミニスト (an anti-anti-feminist)」(Crowley 12) であり、それこそがアンダソンみずからが言う「私の男性性」意識の表れであった。「孤独」のイーノクは結局、自己の内なる性意識の心理の部屋から「女性」を追い出し完全な孤独に陥る。なぜならその「女性」はイーノクの性意識の「女性的」半身であり、その「女性」と共に「部屋にあったすべての生」(Ferres 177) が出ていったからである。このストーリーはみずからの男性性を再定義する「反―反フェミニスト」たるアンダソンが、舞台をシカゴの下宿屋からニューヨークのアパートに移して、自己の新しい男性性の模索を表現した自伝的作品として読める。

一方ジョージは「誰も知らない」において幾分奔放なルイーズを男性的攻撃的セックスで制圧する。「彼はすっかり大胆で攻撃的な男そのものになった。彼の心には彼女に対する共感のかけらもなかった」(Ferres 61)。また「眼ざめ」ではジョージは玉突き場で仲間の男たちと未熟で男性中心的な女性観を語る。「女は自分で気をつけなきゃいけない、女と出歩く男には何が起こっても責任はないんだ」(Ferres 182) と。そしてジョージはベル・カーペンターを「屈服」させ「征服」できると考え、それによって「男性的力がみなぎるのを感じ半ば酔った気分になった」(Ferres 187)。ジョージが中心人物となるストーリーはジョージの未熟で男性中心的な性意識を描く。そしてジョージの成長の中心にあるのは性意識の変化であることが最後の二作で明確に描かれる。「世間ずれ」において、ジョージはヘレン・ホワイトと「新しい」男女関係を意識する。「彼は彼女を愛し、また愛されたかった。しかし、その瞬間においては彼女が女であること(womanhood) に惑わされたくなかった」(Ferres 241)。これは限りなく性的欲望を越えた関係を希求するジョージの姿勢である。このストーリーを結ぶ「現代世界における男女の成熟した生を可能にするもの」(Ferres 243) という言葉は、固定したジェンダー構造から解放される男女関係の可能性を示唆する。そして最後のストーリー「出発」は次のように結ばれる。ワインズバーグにおけるジョージの人生は「彼の男として (manhood) の夢を描く背景にすぎなくなっていた」(Ferres 247)。これはきたる二十世紀の成人男性としてジョージが新しい性意識を描くであろうことを予徴し、アンダソンがシカゴの下宿屋で覚醒した「私の男性性」に呼応する。

ジョージの成長は作家となるべき資質を身につける過程であると同時に、新しいジェンダー意識に目覚める過程として描かれている。換言すれば、ジョージは新しい性意識をもつ作家として成長することが示唆されている。「学ぶべきは人が何を言うかではなく何を考えているか」(Ferres 163) という教師ケイト・スイフトの助言は、アンダソンに母エマ (Emma) が目覚めさせてくれた「生の表面下を見たいという欲望」（Ferres 22）に呼応する。『ワインズバーグ・オハイオ』の各ストーリーで描かれる「生の表面下」の究極には新しい性意識がある。それが語り手兼詩人の感性かつ理解の姿勢であり、『ワインズバーグ・オハイオ』執筆時のアンダソンの意識であったと言えよう。アンダソンの言う「粗野」で「プロットのない」「散漫な」フォームとは、結局その新しい性意識が要求する必然的なフォームであった。そのフォームの間を縫うかのようにジョージ・ウィラードの性意識の成長物語が見え隠れする。ここに『ワインズバーグ・オハイオ』の技法と主題の一致と独創性を見ることができよう。それはクラウリーの言葉を用いれば「ひとつの重要なアメリカ的ジャンルの最初期の一例であり、未だ文学史家によって命名されていないもの」（Crowley 14）である。

アンダソンが一九二一年のシカゴでヘミングウェイに何を語ったのかを示す直接的な資料はない。しかし、『ワインズバーグ・オハイオ』を出版したばかりのアンダソンが、ここに解釈したような物語の新しいコンセプトを作家志望の青年に熱く語ったであろうことは想像に難くない。大衆的娯楽物語を書いていたヘミングウェイがパリに旅立つ前に書き始めた「北ミシガンにて」は、アンダソンの教えに導かれたアメリカ修業期の習作であることは間違いなく、作家ヘミングウェイへと踏み出す第一歩であったのである。「北ミシガンにて」はヘミングウェイのアメリカ修業期とパリ修業時代をつなぐ、いわば文学的パスポートであったのである。実際、アンダソンはヘミングウェイのためにガートルード・スタイン宛の紹介状を書いているし、その紹介状と

「北ミシガンにて」の原稿を携えてヘミングウェイはスタインを訪ねたのである。その大胆な性描写を削除するようパリ修業時代の師となるスタインに求められながらも、師の忠告を無視するだけの文学的プライドが、アメリカ修業期を終えたばかりの若きヘミングウェイにはあったのに違いない。ヘミングウェイは文学的影響関係について恩義を受けたことを語らないどころか、恩に報いるべき相手を批判して影響を乗り越える性向があった。アンダソンについてもヘミングウェイは影響関係を否定し続け、早くも一九二六年にはアンダソンの作家としての衰えや感傷癖を手紙で批判したのであった（一九二六年五月二十一日付および同七月一日付。Baker, *Letters* 205, 210）。『日はまた昇る』を出版する直前に書かれた『春の奔流』（1926）で『暗い笑い』をパロディ化したのは、明らかにアンダソンの影響を乗り越える宣言であった。皮肉にも、このような尊大さと冷酷さは、アンダソンの影響の甚大さと恩義を意識するヘミングウェイの屈折した心理の表出ではないかと推察される。ヘミングウェイは『ワインズバーグ・オハイオ』をパロディ化することは決してなかったのである。ヘミングウェイの修業時代の集大成であり、優れた最初の短編集である『われらの時代に』は、『ワインズバーグ・オハイオ』の真剣な模倣であり、ひと世代古い文学に対する若きヘミングウェイ流の応答であったと考えられるのである。

III

幻想と傷を探る

短編小説と郷愁のミシガン

第6章　『われらの時代に』とデニシエーション

成長と幻想の座標

エドガー・リー・マスターズとE・W・ハウからシャーウッド・アンダソンへ、そしてハウとアンダソンからヘミングウェイへという影響関係の連鎖は、これまでのヘミングウェイ研究では等閑視されていた。ヘミングウェイ研究者はヘミングウェイの作家修業の時期をパリに絞ってきたからである。しかし実際には、アメリカ修業期の最後にあたるシカゴで、ヘミングウェイは後の作家ヘミングウェイとなる資質の多くを身につけていたのである。ヘミングウェイが『ワインズバーグ・オハイオ』から学んだことは、O・ヘンリー的な「毒のプロット」から解放され、性の多様性を認識し、ジェンダーとセクシュアリティを小説で扱うことが可能であること、そこに新しい男女関係の物語の可能性が隠されていること、そして形式としてペルソナたる一人の少年の意識を中心にその成長（イニシエーション）を複数の短編小説を重ねるようにして描く方法が効果的であるということであったと言えよう。実際、ヘミングウェイは『われらの時代に』においてニック・アダムズというペルソナ的人物を配し、『ワインズバーグ・オハイオ』における同様に、ゆるやかなイニシエーションの構造をもたせたのである。しかし、ヘミングウェイはアンダソンを単に模倣したのではない。題名『われらの時代に』が示すとおり、ヘミングウェイはひと世代古いアンダソンとは違う「われらの時代」におけるイニシエーションを描いたのである。『われらの時代に』は一人の少年の成長を描く短編小説の連作形式をとっているだけではない。それぞれの短編小説には「小品文（vignette）」あるいは「中間章（interchapter）」と呼ばれる「スケッチ」風の作品が前に置かれ、スケッチとストーリーがペアとなってひとつの章を形成している。スケッチは戦場や闘牛場などの暴力的なシーンを切り取ったように断片的に描き、かつて映画館で映写されたニューズリールと呼ばれる時事映画と同じような効果をもつ。つまり、読者はまず現実の特殊な社会問題に触れてから、その後でフィクションが描く日常の物語世界へ入っていくことになるのである。ヘミングウェイがとらえた二十世紀初頭の「われらの時代」がどのようなもので、その時代における一人の少年の成長はどのように描かれ、スケッチとストーリーの組み合わせがどのような効果をもつのかを検証することによって、単なるアンダソンの模倣ではないヘミングウェイの独創性が見えてこよう。

1　統一性とイニシエーション

『われらの時代に』の構造分析を扱った論文は、多くのヘミングウェイ批評がそうであるように、フィリップ・ヤングによる解釈を起点とし、これに反論を唱えることによって自論を展開している。ヤングは『われらの時代に』の作品群にニック・アダムズ年代記を読み取るあまり、個々のストーリーの自立性および作品全体の統一性を脇に置き、ニックが登場するストーリーを抜き出して論じている。ニック・アダムズ年代記というコンセプト自体は、不完全ながら『われらの時代に』の構造を説明するのに有効であるし、後に未出版原稿も含めた『ニック・アダムズ物語』の編集出版を見ることになる。しかし、『われらの時代に』にはニック・アダムズ年代記に合致しないストーリーが少なくないために、ヤング以降の評者たちはこの不完全さを補うべく、『われらの時代に』全体の統一性を主張する。特にマイケル・S・レノルズ編 *Critical Essays on Ernest Hemingway's* In Our Time に収録されている論文の中で、ロバート・R・スレイビー、クリントン・S・バーハンズ・ジュニア、ジャクソン・J・ベンソンがこの問題を詳しく論じている。

まず、類似した解釈を共有するスレイビーとバーハンズの論点を要約すると、以下のようになる。作者ヘミングウェイの実体験に即した時間的秩序がスケッチ群にあるとヤングは論じるが、実際にはスケッチ群には年代順に乱れがあるし、ヘミングウェイの個人的経験とは無関係なものもある。また、ヤングはストーリー群には大ざっぱな統一性があるとしているが、基本的にはニック・アダムズ物語としてしか捉えていない。作品全体の構造の中心にあるのは、時間的流れではなく観念的なものである。それは死、残酷、伝統的価値の無効性など、広い意味での暴力である。各ストーリーは暴力的状況の認識と受容から意味と価値をもった生き方の模索へと段階的に展開し、スケッチで描かれる内容もストーリーの展開に対応するように配置されていて、ペアとなってひとつの章を形成する。これがスレイビーとバーハンズが提示する『われらの時代に』の統一性である。

これに対してベンソンは、「見る行為」が作品の統一性であると言う。即ち、見る人間に世界が与える衝撃を、ヘミングウェイは「報告」ではなく「印象」として表現している。換言すれば、「アクション」ではなく「リアクション」を描いている。それゆえ、作品群をつなぎ合わせて全体の統一性を形成しているのは、知的なものというよりは神経的なものであって、作品は読者を啓発するものではなく、読者に取り憑くものである、とベンソンは言う。

議論を進める前に、フィリップ・ヤングによる解釈の基本概念であるイニシエーションの意味を確認しておく必要がある。ヤングの議論はこうである。

典型的なニック・アダムズ物語とはイニシエーションの物語であり、暴力あるいは悪、あるいはその両方の出来事を語ったものなのである。少なくとも、ニック少年を当惑させ不愉快

にさせるようなものに接触させる出来事を描いたものである。(*Reconsideration* 31)

ヤングはイニシエーションの本質をなすものは伝統的な「教訓」としながらも、イニシエーションに導く出来事はさまざまな「暴力」であることを指摘しているし、そこに「不快」や「怯え」の感覚あるいは神経レベルの反応も読み取っている。つまり、先に挙げた評者たちの論拠となる「暴力」と「神経反応」は、既にヤングが、作品の統一的視座としてではないが、物語の中心的要素として指摘しているのである。

重要なのは、ヤングと他の評者たちの論点は相補的であるということである。つまり、暴力的世界におけるニックの「神経反応」とイニシエーションという概念のはざまには、伝統的に解釈される教訓とか精神的成長とは異質な現象が生じているわけであり、それこそが『われらの時代に』という題名が指示する「われらの時代」の特異性なのである。それはまた、ひと世代古いシャーウッド・アンダソンが『ワインズバーグ・オハイオ』で試みたぼんやりとした「散漫な」成長物語とは異なるヘミングウェイの新しさなのである。スケッチはいわばタブローのようなもので、「われらの時代」の衝撃的な一瞬を背景以外はほとんど脈絡もなく提示したものである。一方、ストーリー群はニック・アダムズをはじめとする意識の中心たる人物が、スケッチに描かれる戦場や闘牛場の暴力的な場面に符合する日常生活の暴力に対して、どのように反応し、その経験をどう解釈するかを、おおよその時間的順序に従って描いたものと言えよう。その意味で、ストーリー群には漠然とイニシエーションというコンセプトが見えてくるかもしれない。しかし、結論を言えば、中心人物ニック・アダムズの反応や解釈は必ずしも「精神的成長」には発展せず、むしろ幻想という形をとり、いわば負の座標面に成長の放物線を描いているように思われる。ニックが遭遇する二十世紀の暴力的現実はあまりにも過酷かつ苛烈であるがゆえに、みずからの感覚が、あるいはベンソンが言うところの「神経」が、麻痺するような衝撃を受け、現実を現実として受容することを拒絶するのである。その結果、からくも神経の平衡を保つために、ニックの精神は幻想を抱くのである。この幻想こそが、暴力として描かれる経験と精神的成長つまりイニシエーションの間にあるものであり、それが『われらの時代に』の描くところではないかと思われる。

元来イニシエーションという語は文化人類学の用語であって、通常の文学用語辞典には載っていないようである。文化人類学におけるイニシエーションの基本概念を定義したM・エリアーデによると、「イニシエーションという語のいちばんひろい意味は、一個の儀礼と口頭教育(oral teachings)群をあらわすが、その目的は、加入させる人間の宗教的・社会的地位を決定的に変更することである。…修練者(novice)は…きびしい試練をのり越えて、まったく『別人』となる」(4)。あるいは、「イニシエーションは志願者(candidate)を人間社会に、そして精神的・文化的価値の世界に導き入れる」(5)。イニシエーションとは元来ある部族における特殊な宗教的、文化的儀礼としてかなり制度化されたものであるようだが、文学に適用した場合、その定義はかなり広範かつ個人的なものであるようである。イーハブ・ハッサンはアメリカ文学におけるイニシエーションを論じて、イニシエーションを次のように定義している。

イニシエーションとは…若者が人生において出会う最初の実存的試練や危機、あるいは経験との遭遇というように理解できよう。その理想とする目的は、知ること、認識すること、この世の中において成人として確立することであり、入門する者の行動は、どんなに苦しくとも、そこに向かって行かなければならないのである。それは、単純に言えば、成長することが可能な様式で大人の世界の現実に直面することである。(41)

エリアーデとハッサンによるイニシエーションの定義は基本的には共有する部分が大きいが、微妙な違いは、エリアーデが「のり越え」ること、あるいは「導き入れ」られることとしているのに対して、ハッサンは「向かって行」き「遭遇」し「直面する」ことにとどめている点である。ハッサンはイニシエーションを自我と社会という対立構図の中でとらえ、アメリカ文学においては自我と無垢、社会と文明は同義語であり、両者の和解は成立しがたいと主張する。それゆえに、若者は社会の試練を「のり越え」、社会の一員として「導き入れ」られることはなく、現実に「直面する」段階にとどまると定義していると考えられよう。

先に述べたように、『われらの時代に』の前半部を成す「インディアン・キャンプ」から「拳闘家」までは、少年ニック・アダムズが幻想を抱く状況が描かれているという読みが可能である。ニックは登場しないが、イントロダクションの役割を果たすのが「スミルナ埠頭にて」である。場所はトルコのスミルナ。場面はギリシャ・トルコ戦争におけるギリシャ人のトルコからの撤退。そこに描かれているのは、夜中の叫び声、死んだ赤子を六日間も抱きかかえている母親たち、のぞき込んだとたんに死に、まるで死んで一晩たっているかのように瞬く間に硬直する老婆、船倉の暗い場所を選んで出産する女、連れ帰ることのできないラバの前脚を折って海に突き落とすギリシャ人。語り手は、これらの出来事を直接に観察した人から聞いた話として、その観察者の直接話法を用いて報告している。このような語りの方法は、観察者の声を読者にじかに聞かせ、その声を語り手と共有させる効果をもつ。その観察者の声は上記の出来事を語りながら、みずからの反応をも表現する。その反応は“strange”“unimaginable”“the worst”“most extraordinary”“surprising”（*The Short Stories* 87–88［以下、『われらの時代に』からの引用は同書を出典とする］）というようにすべて感覚的なものである。そして、撤退するギリシャ人がラバの脚を折る段になると「あれはまったく愉快だった。いや、実際、すごく愉快だったよ（“It was all a pleasant business. My word yes a most pleasant business.”）」（88）というように、まったく逆を意味する言葉、一種のアイロニーでもってしか反応表現ができなくなっている。そのギリシャ人たちも「いい連中（“nice chaps”）」（88）であるし、港には「素敵なものがいっぱい（“plenty of nice things”）」（88）浮かんでいたとも表現される。観察者の目に映る情景はあまりにも残酷かつ暴力的なので、その刺激の強烈さは感覚あるいは末梢神経を麻痺させるほどである。それゆえ、観察者の精神は、そのように神経が受ける刺激を受容して、平衡感覚を失うことなく観察する情景を分析や解釈のために対象化する、ということができない。観察者は "pleasant" あるいは "nice" という言葉、即ち、逆を意味するアイロニーで表現することによってのみ、からくも精紳の平衡を保たざるを得ないのである。

観察者が唯一、みずから受けた衝撃を説明的に語る箇所がある。その一文「それは私が生涯でたった一度だけ夢を見るようになったときだった ("That was the only time in my life I got so I dreamed about things.")」(88) は、大方の解釈がそうであるように、衝撃的シーンが脳裏に焼きついて取り憑き、実際に繰り返し夢に現れるようになった、というようにも読める。しかし、逆の意味でしか反応表現ができなくなっている状況においては、「夢」の意味を「精神がとりとめもない夢想に耽るにまかせる。特に空想に似た安楽な思考に身をまかす ("to let the mind run on in idle reverie; give oneself over to effortless thought esp. of a fanciful nature")」(*Webster's Third New International Dictionary*) と解釈し、観察者は一種の「夢想」を抱くようになったと読むべきであろう。神経反応が許容量を越えて麻痺状態に近づくと、観察者は強い不安と恐怖を覚える。そのような刺激に対峙する自己の精神の平衡を保つために、観察者は夢想あるいは幻想を抱くのである。つまり、「夢」とは現実の刺激からの逃避あるいは現実を事実として容認することを拒否する精神作用であり、神経反応を麻痺させる暴力に対する精神的自己防御作用と考えられる。

「ふたつの心臓のある大きな川」のニックや『日はまた昇る』のジェイク・バーンズが共有するトラウマは、戦場における精神的防御作用すら許さない一瞬の砲弾炸裂という暴力にその原因を探ることができる。それゆえ、二人は暴力によって破壊された神経と精神の治療に専念する人物として描かれるのである。治療のかなた、即ち、ヘミングウェイがトラウマを越えたところに見据えていたものは、『午後の死』に見事に描かれている。つまり、「戦争が終わった今、暴力的な死が見られる唯一の場所は闘牛場」であり、作家になるための修行として書き始めていた「最も単純で最も根本的なことのひとつが暴力的な死」(2) であった。

作者が死を描こうとするときに、ただぼやかしてしまっているような本をたくさん読んだことがある。それで、これは作者が死をはっきりと見ていなかったか、死が生じる瞬間に肉体的にも精神的にも目を閉じてしまったかであるに違いないと思った。それは丁度、手を差し伸べることも助けることもできそうにない状況で、子どもが今まさに列車に轢かれるという瞬間に目を閉じるのと同じである。(2-3)

「暴力的な死」を直視するヘミングウェイの作家としての姿勢は、ニックやジェイクをはじめとする精神を病む人物たちが、マス釣りや闘牛がもつ儀式性の中に戦後の生き方を求める姿勢として描かれるのである。ヘミングウェイの文学世界は、生まれ育ったアメリカの故郷の町に中心人物を対立させたり、そこから「逃亡」させたりすることではなく、故郷オークパークが代表するミドル・クラスで保守的で信仰心篤い自足的な環境で育った人物が、「外」の世界の様々な暴力に遭遇するときの衝撃であった、という解釈は先に提示した。ヘミングウェイは「外」の暴力の究極に「死」を見据えていたのである。そうすると、「死」との遭遇の「瞬間に目を閉じ」ずに見るという姿勢がヘミングウェイの描く人物にあるとすれば、それを成長と呼ぶことができるかもしれない。しかし、『われらの時代に』において、イタリア前線で戦傷を負うまでのニック・アダムズを描いた前半部では、ニックは暴力的現実に遭遇するたびに「目を閉じ」て、「夢」あるいは「幻想」を見続けるのである。その意味で、「スミルナ埠頭にて」は『われらの時代に』全体に関わるテーマを凝縮した文字通りイントロダクションとして機能するのである。以下に概観するのは、このような観点から解釈することによって立ち現れるニック・アダムズの幻想である。

2　デ・ニシエーション　成長と幻想の座標

ニック・アダムズの「幻想」という観点から『われらの時代に』前半部の作品を読むと、これまで評者たちが指摘することのなかったストーリー群の有機性が見えてくる。最初のストーリー

「インディアン・キャンプ」は、少年ニックが「生」と「死」に遭遇するところを描いたものである。医師である父が子を出産に立ち会わせ、「生」の事実を直視させるという典型的なイニシエーションの構図となっている。しかし、この出産が麻酔なしで、しかもジャックナイフで行われる帝王切開であるために、ニックはもはや「見なかった。彼の好奇心はとっくに消えていた」(93)。暴力的現実を目の前にして、ニックの神経は反応能力の限界点で刺激を拒絶し、精神の要求たる好奇心は消失しているのである。それは同時にイニシエーションの拒絶でもある。これは現代の暴力による経験が、もはや伝統的なイニシエーションを受容しないことを意味している。現代医学の所産である帝王切開は、これまた現代医学の産物である麻酔を伴ってなされるもの、つまり、現代的暴力は現代的「麻酔」によってその苦痛を緩和するシステムになっている。麻酔なしで手術を施すというこのストーリーの場合は、いわば原始たる自然の肉体に現代的暴力を加えるというケースを生み出している。しかも、その肉体はアメリカ先住民のそれであり、手術を施すのは白人であるという物語構造が、この文化的状況をよりいっそう強調する。

一方、父によるイニシエーションの構図外にあった妊婦の夫の自殺に対しては、ニックの精神は反応をする。それがストーリーの最後に置かれる一文「ぼくは決して死なない、と彼は感じた」(95)である。ニックは喉をかき切って自殺した男の姿を一瞬のうちに否応なく見ることになるが、ニックの精神はその刺激にはっきりと感応しているのである。しかし、その精神に映し出されたものは陰画であった。つまり、ニックの反応は非現実的なもの、即ち、先に引用した

「ぼくは決して死なない」というロマンチックな幻想である。死、特に自殺という暴力の恐怖に対峙する精神の拠り所あるいは出口は幻想であったのである。暴力が与える刺激に神経は麻痺し、精神の働きは現実と自己との平衡を保つために、「スミルナ埠頭にて」の観察者と同じように、逆を意味する言葉で反応表現をするのである。「自分もいつかは死ぬ存在なのだ」という自己認識あるいは開眼と「ぼくは決して死なない」という言語表現の差を読み取るべきであろう。ニックもこのとき以来、「スミルナ埠頭にて」の観察者と同様に「夢」を見るようになったのである。

「医師と医師の妻」は、ニックが性格の違う両親の一方を選択するという意味で、イニシエーションの図式になっている。ここに描かれるニックの選択は「男らしさ」に関わるジェンダー上の選択である。しかし、インドア志向で信仰心篤く暴力を容認しない母親ではなく、アウトドアを好む狩猟家である父親を選ぶのは、やはり幻想に基づいた選択である。ストーリーが中心的に語るのは、「インディアン」たちとのいさかいで露呈する父の短気と臆病と、母との会話で明らかになる母に対する父の無抵抗である。ニックが成人男性のモデルとして父親を選択したとすれば、その父親像は虚像である。父が「インディアン」および母と対話する場面と息子ニックと対話する場面を、巧妙なコントラストを成して配置することによって、このストーリーはニックの知らない「男らしくない」父の姿が、読者にはわかる劇的アイロニー（dramatic irony）の構図になっている。この物語に読み取るべきは、一般的な解釈がそうであるように、精神的に母親が支配的な家庭で、対照的な性格をもつ両親のうち、父親に同情的であったというヘミングウェイの伝記との類似ではない。また、そのような伝記に依拠したヘミングウェイ自身の、そしてニックの、個人的な性向の問題でもない。ニックの個人的な選択の物語は、十九世紀のフロンティア開拓と南北戦争にまつわる「男らしさ」の記憶が残る二十世紀初頭のジェンダー表象の物語であり、その十九世紀的なジェンダーが相対化される二十世紀という「われらの時代」の物語である。物語の後半で、聖書を引用して暴力を否認する妻に抵抗できない父親が、銃の手入れをすることによってみずからを慰撫する場面が描かれる。この銃はまさしく十九世紀のフロンティアと南北戦争の記憶の中に残る「男らしさ」の残像のようにみえるのである。(描かれてはいないが、おそらく)その銃を持って森の中に入っていく父親に、ニックは「黒リスがいるところ知ってるよ」(103)と言って、その「男らしさ」の残像に寄り添うのである。

「あることの終わり」は「三日吹く風」に連続するストーリーとして読める。「あることの終わり」では開拓時代に栄えた製材所の廃墟を背景に、ニックとマージョリーの恋の終わりが描かれる。恋愛も製材所と同じように、栄枯盛衰という道理のサイクルを閉じて終わり、ニックは説明のつかぬ深いムードに陥る。「三日吹く風」では、その名状し難い深いムードからの解放感を覚えるニックが描かれる。ニックは親友ビルとの会話で、マージョリーとの恋愛は「とつぜん終わった」のであり、「どうしようもなかった」と語る(123)。これに対してビルは「これ以上そのことについて話すのはやめよう。君も考えないほうがいいよ。また後戻りしてはいけないからね」(124)と言う。皮肉にもニックはビルのこの言葉によって重苦しい気分から解放される。

ニックはそういうふうに考えたことはなかった。もう変えられないことのように思えていたのだ。確かに、それもひとつの考え方だな。そう考えると気持ちが楽になった。

「たしかに」とニックは言った。「いつもその危険性はあるからね。」

彼は今はもううれしくなっていた。取り返しのつかないことなんて何もないんだ。土曜の夜には町に行けるんだ。（124）


つまり、ビルの助言をニックは逆手に取り、後戻りはできるし、失ったものは取り返すことができるのだと考える。「何も終わっていない。決して何も失われていないんだ。土曜には町［マージョリーが住むシャールヴォイ］へ行こう。…いつだって出口はあるんだ」（124-25）。これもまた幻想である。恋愛の破局の意味を測りかねて陰鬱なムードの中にあったニックの精神が求めた解放あるいは出口が、幻想の形をとって出現しているのである。当然、マージョリーとの復縁の物語は書かれない。（尚、**Charlevoix** という町名はフランス語読みの「シャルルヴワ」ではなく、現地で使用されている「シャールヴォイ」と表記した。）

「拳闘家」は精神に異常をきたした元ボクサーと女房役の黒人男性という、奇妙な二人連れに出会うニックの放浪体験を描く。ストーリーの最後に、二人のもとを去ったニックは黒人がくれた「ハム・サンドイッチを手に握っていることに気づいた」（138）という描写がある。社会の暴力を避けるように、刑務所を出所してから辺境を放浪する元ボクサーと女房役の黒人という男同士のカップルの奇妙で醜悪で非現実的に思える存在を、ニックはにわかには現実として受容することができない。しかし、もらったサンドイッチを手に握っているという事実は、みずからの経験が現実であったことを知るのに十分であった。元ボクサーは強打を浴びただけではなく、妹と考えられた女性マネージャーとの近親相姦を書き立てられて気がふれた。そして、気のふれた元ボクサーが凶暴になると、物腰柔らかな女房役の黒人は棍棒で頭部を殴り気絶させる。元ボクサーは目を覚ましても何も覚えていない。恐怖と狂気と暴力、そして、ニックは言語化していないが、白人と黒人の同性愛的な男同士のカップル。このような現実との邂逅において、現実を現実として受容できずに幻想を抱く段階から、ニックはもはやいかに醜悪で暴力的であろうとも現実を事実として認識し受容しなければならない段階にある。即ち、ニック・アダムズのイニシエーションを説くジョゼフ・デファルコが章題に用いた言葉を借用すれば、「境界上の経験(threshold experience)」(63)の段階にある。二人の元を去ったニックが手に握っているサンドイッチは、自らが体験する出来事は幻想という逃げ場を与えない現実であるというニックの認識を如実に物語っているのである。

以降のストーリーでは、幻想(illusion)の破壊、即ち、幻滅(disillusionment)が描かれることになる。ストーリーではないが「健闘家」に続く第六章のスケッチは、スケッチ群で唯一ニックが登場する戦争スケッチである。ここで彼は銃弾という直接的な暴力によって肉体的にも精神的にも傷を負う。この負傷はそれまでのストーリーでニックが反復し増幅させてきた幻想の破壊という象徴的意味合いをもち、『われらの時代に』の前半部と後半部を分かつ分岐点を示す。マシンガンの射撃を背骨に受けたニックは「単独講和をしたんだ」、「愛国者なんかじゃない」(139) と語る。戦場の圧倒的な暴力をみずからの身体に受けて、ニックは愛国心やヒロイズムを幻想として否定するのである。このスケッチとペアを成すストーリー「とても短い話」で描かれるのは、戦時中に収容されていたイタリアの病院で看護婦と恋愛関係にあったアメリカ兵が、帰国してから絶縁状を受け取り、自棄的な振る舞いのうちに淋病に感染するという話である。「パデュアのある暑い夕方」(141) で始まる負傷兵と看護婦との絵に描いたようなロマンチックな恋愛とその破局の物語は、ロバート・スコールズが言うように、「昔々あるところに」から始まり「いつまでも幸せに暮らしました」で終わる物語の定型を破壊し、おまけに淋病感染というアイロニカルな「落ち」を添えて「いつまでも不幸せに暮らしました」という幻滅を描く (114–15)。このようなロマンチックな幻想の破壊、即ち幻滅は、これまでみてきた『われらの時代に』の解釈の流れに無理なく収まるのである。そして、興味深いことに、「とても短い話」では主人公とおぼしき「彼」には名前が指示されていない。さらに、「ふたつの心臓のある大きな川」でニックが再登場するまで、以降のストーリーの中心人物はニック以外の名前を与えられることになる。名前の使い分けは、第六章と「とても短い話」が『われらの時代に』の分岐点であることを示す指標ともなるのである。

以降のストーリーは、フィリップ・ヤングが規定するいわゆるニック・アダムズ物語の範疇からはずれるので詳細に論じることは避けるが、そこに描かれるのは、戦前と変らぬ故郷と家庭にみずからの変化した精神を回収できず、戻るべき場をもてない帰還兵（「兵士の家庭」）や、ヨーロッパを舞台に描かれる関係の破綻した男と女たちである。「エリオット夫妻」、「雨の中の猫」、「季節はずれ」、「クロス・カントリー・スノー」では、伝統的な意味でのヘテロセクシャルで家父長制的な性差に支えられた「愛」が幻想にすぎず、その幻滅が描かれることになる。このように『われらの時代に』の後半においては、幻滅の中で、よるべき生き方をもてない人間の群像が、国外居住者という文字通りのデラシネとして描かれるのである。そのような人間の群像は、戦後のパリにたむろするエグザイル（exile）たちを描いた『日はまた昇る』で再び物語化されることになる。この長編小説において、身体のみならず精神にも深い戦傷を負ったジェイク・バーンズは、戦前の伝統的な「愛」の成就という幻想を否定し、現実に対峙する姿勢を必死に維持しようとする。現実逃避の古いロマンチシズムを体現するロバート・コーンから南米への旅に誘われたジェイクは、こう言ってコーンを諭す。「いいかい、ロバート。外国へ行ったって何も変わりはしないよ。ぼくはぜんぶやってみたんだから。別の場所へ移動しても自分自身から逃れることはできないんだよ」（11）。幻想の否定と現実の受容は、短編小説と長編小説をつなぎ、ヘミングウェイ文学に通底するテーマを形成していると言えよう。

R・W・B・ルイスは『アメリカのアダム』の中で、アメリカにおけるイニシエーションを次のように規定している。

新世界における個人の正当なイニシエーション儀式は、社会の中へのイニシエーションではなく、社会の性格というものを考慮してみると、それは社会の外へのイニシエーションなのである。これは「デニシエーション」(*denitiation*)と言ってしかるべきものである。(115)

敏感で傷つきやすいニック・アダムズ少年にとって、暴力は常に圧倒的なものであるがゆえに、いかに子どもじみた反応であろうとも、幻想の中に暴力に対する麻酔を見出した。反応が幻想、つまり負の座標平面をたどるという意味で、ニック・アダムズの成長過程も「デニシエーション」と定義できるのではないだろうか。第六章のスケッチで、第一次世界大戦の前線で背骨に銃弾を受けたニックが言う「単独講和(a separate peace)」とは、「デニシエーション」の別名であるのだ。ニックは「愛国者」にも「英雄」にも「男らしい男」にもならない/なれないことを宣言するのである。後半のストーリー群で描かれるのは、「デニシエーション」の深みから戦後の「社会の中への」入り口を模索する成人たちの姿なのである。

ニック・アダムズの「デニシエーション」は、シャーウッド・アンダソンが漠然と、しかもセンチメンタルに、ジョージ・ウィラードの未来(イニシエーション)に希望をもたせたのとは決定的に違う。ニックにとって成長の媒体となるものは暴力との遭遇であったが、ジョージにとっては「グロテスク」と呼ばれる人びととの接触であった。しかし、『ワインズバーグ・オハイオ』においてグロテスクな人々の物語はジョージの周辺で展開し、ジョージの経験と直接交わることはほとんどない。グロテスクな人びとはジョージにとって不可解な存在であるか、グロテスクな人びとの物語においてジョージは点景的人物にすぎないかのいずれかである。ストーリー「教師」の中で、「ほんの少し前に自分の腕の中に抱いていた女を、真実のメッセージを携えた神の使いであると宣言」する牧師の乱入を受けて、ジョージは「町全体が狂ったのではないか」(Ferres 165) と困惑する。そして闇の中を手で探りながら、その女、つまり教師ケイト・スウィフトが「ぼくに言おうとしたことをつかみ損ねた」(Ferres 166) と寝言のようにつぶやくのである。アンダソンは一人の青年の成長の可能性をほのめかしながら、その青年を無傷のままロマンチックにも都会へと旅立たせる。一方、ヘミングウェイはニック・アダムズに成長の可能性も都会のような出口も認めない。『われらの時代に』の最後に位置するストーリー「ふたつの心臓のある大きな川」で描かれるニックは、おそらく戦争によって肉体よりも精神に深い傷を負って病む人物である。物語の最後でニックは、川の向こうは薄暗くて深い沼地になっていることに気づく。「今はそこには行きたくない」(231) とニックは思う。なぜなら、そこでは「釣りは悲劇的だろうから」(231) である。即物的でシンプルな描写が主体の作品において、沼地は社会を表す強力な隠喩となる。ニックには「社会の中への」入り口は見えている。しかし、「今日はこれ以上、川を下りたくなかった」(231)。つまり、ニックは沼地／社会で、釣りをする／生きる準備がまだできていないのである。ニック・アダムズが「デニシエーション」の深みから再び現実の社会を展望するとき、身体のみならず精神の傷が癒えるまで今しばらく時間が必要であることを知るのである。社会へ参入するときの困難な経験が描かれるのは長編小説を待たなければならない。ただ、その前に検証しなければならないことがある。沼地へと隠喩化されたものは漠然とした「社会」ではなく、その深みにはヘミングウェイが描く中心人物たちが共有する「不安」があり、しかもその不安は極めて具体的なものであることがみえてくるからである。

第7章　作家ニック・アダムズの「沼地」

ヘミングウェイは「作者」というポジションに極めて自意識的な作家であり、出版作および未出版原稿において自己言及的に作家を描くことは少なくない。なかでも「創作について」は、作者ヘミングウェイと登場人物ニック・アダムズの間に介在する作家ニック・アダムズの存在を措定していて、作者ヘミングウェイとヘミングウェイの芸術的ペルソナたる作家ニック・アダムズとの峻別を読者にせまる。「創作について」はフィリップ・ヤング編『ニック・アダムズ物語』に収録された遺稿出版作である（本章で引用するニック・アダムズものはすべてこの版による）。これはもともと原稿段階で「ふたつの心臓のある大きな川」の結末を成していたものであり、作者ヘミングウェイはこの結末において作家ニックに自分の経験に酷似した経験を回想させている。このようなメタフィクション的な自己言及性は、単に作家ニック・アダムズと作者ヘミングウェイの同一性、つまりヘミングウェイの作品はほとんど完全な自伝であるという見解に収斂されるものではあるまい。むしろ、ヘミングウェイはみずからの経験が透けて見えるほど明白な自伝性を隠蔽あるいは操作するために、芸術的ペルソナとして別の作家を措定し、その作家に自己の分身たる人物ニック・アダムズの物語を創作させなければならなかったのではないかと思われる。

ヘミングウェイは最初の結末を削除することによって、作家としてのニック・アダムズを明示することはなかったが、ニックと名前を指示されていなくとも、ヘミングウェイが描く中心人物に作家は少なくない。たとえば、『日はまた昇る』のジェイク・バーンズはジャーナリストであるし、「キリマンジャロの雪」のハリーや『誰がために鐘は鳴る』のロバート・ジョーダン、あるいは『エデンの園』のデイヴィッド・ボーンは作家である。また「海の変容」のフィルは、女友達のレズビアン体験を創作の素材に使おうとするところから、作家であることが示唆されている。作家ニック・アダムズの措定は、作家ヘミングウェイの形成の重要な要素として立ち現れるのである。

ニック・アダムズの作家としてのポジションを解明することによって、作家ニック・アダムズは同名の人物を配するストーリーの作者であるのみならず、ニックとは別名の中心人物を配したストーリーの作者でもある、という読みの可能性がみえてくる。『われらの時代に』の中で、明らかにヘミングウェイの体験を素材にしている「とても短い話」の中心人物は実名が指示されず、「彼」という人称代名詞でしか言及されない。また、帰還後のヘミングウェイを彷彿させる「兵士の故郷」では、中心人物はニックではなくハロルド・クレブズと命名されている。「クロス・カントリー・スノー」と「ふたつの心臓のある大きな川」のニックを除いて、『われらの時代に』の後半を形成するストーリー群の中心人物も、ニック以外の名前をもつ。「創作について」を議論することによって、次のような解釈を導きたい。このような名前の操作が意味することは、ニック・アダムズは作者ヘミングウェイのペルソナ的人物であるという一元的な解釈を超えて、ニック以外の名を与えられている中心人物はニック以上に作者ヘミングウェイに近く、さらに名前を伏せられている「彼」は、特に情緒面において、ほとんど作者ヘミングウェイ自身である。そして、作者ヘミングウェイによる登場人物の名前の操作は、みずからの自伝性を消去隠蔽しようとする意識の表れでありながら、結果的に自伝性を強調するものである。その隠蔽される自伝性とは、帰還直後の一九一九年から二十年代パリにおける修業時代のヘミングウェイ、即ち、『われらの時代に』に収録されることになるストーリーとスケッチを書いていたヘミングウェイ自身の私的な問題であり、そこにこそ沼地の正体はある。作者ヘミングウェイは抑制と隠蔽および単純と客観性を追及するモダニストの芸術家であるかもしれないが、作家ニックは絶えざる「沼地」の不安におびえ、複雑な思考に沈潜する饒舌で内省的な人間なのである。

1　考えないニックと考えるニック

まず「創作について」の特徴と要点を整理しておこう。「ふたつの心臓のある大きな川」との比較の中から浮かび上がる顕著な違いは、「ふたつの心臓のある大きな川」のほとんどすべてが作者ニックの思考で占められているということである。一方、「創作について」のニックは意識的に思考の抑制に努めており、それがこの物語の重大な特徴にもなっている。ニックは明らかに何かを病んでいるのである。一般的には、人物ニックは恐らく戦争によって心身に傷を負っていて、その治癒のために慣れ親しんだミシガンの川へ釣りに来ていると考えられている。ヘミングウェイは一九四八年にマルカム・カウリーへの手紙でこう書いた。「ふたつの心臓のある大きな川」のニックは「傷を負って戦争から帰還していますが、彼の傷や戦争についてストーリーはまったく触れていません」(Baker, *A Life Story* 127)。また『ニューヨーク・タイムズ』紙のチャールズ・プアへの手紙で、「ふたつの心臓のある大きな川」は「戦争から戻ってきた青年についての物語」であり、「記憶している限り戦争は一度も触れられていませんが、そうすることでうまくいくのです」(Baker, *Letters* 798) と書いている。さらにヘミングウェイは『移動祝祭日』の中で次のように書くことになる。「ふたつの心臓のある大きな川」は「戦争からの帰還についてであるが、そこには戦争は一度も触れられていない」(76) と。ヘミングウェイの言葉を額面どおりに信頼して解釈すれば、帰還後まもないニックはなにがしかの戦傷を負っている。それゆえに慎重にも心がけていることは、考えないということである。考えることによって興奮すると精神に不安をきたすほど、神経が傷ついているのである。

「ふたつの心臓のある大きな川」でニックが思考を抑制する意識はテキストに明確に刻まれている。たとえば、物語で最初に描かれる思考の抑制は次のようである。ミシガン北部の町シニーに降り立ったニックは、町とその周辺が火事で焦土と化していること、そして辺りに生息するバッタがすすけたように黒ずんでいることに気づく。そのときのニックの意識は奇妙に描かれている。「バッタはどうなっているのか気になっていた（wondered）」が、「バッタのことを実際に考えていたわけではない（without really thinking）」（180）。語りは意識的にニックの思考を抑制している。また、キャンプでコーヒーを入れようとしたニックは、コーヒーの入れ方について友人のホプキンズと議論したことを思い出す。そのささやかな回想においてすら、ホプキンズに関する他の回想へと思考は転じ、ホプキンズは唇を動かさずに話すこと、ポロをしたこと、テキサスの油田で大儲けをしたこと、ガール・フレンドがいたことなどをニックは回想する。これらの思考はニックの緊迫した釣り物語とは一見関係がないように思えるが、「ふたつの心臓のある大きな川」の文脈では重大な意味をもつ。なぜなら、作品の前半部をなす第一部の結末において、ニックはホプキンズを回想しながら、その思考によって神経を興奮させることはないと、わざわざ確認するからである。「頭の中で思考が始まったが、すっかり疲れていたのでそれを抑制できることはわかっていた」（187）。思考を抑制する意識はここに明確に刻まれている。考えないで行動に集中することに努めるニックにときどき訪れる思考は、ニックの危うい精神状態を測る指標として効果的に機能しているのである。このように「ふたつの心臓のある大きな川」の人物ニックは寡黙で、行動に専念し、思考への沈潜と興奮を意識的に抑制し、ヘミングウェイの名高いシンプル・スタイルとハード・ボイルドな主人公を体現する。一方、「創作について」の作家ニックはさまざまな話題について長々と思考し、それを饒舌に語る。しかも、その思考を抑制しようとする意識はまったくみられないし、精神が不安定になることもない。この時点で推測できることは、「創作について」の作家ニックは「ふたつの心臓のある大きな川」の人物ニックが病む精神不安を克服しているということである。ふたりのニックは別人か、あるいは同じ人物でありながら異なる時期の姿か、と考えざるを得ない。

「創作について」の最初の三段落は、出版作「ふたつの心臓のある大きな川」の一九五頁の下二行目から一九六頁の第二段落終わりまで（スクリブナーズ版『われらの時代に』の一五二頁第七段落から一五三頁第一段落終わりまでに相当）とほとんど同じである。「ふたつの心臓のある大きな川」において、この後に続くのは結末の三頁のみである。それゆえ、ヘミングウェイは「創作について」を「ふたつの心臓のある大きな川」の結末として書き進めていたことはまちがいない。そうすると、両テキストに登場するニックは同じ人物でなければならない。やはり、ミシガンでマス釣りをする「考えない」人物ニックと、同じ釣りをしながら深く「考える」作家ニックは同一人物なのか。ここにテキスト上の決定的な矛盾あるいは困難な問題が内在しているように思える。ヘミングウェイが「創作について」を削除したのは、原稿に何がしかの矛盾か問題があると判断したからであろう。

その問題と思われる点のひとつが既に冒頭に現れている。第二段落五-六行目の一文「彼とビル・スミスはある暑い日にブラック川でそのことを発見していた」と、第三段落二-三行目の一文「ビルと彼はそれを発見していた」は「ふたつの心臓のある大きな川」では削除されている。これらふたつの文章は類似していて、いずれもニックとビル・スミスを主語とする。同様に指示代名詞も、ブラック川では土手の木々が作る陰にマスがいるという同じ内容を指す。ビルは「あることの終わり」と「三日吹く風」に登場するビルと同人物と推測される。「創作について」ではビル・スミス（すでに紹介したように、ミシガンで知り合った実在のヘミングウェイの友人）というフル・ネームが与えられることによって自伝性があからさまになる。さらに、親友ビルの登場は親友ホプキンズを回想したときと同様に、ニックをして思考へと沈潜させてしまう恐れがある。実際、人物ニックがビル・スミスを回想していれば、ホプキンズを回想するときと違って、ニックの精神は極度の不安定をきたす恐れがあり、「考えない」ニックの行動主義的な物語は崩壊していた可能性がある。

その恐れとは、こうである。「創作について」においてニックは二人のビルを回想する。一人は先に挙げたビル・スミスで、もう一人はビル・バードである。二人のビルは混乱を招くので、語り手はこう説明する。「かつてビルといったらビル・スミスだった。今はビル・バードのことだ。ビル・バードは今、パリにいる」(234)。カーロス・ベイカーの伝記によると、ビル・バードはコンソリデーテッド通信社のヨーロッパ大陸支社ディレクターとしてパリに在住していた。一九二二年、カナダの『トロント・スター』紙の特派員としてジェノヴァ国際経済会議を取材するよう依頼されたヘミングウェイは、ジェノヴァに向かう汽車の中でビル・バードに会っている。以来、ふたりの交友は続き、共に妻同伴でドイツのブラック・フォレストへ釣り旅行にも行っている。翌年の一九二三年、スペインと闘牛を見たいと思っていたヘミングウェイは、ビル・バードを含むパリの仲間たちとスペイン旅行を計画した。このときの旅は『日はまた昇る』(一九二五年に執筆、一九二六年に出版)に描かれるスペイン旅行の素材になるが、同時に、この旅で見た闘牛を描く五編を含む十八篇の短いスケッチをまとめたパリ版『ワレラノ時代ニ』をビル・バードが出版することになる。ビル・バードはスリー・マウンテンズ・プレスという出版社を設立していたのである。『ワレラノ時代ニ』のゲラ刷りは前年の一九二三年十二月にはでき上がっていたので(**Baker, *A Life Story* 121**)、「ふたつの心臓のある大きな川」を書き始めた一九二四年(**Baker, *A Life Story* 127; Paul Smith, *A Reader's Guide* 85-86**)にはヘミングウェイとビル・バードは既に親交を深めていたことになる。ということは、「ふたつの心臓のある大きな川」の最初の結末「創作について」で、ビル・スミスと区別して「ビル・バードは今、パリにいる」(234)と語られるとき、「今」とはまさしくヘミングウェイが「今」という語を書いている一九二四年であり、ビル・バードは『ワレラノ時代ニ』を出版したばかりであったのである。つまり、一九二三年前後におけるビル・バードとの関係を「創作について」において作家ニックに回想させる語り手は、「ふたつの心臓のある大きな川」というストーリーを書いている一九二四年の作者へミングウェイ自身なのである。

それでは、現実の問題として、一九一〇年代のミシガンで友人であったビル・スミスは、二十年代のパリ在住のヘミングウェイにとって、なぜもはや「ビル」ではなかったのか。実は、ジェノヴァ国際経済会議でビル・バードと知り合った一九二二年、ヘミングウェイはビル・スミスと絶交していたのである。ベイカーによる伝記はこの辺りを次のように伝える。ヘミングウェイは前年の一九二一年、ビル・スミスの兄であるケンリー・スミス（俗称Y・K）と喧嘩別れをしていた（ヘミングウェイがY・Kのアパートに住むことになったいきさつは第II部第4章を参照）。ところが、ベイカーはY・Kとの喧嘩別れの理由を明かしていない。ベイカーがヘミングウェイ伝記を出版した一九六九年までは、この件に関する情報は入手できなかったのかもしれない。恐らく、このあたりの事情を最初に報告したのはジェフリー・メイヤーズであろう。一九八五年に出版したヘミングウェイ伝記において、メイヤーズは次のように伝えている。一九二一年の夏、ドン・ライトという同じアパートの住人がY・Kの妻ヅーヅルズ（正式名はジェネヴィエーヴ）と浮気をしていた。そのことをヘミングウェイはヅーヅルズ本人から聞かされた。それをヘミングウェイは言いふらしたのだ。「Y・K・スミスは天才少年で…十四歳でハーヴァードに入学した。しかし、私的な問題ではうぶで愚かで、女たちといろいろトラブルがある」（56）、と。このいきさつをベイカーは次のように書いているだけである。「その夏、Y・Kの妻ヅーヅルズは胸に秘めていた思いをアーネストに漏らしていた。それをアーネストは意地悪くもドン・ライトにうっかりしゃべってしまったのだ」(81)。ベイカーはY・K本人の手紙やインタヴューを引証としているので(576)、事情を承知の上で、あえて個人的な内容には触れなかったのかもしれない。一方、メイヤーズが証左として挙げているのは、第二次世界大戦時に『コリアーズ・ウィークリー』誌の特派員をしていたヘミングウェイの知己で部隊指揮官であったバック・ラナム宛のヘミングウェイの手紙(プリンストン大学所蔵。プリンストン大学教授であったベイカーはみずから編纂したヘミングウェイ書簡集にこの手紙を入れていない)、ビル・スミスのインタヴュー(ジョン・F・ケネディ図書館所蔵)、ビル・スミスの妻マリアン・スミスとの独自のインタヴュー、Y・Kの義理の姉妹エミリ・ハーンがメイヤーズに宛てた手紙(585)である。メイヤーズの一年後にヘミングウェイ伝記 *The Young Hemingway* を出版したマイケル・レノルズは、この出来事を描くのに証左を何も示していない(206–08)。

ともかく、これを契機としてヘミングウェイとY・Kは絶交することになる(詳細については Baker, *A Life Story* 82。ベイカーが依拠した手紙は Baker, *Letters* 55–56)。そして一九二一年、ヘミングウェイはY・Kの弟であるビル・スミスに「Y・Kを侮辱する手紙」を書き、一方ビルは「血は水よりも濃い」(一九二一年二月十九日付のヘミングウェイ宛の手紙。ベイカーはこの手紙もヘミングウェイ書簡集には入れていない)と言って兄の側についた(Baker 88)。これによって、一九一六年のミシガンから続いたふたりの仲は疎遠になっていったのである。ヘミングウェイがジェノヴァ国際経済会議でビル・バードと親しくなるのは、その直後のことであった。そういうわけで、「創作について」を執筆中の一九二四年のヘミングウェイにとって、「ビル」といえばビル・バードを意味したのである。少なくとも、伝記的にはこれが事実のようである。「創作について」において作家ニック・アダムズが語るみずからの経験は、作者ヘミングウェイの直近の過去によって裏打ちされる。ビル・スミスについての思考を深めていれば、ニックは興奮して精神のバランスを崩し、同様に「ふたつの心臓をもつ大きな川」の芸術的バランスも崩れていたことであろう。作家ニック・アダムズにとって、ビル・スミスの喪失は夏のミシガンの喪失でもあったからである。

ところが、続く三つの段落で「彼」、即ち作家ニックは、失ったはずのビル・スミスを懐かしそうに長々と回想する。しかも、ビル・スミスを含むミシガンの釣り仲間を失ったのは自分が結婚したせいだとして、次のように言う。「彼は結婚することによって、釣りよりも大事なことがあると認めてしまったから、彼らを失ったのだ」(234) と。ここで明らかになることは、「彼」＝作家ニックは現実のビル・スミスと仲たがいをした作者ヘミングウェイではない、ということである。作家ニックが旧友ビル・スミスを失ったのはビルの兄Y・Kと絶交したからではなく、作家ニック自身の結婚が原因なのである。このように、作家ニックの経験は、作者ヘミングウェイの経験を虚構へとずらすことによって形成されているのである。作家ニックは釣りを女 (恋愛、結婚）にたとえるレトリックでもって虚構化された喪失を表現する。ニックに出会うまで釣りをしたことがなかったビルは、出会う以前にニックがした釣りと川について「許してくれた」(234)、とニックは奇妙なことを語る。「まるで、女が過去の女にこだわるようなものだ。つき合う前の女なら問題ない。しかし、つき合った後の女は別問題というわけだ」(234)。つまり、作家ニックは作家らしく、女を釣りと川にメタファー化しているのである。よって、釣りは女と同様に結婚の対象となり、次の文章が続く。「だから彼は仲間を失ったのだ、と彼は思った。彼らはみんな釣りと結婚していたのだ。…彼もヘレンと結婚する前は釣りと結婚していた。本当に結婚していたのだ。冗談なんかじゃない。だからこそ、彼は仲間を失ったのだ」(234)。「釣りと結婚していた」ニックは人間の女と結婚することによって「釣りと結婚していた」ホモソーシャルな釣り仲間を失ったのである。『われらの時代に』の中で唯一ニックの妻の存在が示されている「クロス・カントリー・スノー」では、妻ヘレンの妊娠が原因でアメリカに帰国しなければならず、ヨーロッパでの男同士のスキーはもうできないかもしれないというニックの喪失感が描かれる。そして、結婚や妊娠がニックあるいは別名の男性人物の自由と楽しみを奪うという喪失感が、『われらの時代に』を中心にヘミングウェイ文学の基調になるのである。これはヘミングウェイの創作世界、即ち、作家ニック・アダムズの経験であって、ヘミングウェイ自身の経験の再現ではない。作家ニック・アダムズは作者ヘミングウェイの虚構化された芸術的ペルソナなのである。

そして、作家ニック・アダムズの中心テーマは「喪失」であり、旧友ビル・スミスを失い、他の釣り仲間を失い、少年時代の夏のミシガンを失ったのである。その原因は女と結婚にあるのだとニックは示唆しているのである。この回想の途中で語りは一瞬のあいだ、川の丸岩に腰をおろす人物ニックに視点を戻す（234-35）が、直ちに、その丸岩に座って流れを見つめながら、結婚に関する思考へと沈潜するニックへと再び切り替わる。「かつて結婚する人たちについてよく恐怖を抱いていたこと」（235）を思い出すニックは、長い思考の中でミシガンのワルーン湖やホートンズ川での釣り、仲間たち、結婚、喪失を語る。

釣りと結婚に関する思考に続いて、ニックはスペインの闘牛を回想する。ここで回想される闘牛は、先にビル・バードを紹介したときに言及したスペイン旅行と内容が一致する。再度、確認をしておくと、作家ニックは作者へミングウェイと経験を基本的に共有しているので、「ふたつの心臓のある大きな川」および「創作について」に登場する作家ニックは、第一次世界大戦後にヘレンと結婚して再度ヨーロッパに渡り、ビル・バードらとのスペイン旅行で闘牛に魅了されたあとの姿である。ただ、作者へミングウェイの当時の妻ハドレーの名前はヘレンへと、そして旧友ビル・スミスを失った原因はみずからの結婚へと虚構化されている。もともとの結末であった「創作について」はニックが釣りキャンプ中に過去を回想する構造になっているので、「ふたつの心臓のある大きな川」も同じ構造をもっていなければならない。そうすると、ミシガン州シニー近郊の川「ふたつの心臓のある大きな川」で釣りキャンプ中である人物ニックも既に結婚していて、二十年代のヨーロッパに滞在するか、滞在した経験のある作家であることになる。ここに生じるふたつの矛盾点も再確認しておこう。ひとつは「創作について」の作家ニックは「ふたつの心臓のある大きな川」のニックが病む精神不安を明らかに克服しているということである。もうひとつは、「ふたつの心臓のある大きな川」のニックは戦争から帰還直後の青年で、なにがしかの戦傷によって傷ついているとヘミングウェイ自身が語っていることである。後者については、戦争から帰還したのは一九一九年、ハドレーとの結婚は一九二一年、そして同年フランスへ旅立ち、一九二三年に第一子ジョン誕生という性急な作者ヘミングウェイ自身の伝記を重ね合わせれば解消されよう。作家ニックも帰還後まもなくヘレンと結婚し、それによってミシガンと釣り仲間を失い、ヨーロッパへ渡り、ヘレンの妊娠あるいは出産によって父親になるという性急な生き方をしながら、性急さゆえの不安と精神に受けた戦傷を癒すためにひとりでミシガンの川へ立ち返っている、という物語は成立する。しかし、精神不安を克服している「創作について」の作家ニックを「ふたつの心臓のある大きな川」のどこに位置づけたらよいのであろうか。

2　作家ニック・アダムズと「彼」

「創作について」において、作者ヘミングウェイはみずからの経験と虚構とを区別する意識、即ち、自分と芸術的ペルソナたる作家ニック・アダムズとの間にとるべき距離感が希薄になっているのではないかと疑われる。それは二箇所にみられる「彼、即ちニックは」("He, Nick,")(237, 239) という主語の断り書きに表れている。作家ニックを「ふたつの心臓のある大きな川」の作者であると想定すると、「創作について」には厳密に言うと三つの過去がある。即ち、作家ニックが回想するミシガンの釣り仲間と結婚前後の過去、同じくみずからのヨーロッパ在住に関わる直近の過去、そして「ふたつの心臓のある大きな川」の釣りキャンプ物語を形成する過去である。「創作について」において「ニック」と実名が指示されているのは、本編のマス釣りを描く冒頭の二行目「ニックは型のよいマスを一匹釣っていた」(233) と、結婚によって釣り仲間を失ったという回想から再びマス釣りの川に戻る段落の冒頭「ニックは木陰にある丸岩に座った」(234)、そして長い創作論に続いて最後に川とキャンプの風景に戻る結びの二頁 (240-41) である。つまり、語り手は創作上の本編である釣りキャンプを描く場合は段落の冒頭で「ニック」と名前を明示するのに対して、作家ニックに作者へミングウェイの経験に酷似する過去を回想させるときは常に「彼」という代名詞を用いる。最初の「彼、即ちニックは」という語りは、作者へミングウェイの自伝性が明らかな闘牛を回想する段落の冒頭にみられる。「彼、即ちニックはマエラの友人だった」(237)。これは読者のための断り書きというより、語り手 (あるいは作者) みずからに、主人公の「彼」とは自分ではなく虚構上のニックであることを確認する意識の表れのようである。削除した原稿とはいえ、「彼、即ちニックは」という表記はぎこちない。読者がニックと取り違えるような人物は他にはいないのだから。取り違えをする人がいるとしたら、読者ではなく作者ヘミングウェイ自身であろう。作家ニックに作者ヘミングウェイの経験に酷似する過去を回想させるとき、「ニック」という名前は意識的にか無意識的にか使われない。そこから推測されることは、中心人物の実名を避けて「彼」と人称代名詞化するのは、その人物の経験が作者ヘミングウェイの直近の経験に酷似するときではないか、ということである。その場合、作者ヘミングウェイは自伝性の露呈を警戒するあまり、ニックよりもはるかに客観性の距離を保てる「彼」という代名詞を使用している、と考えられるのである。逆に言えば、名前が与えられていないか、あるいはニック以外の名前を与えられている中心人物は、ニック以上に執筆時の作者ヘミングウェイとの距離が生々しいほど近い可能性がある。

『われらの時代に』の中で「とても短い話」は作者ヘミングウェイの経験に酷似した物語でありながら、中心人物は名前を明かされず常に「彼」としか指示されない。第一次世界大戦で負傷してイタリアはパデュアの病院に収容された「彼」は、看護婦ルズと恋仲になり結婚の約束までしていたが、終戦後、職に就くべく先に帰っていたアメリカの故郷に絶縁状が届き、自暴自棄になる。「彼」は帰還後の若きヘミングウェイの最もつらかったと思われる経験のひとつを疑似反復する。デブラ・A・モデルモグはこう解釈する。作家「ニックは自分の名前をとった主人公をロマンチックに描きながらも、自分の最もつらくて困惑させる苛烈な経験については、もっと不透明なペルソナの背後で、読者からも自分自身からも隠れて安全なときに進んで描いていると言えよう」し、それゆえ「問題が作家ニックに近ければ近いほど、人物ニックは遠くにいる傾向がある。かくして、非ニック物語［中心人物の名前がニックとは異なる作品］はニックの最も内奥にある秘密と恐怖を開示する鍵をもっている可能性がある」（"The Unifying" 25)。このような中心人物の命名と語りの客観性に内在する作者の操作は、ロバート・スコールズがすでに解明していることである。スコールズは「彼」という三人称の語りの背後に作者ヘミングウェイの私的な感情を読み取る。

ここでわれわれが相手にしているのは、美的な全体を構築する私心を捨てた芸術家ではなく、自分の人生におけるもっともつらい出来事のひとつを素材にして、作品として通用するテキストを生みだそうとしている意固地な人間であるということである。(125)

スコールズはロラン・バルトの言う「人称システム」(personal system) を援用して、三人称の「彼」は完全に一人称の「私」に置き換えられるが、看護婦のルズはそうではない、と指摘する (117)。そして次のような解釈を導き出す。「彼」は礼儀正しく、寡黙で、忍耐強く女を待ちながら、裏切られる犠牲者であり、非はこのように道徳的に正しい立派な男を裏切る女にこそあるのだ、と自らは語らずしてテキストに語らせる。テキストの寡黙な声は「彼」の饒舌な声であり、それは作者ヘミングウェイの声なのである、と。文字通り短くて単純な物語「とても短い話」の客観的で芸術的な言説の寡黙さは、「私」の饒舌を隠す疑似客観性の仮面にすぎない。つまり

「彼」は「私」の仮面である、という解釈である。スコールズの解釈はきわめて自伝的なヘミングウェイ文学の本質を鮮やかに、また科学的に分析してみせているようである。しかしながら、この分析は結果的にヘミングウェイの創作現場の舞台裏をあばく仕業であるようにみえ、われわれが目にするのは作家ヘミングウェイというよりも、有名人ヘミングウェイの裸身のように思えるのである。ひとたびテキストを解体して、作者の私的な経験とそれにまつわる個人的な感情や思いをむき出しにした後は、その経験と感情と思いをフィクションへと再構築する創作をこそ評価することが求められよう。スコールズを批判的に論じる武藤脩二は言う。「寡黙なテクストから読み取れるのは饒舌な彼である。饒舌な『私』から寡黙な『彼』への変貌こそ、このテクストのメッセージである。つまり、そのような『私』からそのような『彼』へと距離を置く作者が存在しているのである」(94)。そして、「とても短い話」という「寡黙さの表現としてのタイトルは、抑え込んだ言辞そのもののタイトルなのである。そして『隠れた一人称の語り』を発見することよりも、一人称から客観的な三人称へのずらしを確認することのほうが、遙かに重要なのである」(96)。この評言はまさしく「創作について」の中で、そして「創作について」を削除した創作行為そのものに実証されているヘミングウェイの創作観とその困難な実践を言い当てていると言えよう。修業時代の若きヘミングウェイは、みずからの芸術的ペルソナを作家として措定し、そのペルソナたるニック・アダムズおよび別名の主人公たちとみずからとの間に距離をとることに腐心していたからである。

「彼」とは別にニック以外の名前をもつ中心人物たちについても同様のことが言える。オクラホマ州のミドル・クラスの町で、敬虔なクリスチャンである母親に一見無為な生活ぶりをとがめられる「兵士の故郷」の帰還兵クレブズは、作家ニックの「最も内奥にある秘密と恐怖」を開示していることになる。なるほど、クレブズの物語は帰還後のヘミングウェイの自伝性が生々しく、オクラホマの町と家庭と母親は、オークパークとヘミングウェイ家と母グレイスが透けて見えるほど似ているのである。しかも、その帰還直後の記憶は執筆時からわずか四、五年ほど前のものである。モデルモグの推察のとおり、作者ヘミングウェイの芸術的ペルソナである作家ニックは、「自分の最もつらくて困惑させる苛烈な経験」を描くときは、中心人物に別名を与えることによって、自己の文学的分身たるニックを遠ざけるのである。『われらの時代に』の後半を形成し、決して幸せではない若い既婚者群像を描く「エリオット夫妻」、「雨の中の猫」、「季節はずれ」、「クロス・カントリー・スノー」の中で、「クロス・カントリー・スノー」を除いて中心人物はニック以外の別名を与えられる。あるいは「季節はずれ」のように名前そのものが与えられない。ヒューバート（「エリオット夫妻」）もジョージ（「雨の中の猫」）も「若い紳士」（「季節はずれ」）も、彼らは作家ニックの直近の過去か現在が虚構化された肖像なのであり、みんなニックの別名、エイリアス（alias）なのである。

ニックの妻の名前「ヘレン」も同様のことを物語っている。「ヘレン」は「クロス・カントリー・スノー」においてもニックの妻の名前として言及され、「キリマンジャロの雪」においては中心人物ハリーの妻の名前として再び使用される。ハリーはニックと同じ名前の女と結婚しているばかりか、ニックと同じく作家であり、「自分の最もつらくて困惑させる苛烈な経験」を耐え忍んでいる。ここにおいても、ニックとハリーは別名を装った同一人物ではないかという推測を誘発する。つまり、ハリーはアフリカでサファリを楽しんだ三十年代のヘミングウェイ自身に、とりわけ「キリマンジャロの雪」執筆時のヘミングウェイ自身の姿に近似する。それゆえ、ニックとは別の名前を付与することによって、ヘミングウェイは芸術上、いや、個人的な理由で、ハリーを自己のペルソナであるニックから切り離したのではないかと推測される。ハリーは金持ちの妻ヘレンとの結婚が、自分の創作を鈍化させた原因だと信じ込んでいるのである。「創作について」において、常に「彼」と指示される作家ニックに回想させる「最もつらくて困惑させる苛烈な経験」とは、結婚による喪失、作家になるための真剣な創作修業、特に作者と登場人物の峻別の困難ということであろう。なかでも結婚は、「身を横たえて」で看護兵ジョンがニックに助言するようにすべてを癒すどころか、ニックの不安と傷を悪化させたのである。結婚後のニックはその不安と傷による痛みに耐え忍んでいるのである。その痛みとは、妻ヘレンの妊娠、つまり父親になるニックを描く「クロス・カントリー・スノー」ではっきりと描かれるように、若さと仲間と自由とアウトドアの楽しみの喪失である。このようなニックの痛みとその原因の深みこそが、「ふたつの心臓のある大きな川」の最後でニックが回避する「沼地」として隠喩化されているのではないかと思われる。

釣りキャンプ地へと歩くニックは「考える必要も、書く必要も、他の必要も、なにもかも置いてきた」(179)と感じている。「書く必要」には、作家ニックを明示していた最初の結末「創作について」の痕跡を認めることができよう。では、何を「考える必要」なのか、「他の必要」とは何なのか。これも「ふたつの心臓のある大きな川」のテキスト内ではわからない。しかし、『われらの時代に』にニックとニックのエイリアスたちのクロノロジカルな物語の流れを解釈すれば、その「必要」はかなり具体的な輪郭を現すのである。ニック・アダムズは戦傷と創作の困難をひきずるだけではない。少年時代の釣りを懐かしみ若さの喪失を嘆くニックに重くのしかかっているのは、早くに結婚し早くに父親になるという早熟な生き方が強要する夫そして父親としての、総じて大人としての責務である。ニック・アダムズはもう子供ではいられないのである。

3 創作論と削除の理由

第一の作家たる作者ヘミングウェイと第二の作家たるニックは、互いの距離が「彼、即ちニックは」という表記によって意識的にとられなければならないほど、薄い絶縁体でしか隔てられていない。ニックの職業を作家にすることによって自己の芸術的ペルソナとし、極めて自伝的な出来事をニックの経験へと微妙に虚構化することによって、ヘミングウェイはその薄い絶縁体を作ったのである。このように「彼」という人称代名詞で希薄になる作者ヘミングウェイと作家ニックの峻別、即ち、虚構としての創作意識が危うくなったと思えるときに、語り手は「彼／ニック」に次のような創作論を展開させる。

何かについてしゃべるのはよくない。現実にあった（actual）ことを書くのはよくない。現実にあったことをいつも台無しにしてしまうからだ。

いやしくもよい書き物とは創り上げたもの、想像したものだけだ。そうすることで何でも真実になるのだ。（237）

まるで、先の「彼、即ちニックは」と念を押した語りの中の「ニック」こそが「想像した」人物であり、「彼」とは「現実にあった」人物、即ち自分自身になっていたという認識を、作者ヘミングウェイは作家ニックに語らせているかのようである。この創作論に語りが移行するまで、語り手は闘牛士マエラとピカドール（騎馬で牛の肩を槍で突いて弱らせる役）をニックに回想させる。「彼、即ちニックはマエラの友人であった」（237）と回想されるマエラとは、『われらの時代に』のスケッチ第十三章と十四章にも登場し、『午後の死』では「マエラことマニュエル・ガルシア」（77）とフル・ネームで描かれるスペインの闘牛士である。「知っている限り最も誇り高き男」であり、「これまで見た中で最も優れていて、いちばん満足できる闘牛士の一人」（78）と『午後の死』で描かれるマエラは、「創作について」においても「マエラは知っている限り最高の男だった」(237)と回想される。マエラはヘミングウェイ夫妻が一九二三年にビル・バードらと訪れたスペインで会った闘牛士である。「創作について」におけるマエラに関する回想内容は「現実にあったこと」であり、作家ニックは「現実にあったこと」を長々と回想して書いたのである。これは作家ニックの創作観に反するものであり、削除されるべき対象であったのである。

この点に関するデブラ・A・モデルモグの指摘は興味深い。一九二四年十一月半ば、ということは「ふたつの心臓のある大きな川」の脱稿から約三ヵ月後、ヘミングウェイはロバート・マコルモン(パリでコンタクト出版社を経営し、一九二三年にヘミングウェイの最初の本『三つの短編と十の詩』を出版していた)への手紙で、「創作について」、つまり「ふたつの心臓のある大きな川」の最初の結末に言及して、次のように書いている。

長い釣り物語の中の例の内なる会話(all that mental conversation)はみんなたわごとなので、ぜんぶ削除しました。最後の九頁です。物語がうまく進んでいるときに中断してしまい、もはやもとに戻って書き終えることができなくなったのです。どんなひどい状態かを知ったときの驚愕が私を川へと連れ戻してくれ、最初からそうあるべき姿に書き上げました。つまり、全編釣りです。(Baker, *Letters* 133)

これを受けてモデルモグは、ヘミングウェイが結末を変えたのは「みずからの芸術的ペルソナではなくストーリーの芸術的完全性を心配したからだ」("The Unifying" 18–19) と指摘し、ヘミングウェイをして結末の問題に注意を喚起したのはガートルード・スタインであろうと言う。モデルモグは『アリス・B・トクラスの自伝』の次の箇所に注目する。一九二四年の秋、ヘミングウェイは『われらの時代に』として出版されることになる原稿をスタインにみせた。ヘミングウェイは原稿に「小さな瞑想のストーリーを加えていて、その瞑想の中で『巨大な部屋』はそれまでに読んだ最良の本だと語っていた。ガートルード・スタインが言ったのはそのときだった。ヘミングウェイ、論評(remarks)は文学ではありません、と」(Stein 219)。実際、「創作について」の「瞑想」の中で、ニックはカミングズの『巨大な部屋』は「最良の本のひとつ」(239) と言っている。スタインの自伝が「創作について」に言及していることはまちがいない。ヘミングウェイは適切にも「論評」を削除し、「全編釣り」のストーリーを書き上げたのである。結末の修正は、モデルモグが言うように「芸術的完全性」の問題であったといえよう。ただ、「芸術的ペルソナ」の問題ではなかったかどうか、また、削除を促したのはスタインの忠告だったかどうかは断定しがたい。なぜなら、スタインに「論評は文学ではない」と言われる前に、削除される原稿そのものの中で「何かについてしゃべる」ことはよくないとニック自身が自己批判しているからである。ヘミングウェイ自身マコルモンへの手紙で、削除したのは「内なる会話」、即ち「内的独白」とも言えるニックの長い回想「ぜんぶ」であると言っているわけであり、個別の「論評」

とは言っていない。スタインの忠告は『巨大な部屋』に言及した後に発せられたものである。ニックがカミングズの他にリング・ラードナー、シャーウッド・アンダソン、セオドア・ドライザー、そしてセザンヌを論じるくだりを、スタインは「論評」と呼んだのであろう。芸術家ヘミングウェイにとって、論評だけではなく「現実にあったこと」の回想の長広舌全体が「たわごと」であり「芸術的完全性」を壊すものであったのである。

「何かについてしゃべるのはよくない」という創作論にもかかわらず、作家ニックは「論評」を続けて次のように言う。「『ユリシーズ』のディーダラスはジョイス自身だ。だから彼はひどいんだ」(238)と。作家ニックによるジョイス批判は、『われらの時代に』のニックはヘミングウェイ自身だ、という自己批判に陥る危うさを露呈する。そのような危うさを内包しながら、「人生を消化して、それから自分だけの人物を創造しなければならない」(238)と作家ニックは言う。修業時代のヘミングウェイ自身は自己の経験を素材にする極めて自伝的な創作を企図し、自己と自己のペルソナとの峻別、自己の経験と虚構化された経験との峻別、そしてその難しさに極めて自意識的な作家であったことがうかがえる。原稿段階である「創作について」においては、作者と語り手と作中人物および現実と虚構の峻別が曖昧で「消化」されていない。マコルモンに語った「もはやもとに戻って書き終えることができなくなった」という認識は、自己と作家ニックと人物ニックの峻別が困難になったヘミングウェイの創作意識の混乱の表れではないだろうか。「創作について」には「芸術的完全性」だけではなく「芸術的ペルソナ」にも問題があったのであり、その削除ははからずも若きヘミングウェイの創作観の実証となっているのである。モデルモグはペルソナと芸術性を区別するが、ヘミングウェイの芸術においては、自己と芸術的ペルソナとの微妙かつ適切な距離と作品全体の芸術的完全性とは、ほとんど同義語なのである。作者と作中人物の混乱は作家ニックによる次のような断言を導くことになる。

短編の中のニックは決して彼自身ではない。彼が彼を創り上げたのだ。もちろん、彼はインディアンの女が子どもを産むのを見たことはない。それがこの作品「「インディアン・キャンプ」」をいいものにしているのだ。誰もそれがわかっていない。カラガッチへ行く途中の道路に出産中の女がいて、彼はその女を手伝ったことがある。そういう具合だったのだ。

(238)

再び「彼」という人称代名詞でしか表現されない文章「彼が彼を創り上げた」とは、「ニック」が「ニック」を創り上げたということだが、前者のニックは成人した作家ニックで、後者は「インディアン・キャンプ」の中の少年ニックである。そうすると、作家ニックは作者ヘミングウェイの芸術的ペルソナであり、人物ニックは作家ニックの虚構化された分身ということになる。つまり、作家ニックは自分が「インディアン・キャンプ」にはじまるストーリーの作者であることを認めているのである。「インディアン・キャンプ」の少年ニックは「医師と医師の妻」、「あることの終わり」、「三日吹く風」、そして「拳闘家」に描かれている経験を経て作家になり、「ふたつの心臓のある大きな川」においては作家としてミシガンに立ち返っている、ということになる。そして、「拳闘家」の少年ニックと「ふたつの心臓のある大きな川」の作家ニックとの間、即ち、戦争からの帰還直後から結婚後のヨーロッパ滞在という直近の過去までの経験を、「とても短い話」の「彼」に始まるニックのエイリアスたちが埋めるのである。

しかし、ここで肝心な点を認識しておく必要がある。「ふたつの心臓のある大きな川」にはひとりのニックしかいない、ということである。「創作について」において、マス釣りの途中で川の中の丸岩に座り、水が岩の両側に別れて流れるのを見つめながら、ニックはヘレンとの結婚や失った釣りと釣り仲間を回想する(234–35)。釣りをする人物ニックと回想する作家ニックは同じ丸岩に座っている同一人物であるはずである。しかし、「ふたつの心臓のある大きな川」で描かれるように、釣りをするニックは精神不安を恐れて思考を抑制するのに対して、「創作について」の作家ニックは明らかに精神不安を克服している。長大な回想や創作論は作家ニックの安定した精神の証である。安定した精神を取り戻した作家ニックと精神不安を抱えるニックが同じ時間に同じ川の同じ丸岩に座っていることになる。作者ヘミングウェイは混乱している。マコルモンに語ったように「もはやもとに戻って書き終えることができなくなった」のも当然である。作家ニックは「インディアン・キャンプ」に始まるニック・アダムズ物語すべての作者であり、自分の分身たる人物ニックの成長を追うように作品を書いているうちに、「ふたつの心臓のある大きな川」で一九二四年現在の自己と等身大の人物ニックを描くに至った。そのとき、作者たる自分とペルソナたる人物ニックとの間にとるべき距離に、はからずも誤差が生じたのである。ミシガンの清流の中の岩に腰をおろすニックは慎重にも考えないように努め、一方、その岩に座って水の流れをみつめながら過去を回想するニックは「芸術的完全性」を危険にさらすほど思考に耽溺する。ヘミングウェイが認識できていたかどうかは不明だが、最初の結末を削除することによって、「芸術的完全性」の問題だけではなく、みずからの「芸術的ペルソナ」に関わる決定的な矛盾をも解消したことになる。

4　小さな物語から

ここで、一九二四年「現在」のニック・アダムズが癒そうとする病と「沼地」に投影する不安を改めて検討しておきたい。作家ニックは創作のための条件を次のように語る。「世界および世界で生きること、それに特別な人たちが好きならば、偉大な作家になるのは難しい。好きな場所がたくさんあると難しい。なぜなら、そうすると健康で気分がよくて楽しいものだから、もうどうでもよくなるのだ」(238)。単純に言うと、偉大な作家になるための条件は不幸でなければならない、ということであろう。自らの不幸な経験を素材にして物語を創り上げなければならないということであろう。ニックはさらに続けて、より個人的な条件について語る。「ヘレンの具合が悪い(unwell)ときにはいつも最高に仕事ができた。その程度の不満と不和」(238)が必要なのだ、と。作家ニックにとって、創作を促すのは不幸な環境と不幸な気分のときであり、それは即ち創作の素材にもなるのである。特に『われらの時代に』に通底するテーマは「喪失」と「不満」と「不安」であり、その「喪失」と「不満」と「不安」は主として女、結婚、家庭、夫婦、妊娠と出産に関わるものである。妻ヘレンが生理のときにいちばん仕事がはかどるとニックは言うが、これはパリ修業時代の回想録である『移動祝祭日』を彷彿させる。妻ハドレーとの貧しいパリ生活を回想して、「春になると、朝早く、妻がまだ寝ている間に書いたものだった」(49)とヘミングウェイは語る。いずれのテキストもまさしくパリ修業時代の一九二三年から二四年における自己像を描く。ストーリーを書くことは「何にもまして本当に楽しい(fun)のだ」(238)と語る作家ニックは、現実生活が"fun"ではないときに創作欲が駆り立てられる。皮肉なことに、それがなにより"fun"なのである。「あることの終わり」でマージョリーとの恋愛をもはや"fun"ではないと人物ニックは言うが、このような不幸な状況は作家ニックにとっては何よりも"fun"なのである。夫および父親としての責務を描く「雨の中の猫」や「クロス・カントリー・スノー」や「季節はずれ」もまた同様である。

『移動祝祭日』においてヘミングウェイがそうするように、「創作について」の中でも作家ニックは私淑する画家セザンヌの絵画について語り、そのあと意識はようやくミシガンの川へと戻る。

「この川の広がりと沼地をセザンヌが描くであろうように眺めてから、ニックは立ち上がって川に足を入れた。水は冷たく、現実であった。彼は川を横切るとき、その絵画の中で動いていた」(240)。作家ニックは自らの姿をセザンヌの絵の中に配置することによって人物ニックとなる。「創作について」はセザンヌの絵の額縁の中、即ち、マス釣りの物語に戻ることによって結末を迎えるが、この結末部(240-41)では一段落に一度は「ニック」と実名が使用される。その頻度は「ふたつの心臓のある大きな川」の場合と同じである。そこは安定した創作の世界なのである。作中人物がニックに焦点化された結末部では、釣りは創作のメタファーになる。ニックは釣っていた大きなマスをリリースする(「ふたつの心臓のある大きな川」では大きなマスを二匹釣っていて、料理用に処理する)。そのマスは「深い流れのほう」(240)へと泳いでいく。そしてニックは言う。「あいつは食べるには大きすぎた…夕食用にはキャンプの前で小さいのを何匹か釣ろう」(240)。この大きなマスは大きな物語、即ち長編小説の隠喩であり、今は食べるには大きすぎる(書くには大きくて難しすぎる)。だから、流れの深みに(意識の奥底に)沈めておこう。今しばらくは小さなマス(小さな物語)をキャンプの前で(身辺で)数匹釣って料理しよう(数編書こう)、と読み換えられるのである。身辺を題材とする小さな物語、即ち、自己の経験を断片的に虚構化する短編小説を書く意志を作家ニックは表明し、キャンプに戻ってその小さな物語を書こうとするのである。

『移動祝祭日』で回想される修業時代のヘミングウェイにとって「空腹はよい修練」(75)であ

った。その空腹感の中でくっきりと輪郭を描いたのは「長編小説を書かなければならない」という切迫感であったが、「それは不可能なことのように思えた。長編小説を形成するものの粋になるような段落を書くことに、とても苦労していたときだったからだ」(75)。そういうわけで、「当面は自分がいちばんよく知っていることについて長めのストーリーを書こう」(76) とヘミングウェイは思うのであった。パリのカフェでミルク入りコーヒーが冷めるのも忘れて書いたのは「深みにマスが見える川」であり、「そのストーリーは戦争からの帰還についてであるが、そこには戦争は一度も触れられていない」(76) と回想される「長めのストーリー」、即ち「ふたつの心臓のある大きな川」であった。自己の創作を確立するべく苦心していた修業時代の若きヘミングウェイは、パリのカフェを書斎とし、そこから戦傷のみならず創作の困難さを抱える自己のペルソナを、はるか故国アメリカはミシガンの清流へと赴かせたのである。

「創作について」の結末で、サンドイッチを食べて急いでキャンプに戻るニックは、「考えてはいなかった。彼は頭の中に何かを留めていた。彼はキャンプに戻って仕事に取りかかりたかった」(240)。ニックの「頭の中」には小さな物語がいくつか形成されていたのであろう。「釣竿を抱えて薮の中を通る」と「釣糸が枝に引っかかった」ので、「ニックは立ち止まり道糸を切った」(240)。薮は沼地の深みに比べればささやかな障害である。糸が枝にひっかかっても、切ればよい。今のところの障害は回避して、今できる範囲のことをする。そうすると「もう薮の中を楽に通ることができた」(240) のである。キャンプに戻る途中、ニックは衰弱しているウサギを見つける。二匹のダニが両耳の後ろに食いついている。ニックはブドウの実ほど血でふくれたダニを取って踏みつける。ニックはウサギを拾い上げ、道端のニセヤマモモの下におく。心臓は鼓動していた。「意識を回復するかもしれない、とニックは考えた。たぶん、草むらに潜んでいる間にダニがたかったのだろう。外で踊った後かもしれない。彼にはわからなかった」(241)。「キリマンジャロの雪」のハリーが創作力の鈍化を身体についた脂肪にたとえたように、ニックはウサギに自己投影し、ダニを創作の障害へと読み換える。ダニを取り、ウサギの回復を信じるのは、「ふたつの心臓のある大きな川」で黒ずんだバッタを飛ばす行為に類似する。ニックは自分自身の身体的精神的な傷の回復を期するのである。

「彼は頭の中に何かを留めていた」(241)という文章の反復でもって「創作について」は終わる。「ふたつの心臓のある大きな川」の人物ニックは既に作家なのである。「彼」はテントに戻って小さなストーリーを書こうとする。人物ニックは作家であり、作家ニックのペルソナである。その作家ニックはパリのカフェで青いノートにストーリーを書く若きアーネスト・ヘミングウェイの芸術的ペルソナなのだ。「ふたつの心臓のある大きな川」のニックが後に残してきた重荷とは、結婚、妻の妊娠、夫であること、父親である(になる)こと、作家として創作を確立しなければならないことであり、目の前に立ちはだかる「沼地」はこれらの負うべき責務の深淵としてニックの目には映るのである。なぜなら、「沼地」での「釣りは悲劇的だろうから」(198)である。しかし、この「沼地」は、作家ニック・アダムズにとって創作の宝庫でもある。

第8章 創られたミシガン、回想の故郷

『われらの時代に』で読者が最後に見るニック・アダムズは精神に受けた傷の治癒に専念するため、あるいは成人としての責務と創作の困難から一時的に解放されるために、未来へではなく、北ミシガンでのマス釣りという過去の原風景に立ち返っている。しかし、ヘミングウェイの文学世界におけるミシガンは、ニックが責務からの解放や精神の治癒を期する場であるだけではなく、原始的風景の中における未知の世界と未知の人々との遭遇を描く暴力の場でもあると同時に、幼少年期を形成する原風景への郷愁をいざなう場でもあったのである。作家ヘミングウェイの形成を推進する主たる要素であった一九一〇年代の北ミシガンは、ヘミングウェイ家の避暑地という伝記的事実を越えて、性と人種をからませた「原始」の風景として創作されるのである。

シャーウッド・アンダソンは閉塞的なスモール・タウンの名も無き人々の抑圧された性と欲望

を重い足取りで描いたが、ヘミングウェイは「インディアン」という人種が住まうミシガンの森という「荒野」を舞台に、人種とジェンダーの差異を際立たせながら、性を快楽と同時に恐怖の対象として描いた。しかし、ヘミングウェイはその恐怖を原風景たるミシガンへの郷愁の中に隠蔽するのである。「インディアン・キャンプ」の前半部をなしていながら削除され、「三発の銃声」として死後出版されたストーリーに、その恐怖が巧妙に描かれている、いや、隠されているのである。

1 「あいのこ」と「銀のひも」*

「インディアン・キャンプ」においてニックの叔父ジョージは「インディアン」女性が出産する赤子の父親である、と示唆する評者がいる。近年ではゲリー・ブレナーがこの解釈を支持して、テキストにみられる不自然さを正当化する（*Concealments* 239, note 15)。ただ、この解釈は推論であり、テキスト上の証左を提示していない。しかも、ジョージが父親であることとニックの個人的経験の間には何ら相関がないように思える。それゆえ、この解釈は些末的かつ不毛な議論とみなされ、批評上の発展はみられない。しかし、ジョージ父親論は一連のニック・アダムズ物語の文脈においては無視できない意味合いをもち、テキストに隠されたニック・アダムズの不安の源を指示するのである。

「インディアン・キャンプ」は原稿の段階で削除された前半部があり、これはフィリップ・ヤングが『ニック・アダムズ物語』を編纂したときに「三発の銃声」として遺稿出版された（本章で引用するニック・アダムズものはすべてこの版による）。その「三発の銃声」の中でヘミングウェイは白人と「インディアン」の異人種混交を示唆している、と思われる。このストーリーでニックは父とジョージ叔父に連れられて、ミシガン北部とおぼしき湖に夜釣りに来ている。ニックは故郷の町の教会で「いつの日か銀のひもは切れ（Some day the silver cord will break）」（14）という賛美歌を聞いて以来、死の恐怖に憑かれている。釣りキャンプで夜中に一人でテントに残されたニックは同じ恐怖を覚え、緊急の場合にするようにと父に言われていたように、銃を三回撃つ。父とジョージが戻ってくると、ニックは言い訳をする。「狐と狼のあいのこみたいだった…（It sounded like a cross between a fox and a wolf ...）」（15）と。この言い訳そのものは単なる子どもらしい嘘かもしれない。しかし、その言い訳をした直後、語り手は一見不必要に思える一文をつけ加える。「彼は『あいのこ』という言い方を同じ日に叔父から教わっていた」（15）と。語り手は「あいのこ」という言葉を意図的にジョージに関連させているように思える。これは後半部を形成していた物語「インディアン・キャンプ」でジョージが「インディアン」女性の産む子の父親であるという解釈に、暗示的ではあるがテキスト上の支持を与えるかもしれない。なぜなら、「あいのこ」とは「混血」であり、生まれる子は白人ジョージと「インディアン」女性の「あいのこ」、つまり異人種混交を示唆することになるからである。ただ、それによって「インディアン・キャンプ」が解釈上影響を受けるとは思われない。帝王切開による出産と自殺による死という人間存在の根本的暴力的事実を直接体験するニックの物語にとって、異人種混交は物語の異分子的要素である。しかし、「あいのこ」という言葉が恐怖の言い訳として生まれたばかりではなく、白人と「インディアン」の異人種混交を示唆するならば、それは後のニック・アダムズ物語で描かれるニックの異人種混交に対する恐怖を予示するのである。

また、ニックが賛美歌を聞いてみずからが死すべき存在であることを知ったという描写は、一連のニック・アダムズ物語で描かれる恐怖の中でも最初の恐怖を印すという意味で重要である。後述するように、「銀のひもが切れる」とは死を意味するばかりでなく、母親からの分離をも意味するからである。「あいのこ」と「銀のひも」という言葉に隠されたニックの最も古い恐怖と不安の源は、一連のニック・アダムズ物語の中でもとりわけ「父と子」と「身を横たえて」において前景化されることになる。

2　ミシガンの「あいのこ」たち

「三発の銃声」において、ジョージは性格の粗暴な人間として描かれる。夜釣りの中止を余儀なくされたジョージは「あのクソがきが…」(14)とか「あいつには我慢ならん…ひどいうそつきだ」(15)とニックの臆病をののしる。ジョージはニックの「父親の弟」(14)と説明されているが、これは伝記上も事実であり、ヘミングウェイは作品で実の叔父を実名で用いているのである。ヘミングウェイ家の故郷イリノイ州オークパークで不動産業を営んでいたジョージ・ヘミングウェイは、産科医でアーネストの父クラレンス・ヘミングウェイの弟であった。またコンスタンス・モンゴメリーによると、ジョージ・ヘミングウェイはミシガン州「アイアントンに広大な土地を所有していて、そこに苗木場をもっていた」(59)。ジョージ・ヘミングウェイはミシガン北部と少なからぬ関係をもっていたわけである。伝記的要素がこれほど明らかであれば、虚構上のジョージがニックにとって好ましくない人物として描かれる原因を、ヘミングウェイの伝記に探ることもできよう。

ジョージ・ヘミングウェイに関する情報は少ないが、ひとつだけジョージに対するアーネストの恨みを紹介した伝記がある。少年時代にアーネストが北ミシガンで保護鳥のアオサギを撃った事件(Baker, *A Life Story* 20–21)に関して、弟のレスター・ヘミングウェイは家族の他の者は誰も報告していないことを伝えている。

アーネストはアイアントンにあったジョージ叔父の避暑地に向かった。よその郡にいれば地元の法律の適用を逃れられると考えたからだ。安堵に胸をなでおろし、彼はことのあらましをジョージ叔父に話した。ところが、ジョージ叔父は同情のかけらもみせず、アーネストはがっかりした。叔父はアーネストに出頭して罰金を払うよう勧めたのだ。その通りにことは運び、事件は終わった。しかし、これが原因で両家の間に緊張が高まった。そして、アーネストは独自の行動律を形成することになった。困ったときに助けてくれる人は価値があり、その他の人間は一分の値打ちもない、というものであった。(37)

アオサギ事件は一九一五年七月の出来事であるので、当時レスターは生後間もない赤ん坊であった。それゆえ、この事件に関するレスターの記述は家族の他の者の記憶に基づいていると考えざるを得ない。文面から推察して、後年、兄アーネストがレスターに語り聞かせた内容のように思える。なぜなら、事件の報告はアーネストの個人的な感情や思いを伝える表現になっているからである。いずれにしても、アオサギ事件に関してアーネストがジョージ叔父に恨みを抱いていたという記述は、他には見あたらない。レスターによるこの記述が事実であれば、「三発の銃声」と「インディアン・キャンプ」においてヘミングウェイが虚構上のジョージ叔父を気性の荒い人間として描き、ジョージに異人種混交の罪をほのめかす伝記上の原因が見えてくる。その背後にロバート・スコールズの言う「私心を捨てた全能の作者ではなく、われわれと同じように不完全で欠点のある人間」(121) へミングウェイの存在も見えるのである。「インディアン・キャンプ」の中でニックの父親が「インディアン」の妊婦を「レイディ」(16, 17) と呼び、ジョージ叔父が

「このインディアンのあま（Damn squaw bitch!）」（18）と毒づく言葉の対比の中に、ジョージの粗暴な性格がことさら強調されている。一連のニック・アダムズ物語の主要な舞台として使われるミシガン北部は、ヘミングウェイに常にアオサギ事件とジョージ叔父の対応を想起させる場であったに違いない。アオサギ事件は長らくヘミングウェイの心の中でくすぶり続け、それが遺稿出版された「最後の良き故郷」として物語化されることになるからである。

『あいのこ』という言い方を同じ日に叔父から教わっていた」という不必要に思われる一文は、もともと物語の後半を形成していた出産を介する「インディアン」と白人との接触の物語に、異人種混交のサブ・プロットを暗示する。インディアン・キャンプを後にするニックが父親に唐突に発する問い「ジョージ叔父さんはどこへ行ったの」（21）は、白人ジョージと「インディアン」女性との異人種混交にもう少しで触れることになっていたかもしれない。ストーリーの終わりでジョージの姿が見えないことが、ジョージ父親論が生まれる発端となっているからだ。つまり、ジョージはインディアン・キャンプに残って、事後の処理をしているという推測がなされるわけである。「インディアン・キャンプ」出版の際に、前半部を成していた「三発の銃声」が削除されることによって、異人種混交のサブ・プロット暗示も消失したわけである。しかも、原稿から削除された部分を証左に、ジョージ叔父が赤子の父親であるという論を展開しても、それによって「インディアン・キャンプ」の解釈が根本的に変わるとは思われない。「三発の銃声」の削除はよく言われる「氷山の象徴原理」とは関係ない。なぜなら、誕生と死に関わるニックの経験の物語と異人種混交の物語の間に直接の相関関係は見出し難いからである。ニックの関心は再び「死ぬこと」に戻り、「ぼくは決して死なない」(21) というニックのロマンチックな感慨でストーリーは結ばれる。それがこのストーリーの最大の関心事であり、「三発の銃声」から続くテーマであるからだ。

しかし、典型的なイニシエーション物語の構図からはずれる異人種混交の暗示は、他のニック物語に共鳴し、ニック・アダムズの文化意識、とりわけ「インディアン」に対する人種意識を反映するのである。「三発の銃声」で示唆された異人種混交は、単に隠蔽された作者の私的な感情にとどまらず、ニック・アダムズ創作に関わるヘミングウェイの姿勢の表象となるのである。「あいのこ」という言葉は死に対するニックの恐怖から発せられたものだが、恐怖こそ一連のニック物語の主要なテーマであり、ニックが憑かれている支配的感情のひとつであるからだ。白人と「インディアン」との異人種混交は恐怖の対象としてニックのミシガン物語で繰り返されるのである。

『われらの時代に』の中で、「インディアン・キャンプ」の後に続く「医師と医師の妻」に登場するディック・ボールトンは、医師であるニックの父のいわばアンタゴニスト(敵役)として描かれる。「湖近辺の農家の人たちの中には、ディックが本当に白人であると信じている人がたくさんいた」(23) ほどディックは白人の肌と容貌をしているが、実際は白人と「インディアン」の「混血 (half-breed)」(23) である。ディックは狡猾で粗暴で好戦的な男として、同じ「インディアン」でも気が小さく従順なビリー・タベショーとは対照的に描かれる。ストーリーの前半を形成するディックとアダムズ医師との口論において、ディックの粗暴さが最終的に医師の臆病を露呈してしまう。アウトドアにおいて露にされた医師の臆病は、インドアにおける妻との対話においてさらに顕在化し、「男らしさ」の変容を描くこのストーリーのテーマへと発展する。

また、「父と子」においてエディ・ギルビーも「混血」として描かれる。エディがニックの姉/妹ドロシーと「夜中に寝に来ると言ってる」(262)とツルーディに聞かされると、ニックはエディを「あの混血野郎(that half-breed bastard)」(262)とののしる。ここでも、「混血」のエディは従順なツルーディとビリーとは対照的に描かれる。コンスタンス・モンゴメリーによると「ディック・ボールトンはエディとプルーデンスの父親であった。…ディック・ボールトンは半分フランス人で半分インディアンであった」(67)。そしてプルーデンス・ボールトンは「ディック・ボールトンの娘であったので、プルーデンスは四分の一がフランス人で四分の三がインディアンということになる」(100)。「医師と医師の妻」に登場する「混血」のディック・ボールトンは伝記的事実にそのモデルを探ることができるようである。そうするとその息子のエディは実名のまま、そして娘のプルーデンス(プルーディ)はツルーディと名を変えて「父と子」に登場する。ストーリーではエディとツルーディは異母兄妹である。それはエディがツルーディとビリーの「片親違いの兄(older half brother)」(262)と説明されていることと、ツルーディが「[エディの]お母さん死んだ」(263)と言っていることから推測できる。また、「十人のインディアン」

ではニックはプルーディ、即ちプルーデンス・ミッチェルという「インディアン娘」(28) とつきあっている。北ミシガンの森で実在のプルーデンス・ボールトンは「時どきグレイス・ヘミングウェイの使いをしていた」(Baker, *A Life Story* 32) し、ディック・ボールトンは麻薬入りと推測される酒を飲んで瀕死のところをヘミングウェイ医師に救われている (Montgomery 69)。実生活においても、アーネストの北ミシガンには「あいのこ」は少なくなかった。アーネストは「あいのこ」たちをよく知っていて、後にストーリーの題材として使ったのである。

実在のプルーデンス・ボールトンは「純粋なインディアン」に見える「かわいい娘」(Montgomery 105) であったが、一度も結婚せず「若いときに死んだ」(Montgomery 104)。モンゴメリーによると、一九一〇年代には「インディアン」の個人記録が郡役所に記録されることはまれであったので、プルーデンスに関する記録はない。しかし、プルーデンスは出産の折りに死んだと記憶している人たちもいて、噂によれば「プルーデンスが身ごもっていたのはアーネスト・ヘミングウェイの子」(Montgomery 105; Cappel 97) であった。この噂の真偽は別にして、ヘミングウェイは創作の中でプルーディあるいはツルーディの妊娠を繰り返し示唆する。「父と子」の中でツルーディはニックに尋ねる。「赤ちゃんできると思う?」(263) と。心の中で何かが「はるかかなたへ消え去っていった」感じを覚えながら、ニックは「そうは思わない」(264) と答える。「父と子」の最初の原稿では、「インディアン」について知りたがる息子と父親ニックの会話はこうなっていた。

「プルーディ・ギルビーという名のインディアン娘がいて、その娘が大好きだった。とても仲がよかったんだ。」

「その人どうなったの？」

「赤ちゃんができてよそに行って売春婦（hooker）になったよ。」

「売春婦って何？」

「いつか教えてやるよ。」（Paul Smith, *A Reader's Guide* 308）（傍線は筆者）

引用中の「赤ちゃんができて」は原稿から削除されていることを示す。それだけではない。この会話そのものが削除されたのである。また、「最後の良き故郷」の原稿から削除された部分で、リトレスは兄のニックにツルーディを捜さないよう説得する。「『あの娘にまた赤ちゃんを作ったりしないでしょうね』」と警告するリトレスに対して、「『わからない』」（Paul Smith, *A Reader's Guide* 312）とニックは言葉をにごす。奇妙にもヘミングウェイはプルーディあるいはツルーディの妊娠にこだわる。これは先述の噂の真偽の確認を促すところであるが、伝記上の事実研究とは別に、ヘミングウェイのテキストで示唆される白人ニックによる「インディアン」娘の妊娠は、ヘミングウェイの文化意識の表象として読める。この二人の間に子どもができるとすれば、それは明らかに「混血」、即ち、テキストの言葉を用いれば「あいのこ」であるからだ。

ヘミングウェイのテキストにおいて、妊娠が主題の一部として描かれることは少なくない。

「クロス・カントリー・スノー」では妻ヘレンの妊娠がスイスでの男同士のスキーの楽しみをニックから奪う。「白い象のような山並」では妻あるいは恋人の妊娠は男にとって悩みと不幸の種であり、堕胎が要求される。『武器よさらば』においてキャサリン・バークレーの妊娠は「生物学的わな」(139)としてとらえられ、しかも死産に終わる。ニック・アダムズを含むヘミングウェイの成人男性人物にとって、妊娠は望まれないもの、男としての生き方を阻害するものとして描かれる。しかし、プルーディあるいはツルーディを描く場合は、妊娠の可能性は思春期のニックにとって不安ばかりではなく異人種混交に対する恐怖をも表しているように思える。「三発の銃声」の中でニックの恐怖の言い訳として用いられる「あいのこ」という言葉は、白人と「インディアン」との交わり、とりわけプルーディあるいはツルーディとの性的関係と妊娠という少年ニックの北ミシガン物語において不気味に反響するのである。

3　異人種混交と郷愁

「インディアン」に対するニック・アダムズの人種意識は、その性的姿勢に明白に表れる。「父と子」に描かれているように、ニックは「インディアン」の臭いが好きで、「インディアン」のように裸足で歩き、「インディアン」の娘との手軽なセックスを楽しむ。「混血」のエディ・ギルビーがニックの姉／妹ドロシーと寝に来ると聞かされると、ニックはエディを殺して頭の皮をはぐと言って脅す。ここでも再びニックは「インディアン」と自己同一化している。しかし、ニックにとって白人男性は「インディアン」の女性とセックスできるが、「インディアン」の男が白人女性と同じことをするのは許せない。「インディアン」と自己同一化する性向と、それとは対照的な白人優越主義の姿勢は、「白いインディアン」あるいは「赤いワスプ」としてのニックの矛盾する精神をあらわにする。

ヘミングウェイが描いた女性像を再評価するロジャー・ウィットローは、「十人のインディアン」と「父と子」におけるニックとプルーディあるいはツルーディとの性的関係に人種間の差異を認めない。まずウィットローはエドマンド・ウィルソンを否定する。ウィルソンによると、「ニック・アダムズが完全に満足できる関係をもてる女性は、唯一彼の少年時代のインディアン少女たちである。彼女たちは絶望的に不利な社会的立場にあり、白人男性の行為に対して無力である。それゆえ、彼は用が済んだとたんに彼女たちを排除できるのである」(*The Wound* 238)。これに対してウィットローはウィルソンの解釈が社会学的すぎるとして、次のように反論する。「ニックあるいはプルーデンスあるいはツルーディが支配―従属という階級意識でもってみずからの快楽を考えていると示唆するものは、いずれのストーリーにも全くない」(103)と。なぜなら、ニックもプルーデンスもツルーディも子供であって、「たわいもない子供の性あそび」(103)に興じているにすぎないからだ、とウィットローは言う。しかし、妊娠と異人種混交が示唆される白人と「インディアン」のセックスを「たわいもない」あそびとして軽視するのは、あまりにも思慮に欠ける判断と言うべきではないだろうか。

むしろ、作者のヘミングウェイ自身が「たわいもない子供のインディアンあそび」に興じているのだ、と言うべきであろう。ヘミングウェイ自身、みずからを「インディアン」と同一化する傾向があった。自分は「八分の一はインディアン」(Lewis, "Long Time" 201) であるとか、「曾曾祖母はシャイアン族」(Baker, *Letters* 679) であったと手紙で書いた。またリリアン・ロスによると、ヘミングウェイは「『かれ飛行機でずっと本よんだ』」というように「インディアンの話し方」(195) をまねた。レスリー・フィードラーが言うように、ヘミングウェイがニックとツルーディのセックスを描き、またそれをニックに回想させる場合、それは感傷的で「単に陳腐なものにすぎない」(『消えゆく』161) し、ニックあるいはヘミングウェイは「何の責任も負わなくていい」(『アメリカ小説』347) のである。

ヘミングウェイは少なくともミシガンの「インディアン」を描く場合、何かを隠している。「医師と医師の妻」に描かれるアダムズ夫妻、同じく「身を横たえて」で不眠症を病むニックが回想する両親、エリオット夫妻、「雨の中の猫」と「白い象のような山並」の若いアメリカ人カップル、妊娠中の妻をもつ「クロス・カントリー・スノー」のニックなど、ヘミングウェイが描く成人した白人カップルはジェンダーや妊娠や不妊あるいはセクシュアリティの問題をかかえている。ヘミングウェイが描く女性をフィードラー流に「妊娠し結婚せよとせまり…男を脅かし破壊する」アングロ・サクソン系の女性と、「知性がなく、やさしく、服従的であって、面倒な惚れたはれたなしで精液を受け入れてくれる」ダーク・レイディに分類することも可能であろう(『アメリカ小説』348)。ニックとツルーディの性関係において、ヘミングウェイは「たわいもない子供の性あそび」を描いているようにみえて、そこには確実に人種上の支配—従属関係意識があるからである。さらに言えば、そこでは人種上の上下関係がジェンダー上の支配—従属関係をも支配しているからである。いかに陳腐であろうとも、ミシガンの森の中で白人ニックは「インディアン」娘ツルーディとの満足できる性的関係をもつ。

しかし、人種上の支配—従属関係がいかに安定したセックスをヘミングウェイの主人公に与えようとも、ツルーディあるいはプルーディはアングロ・サクソン系女性と同じように妊娠する。「父と子」でツルーディがニックに「赤ちゃんできると思う?」(263)と尋ね、続けて「いっぱい赤ちゃんできてもかまわない」(264)と言うとき、ヘミングウェイはもう少しで白人女性ではなく「インディアン」女性の妊娠の問題に踏み込むところであった。また、先にも紹介したように、ヘミングウェイは出版しなかったものの、「最後の良き故郷」では原稿の段階で明らかにニックはツルーディを妊娠させていた。ヘミングウェイの「インディアン」女性観は決してフィードラーが言うような単に「精液を受け入れてくれる気持ちのよい道具」ではない。「父と子」においてヘミングウェイはツルーディの妊娠の問題を回避し、「むっちりした茶色の脚、平たい腹、かたい小さな乳房、しっかり抱きつく腕、すばやくまさぐる舌、虚ろな目、味の良い口」をもち、

「誰もあれ以上にうまくできないことを最初にしてくれた」(266) ツルーディとのセックスをことさら強調してニックに回想させる。それを「インディアン」が消え去った後に残る「におい草のにおい」や「煙のにおい」(266) に重ねて感傷的に描く。

「父と子」の中でニックの息子が、ビリー・ギルビーとツルーディのことを「インディアンにしては変な名前だね」(266) と言うとき、息子あるいはテキストは再び異人種混交に触れている。しかし、父親ニックは「うん、そうだね」(266) と言うだけで、理由説明を避けている。異人種混交はヘミングウェイのテキストで繰り返し示唆されながら、言及を回避される。ヘミングウェイは少年期において故郷のオークパークを除けば最もよく知っていたはずの土地ミシガンとそこに住む「インディアン」を素材にして、美しい思い出を描こうと腐心しているのである。「昔よかった。今よくない (Long time ago good. Now no good.)」(267) と。その郷愁の中に白人ニックによる「インディアン」娘の妊娠と、異人種混交に対する恐怖をヘミングウェイは隠蔽してしまったのである。

『モヒカン族の最後の者』に隠されたテーマとして、フィードラーはナティ・バンポーあるいは作者ジェイムズ・フェニモア・クーパーの異人種混交に対する恐怖を詳細に論じた。しかしヘミングウェイを論じるとき、ヘミングウェイが描いた女性をアングロ・サクソン系女性とダーク・レイディの二項対立で捉えるフィードラーの視野には、異人種混交および異人種の妊娠に対する恐怖の問題は入らなかったようである。

ヘミングウェイが描いたミシガンは、想像力によって創造された幻想のミシガンであった、とフレデリック・J・スヴォボダは言う。スヴォボダによると、少年ヘミングウェイの避暑地であったミシガン州北部のワルーン・ヴィレッジもペトスキーも、ヘミングウェイの幼少年期には既に「明らかに『文明化された』場所」であり、「繁盛する店、映画館、玉突き場、ホテル、それに様々な種類の製造業」（"False Wilderness" 15）があった。またイギリスが今日のミシガンをフランスから獲得した一七六一年には既に、「インディアン」の生活は「生産、商業、消費という、ほとんど世界的なパターンの一部」（"False Wilderness" 16）であった。狩猟と漁猟よりも毛皮猟のほうが金儲けになっていたのである。北ミシガンの製材業は「一八四〇年頃に始まり、南北戦争で加速がつき、ちょうどヘミングウェイ家の人たちが訪れていた一九〇〇年と一九一〇年の間には木材の不足で衰退した」（"False Wilderness" 16）。北ミシガンの松林はオークパークやシカゴのような町を建設するために消失してしまったのである。スヴォボダは言う。「ヘミングウェイはミシガンの荒野を実際には知らなかった。彼がそこにやってきた頃には、荒野ははるか以前に消えていたのだ」（"False Wilderness" 16）と。

スヴォボダはさらに次のように論じる。十九世紀の終わりには、鉄道が北ミシガンの材木運送を加速させ、同時にリゾート客を運んできた。二十世紀になると、製材の町は次第にリゾート地に変わり、交通手段の発達につれて、ミシガンの森は高所得者ではなくても利用できる避暑地になった。ヘミングウェイ家もその一部であった。このような北ミシガンは「文明からの避難地、テクノロジーの世界からの避難地」にみえたが、それはほとんど「幻想」（"False Wilderness" 18）であった。なぜならば、スチールと蒸気とガソリンを利用したテクノロジーがなければ、いわゆる「ミシガンの荒野」には到達できなかったからである。スヴォボダはそれを「偽りの荒野」（"False Wilderness" 18）と呼び、次のように警告する。「忘れてはならないのは、一世紀以上もの間、少なくともアーネスト・ヘミングウェイが現れる何年も前から、ミシガン北部は本物の荒野でもフロンティアでもなかった。むしろ、にぎやかな商業地…人気の高まるリゾート地、フロンティアの記憶が残る所であったのだ」（"False Wilderness" 18）。

一方、シカゴの人口は一八九〇年には百万を越え、一八九二年にはコロンブスによる新大陸到達四百周年を記念する世界コロンビア博覧会が開催され、シカゴはアメリカ第二の都市として急成長を遂げていた。ヘミングウェイの故郷オークパークも、シカゴの郊外町として急速に発展していたことは既に見てきたとおりである。二十世紀の初頭には、オークパークは既に大都市郊外の性格を備えていたのである。しかし、当時のオークパークはまだプレーリーに接しており、それがヘミングウェイ家の西わずか一ブロック先からデス・プレインズ川まで広がっていた。少年へミングウェイはこのプレーリーでシギやウズラを撃ち、デス・プレインズ川でカワカマスを釣り（Mary Welsh Hemingway 299）、その土手の林で父が組織した自然観察組織「アガシ・クラブ」のメンバーとして野鳥の観察や標本採集をした（Baker, *A Life Story* 21）。ヘミングウェイにとってオークパークでの郊外生活は、シカゴの大都市文化と西部プレーリーの自然の両方を享受できるものであったのである。

ヘミングウェイ家にとって北ミシガンは「文明からの避難地、テクノロジーの世界からの避難地」というより、夏の暑さからの避難地、即ち避暑地であったのである。この点では、スヴォボダの指摘は正しいだろう。しかし、作家ヘミングウェイにとって、ミシガン北部は「にぎやかな商業地」でも「人気の高まるリゾート地」でも、あるいは単なる「避暑地」でもなく、フロンティアと荒野の森であったのだ。そして作家ヘミングウェイはその森を舞台に、白人に従順な「善いインディアン」と白人に対して敵意を持つ凶暴な「悪いインディアン」(フィードラー、『アメリカ小説』219)、そして性的に放縦な浅黒い娘が登場する単純で陳腐な類型的物語を創り上げる。作家ヘミングウェイにとって、そしてストーリー「父と子」においてみずからの少年期を回想するニックにとって、その「インディアン」たちも独特の匂いを残して消え去るのである。

ヘミングウェイのフィクションの中のミシガンは消えゆく荒野、消えゆく人種、消えゆく原始性として描かれ、「昔よかった。今よくない」という郷愁の中に、夏のリゾートのにぎわいも「インディアン」娘の妊娠も異人種混交に対する恐怖も隠蔽された。ニックと「インディアン」の単純で陳腐で感傷的な物語は、ヘミングウェイが他のストーリーで描く白人男女の複雑で倒錯したジェンダーとセクシュアリティの物語と際だった対照をなすのである。

4 「銀のひも」と不安の源　「身を横たえて」と不眠症

死に対する恐怖心を偽るために発せられた「あいのこ」という言葉は、異人種混交に対するニックあるいはヘミングウェイの恐怖を示唆するのみならず、一連のニック・アダムズ物語で描かれるニックの最も古い恐怖のひとつを示す記号として読める。後に戦傷によって引き起こされるトラウマおよび不眠症にまでいたるニックの恐怖は、ニック・アダムズ物語の始まりを形成することになっていた「三発の銃声」にその源をさぐることができるのである。

「三発の銃声」にはもうひとつの恐怖の源が隠されている。故郷の教会で「いつの日か銀のひもは切れ（Some day the silver cord will break）」という賛美歌を聞いたとき、ニックは「いつか自分は死ななければならない」（14）ことを知る（この認識が「インディアン・キャンプ」の最後で「ぼくは決して死なない」と表現されるニックの幻想の伏線になっていたのである）。その夜、ニックは「いつの日か銀のひもは切れなければならないという事実を考えないようにするために」（14）自宅の廊下の常夜灯の下で『ロビンソン・クルーソー』を読んで夜を明かす。この時点こそが、ニック・アダムズの不眠症の始まりである。

「インディアン・キャンプ」において、医者である父が「赤ん坊を取り上げ、ぴしゃぴしゃ叩いて呼吸をさせ、それを老婆に手渡す」（19）までニックは出産場面を見ていた。ここに隠されていることは、赤子は母親と「へその緒」で結ばれており、それを医者である父が切り、ニックはそれを見ていたにちがいない、ということである。ニックが賛美歌の中で聞いた「銀のひも」という句は、物理的には英語で「へその緒」を意味する。それゆえ、そのひもが切れるということは、赤子の母親からの分離を指示するのである。

「いつの日か銀のひもは切れ」という一文は"Saved by Grace"という賛美歌の冒頭からとられている。

Some day the silver cord will break,
And I no more as now shall sing;
But oh, the joy when I shall wake
Within the palace of the King!
("Saved by Grace")

OED は旧約聖書の「伝道の書」第十二章六節から例をとった「白金（しろがね）の紐は解け (the silver cord is loosed)」という表現を「死における生の消滅」と定義している。「三発の銃声」でニックが回想する賛美歌はこの意味で理解されるべきで、それゆえニックは「いつか自分も死ななければならない」ことを知るのである。しかし、意味深くも「三発の銃声」との連関を成すように、「インディアン・キャンプ」における出産場面はニックに「銀のひも」のもうひとつの意味を実例をもって示すことになる。即ち、「へその緒」である。ニックはアイロニカルにも、医者である父が言うように「銀のひも」という句が指示する意味の連想性を学ぶ「インターン」(19)になったのである。赤子は「へその緒」で母親と結ばれており、生まれるということは「へその緒」が切れることを伴う。それは物理的には赤子の母親からの分離を、比喩的には生からの分離、即ち死を意味するのである。

OEDによる「銀のひも」の二番目の定義は、「母と子の間の過剰な献身的愛情の象徴」である。そうすると、「銀のひもが切れる」とは「母と子の過剰な献身的愛情が切れる」ことを意味することになる。「あいのこ」の場合と同様に「銀のひも」という言葉においても、その意味の連想的象徴的意味がニック・アダムズ物語の主要なテーマを示唆する。『われらの時代に』の中で「インディアン・キャンプ」に続く「医師と医師の妻」で、間接的にではあるが母親から精神的に離反するニックが描かれる。また「兵士の故郷」において、別名ではあるが戦争から帰還したヘミングウェイの自伝的人物ハロルド・クレブズと母の間の「過剰な献身的愛情」、あるいは母の過剰な愛情に対するハロルドの不快と拒絶が明確に描かれる。そして、後述するように、「身を横たえて」の中で不眠症を病むニックは、精神的に支配的な母、その母に抵抗できない父、そのような両親の関係におけるみずからの立場を回想する。「三発の銃声」にも「インディアン・キャンプ」にもニックの母親は現れないし、言及されることもないが、母と子の関係というテーマはニックの恐怖の源を指示する「銀のひも」という言葉の中に巧妙に隠されていると解釈できるのである。

「三発の銃声」はその構造上、別のストーリー「身を横たえて」に酷似している。両作品においてニックは程度の差こそあれ不眠症を患っている。「三発の銃声」はニックが死の恐怖を覚えるようになった故郷の町での出来事にフラッシュバックする構造をもち、「身を横たえて」は戦傷に起因する不眠症に病むニックが同じく故郷の少年期を回想する構造をもつ。さらに「三発の銃声」のフラッシュバックの中で「銀のひも」という言葉で示唆される死および母と子の分離が、「身を横たえて」では文字どおり瀕死の体験と母親からの心理的分離として描かれる。そして、ヘミングウェイが描いた主要人物たちが共有する恐怖あるいは不安と不眠症の最も古い原因を、両作品は探るように描いているのである。

「身を横たえて」において、ニックは砲弾を浴びて以来、暗闇で眠ると魂が身体から抜け出してしまうのではないかという恐怖を感じ、そのため不眠症にかかっている。その恐怖を、つまり眠りを回避するために、ニックはみずからの幼少年期を回想することに意識を集中させる。皮肉にも、その回想の中でニックは恐怖と不眠症の源を探り当てることになる。ニックの不安と不眠症の直接的な原因は戦傷ではなく、幼少年期の心理的傷にあることが明らかになるのである。作者ヘミングウェイはニックに最も古い記憶として極めて自伝的な出来事を回想させる。それはニックが生まれた祖父の家の屋根裏である（ヘミングウェイも母方の祖父アーネスト・ホールの家で生まれ育った）。その屋根裏には父のコレクションであるアルコール浸け標本と両親が使ったウェディング・ケーキの箱があった。それからニックは、祖父の死後、新居に引っ越したことを回想する（ヘミングウェイ一家も祖父アーネスト・ホールの死後、新居へ引っ越している）。その新居は「母が設計し母が建てた」（146）家であった。この記憶の大部分は、ヘミングウェイの姉マーセリーンが描くオークパークにおけるヘミングウェイ家の伝記と一致する（Sanford 103）。

この回想の中で衝撃的な場面は、引っ越しの際に父親のコレクションが焼却され、ビンづめの標本がポンポンと音を立てて燃えるところである。この場面の伝記的背景は確認されていないし、ストーリーにおいてもニックは「誰が焼却したのか思い出せない」（147）と断っている。しかし、テキストは誰が焼却したかを雄弁に語っている。なぜなら、この場面の直後に、母が新居で父のもうひとつのコレクションである「インディアン」の石斧や矢尻や石包丁を焼くのをニックは回想するからである。猟から戻った父に、母はポーチから「微笑んで」（147）言う。「地下室を片づけていたのよ、あなた」（147）、と。父が割れて黒ずんだ収集物を新聞紙に包んで家の中に戻った後、ニックは父が持ち帰った「ふたつの獲物袋と共に外の芝生の上に佇んでいた。しばらくして、それらを家の中に持ち運んだ」（148）。

この回想場面においてニックはみずからの感情を何も語らない。しかし、ニックが焚き火の前で一人で立っていた間に何を考え感じていたかを、語り手としてのニックは「しばらく」という副詞を挿入することによって暗に語っているのである。それは不安である。ニックの不安は父を裏切ったことに対する罪悪感によるものと考えられる。原稿の段階では、ニックの母は「地下室を片づけていたのよ、あなた」と言った後で、「それにアーニーが焼くのを手伝ってくれたの」(Johnston142; Paul Smith, *A Reader's Guide* 173) と続ける。「アーニーが (Ernie's)」の部分は横線で消され、「ニッキーが (Nicky's)」と修正されている。これは恐らくあからさまな自伝性を避けるための修正であろう。「アーニー」とはアーネストの少年時代の呼称であるからだ。いずれにしても、母の言葉をニックが否定していないことを考えると、母が父のコレクションを焼却するのをニックが手伝っていたことは事実であったと判断してよかろう。回想の中の少年ニックも、回想をしている青年ニックも、意識的にせよ無意識的にせよ母に加担して父を裏切ったことに罪悪感を抱いている。回想する青年ニックにとって、父親の獲物袋を脇にして焚き火の前で「しばらく」立ちつくすみずからの姿は、その罪悪感と共に母の破壊性と父の屈辱を恐らく初めて感じた原体験として記憶されていたのである。それは語り手である青年ニックの結婚に対する消極性として表れることになるのである。

「身を横たえて」の中で戦傷トラウマとしての不眠症に苦しむニックは、皮肉にも眠りを回避するための方策としての回想の中で、戦傷よりもはるかに古い幼少年期の傷にたどりついたのである。そして、戦傷ではなく幼少年期の傷こそが成人したニックをも苦しめる執拗かつ重度のトラウマであり、作品のテーマであることがわかる。なぜならば、ニックは結婚を勧める看護兵ジョンに結婚に関して執拗に尋ねるし、ストーリーの終わりで未だ結婚していないことを明かすからである。つまり、「身を横たえて」は戦場におけるニックの不眠症の物語というよりは、両親の対立を母の破壊性と父の屈辱として感じた少年期の原体験、そして母に抵抗できない父の屈辱を精神的去勢として共有する男性ニックのトラウマの物語なのである。

「身を横たえて」に関する支配的な解釈は心理分析によるものであり、リチャード・B・ホーヴィの論文はその代表的なものである。ホーヴィによれば、「身を横たえて」は精神分析療法で生じることに極めて類似している。精神的外傷を負ったニックの意識の散漫さは、精紳分析家が患者に要求する「自由連想」(free-association)のパターンで描かれている。つまり、患者は自己批判や組換えも、わかりやすくしようという努力も、意味をなすように努めることも、良い印象を与えようという配慮もせずに、頭をよぎるすべてのことを医師に語るよう要求される。これは不眠症を病むニックが最も古い記憶から回想することに当てはまる。精神分析家にとって、患者を悩ませている深層の感情あるいは記憶が手がかりを与え、一見まとまりがないようにみえるものが、ひとつのパターンを形成するのである。

このように物語と精神分析療法にパラレルをみるホーヴィは、次のような解釈を展開する。ニックは自分が生まれた家の屋根裏部屋にあったウェディング・ケーキの箱やアルコール漬けのヘビを回想し、その記憶の中に登場する人々のために夜が明けるまで祈る。この場面を捉えてホーヴィは「ニックの自由連想は祈りへの言及によって再びさえぎられている。そういうときは、醜悪さあるいは何かの痛ましい感情がこの記憶に結びついていることが暗示されているのである」(185)と言う。自由連想の中で生じる障害を心理分析では「抵抗」(resistance)と言う。「抵抗」

とは被分析者の「言葉、思考、記憶の流れが、何かの競合あるいは相克する感情の流れによって妨害されている」(184)状況であり、分析家はこれに注目する。なぜなら、「抵抗」が生じるところにこそ精神の病源となる経験があるからである。ホーヴィはフロイト心理学の立場から、ウェディング・ケーキの箱は女性器官を、ヘビは男性器官を象徴すると言う。さらに、新居で母が焼いた矢じりや石斧は男根の象徴、少なくとも男性的権威と勇敢の象徴であると指摘して、次のように解釈する。「ニックの回想がもつ明らかな意味は、母が破壊者として回想されているということである。彼女が白いヘビを焼いたとき、象徴的に男性器官を破壊したのである」(186)。ホーヴィはこれをニック・アダムズの「傷」の原型とし、その「傷」とは去勢恐怖であるとする。この「恐怖が、戦争で受けた身体的傷によって被ったトラウマを通して、恐るべき力でよみがえっている」(186)のである。母によって植えつけられた去勢恐怖は女性一般に対する去勢恐怖の原型となり、ニックは結婚に対して消極的になるのである、とホーヴィは結論する。

ジョゼフ・デファルコも、権威を失墜し精神的に去勢された父親像を読み取ることによって、心理分析解釈の先駆となっている。ホーヴィを評価したうえでさらに心理分析を発展させているのがゲリー・ブレナーである。ただ、ホーヴィは「破壊的な母親の去勢させる力を不当に強調」(*Concealments* 17)して、母に抵抗できない父を見たときのニックの精神的衝撃を看過している、とブレナーは批判を加える。ブレナーによると、作品中の焼却場面はニックに精神的外傷を与え、それが彼の結婚観に影響を及ぼしているが、戦争による新しい精神的外傷は、父の卑屈さを目撃した少年時代の精神的相克をよみがえらせている。ブレナーはそこに父に対するニックの「ホモエロティシズム(homoeroticism)」を解明する(*Concealments* 17-22)。ホモセクシュアリティが生殖器のセクシュアリティを指示するのに対して、ホモエロティシズムはそれよりも幅広い性愛の転位と昇華を指示する、とブレナーは言う(*Concealments* 241, note 30)。心理分析に異を唱えるのがジュリアン・スミスとポール・スミスである。両者ともホーヴィによる解釈の重大性を認めながらも、ニックの回想は自由連想などではなく、テキストは選択的で恣意的な芸術作品であると批判を加える。しかしながら、両者はホーヴィによる心理分析を決定的に修正するにいたってはいない。

「身を横たえて」の解釈において支配的な心理分析解釈を、さらに伝記的事実に心理分析を加えることによって補強するのがケネス・リンである。リンによるヘミングウェイおよびヘミングウェイ文学の心理分析は「序論」で言及したが、ここではその詳細に触れておく必要がある。リンは「身を横たえて」を心理分析解釈するのに、ヘミングウェイの幼年期を強調して次のように論じる。ヘミングウェイの母グレイスは息子アーネストを一歳年上の姉マーセリーンと同性の双子として育てた。アーネストが髪を肩までのばし、花飾りの帽子をかぶり、女の子のドレスを着せられた写真が数点公表されている。グレイスは二人とも同じ女の子の髪型と服装をさせて「『かわいいオランダ人形』」(41)と呼んだばかりでなく、逆に二人とも男の子の格好をさせ、二人の性意識を混乱させた。父クラレンスは息子に男の子としての意識を高めようとして、三歳にも満たないアーネストを釣りに連れて行った。母はアーネストが一番大きな魚を釣ったこと、猟銃が扱えること、一マイル半も楽々と歩けたことを誇らしげに記録している。アーネストは姉の妹役に反抗して「『ボク、オランダ人形じゃない。ボク、ポーニー・ビルだい！フィーティー［母］を撃つぞ』」（44）と言った。またアーネストが散髪をしたとき、グレイスはその髪を封筒に入れ、そこにこう書いた。「アーネスト・ミラー・ヘミングウェイ、一九〇六年二月十五日散髪、もう六歳半になって学校へ行っているので二度と髪を長くできない。私の大事な男の子、『本当の』男の子」（45）と。「息子の男性性を隠そうとし、また逆に男性性を促そうとする母親のふたつの願望の間にはさまれて［アーネストが］不安かつ心配であったのは当然である」（45）、とリンは言う。

リンはこの事実に重大な意味をおき、ヘミングウェイの母親は息子に性的倒錯を植えつけ、それが「身を横たえて」において不安の源として描かれることになるとして、次のように論じる。

アーネストの心の動揺のもうひとつの兆候は寝つけないということである。数年後、彼は自分の不眠症は戦場の記憶によってもたらされたという印象を与えようとやっきになったが……ヘミングウェイの寝汗や悪夢は母が彼にしたことの遺産であることは、「身を横たえて」からもっとも容易に推察できる。主人公の不眠は戦争体験によるとされているけれども、である。というのは、不眠症を患う主人公の母親が、彼のシンボル探しの想像の世界で男性性

の破壊者として現れるからである。(46)

つまり、作品で描かれているニックの不眠症の源泉は、戦場で砲弾を浴びた結果としてのトラウマではなく、ニックに体現されている作者へミングウェイの幼少年時代の精神不安にある、というのがリンの主張である。この主張はほかの作品にもおよび、「次々と書かれた憑かれた作品において、初期のヘミングウェイはみずからの最も深い不安の急所を探っていたのである」(48)とリンは言う。

リンによる解釈の意義は、ヘミングウェイの作品の中に描かれていないもの、あるいは隠蔽されたものを読み解く点にあると言えよう。リンは「ふたつの心臓のある大きな川」を論じる中で、ニックのトラウマの原因を作者ヘミングウェイの実体験に基づいて戦争体験にあると解釈するエドマンド・ウィルソン、マルカム・カウリー、フィリップ・ヤング、そしてマーク・ショアラーを批判する。リンによると、これらの評者による戦傷トラウマ論は「テキスト上の証左ではなく、作者の実人生について評者たちが知っていること、あるいは知っていると思い込んでいることによって成立している」(106)。しかし、リンによる「ふたつの心臓のある大きな川」の解釈も伝記に依拠している。リンはニックの不安の原因を、戦争から帰還してまもない息子の不品行を咎める母との関係が最悪の状態になり、一九二〇年にヘミングウェイがミシガンの別荘から追放されたという伝記的事実に帰す。しかし、この出来事は、いや、この出来事も、テキストではまったく言及されていないのである。リンは批評上、自己矛盾に陥っている。

さらに問題なのは、ポール・スミスが言うところの「伝記上の放縦」("The Bloody Typewriter" 89) である。つまり、証左のないことを伝記的事実として作品解釈に持ち込むことである。「身を横たえて」の中の焼却場面を伝記的事実と断定したのはピーター・グリフィンである。グリフィンによると「ある日の午後、アーネストが食糧貯蔵室の窓から外を見ると、裏庭で焚き火が燃え上がっていた。二十年後、アーネストはその日に見たことを『身を横たえて』で描いたのである」(12)。しかし、これには証拠が提示されていない。このような記述の出所は作品以外にはない。逆に、この場面はまったくの虚構であると断定しているのがジェフリー・メイヤーズである。メイヤーズによると、「『身を横たえて』で［グレイスは］夫の石斧やインディアンの矢じりという貴重な収集物を焼く——小説上のこの出来事は実際には決して起こらなかったし、エド［夫クラレンス・エドモンズ・ヘミングウェイ］は死ぬまで自分の収集物をもっていた」(21)。しかし、この記述にもなんら証拠があげられていないし、記述に作品と伝記の混同が見られる。「伝記上の放縦」は非難されてしかるべきであろう。

しかしながら、リンの議論は検討に値する。ニックのトラウマの原因は戦傷ではなく、ニックに体現されている作者へミングウェイの幼少年期の心理的傷にある、というのがリンの批評姿勢の基本だからである。リンは「三発の銃声」に関して実質的な議論を提供していない。それゆえ、リンはニック・アダムズの最も古い不眠症とその原因に関する、伝記ではなくてテキスト上の証左を見逃すことになった。ただ、リンの主張に従って、次のように提案できるかもしれない。ヘミングウェイはニック・アダムズの成長を描く過程で、ニックの恐怖と不眠症の源を少年時代の心理上の傷から戦争体験へと転換させてしまった、と。前章でみたように、ヘミングウェイは「ふたつの心臓のある大きな川」は戦傷を負った帰還兵の物語であると繰り返し語っている。リンが紹介している一例を挙げると、ヘミングウェイは一九四八年にマルカム・カウリーへの手紙でこう書いた。「ふたつの心臓のある大きな川」は「戦争から帰還した男についての話ですし、作者である自分はあのストーリーの中でまだ傷ついていました」(Lynn 106-07)。

リンはこれらの記述をヘミングウェイの策略であるとし、四十年代後半にヘミングウェイは「みずからの実人生を英雄的に説明する必要を感じ、みずからの男性的な評判を維持するばかりか、みずからの危機感を抹殺しようとして、もう一度フォッサルタに戻ったのである」(106)と言う。フォッサルタとはヘミングウェイが第一次世界大戦中に砲弾を浴びて負傷したイタリアの地名である。しかし、ヘミングウェイがみずから描く中心人物の「傷」に関して、その強調を幼少年時代の心理的傷から青年期の戦傷へと転換させたという二項対立的考えは、ヘミングウェイ文学の重要な特質を見失うことになるかもしれない。なぜなら、「身を横たえて」のニックの場合のように、幼少年期の心理的傷と青年期の戦傷は一人の人物において併存し、いずれの傷が原因か識別できないほどの不安と不眠症が描かれるからである。それゆえ、むしろこう言うべきであろう。戦争を体験する前の少年ニックを描いた「三発の銃声」は、少年期の心理的傷を回想する「身を横たえて」と同様に、幼少年期の心理的傷が戦傷に劣らず重大な傷であり、ヘミングウェイの主要人物形成の根底にあることを証明している、と。ヘミングウェイは肉体的精神的戦傷を描くと同時に、いわば性的傷としてのジェンダーとセクシュアリティの不安を描くことになるからである。故郷オークパーク、避暑地ミシガン、そして第一次世界大戦における体験が、若きヘミングウェイを大衆的娯楽作家から真剣な作家へと推進する創作の素材であったわけであるが、その素材に人種と性をからませるところに作家ヘミングウェイの成長を跡づけることができるからである。

「身を横たえて」という題名はアイロニカルである。この題名は安らかな眠りを願う子供のための祈りから採られた。

Now I lay me down to sleep;
I pray the Lord my soul to keep.
If I should die before I wake,
I pray the Lord my soul to take. (DeFalco 105) (注)

「身を横たえて」という祈りは、直接的には戦場で不眠症を病む青年ニックに捧げられたものであろう。しかし、この祈りは子供のためのものであることを考え合わせれば、読者の目は再びニックの幼少年期に向かう。題名が再び青年ニックのトラウマと幼少年期のニックのトラウマを結びつけるのである。「身を横たえて」という題名は、執拗に持続するトラウマの原体験たる幼少年期の自己に捧げられたものでもあろう。ヘミングウェイは「三発の銃声」において賛美歌を媒介としてニックの幼少年期のトラウマを描いたように、「身を横たえて」においては就床の祈りの言葉に幼少年期の心理の傷を暗示させているのである。

F・スコット・フィッツジェラルドは「身を横たえて」に言及して、次のように言っている。「身を横たえて」を読んだとき、「不眠症に関してそれ以上言うべきことは何もないと思った。今ではそれは自分がたいして不眠症を患ったことがなかったからだということがわかる。不眠症というのは昼間の希望や野心が違うように、人によって違うようだ。不眠症が人の属性になるとすれば、それは三十代後半に現れ始める」(*The Crack-Up* 63)。フィッツジェラルドにとって不眠症がどのようなものであれ、ヘミングウェイは不眠症を患う人物を二十代のときに描いたのである。そして、その不眠症を患うのは恐らく十歳前後の少年である。その少年ニックが「三発の銃声」において、死を恐れ、家の廊下の常夜灯の下で『ロビンソン・クルーソー』を読みながら夜を明かす姿は、ヘミングウェイが描く中心人物たちの「属性」であるかのように繰り返し描かれる不眠症の始まりを印すのである。

ヘミングウェイが「インディアン・キャンプ」の前半部を成していた「三発の銃声」を削除した理由は不明であるが、「三発の銃声」はニック・アダムズの恐怖と不眠症の最も古い原因を描きまた示唆するという点において、さらにその主題および手法が後の作品で繰り返され、相互に有機的連関をもつという意味において無視できない作品である。「あいのこ」と「銀のひも」という言葉がもつ意味の連想性とその重要性は、「三発の銃声」および「インディアン・キャンプ」のテキスト内においては周縁にとどまるかもしれない。しかし、その連想的意味が「身を横たえて」のような一連のニック・アダムズ物語を中心とするヘミングウェイの他のテキストに呼応し、ヘミングウェイ文学の特徴である恐怖と不安へと発展するならば、その意味は周縁として無視することはできない重要性をもつのである。

ヘミングウェイ文学においてミシガンは故郷の町と同様に幼少年期が記憶される場であり、想像の中で青年ニック・アダムズが立ち返る場である。回想や想像の中で再現されるミシガンは、郷愁だけではなく人種と性に彩られ、トラウマの原体験たる最も古い傷をたどる場でもある。作家ヘミングウェイにとって記憶のミシガンは極めて文学的な場であったのである。

＊「あいのこ」と「銀のひも」はそれぞれ "a cross between ..." と "the silver cord" を作品の文脈に合わせて日本語に翻訳したものである。また本文中で使用する「インディアン」という表現は、ヘミングウェイが作品で使用した原語を尊重し、そのままカタカナで表記し括弧に入れたものである。

（注）デファルコは出典を示していない。この祈りはさまざまなバージョンがあるようだが、*The New Dictionary of Cultural Literacy* にはデファルコが引用したものと同じ詩が掲載されている（Hirsch, Jr. et al.

187)。別のバージョンとしては、就寝の祈りや歌詞を集めたその名も *Now I Lay Me Down to Sleep* という本には次のような詩が掲載されている。

Now I lay me down to sleep.
I pray the Lord my soul to keep.
May angels watch me through the night
and wake me with the morning light.

Now I lay me down to sleep.
I pray the Lord my soul to keep.
God's love stay with me through the night
and keep me safe till morning light.（O'Neal 6）

IV

「男らしさ」の揺らぎ

長編小説と女たち

ヘミングウェイが短編小説で描いたことの多くは、有機的連関をもって長編小説でも描かれることになる。なかでも、戦争、負傷、不眠症、それにミシガンを想起させるヨーロッパの豊かな自然は、長編小説の背景を形成し、また物語の主要な要素となる。長編小説の中心人物はニック・アダムズと経験を共有するゆえに、ニックの成長過程の中に位置づけることができるし、その不明瞭な出自も短編小説で断片的に描かれるニックの出自から容易に推測できるのである。自足的なミドル・クラスで信仰心篤く道徳的なコミュニティ出身の若者が、そのコミュニティの外にある暴力、特に戦争を体験し、身体のみならず精神にも傷を負い、その治癒の場を原始の自然に求めるという人物像を、ヘミングウェイが描く主要男性人物たちは共有することになるのである。ニック・アダムズも、リップ・ヴァン・ウィンクルやナティ・バンポーやハック・フィンなどと同様に、ウィルダネス（荒野）を自己実現の場とする「アメリカ男性ヒーロー」という神話の系譜を継承するかのようである。

しかし、ニック・アダムズが決して単純で行動的な強者ではなかったように、長編小説の中心人物も複雑な性格をもち、傷つきやすいか、すでに傷ついている。シンプルに見えるテキストも複雑な物語を内包していることがわかる。第一次世界大戦に参加し、砲弾を浴びて重傷を負い、収容された病院の看護婦に恋をしながらも絶縁され、戦後は再びヨーロッパに渡り、作家としての修業時代を送るというヘミングウェイ自身の経験は、幼少年期のミシガン北部での避暑と同様に、作家ヘミングウェイにとって文学的原体験となり、『日はまた昇る』と『武器よさらば』というふたつの長編小説に昇華されることになる。両作品は商業的にも批評上も成功し、それによってヘミングウェイの作家としてのキャリアは確立されることになる。それは即ち、ヘミングウェイの修業時代の終わりと同時に、作家としての成熟を意味するのである。ボクシングの八百長試合や残酷なワナ師の物語を書いたハイスクール時代から数えて十数年の間に、ヘミングウェイが描く文学世界は現在でも批評がとらえきれないほど複雑で豊かになっていたのである。先に述べたように、白人ニック・アダムズと「インディアン」娘ツルーディの人種上の差異がまがりなりにも安定させていたジェンダーとセクシュアリティは、『われらの時代に』の後半部で描かれる白人男女の不安定な関係および複雑で倒錯した性の問題と際立った対照を成す。その男女関係と性の問題は長編小説において驚くほどその相貌を変えることになる。その変貌は若き作家ヘミングウェイの成熟の証と言えよう。しかし、その成熟と思えるものは、いまだ批評のメスが及ばないほどの深みを内包しているのである。

二十世紀の最後の二十年間にヘミングウェイ研究は大幅な修正（リヴィジョン）を施されたが、中でも『日はまた昇る』と『武器よさらば』は原稿研究とジェンダー批評あるいはセクシュアリティ批評によって大幅に修正されたのである。その変転する批評をたどりながら議論を進めることによって、『日はまた昇る』と『武器よさらば』にその完成を見たヘミングウェイ文学の複雑な世界の解明を試みたい。これまでにみてきたように、少年時代の創作やアメリカ修業期の試作、あるいはニック・アダムズの物語で特徴的に描かれているのは、故郷オークパークの「外」にある暴力であり、ミドル・クラスの町で育った少年が「外」の暴力に遭遇するときの衝撃であった。『日はまた昇る』と『武器よさらば』においても暴力との遭遇や暴力による傷をひきずる主人公の姿が描かれるが、むしろこれらの長編小説において物語の核となるのは、これまで一般的に考えられてきた戦傷のような物理的暴力ではない。『日はまた昇る』と『武器よさらば』は、もし暴力と呼べるなら、ジェンダーとセクシュアリティの揺らぎという「暴力」に接触するミドル・クラス出身のアメリカ青年の物語なのである。戦場を離れた恋人たちにとって、あるいは戦後を生きる男女にとって生の模索は、即ち性の模索でもあるのだ。ヘミングウェイを真剣な創作へと促した素材である戦傷は、戦傷場面へと突き進む物語（『武器よさらば』）と戦傷をひきずる青年の物語（『日はまた昇る』）へと構築される。しかし、作家ヘミングウェイにとって、脚と腰へ受ける身体的な戦傷は、性の「傷」のメタファーとなる。このメタファーとしての深い「傷」は、幼少期の記憶された性の「傷」と物語の現在の性の「傷」とを結び、ヘミングウェイのテキストに両性具有願望という次元を開示させ、身体の戦傷を陰画へと反転させるのである。以下に展開する長編小説論は、このような観点から作家ヘミングウェイの成熟を検証するものである。

第9章　削除された「序文」

『日はまた昇る』と生／性の模索

1　削除された「序文」

ヘミングウェイ再考が進行していた一九八〇年代、すでに半世紀以上に及んでいた『日はまた昇る』研究は新しい方向性を見ている。遺稿をはじめとする原稿類や書簡や写真など、ヘミングウェイ関係の膨大な資料はジョン・F・ケネディ図書館に「ヘミングウェイ・コレクション」として収蔵されているが、その中から原稿研究が進められ、先駆的研究としてフレデリック・J・スヴォボダの *Hemingway & The Sun Also Rises*（1983）およびマイケル・S・レノルズの論文 "False Dawn: A Preliminary Analysis of *The Sun Also Rises*' Manuscript"（1983）が発表された。また、数多く出版された論文および論集の中で、特にリンダ・ワグナー－マーチン編 *New*

Essays on The Sun Also Rises（1987）は『日はまた昇る』研究に注目すべき新視点を導入している。編者のワグナー-マーチン自身、「その同時代性ははるか以前に減少してしまっているとはいえ、まちがいなく今世紀中読まれ続けられる作品に新しい視点、新しい見解を…もたらす試み」（16）と、新解釈への自信を隠さない。中でも一九二〇年代の歴史を検証するマイケル・S・レノルズの "The *Sun* in Its Time: Recovering the Historical Context"、ジェンダー批評の立場からウェンディ・マーティンの "Brett Ashley as New Woman in *The Sun Also Rises*"、そしてアーノルド・E・デイヴィッドソンとキャシー・N・デイヴィッドソン共著によるディコンストラクションの的解釈 "Decoding the Hemingway Hero in *The Sun Also Rises*" は、特に斬新でスリリングな解釈を展開し、それまでの『日はまた昇る』解釈を大幅に修正している。以下の議論は、これらの研究動向をふまえつつ『日はまた昇る』を再読し、特に原稿の段階で削除された「序文」（"Foreword"）と、そこに描かれているヘミングウェイの世代観およびその世代観がいかに性に彩られているかを考察するものである。

2　従来の解釈の傾向

一九八〇年代以前の『日はまた昇る』研究は、結論的には、この作品を絶望の書と読むか希望の書と読むかに焦点が当てられていたように思える。R・W・コックランは「これまでのほとんどの評者はこの作品を絶望の書と読んだ」(297)として、E・M・ハリデイやマーク・スピルカを批判している。また、キャロル・ゴッツリーブ・ヴォウパットは「特にフィリップ・ヤングのように、作品を通じてジェイク・バーンズは全然変化していないとする評者がいる一方で、マーク・スピルカ、ジョン・ロウチ、リチャード・ホーヴィのように、ジェイクはみずから変化できないということを完全に悟ったという意味において変化していると結論する者もいるが、作品の結末を批評眼をもって詳しく読めば、この点は再考する必要がある」(245)として、ジェイクの認識の変化を論じている。

　これまでの評者の多くはジェイクの救いのない状況を指摘しながらも、彼の将来に希望を見た、あるいは見ようとしてきたように思える。以下はその代表的なものである。ジェイクにとって「道徳の株式市場は暴落した」が、彼は「自然への情熱(ブルゲーテ)と人間のヒロイズム賞賛(闘牛)が証明する生に対する実りある愛によって、死せる大地をうるおすのである」(Rovit 161)。ジェイクはナーダ(nada 無)を認識して小さなアフィシオナード(aficionado 闘牛への情熱と専門的な理解をもつ闘牛愛好家)の世界に向かうが、ナーダを認識していないボヘミアンの友人たちより成長したのであり、闘牛士「ロメロの価値を求める気持ちの準備ができている」(Stephens 58)。ジェイクの最後の言葉「そう考えるのもいいんじゃない("Isn't it pretty to think so?")」(247)の"pretty"がもつアイロニーは、ブレットがジェイクに求める「男性性の請求額を全額返済」する、つまり、伝統的な意味での「男らしさ」という「幻想の最後のかけらを断固として拒否」するのである（Waldhorn 111）。「ジェイクは偽りの希望と空しい幻想を売り払い、高潔さと規律と自律性を救い出した。それは『価値の交換』どころか、道徳上の破産がほとんどの投機家を破滅させた市場では、利ざやと考えられよう」（Waldhorn 112）。また、先に引用したヴォウパットはジェイクの認識の変化を強調し、ジェイクはみずからの生の限界を認識し、その限界を受容しながら清廉と秩序とスタイルをもって生きられるということを知る、と指摘する（96）。さらに、R・W・ルイスは、ジェイクとブレットの愛は理性のない情熱から次第にアガペ認識に発展するとして、スピルカの「愛の死」論を否定する（*Hemingway* 28）。

結論的にジェイクの将来に希望を見出すこれらの評者たちに対して、フィリップ・ヤング、マーク・スピルカ、シェリダン・ベイカー、E・M・ハリデイは、それぞれジェイクとブレットの関係の不毛性、愛の死、ジェイクが陥る絶望的欺瞞性、次第に幻滅の殻に閉じこもるジェイクの孤独を指摘して、絶望的状況を説く。ただスピルカは、ジェイクの幻滅は幻想からの覚醒であり、闘牛士ロメロをモデルとするコード（掟、規範）を追求する道が開けていると示唆しており、決して絶望と結論づけているわけではない。シェリダン・ベイカーも、失敗を繰り返しながらも密かにじっと自己憐憫に耐える「タフで慎みをもつ」（55）ジェイク像を最終的には読み取っている。『日はまた昇る』を絶望の書と明確に結論づける解釈は、むしろ少数派ではなかったかと思われる。多くの評者は、ヤングが早くに提示した「ヘミングウェイ・ヒーロー」および「コード・ヒーロー」像によって、掟に従いストイックに生きるジェイク像を読んだと推測される。ヘテロセクシュアルでタフなヘミングウェイ像を構築する姿勢は、作品解釈においても堅固な基盤であったと思われる。

3 「序文」と世代観

一九八〇年代に展開された読みからは、『日はまた昇る』は絶望の書でも希望の書でもなく、一種の諦念の書と結論できるように思える。つまり、語り手ジェイク・バーンズには、みずからがおかれている状況は絶望には至らないし希望にも導かず、その本質は変わらないという認識があり、その認識に立ってみずからの状況をあるがままに受容する態度がある。その諦念と受容の態度がヘミングウェイのいわゆる「ロスト・ジェネレーション」としての世代認識を反映していると読めるのである。

草稿研究で明らかになったものの中に、削除された「序文」がある（Reynolds, "False Dawn" [117–18] と Svoboda, *Hemingway* [106–07] に部分的に再録。完全原稿についてはケネディ図書館所蔵の原稿を参照した）。これは後に『移動祝祭日』に再録されることになるガートルード・スタインとフランスのガレージの主人との "une génération perdue"（失われた世代）逸話で始まっている。

この逸話の要点は『移動祝祭日』に書かれているものと同じだが、「序文」では、戦争体験のある機械工は"no good"だが、戦後に成人した若い機械工は"good"である、とガレージの主人は言う。もちろん、前者が"une génération perdue"である。つまり、直接的な戦争体験の有無によって世代が明確に峻別されているのである。さらに、「序文」にはスタインが"une génération perdue"と呼称したことに対する作者の不快感も反論も描かれていない。それどころか、この時点でヘミングウェイはスタインの言葉を神妙に受け取っていたようで、タイプ原稿を出版社のスクリブナーズに送る前に書かれたと推測されるこの「序文」には"The Lost Generation A Novel"と題名がつけられている。「perdu［ママ］は lost に翻訳されることによって、若干何かを失ってしまう。Perdu には何かもっと決定的な（final）ものがある」と、題名の説明までなされている。恐らくヘミングウェイは、英語の"lost"は世代の道徳的堕落や無能力を暗示するために気に入らなかったのではないかと推測される。また、スタインの話は「この本を書き上げてから聞いた」とも書かれている。もしそれが事実ならば、ヘミングウェイは期せずして「失われた世代」と命名されることになる世代の物語を書いていたことになる。そして彼は脱稿後あらためて、みずからの世代観を「序文」という形で説明したものと考えられる。

逸話と題名に関する説明の後に、「序文」の主旨と思われる一節が続く。

そこで言えることはこういうことだけである。ロストしているこの世代は、その結果について過去に多くの文学的思索がなされたいかなる若い世代とも関係はない。これはフラッパーたちがどんな母親になるかとか、ボブ（bobbed hair）が我々をどこへ導くのかというような問題ではない。これは既に終わっている何かについてである。というのは、私もその一部であるこの世代にこれから起こることは何であれ、既に起こってしまっているからだ。

今後さらに紛糾があるであろう。さらに混迷があるであろう。成功と失敗があるであろう。［新たな戦争が起こるかも知れない。多分うまく生きていける者もわずかにいるだろう。作家あるいは画家になる者も一人二人いるかもしれない。

しかし、人々に起こると思われる物事は既に起こってしまっているのである。］多くの新しい救済がもたらされるであろう。たとえば私の世代はフランスで二年間、救済を求めた。第一にカトリック教会に、第二にダダイズム［共産主義］に、第三に映画に、第四に王制に、第五に再びカトリック教会に。もうひとつ、もっと良い戦争があるかもしれない。しかし、そのいずれも特にこの世代には問題にならない。なぜなら、この世代の人間には、人々に起こるとされる物事は既に起こってしまっているからである。

＊「序文」の日本語訳はReynolds, "False Dawn" (117)、Svoboda, *Hemingway* (106)、およびケネディ図書館所蔵の原稿を参照した私訳である。［ ］内の傍線部は原稿において横線で消去されている箇所を示す。

ここに表明されているのは、ヘミングウェイを含む第一次世界大戦を体験した世代は、後の若い世代とは本質的に何ら関係のない特殊な世代である、という世代観であろう。その特殊性とは「すべては既に起こってしまっている」という、いわば世代の本質の既決定性ともいうべきものである。その認識の根底には、何も変わらないという一種の諦念すら感じられる。

レノルズは、ヘミングウェイが「序文」を書いたとき、スタインの逸話を大言壮語と考えていたことを示すものは何もないとして、“lost”の意味を重視する。また、「フラッパー」と「ボブ」はF・スコット・フィッツジェラルドの作品をほのめかし、ヘミングウェイはそれを「過去に起こった文学的思索」と言うことによって、フィッツジェラルドを早くも「博物館」に入れてしまった。即ち、『日はまた昇る』には『グレート・ギャッツビー』の語り手ニック・キャラウェイが抱くぼんやりとしたロマンチックな感傷はない、もはやヒーローはいない、生き残り者だけである、とレノルズは言う。スヴォボダも、ヘミングウェイは世界大戦によって永久に傷を負った世代の世代観を反映する題名を模索していた、とコメントをしている程度である。レノルズもスヴォボダも作品との関係で「序文」に言及することはほとんどない。

しかし、「序文」はひとつの世代観の表明であり、これはストーリーが語るものの予兆となる。「後の若い世代とはまったく異質」であり、「すべては既に起こってしまっている」と表現されている世代の特異性を、ストーリーの中で読み取る必要がある。

4　ブレット・アッシュレーとジェンダー批評

先に挙げたウェンディ・マーティンの論文は、ブレット論の立場から「序文」理解に示唆を与えてくれる。マーティンの論を要約すると以下のようである。「ブレットとジェイクは第一次世界大戦後のジェンダー観の変化を最もよく表すモデル・カップル」(65)であり、二人に体現された「男性性と女性性の再定義は…ヴィクトリア朝時代の性観念が育った土壌のゆるやかな変化」(65)なのである。第一次世界大戦はヨーロッパで大量の戦死者を出したわけだが、これは「栄光の戦いとか名誉とかヒロイズムといったものが疑わしいものか、あざけりとなった男たちの世代を創り上げてしまった」(65)。それによって、男性的威信や権威に対する確信が失われ、その喪失感を隠蔽する必要からストイックな姿勢が現れたが、それは新たに認識した脆弱さに対する代償的態度であるのだ。ヘミングウェイの勇気の定義である「抑圧下の優美さ(grace under pressure)」は、ヴィクトリア朝時代の女性に要求された「苦しんで、じっと耐え忍べ(suffer and be still)」という格言の反復であった。ヴィクトリア朝時代の女性の病理の極限であるヒステリーは、一九二〇年代の男性の病理の極限であるシェル・ショック(shell shock)と相似をなす。前者は極度に監禁されることに対する、後者は極度に身をさらすことに対する反応である。ジェイクの性的不能は男性的力と権威の喪失、および社会的支配力を行使する権利の喪失を表す印である。

一方、ブレットに関してマーティンは次のように論じる。ブレットは、その乱れた性体験、無頓着さ（carelessness）によって、道徳と肉体的純粋さの間にあった関係を断ち切っていて、みずからの生き方にはみずから決定を下す自立的女性である。愛人たちが彼女を所有しようとするとその関係を絶ち、依存と繊細さという伝統的に女性に求められる理念を拒絶している。しかし奇妙にも、ブレットは男たちの世話をするという本能的欲求をもち、さらに別居中の夫からの送金で暮らし、飲食や乗り物の代金を支払う男を惹きつけるみずからの女の魅力に依存し、妻と娼婦と自由女性の間を行き来する。「ブレットはジャズ・エイジのフラッパーと同じように、セックスと金の伝統的関係をまだ（ということは、男性たちもまた）再定義していなかった」（71）のである。それでも、ジェイクとブレットには、ジェンダーの再構築によって生まれる二十世紀の男女関係の新しい可能性が暗示されている、とマーティンは説く。

確かにマーティンの言うように、ブレットは男のように髪を短くし、男のように男たちと酒を飲み、男のように性的乱交を重ねる。その一方でブレットは、婚約者のマイクが言うように「人の世話をするのが好き」（203）で、実際にユダヤ人のロバート・コーンとの情事は「そうするのが彼のために良いと思ったから」（83）とみずから語っている。これはロメロとの関係で一層明らかになる。肉体的にも精神的にも健康な若き闘牛士を得て、ブレットは伝統的な妻や母親のような女に戻ってしまう。彼女はロメロの世話をし、ロメロの闘牛の成功を心から願い、驚くべきことにロメロのために教会で祈りたいと言う。そしてジェイクに、自分は「すっかり変わってしまった」(207) と打ち明ける。これはブレットにとってひとつの救いではある。しかし、みずからジェイクに語るところによれば、髪を長くして「もっと女らしく (more womanly)」(242) なることを条件としたロメロの結婚申し込みに、ブレットは応じることができなかった。彼女は「この私が長い髪なんて。とても見られたもんじゃないわ」(242) と言う。ことは単に髪の長さの問題にとどまらない。ここに隠されている意味は、ブレットは本質的にもはや伝統的な女の役割には収まれなくなっているということである。ブレットの打ち明け話にただ軽く相づちを打つだけのジェイクの寡黙は、その真実を雄弁に語っているのである。

またブレットは、若くして将来性のある闘牛士を破滅させる「性悪女 (bitch)」(245) にはなりたくないのでロメロを去らせた、と倫理的決断を語る。それはそれでひとつの立派な行為であったと言えよう。そして彼女は、その倫理は「神に代わるもの」(245) であると言う。しかし、その倫理的勝利は彼女の気分を刹那的に高揚させるものではあっても、新しい価値の獲得とは言えない。なぜなら、彼女はロメロの一時的な妻の役割からロメロに出会う以前の彼女の姿、つまり本質的に伝統的女性性を喪失している彼女本来の姿に再び戻ったにすぎないからである。何も進展してはいないのである。

ブレットは彼女を愛人として所有しようとするコーンのロマンチシズムに不快を感じ、彼女を妻として所有しようとするロメロの伝統性要求を拒否する。これは、ブレットがもはや持続性を要求する関係には収まれず、刹那的でエピソディックな生を生きるほかはないことを意味する。

戦後を生きるブレットの生き方は、引退後に再びリングに戻ったベルモンテの闘牛の如く「昔と同じというわけにはいかず、今や演技の生命はときたまぱっと光るだけだった」(215)のである。ブレットの成功と見えたものは希望には導かないし、過ちと思えるものも絶望には至らない。戦後に起こることが何であれ、彼女の成功も失敗も、救いも呪いも、何ら彼女の本質を変えるものではない。これが「序文」で「すべては既に起こってしまっている」と語られている世代の特異性ではないかと思われる。

ウェンディ・マーティンによるジェンダー批評は「序文」を解釈する上で有用ではあるが、根本的なところで解釈に修正が必要であるように思われる。ジェイクとブレットの関係に言及してマーティンは次のように主張する。ジェイクは「ブレットが新たな生き方を維持するのに支払わねばならない代償を誤算している。彼女が性的自由を含む固有のアイデンティティを形成しようと努力していることだけでなく、急激に変化する世界で生き延びるためには経済的および社会的な妥協が必要になるということを、ジェイクは究極的には受容しなければならない」(74)。新しい時代を必死に生き、新しい女性のアイデンティティを確立しようとするブレットを、ジェイクは受容しようと腐心してはいる。しかし、先に述べたように、ブレットのアイデンティティはもはや変わりようもなく決定しているのであり、そこには変化や成長はないということをジェイクは認識しているのである。「努力」や「妥協」と思えるブレットの行動や言動には持続性がなく、それぞれがブレットの生き様におけるひとつひとつのエピソードなのである。ブレットの戦後の人生はエピソードの反復にすぎないのである。「これはフラッパーたちがどんな母親になるかとか、ボブ（bobbed hair）が我々をどこへ導くのかというような問題ではないのである」という「序文」の一文は、まさにこの点に触れているわけである。『日はまた昇る』は十代や二十歳そこそこの若いフラッパーの生態を描いたり、彼女たちの未来を予測しているのではない。

ブレットがジェンダーを含む戦前の価値体系の中で育ち、既に妻として二人の夫に仕えた経験のある三十四歳の女性として描かれているのには意味がある。「序文」の中に「ロストしているこの世代は、その結果について過去に多くの文学的思索がなされたいかなる若い世代とも関係がない」とあるように、ブレットもその世代の一人なのである。マーティンが言う新しいアイデンティティ形成という概念は、戦後に成長し変化し成人していく若いフラッパーたちの物語にこそ適用されるべきものである。ブレットの「新しい女性」あるいはフラッパー然とした外見は、みずからに内在する戦前に形成された伝統的価値の疼きを隠蔽する仮面のように思える。

ブレットのジェンダー意識を鏡に映すと、ジェイクのジェンダー意識が見えてくる。『日はまた昇る』を読み解く鍵のひとつは、物語の前半部の第三章で明らかにされる性的倒錯と性役割の混乱である。パリのたそがれ時、ジェイクは売春婦ジョルジェットを拾う。二人はダンス・クラブで踊る。そこへブレットが男性同性愛者を伴ってやってくる。男性同性愛者の一人がジョルジェットと踊る。ジェイクとブレットは二人だけで店を出る。ここに見られるのは、売春婦を拾う性的不能者ジェイク、男性同性愛者と登場する色情症的なブレット、売春婦とダンスをする男性同性愛者たち、そして恋愛関係にある性的不能者ジェイクと色情症的なブレットという組み合わせである。これら冗談としか言い様のない組み合わせに、ジョルジェットとブレットの「売春／乱交」、ジェイクと同性愛者たちの「性的不能／男性的セックス喪失」という同質性が露呈される（Davidson 91）。さらに、この第三章はジェイクがジョルジェットと辻馬車に乗る場面で始まり、ジェイクがブレットとタクシーに乗る場面で終わる。前者でジョルジェットは性的行為を促し、ジェイクは拒絶する。ジョルジェットは訊く。「どうしたの」（15）、と。一方、後者においては、ジェイクが性的行為を求め、ブレットは拒絶する。今度はジェイクが訊く。「どうしたの」（25）、と。「みんな病気なのよ」（16）とジョルジェットが言うとき、彼女は意識している以上に真実をついている。ことはもはや戦傷や性病にとどまらない。男と女は歪曲した互いの性をあざ笑うかのように、適合しない相手に歪曲したみずからの性を組み合わせようとする。彼ら／彼女らは一時的に気分は高揚しても、その興奮はどこにもたどり着かないし、何も実を結ばない。

ピレネー山中のイラチ川への釣り旅行中に、ビル・ゴートンはジェイクに言う。「ぼくはこの世で誰よりも君のことが好きだ。ニューヨークじゃ、こんなこと言えないけどね。ぼくがホモってことになっちゃうから」（116）と。これはビルがよく言う軽口として済ますわけにはいかない。男同士の友愛関係の微妙な変化を暗示するからである。ジェンダーとセクシュアリティの再定義が進む第一次世界大戦後のアメリカにおいて、男同志のホモソーシャルな精神的交わりはホモセクシュアリティと解釈されてしまう。レスリー・フィードラーらの神話批評が原型化したように、アメリカの男性作家が描いてきた男同士の結びつきは、ヘテロセクシュアルな性を前提条件として「男だけの世界」、即ち「女のいない世界」をウィルダネス（荒野）の中に構築し、女と文明を同義語として拒絶してきた。しかし、そこに形成されたナティ・バンポーとチンガチグック、イシュメールとクウィークエグ、ハック・フィンとジムというアメリカの男同志の交歓は、二十世紀の第一次世界大戦後のアメリカ（の都市部）で再現することはできない。フロイトの心理学が普及する中で、男同士の絆はホモセクシュアリティを疑われる。アメリカならぬ旧世界のウィルダネスの中で表現される男同志の交歓は、男たちにとって最後の聖域、消えゆく聖域のようにさえ思える。

イギリス人のハリスの登場も、消えゆく男同士の友愛を強調する。ジェイクとビルと共にマス釣りを楽しんだハリスは言う。「［この釣り旅行が］どれだけ大きな意味をもつか、わかってもらえないだろう。ぼくは戦争からこのかた、あまり楽しいこと（fun）はなかったんだ」（129）と。その気持ちを表現するかのように、ハリスは別れ際にジェイクとビルに手作りの蚊針を手渡して言う。「いつか、それで釣りをするときに、楽しかったこの時を思い出してもらえたら、と思っただけなんだ」（130）。センチメンタリズムであろうが美しい男同士の友愛であろうが、ここに描かれていることは、フェミニスト批評が「リップ・ヴァン・ウィンクル」を嘲弄するときと同じ批判を受けるであろう。つまり、これは「男だけの世界、女のいない世界、つまりアメリカの理想的領域での生活…アメリカの男性文化の古典的要素」であり、蚊針を手渡す行為は「高度に儀式化された言葉によらないコミュニケーション、男同士の秘事」(フェッタリー『抵抗する読者』37)ということになる。まもなくジェイクとビルは山を下り、パンプローナでブレットたちに合流することになるのである。ピレネー山中における男同士の釣りの旅もまた、ひとつのきらめくエピソードとなって消え去るのである。

5 ジェイクと未決定性

ジェイクを中心に論じて「序文」に描かれた世代観理解に示唆を与えてくれるのが、マイケル・レノルズとデイヴィドソンの論文である。原稿研究によって明らかになったもうひとつの重要な資料に、物語の構造に関するヘミングウェイ自身のコメントがある。それは手書き原稿が書かれているノートの一冊目にある。

小説家が物語全体の構造を構築する上で核となる特別な瞬間(special moment)というものがあるが、現実生活ではそれにまったく気がつかないものだ。つまり、ほとんどの人は、ということである。そのことは物語そのものとは何ら関係はないのだが、物語を書き終えるまでわからないものだ。なぜならば、重大な物事というものは、その重大さを表す文学的兆候をもたないからだ。それは自分で見抜かなければならない。

(Svoboda, *Hemingway* 12; Reynolds, "False Dawn" 124-25)

レノルズはこのコメントに注目し、『日はまた昇る』の「特別な瞬間」は手書き原稿の最初の十四頁目に見られると指摘する。この原稿はフィエスタの第一日目から始まり、パリにフラッシュバックする構成になっている。いわゆる"in medias rês"(脈絡なく、いきなり物語の中心に入る)の書き出しである。ここでErnest(出版された小説のJake)とQuintana(同じくMontoya)が、将来性のある若い闘牛士を貪欲な女たちから守る必要があることを話し合う。その直後にErnestは酔っぱらった仲間たちとDuff(同じくBrett)をNiño de la Palma(同じくRomero)に紹介する。そこにQuintanaがやってくる。この場面は小説では後半部の第十六章に出てくるが、若干の違いをのぞいて内容は同じである。Quintanaは「私」に微笑もうとしたが、Niñoが大きなコニャックグラスを片手に、肩を露にした女と酔っぱらいに囲まれているのを見て、微笑みを取り消した。うなずきもしなかった。そして原稿ではジェイクの「不意に、おかしいなと思った(All of a sudden I realized how funny it was.)」(Reynolds, "False Dawn" 125)という一文が続く。

出版された小説でわかるように、ジェイクはモントーヤにアフィシオナードとして認められており、その確認は常に微笑み、うなずき、あるいは肩に軽く手をおく挨拶によってなされる。この場面は先に述べたピレネー山中への釣り旅行のあとに続くものである。それ故、ジェイク、ビル、ハリス、モントーヤという「女のいない男の世界」の連続が描かれ、モントーヤがアフィシオナードを認識する挨拶の仕方は、ハリスが手渡す蚊針と同様に「高度に儀式化された言葉によらないコミュニケーション、男同士の秘事」を再度、実証する。ところが、モントーヤはこの挨拶を取り消したのである。レノルズによると、「ヘミングウェイは原稿の最初の四十九頁までを削除したが、この場面は残した。なぜなら、これは彼の物語の核であったからだ。この一節を書き直したとき、彼はジェイクと同様にこの場面は何も"funny"ではないことを理解し、この最後の一文を削った」("False Dawn" 125)。つまり、この場面が物語の構造の核を成す「特別な瞬間」というわけである。小説では、この場面にマイクによるすさまじいコーン攻撃が続くので、読者はうっかりするとこの場面の重要性と意味を見過ごしてしまう。その意味とは、ジェイクの崩壊である。ロメロをモントーヤの目から見れば不道徳な連中に紹介することによって、ジェイクはアフィシオナードのコードとモラルを破壊したのである。そして、それを目撃したモントーヤはアフィシオナードに対する挨拶を取り消すことによって、ジェイクのアフィシオナードとしての資格を剝奪したのである。

レノルズは結論する。「ヘミングウェイの当初の意図は有望な闘牛士の崩壊を描くことであった。彼が書き上げた小説はジェイク・バーンズの崩壊である。ホテルのダイニングルームでのあの『特別な瞬間』にふたつの物語とも暗示されている」("False Dawn" 132)。この「特別な瞬間」を作品の構造の核として、物語は一気にそのトーンを変化させる。ブレットとロメロの仲を取りもつ「ポン引き」(190) 役を演じたジェイクは、それを知ったコーンに殴られ気を失う。目を覚ましたジェイクは、少年の頃にフットボールの試合で頭部にキックを受けたときのことを思い出す。

［コーンに殴られた後］広場を横切ってホテルへ歩いて帰るあいだ、なにもかもが新しくて違って見えた。…かつて、フットボールの遠征試合から帰ってきたとき、そんな感じだったことがある。そのとき、ぼくはフットボールの用具が入ったスーツケースを下げていた。生まれてからずっと暮らしていた町の駅から通りを歩いたのだが、なにもかも真新しく見えた。…ぼくはその日の試合の早くに頭を蹴られていたのだ。広場を横切っているとき、そのときと同じ感じがしたのだ。ホテルの階段を上がるときも、同じ感じだった。…それにスーツケースをさげているような感覚を覚えたのだ。(192–93)

この「感覚」が意味することとは、情熱の喪失ということではないだろうか。頭部に衝撃を受けることによって、少年ジェイクのフットボールに対する情熱が、ひいては思春期の情熱が一気に冷めたのだ。試合のみならずチームからも一人だけ疎外されたジェイク少年は、試合もチームも生まれ育った町すらも客観的に見ている自分を意識しているのである。同様に、成人したジェイクはコーンにノックアウトされたことによって、闘牛に対する情熱、即ちアフィシオナードとしてのアフィシオン（afición　情熱）、フィエスタに対する情熱、ひいてはブレットに対する情熱を一気に喪失したのである。情熱が引いた後の冷めた空虚の中で、意識は外界との関わりをすべて失ったかのように見えるのである。その空虚な意識の中にブレットに対する情熱の欺瞞性と、それに伴うコードの崩壊感がどっと流れ込んできたのである。情熱の武器を入れていたはずの「スーツケース」は、もはや死せる情熱の形骸となり、ビル・ゴートンの言う「剝製の犬」と化したのである。

そして、これに続くビセンテ・ヒロネスの死のエピソードは、情熱が冷めたジェイクの目に映る虚ろな風景を完成させる。ヒロネスはエンシエーロ（群衆が先頭に立って、牛と一緒に闘牛場の囲い柵まで町中を走り抜ける。スペインのパンプローナはこれで有名）で牛に突かれて死ぬ。そのエンシエーロを見た後で、カフェの給仕がジェイクに話しかける。

「そういうわけさ。ぜんぶ遊びのため。遊びなんだよ」
「あなたはアフィシオナードじゃないんですか」
「わたしが？牛が何です。獣ですよ。野蛮な獣ですよ」

［中略］

「聞いたかい。ムエルト。死んだよ。奴は死んだんだ。角に突き刺されてね。ぜんぶ朝のお遊びのためさ。やくざなことだ」

「気の毒に」

「わたしはちがうね」と給仕は言った。「あんなもの、わたしにはおもしろくもなんともないね」(197-98)

パンプローナのすべてが、スペインのすべてが祭りに闘牛に熱狂しているわけではない。この給仕はまさしく情熱(アフィシオン)のアンチテーゼを提示したのである。情熱のネガの世界は、コーンにノックアウトされて世界が違って見えるジェイクの冷めた視野に抵抗なく収まるのである。劇作家トム・ストッパードは、こう感想を述べる。「この一節を読むといつも、何か重い物が階段をゆっくりガタンガタンところがっていき、どういうわけか苔ではなく小説全体の破片や瓦礫や断片を拾い集めていくのを想起する」(24)。アフィシオナードによって儀式の一環として象徴的に高められるべきヒロネスの死は、一介の名もなき農夫の、すべて「遊び」のための無意味な死という現実をさらけだす。彼の棺はフィエスタの踊り子や酔っぱらいたちに見送られて、列車に乗せられる。しかし、その列車には残された妻と二人の子供が無蓋の三等車に肩を寄せるようにして座っているのである。まさしく、すべてがガラガラと音を立てて崩れていく。それとともに、ロマンチックな愛の情熱も、闘牛に対する情熱も、コードもモラリティも、成功や救いや価値と思えたものも、すべてが崩れていくのである。しかし、ジェイクの崩壊を絶望と解釈すべきか否かは、さらに論の展開が必要となる。

アーノルド・E・デイヴィッドソンとキャシー・N・デイヴィッドソンの共著論文は、ロラン・バルトのS/Zで展開されている理論を『日はまた昇る』に適用した斬新で切り口の鋭いジェイク論である。この論文の主旨はおおよそ以下のようである。アフィシオナードは闘牛士が闘牛場内で達成する勝利を、闘牛場外にいる自分たちの勝利に読み換える。アフィシオナードは闘牛（士）によってみずからの男性性を代替体験するのである。闘牛の全儀式は比喩的にも文字通りにも男根の力の存在を証明するものであり、アフィシオンのエトスは性欲の昇華に類似し、特権的アフィシオナードは変装したデ-フィシオナード（de-ficionado）と命名してもよいものである。つまり、このフロイト的心理分析が意味することは、アフィシオンは去勢恐怖の裏返しである、ということである。それ故、アフィシオナードは欠落した男性性の変装であり、本質的に去勢牛の如くである。さらに、ジェイクは男性性の偶像たるロメロとブレットの仲を取りもつことによって、ロメロを超越的シンボルからブレットの具体的な性欲の対象に変え、決定的偶像破壊を犯してしまった。かくしてジェイクは闘牛のコードばかりか、コードの全概念をも破壊してしまったのである。

また、ビセンテ・ヒロネスの死はアフィシオンのアンチテーゼを示し、彼の死は全く無意味であるという点で意味がある、とデイヴィッドソンは言う。彼を殺した牛はロメロによって殺され、その勝利の印たる耳はブレットに与えられ、愛の印となる。しかし、ブレットはその耳をジェイクのハンカチにくるんで、タバコの吸いさしとともにホテルの引き出しの中にしまい込み、忘れ去る。コードもヒロイズムも虚しくしてしまう女を伴うロメロの姿は、単なる性的人間のそれである。これはコードの辛辣な批判である。儀式的動物殺しの裏面は無意味なありふれた人間の死であり、儀式的死はもう一方の死に勝ることも相殺することもできない。絶対的コードはなく、すべてのコードは疑わしきものである。

ジェイクの最後の言葉「そう考えるのもいいんじゃない（"Isn't it pretty to think so?"）（247）が、多くの批評家が言うようにひとつの認識を主張しているとすれば、それはコード、ヒロイズム、あるいは男性的威信（machismo）が揺るぎないものである時にのみ可能である。しかし、一見支配的にみえるコードはその支配的地位を与えられていないし、ヒロイズムの実行はそれに対置される自滅の実行と絡まっている。成功は失敗と連座し、男らしさは女らしさによって定義され、非分離斜線「／」で分かちがたく結ばれているのに、なにゆえ事は最後にきて違ってこなければならないのか。「結論的な決定性を確立したり、テキストを越えた未来を約束するどころか、ジェイクの最後の言葉は、同じ言葉を続ける終わりのない一連の反対陳述に帰してしまう。「そう考えるのもいいんじゃない／そう考えるのもいいんじゃないと考えるのもいいんじゃない（"Isn't it pretty to think so"/"Isn't it pretty to think isn't it pretty to think so?"）」と無限にそれぞれが肯定と疑問、宣言とポーズに連なり、それぞれが次に来る言葉によって異なる見解の中に投じられる」（103）とデイヴィッドソンは結論する。

この論文は絶望論も希望論も包括し、（言葉は矛盾するが興味深くも）その未決定性は「序文」

が語る世代の既決定性に共鳴する。肯定も否定も、希望も絶望も互いに溶解し、「すべては既に起こってしまっている」世代の決定性に収斂する。しかし、この種の批評理論にまったくの門外漢にとっては、ひとつの素朴な疑問が残る。なにゆえジェイクとブレットの生は永遠の未決定性へと溶解していくのか。この問いは、テキストを再びその歴史的文脈に引き戻し、作者の意図を探ることへと逆行してしまう。しかし、その答えを作者みずから「序文」の中で提示し、マイケル・レノルズが二十年代の歴史的文脈において述べてくれている。

6　諦念と「失われた世代」

マイケル・レノルズが "*The Sun* in Its *Time*" および The Sun Also Rises: *A Novel of the Twenties* で指摘している中で有益なのは、第一次世界大戦後の二十年代がいかに経済の時代だったかということである。

消費者テクノロジーの第一波が市場を襲ったとき、おびただしい新工夫製品に追いつかないわけにはいかなかった。一九二三年までにはヘンリー・フォードと同僚たちはアメリカの家々の前に四百万台もの新車を駐車させていたのである。アメリカ全土でボードビル用の劇場が映画館に改造されていた。あらゆるものがモダンで、なにもかもが電気製であった。ミシン、冷蔵庫、ラジオ、ヘアドライヤー、真空掃除機、蓄音機、トースター。一九二七年までにはアメリカの家庭の半数がレコード・プレーヤーと車と電話を所有していた。アメリカは消費者の国となり、新しい技術を月賦で買ったのだ。借金は、今買う、今生きるというラッシュの中で、ひとつの生活方法となった。ヘミングウェイの小説には積極的な道徳的価値が欠如していると考えたアメリカの読者たちは、彼ら自身、国の最初の大購入狂乱にみずから進んで参加した者たちであったのだ。『日はまた昇る』で金だけが唯一の重要な価値であるようにみえるとしても、ヘミングウェイがその精神風土を作り上げたのでもなければ、ジェイクはぎりぎりの財政状況で生きている人々を称賛しているのでもない。ジェイクは言う。「請求書はいつも来た。それは当てにできる素晴らしいことだった。」

(“*The Sun* in Its Time” 49–50)

確かに作品中には金の支払いが頻繁にしかも詳細に記録されている。ジェイクは施されなかった売春婦のサービスに支払いをする。タクシー、レストラン、バー、ホテル、さらにはチップの支払いに至るまで逐一描き込まれる。またジェイクの当面の人生哲学は「価値の交換」(148)である。ブレットがジェイクに「私たち、することにはぜんぶ支払いをしてるわよね(“Don’t we pay for all the things we do, though?”)」(26)と尋ねたり、ジェイクが「請求書はいつも来た(The bill always came.)」(148) と独白するとき、二人の道徳は経済的観念で表現されるまでに単純化され、矮小化してしまっている。「価値の交換」が文字どおり金銭に関わる限り、ジェイクは成功している。ジェイクの生き方には特に過ちと思えるものは何もない。カトリシズムに救いを求め、闘牛芸術に男性性を体験し、ブレットとの家庭的幸福を痛ましくも願う。さらに堅実な仕事と貯蓄によって、フランクリン的なアメリカの伝統を実践している。彼はアメリカの伝統的価値を戦後のヨーロッパで忠実に実践しているのである。既に議論したように、描かれていないジェイクの出自を、「巨大な階級差のない社会」(*Exile's Return* 5) とマルカム・カウリーが呼んだアメリカのミドル・クラスと想定するのは難しいことではないであろう。

レノルズは言う。「かつて抽象的な理想を信じ、道徳的行動を信頼していた彼らの世界は、支払いさえなされれば何でも許される異種の売春宿同然となったのである」(*A Novel of the Twenties* 72)。道徳は快楽(価値)と金銭(値段)との交換のレベルにまで下落し、「愛」までもこの図式に入れられる。サービスを施しようもない売春婦に金を払うのと、ブレットとの性的に不毛な「愛」を維持するために「支払う」精神的苦悩は重複し、「愛」は売春と同じ図式に入れられる。宗教心も愛も家庭も支えにはならなくなった時代の唯一の信頼できる価値は金であり、ジェイクは支払いに、預金残高のチェックに傾注するのである。だが、あまりにも多くの請求書の支払いをした後で、ジェイクは「価値の交換」という経済原理はもはや作用しないことを知る。彼はブレットに支払いを続けるうちに、闘牛士ロメロを支払いに出してしまう。それは同時に、彼にとっては投資と思えるアフィシオナードの資格をもって支払うことになる。彼の道徳市場は暴落してしまったのである。「価値の交換」という哲学も、五年もすればバカげたものに思えるだろうとジェイクは言ったが（148）、ジェイクばかりかアメリカそのものが大恐慌へと転がっていったのである。ニューヨークから来たビルはさかんに「価値の交換」を口にし、剝製の犬を買うと言ってジェイクを困らせる。ビルは「価値の交換」によって得る価値とは、空虚な価値、「剝製」の価値でしかないという認識と自虐的に戯れているのである。戦前のアメリカの経済と保守的な道徳を支えてきたミドル・クラスは、描かれないジェイクの出自を形成し、描かれないままに崩壊し、描かれないゆえにこそ、その崩壊感を増すのである。

レノルズが「［ジェイクの］価値に悪いところは何もない。仕事も義務も、同情も兄弟愛も、プロとしての誇りも金銭上の責任も、かつてはミドル・クラスのアメリカを支えていたものだ。挫折したのはジェイクではなく、彼を挫折させたアメリカなのだ」（"*The Sun* in Its Time" 49）、あるいは「結局ジェイクはすべての防御を剝奪され、価値を失い、みずからの時代にそのかされ見捨てられた戦前の男なのである」（"*The Sun* in Its Time" 49）と言うとき、彼が別の論文で説いたジェイクの崩壊は、絶望というよりひとつの世代認識に至ると考えるべきであろう。ジェイクが語るのは個人的過ちの物語ではなく、時代そのものが彼の世代を支えないという時代認識の物語であり、この認識は時代の不条理認識から諦念へと至るのである。彼の最後の言葉「そう考えるのもいいんじゃない（"Isn't it pretty to think so?"）」（247）は、その不条理の虚空に向けられた言葉であろう。そこには何の解決もない。受容をほのめかしながら否定し、絶望を内包しながら希望をほのめかす。そのアイロニーだけが空虚に響きわたるのである。語り手ジェイクはこの諦念をもって、その諦念に至ったみずからの物語を語っていると言えよう。作品全体に漂う語り手ジェイクのアイロニーは、作中人物ジェイクが物語の最後で身につけたものであろう。

「今後さらに紛糾があるであろう。さらに混迷があるであろう。成功と失敗があるであろう。多くの新しい救済がもたらされるであろう。……しかし、そのいずれも特にこの世代には問題にならない。なぜなら、この世代の人間には、人々に起こるとされる物事は既に起こってしまっているからである」という「序文」の結末部は、これまで述べてきた世代の特質を端的に表している。即ち、ブレットの成功と思えたものは希望に導かず、ジェイクの失敗とみえたものも絶望には至らない。彼らの世代の本質は、戦後のいかなる出来事によっても変わることはない。ジェイクのマス釣りやブレットの性遍歴のように、彼らは人生の断片をエピソードのように反復し、生き延びるだけである。そこには変化も成長も後退もない。

みずからの世代が戦争によって、あるいは時代によって決定づけられているという諦念が、当時ヘミングウェイが抱いていた「失われた世代」観ではなかったかと推測される。『日はまた昇る』の題辞に引用されている「伝道の書」の一節はその諦念を代弁していると考えられるが、それをケネス・S・リンの見事な省察に語ってもらおう。

［「伝道の書」の］賢人は、社会の観察者として、その社会の情熱や野望に超然とし、その空虚を指摘することに主たる関心をもち、時折、不快と軽蔑と言葉にならぬ倦怠を表しながら、穏やかな絶望の態度を維持した。彼が慎重にも下した結論は、人生には永続的な価値などないということである。不可解なる神は人間の運命の絶対的決定者である。それ故、この世界に何かをもたらそうとか、あるいはそこから奪い取ろうとか、また物の本質を変えようとか、関係を根本的に改良しようとかいうことは不可能である。大地が永遠に輪転するところ、終わりも目的もないのである。もし太陽が昇り空を渡るとしても、それは単にもと来た所に戻るということであり、河は海を満たすことなく永遠に流れるのである。それではこの世は如何なる目的のために創られたのか。これはわからない。しかし賢人曰く、人生は限界がありながら、生きるに値するのである。人間は現実の事実に直面し、与えられた条件を不変のものとして受容しなければならぬ。ただ、人間は神が与えた良いことは何でも楽しまねばならない。獣がそうであるように。死が忘却をもたらすまで。(333–34)

小説の最後でジェイクがブレットを前にして旺盛に飲みかつ食べるのは、認識の痛みを緩和すると同時に、神が与えた快楽を貪る姿として映るのである。「あなたは食べるのが好きなのね」(246) とブレットに訊かれたジェイクは言う。「そうさ。ぼくはいろんなことをしたいんだ」(246)、と。一見ヘドニスティックにみえるジェイクの態度には、その根底に上記の諦念があると言えよう。この諦念は物語を語るジェイクに受け継がれ、さらに、「序文」を書く作者ヘミングウェイの世代観に収斂する。

ヘミングウェイがこの「序文」を削除した理由はわからない。ただ、即物的とも言えるほど客観描写を徹底させたヘミングウェイの創作技法を考えると、物語の説明的な解説は省略すべきものであったのかもしれない。ヘミングウェイが「序文」で説明しようとしたことは、物語そのものが十分に語っているのである。

第10章　『武器よさらば』と三人の女性批評家

『日はまた昇る』に続く長編小説『武器よさらば』は、ヘミングウェイ文学の完成と言ってよく、同時に、この小説はヘミングウェイが修業時代に実質的に終止符を打つことになる作品であったと言える。完成とは、必ずしも完成度の高さを意味するのではない。それは若きヘミングウェイを創作へと駆り立てたみずからの主要な経験を、創作の素材として虚構へと描き上げた、ということである。これまでみてきたように、ヘミングウェイの作家としてのキャリアを推進し、創作を促す大きな動因になっていたと考えられるアグネス・フォン・クロウスキーとの恋愛経験とみずからの戦争体験とを、ヘミングウェイは『武器よさらば』というフィクションへと昇華したからである。その後、つまり三十年代以降、有名作家となったヘミングウェイは、あたかも創作の素材を意識的に追及するかのように大きな経験を重ねることになるのである。

八十年代以降に『日はまた昇る』にもたらされた解釈の新次元は、ヘミングウェイ文学の魅力的な特質の新たな発見でもあった。その特質のひとつは、単純にマッチョでヘテロセクシュアルと考えられてきた作家の作品に、複雑で錯綜した性が豊かに描かれているということ、つまり、ジェンダーとセクシュアリティはヘミングウェイ文学の主要な関心事であり、それが物語の主題に大きく関わっているということであった。それはアメリカ修業期の「北ミシガンにて」に始まる作家ヘミングウェイの文学的関心事であり、『われらの時代に』から『日はまた昇る』の創作に至るパリ修業時代に熟成したテーマであったのである。故郷オークパークの「外」にあるミシガンの辺境やヨーロッパの異文化や戦争は、世紀転換期アメリカの保守的なミドル・クラスのコミュニティ出身の若者にとって、多様な「暴力」的現実と遭遇する場であった。その多様な「暴力」に接するときの衝撃がヘミングウェイの文学世界であることは既に説いたが、その中でも性の多様性と変化との接触は豊かで複雑な物語へと結実するのである。『武器よさらば』においてもヘミングウェイは、その一見単純にみえる恋愛物語に、複雑にしかも巧妙にジェンダーとセクシュアリティの問題を織り込んでいる。ヘミングウェイのテキストに性を読み解く批評は『武器よさらば』解釈に新たな展望をもたらし、一九八〇年代の終わりから九十年代にかけて、ヘミングウェイ批評の中心テーマとなる両性具有論を推進し、二十一世紀へと引き継がれるのである。

『武器さらば』解釈の変遷を明確にするために、冗長のそしりを覚悟の上で、先行研究をたどりながら『武器さらば』解釈の新たな視点を明確にし、そこに見えてくるさらなる解釈の可能性をさぐりたい。「可能性をさぐる」と限定したのは、『武器よさらば』という物語は戦争を背景とした悲恋物語などではなく、実に「奇妙な」恋愛物語であることがみえてくるからである。それは同時に、成熟した作家ヘミングウェイの豊かな文学世界の解明でもあるからである。

1　三人の女性批評家

「『武器よさらば』の背後にある女性に対する姿勢を探ってみると…それが巨大な敵意の姿勢であることがわかるであろう。その敵意の度合いはキャサリンが死ぬという事実、しかも女であるがゆえに死ぬという事実から推しはかることができる」（Fetterley, "Hemingway's" 62）。これは一九七六年に発表されたジュディス・フェッタリーの論文「ヘミングウェイの『怒りに満ちた暗号』」("Hemingway's 'Resentful Cryptogram'") の一節である。この論文は修正と追加を施されて、一九七八年に出版された本『抵抗する読者——フェミニストが読むアメリカ文学』の一章となるのである。そのラディカルなフェミニズムゆえに批判されることになるが、この論文は少なくとも男性作家による作品を男性批評家が男性主人公を中心に論じた従来の『武器よさらば』解釈の姿勢を根本的に問う端緒となった。

フェッタリーの論文は特に二人の女性批評家によって批判的に取り上げられ、『武器よさらば』

のフェミニスト批評を推進することになる。その一人であるジョイス・ウェックスラーは、「批評家たちは焦点をフレデリックに合わせるがゆえにキャサリンの足どりをぼやけさせる傾向にあるが、その偏見に対抗するために、フェミニスト解釈はキャサリンに焦点を合わせなければならない」（112）という立場をとる。そしてフェッタリーに関して、「キャサリンを顕著な人物とみなすことができていない」（112）と批判する。またサンドラ・ウィップル・スパニアーは、フェッタリーを含むフェミニスト批評家も男性批評家と同様にキャサリンを「フレデリックのアンチテーゼ」（"Catherine" 131）として捉えているとして、これに異を唱える。それぞれ視点と結論に幾分かの違いはあるものの、ウェックスラーとスパニアーはキャサリンをある種のヒーローとして捉え、未熟なフレデリック・ヘンリーを導くキャサリン像を論じることによって、従来のフレデリック中心の『武器よさらば』解釈を論駁し転換させている。両評者に着目する研究は少なくとも日本ではほとんどないように思われるので、ここに詳細に紹介することによってしかるべき評価を与えたい。本論は『武器よさらば』解釈の方向転換を決定的にしたと思われる上記三人の女性批評家の論点を吟味し、新たな『武器よさらば』解釈の輪郭を提示し、ヘミングウェイ文学の豊かさを量るものである。

2　フェッタリーの限界

『武器よさらば』に描かれたイタリア前線という男性世界では、女は性的対象でしかない、とフェッタリーは断言する。それゆえ、『武器よさらば』における「良い女の本当の定義は、自分が何のために存在しているのか分かっていて、それを実行し、それが好きだと知らせてくれる女」("Hemingway's" 62)、即ち、みずから進んで男の性的対象になる女である、と批判する。このような女性観を表明する代表者として軍医のリナルディが挙げられる。リナルディはキャサリンを「イギリス人の女神」と呼び、女神に対して男は「崇拝する以外に何ができる」(*Farewell* 66)、とフレデリックをからかう。そして、「いつもよくしてくれる娘を手に入れるのと、女を手に入れることの違いはひとつだけ。娘の場合は痛いってことさ。…それにその娘が本当にそれが好きかどうかはわからないってことだよ」(*Farewell* 66) と言う。これを受けてフェッタリーは、次のように断言する。『武器よさらば』というテキストにおいては、「みずからを性的ではない観点から考えたいと望む女は、自己の人間性を否定し、超人、即ち、女神になろうとしていることになる。なぜなら、女の人間性とは性的ということと同義語であるというわけであるから」("Hemingway's" 62)。

また、フレデリックは女に対する敵意を隠蔽していると判断するフェッタリーは、次のように論述する。フレデリックの敵意は権威ある地位の女性に向けられる。例えば、物語の終わりで、フレデリックが死んだキャサリンの病室から二人の看護婦を追い出す場面がそうである。フェッタリーによれば、「これらの女性は気取りがあり、独善的で、口やかましく、反-性的で、サディスティックであると考えている事実」("Hemingway's" 65)に、フレデリックの女に対する敵意が暗示されている。さらに、フレデリックはミラノの病院長ミス・ヴァン・キャンペンの権威をも否定する。黄疸にかかったのは休暇をもらうために故意に酒を飲んだからだ、とヴァン・キャンペンはフレデリックを非難する。それに対してフレデリックは、「あなたは自分の陰嚢を故意に蹴って不具になろうとした男を知っていますか」(*Farewell* 144)と反論する。フェッタリーによると、「完全な女ではないこと、性体験がないこと、陰嚢の痛みも子宮の苦しみも知らないこと」("Hemingway's" 66)をほのめかすだけで、ヴァン・キャンペンの女の権威を否定できるとフレデリックは思っているし、「まことに男性的な方法で、フレデリックはみずからのペニスを究極の武器、そして究極の控訴院として利用している」("Hemingway's" 66)のである。

フェッタリーの結論はこうである。女性に対するフレデリックの敵意は、キャサリンとの理想化されたロマンチック・ラブに偽装されている。フレデリックは受動的な人物であり、それによって責任を回避する道を与えられている。フレデリックとの関係を作り出したのも、妊娠と出産の全責任を負ったのも、死の意味づけをしたのもすべてキャサリンである。そして、死産とみずからの死によって、キャサリンはフレデリックに夫と父親になることに伴う責任を回避させた。キャサリンの死は「関わりをもちたくないという「フレデリックの」願望の反映であり、関わりをもたないための体裁のよい弁明を彼に与えてくれる」(“Hemingway's” 70)。しかも、キャサリンの死は、裏切られたという気持ち、自分は犠牲者だという感覚をフレデリックに抱かせる。キャサリンは「いかなる不利益も要求も抑圧も責任もなく、あるのは利益だけ」(“Hemingway's” 71)という関係にフレデリックを巻き込んでおいて、妊娠という究極的な責任を彼に負わせる。そしてキャサリンは最後には死ぬことによって、「空虚な世界に一人とり残された」(“Hemingway's” 72)という犠牲者の感覚をフレデリックに覚えさせる。それゆえ、キャサリンの死は「フレデリックが彼女に対して感じている敵意の集積が無意識に表現されたもの」(“Hemingway's” 72)であることがわかる、とフェッタリーは結論する。

また、フェッタリーはキャサリンの死因に関して次のように言う。キャサリンは「女であるがゆえに死ぬ」(“Hemingway's” 62)のである。キャサリンの死の究極的原因を、勇気ある者を破壊する「彼ら(they)」と表される宇宙的な力と、その手先である「生物学的ワナ」に帰する小説の論理は、女に対する敵意を巧妙に隠すための偽装であり、「生物学的ワナにおける裏切りの本当の原因は、ただ単に生物学ということではない。それはとりわけ女の生物学ということである」(“Hemingway's” 74)。つまり「キャサリンの子宮の生物学的ワナ」(“Hemingway's” 64)ということである。

以上がフェッタリーによる『武器よさらば』論の骨子である。この論文は『武器よさらば』の背後にヘミングウェイの男性中心主義と女性嫌悪が隠されていることを暴くことによって、フェミニスト批評の成果を示しているようにみえる。しかし、フェッタリーは『武器よさらば』が家父長的・男性中心の物語であるという大前提に立ち、ヒーローは男性フレデリックであり、女性キャサリンは従順なヒロインという従来の男性中心的解釈構図を疑っていない。それゆえ、フェッタリーが解読し「抵抗」する『武器よさらば』は、みずからの批評スタンスに都合よく創り上げたテキストであり、平板なプロットに還元された単純な男性中心的恋愛物語でしかない。しかし、『武器よさらば』はそれほど単純な物語ではないのである。

3　ジョイス・ウェックスラー

フェッタリーを批判する立場からフェミニスト批評を展開するのがジョイス・ウェックスラーである。ウェックスラーは論文 "E. R. A. for Hemingway: A Feminist Defense of *A Farewell to Arms*" の中で、ヘミングウェイの伝説的ともいえるマチズモが作品解釈にあまりにも不用意に引き合いに出され、それが解釈を、特に『武器よさらば』解釈を歪めることがあったと指摘する。そしてみずからのフェミニストとしての姿勢を次のように表明する。「もしフェミニスト批評が今日の流行を超えて長続きするとすれば、それはテキストの無視されがちな次元へと目を見開かせてくれるからである」(111)。フェッタリーのような批評家はこの「無視されがちな次元」を無視していることになり、「成熟した語り手」フレデリックと「きれいなイギリス人看護婦に恋する青二才の若者」フレデリックを同一視する過ちを犯している（112）、とウェックスラーは指摘する。即ち、語り手フレデリックと物語中の人物フレデリックを明確に区別しなければならない、ということである。「この小説の意味は現にフレデリックの回想のプロセスの中に埋め込まれている」（112）のである。

ウェックスラーの基本姿勢はキャサリンを正当に扱うことであり、そのためにはテキストに対して公正であらねばならず、キャサリンが「十分に描かれた人物」（112）であることを認識することである。そしてキャサリンはフレデリックと共に「ヘミングウェイ・ヒーロー」である、とウェックスラーは結論する。その理由は、キャサリンの人物像は作者ヘミングウェイによって貶められても理想化されてもいず、キャサリンは成長した語り手フレデリックの「先駆者」として提示されているということである（112–13）。そこでウェックスラーはフェッタリーの解釈に根本的に欠如しているキャサリン像の特質を提示する。それは、小説の始まりで登場してフレデリックと出会うとき、キャサリンはフィアンセを既に戦死によって失い、フィアンセとの恋愛を成就できなかった悔恨の情に憑かれているということである。それ故、キャサリンは「ほとんど気が狂っている」（*Farewell* 116）ように見えるのである。

この観点からキャサリン像を解釈することによって、ウェックスラーは物語の「無視されがちな次元」へと目を見開かせてくれる。まず、キャサリンは戦死した「フィアンセの代わりにフレデリックを愛するふりをすることによって、みずからに一種の治療法を考案するのである」(114)。キャサリンとフレデリックの恋愛関係は最初はゲームとして始まる。フレデリックは性的目的のために演じ、キャサリンは治療上の目的のために演じる。それ故、キャサリンの主体性のなさや従順さ、ウェックスラーが表現するところの「フレデリックを喜ばしたいというゲイシャのような欲求」(115)を指摘する評者は、テキストを平板な次元でしか見ていないことになる。キャサリンは「愛の無私というものを売春婦がするように模倣しているのである」(116)。それがキャサリンにとって「生き延びるため」(116)の唯一の方法だからである、とウェックスラーは言う。

フィアンセが戦死したとき、キャサリンは切ってしまうつもりであった髪を切らなかった。ウェックスラーによれば「悔悛のうちに髪を切るようなことはしないという彼女の決意は、ロマンチックなジェスチャーは不毛であるという彼女の認識の印である」(118)。キャサリンは「盲目的なロマンチックどころか、シェル・ショック(shell shock)を受けた戦争犠牲者であり、自己破壊的な罪意識と悔恨を転換させる方策として恋愛を選択するのである」(114)。そして人間の制御が利かない不条理の世界において、何か価値のあるものを見いだしたり創造したりするキャサリンの才能は「フレデリックの勇気のモデル」(116)となる。それ故、語り手としてのフレデリックは、「キャサリンのことをもっと早くに理解できなかった責任をみずからに負わせるだけでなく、彼女の人間性の深さを立証してもいるのである」(114)。キャサリンは「そのロマンチック・ラブの奉仕において、兵士よりも勇敢で、牧師よりも献身することをフレデリックに教えるのである」(119)とウェックスラーは言う。

ウェックスラーの言う「ロマンチック・ラブ」とは、男女の性的愛を意味している。フレデリックが所属する部隊の従軍牧師はエロスとアガペの峻別をフレデリックに説くが、これまでの評者たちはロマンチック・ラブを牧師の言う精神的愛から除外してきた。しかしウェックスラーによれば、評者たちによる性的愛と精神的愛の二項対立は牧師のそれより厳しすぎる。ウェックスラーの見解では、牧師は愛を「対象が患者であれ女であれ神であれ、他者に奉仕することによって自己を超越すること」(120)と理解しているのである。牧師が語る故郷アブルッツィの冬景色の純粋さと、キャサリンとフレデリックが最後に住むスイスの冬の風景の純粋さがパラレルを成し、物語はキャサリンを牧師に象徴的に結びつける。ウェックスラーによれば、この見解は「[男女の愛も]宗教的感情であることを忘れてはいけません」(*Farewell* 263)というグレッフィ伯爵の年齢と経験によって確証される。

このようにしてキャサリンはフレデリックに愛の価値を教えることになるが、みずからの死によって愛の価値の限界を教えることにもなる、とウェックスラーは言う。その論点は次のようである。キャサリンは死に臨んでフレデリックに将来への用意をさせようとする。二人の愛は特異なものであったと念を押したうえで、他者に奉仕するという愛の価値を教えたが、その遺産を悲嘆のうちに無駄にしないようにとフレデリックに警告する。キャサリンが描くフレデリックへの唯一の手向けは、「思い出に敬意を払っても絶望はしないで」（122）ということである。それ故、小説の終わりでフレデリックはキャサリンを愛したことを悔やんでいるとか、フレデリックには男性性の何も残っていないとする従来の評者たちは、小説の語りの構造を理解していないことになる。このような消極的な解釈の背景には、小説の終わりは「語り手の抱く即座の悲しみというより、語り手の最終的な思考」（122）を記録しているという想定があるからである。しかし、フレデリックが事後に語る物語の語りが証明しているように、フレデリックは戦争の意味とキャサリンの生き方に関して「より成熟した理解」（122）をもつに至っているのである、とウェックスラーは結論する。

4　サンドラ・ウィップル・スパニアー

ジョイス・ウェックスラーはキャサリンをフレデリックと同種の「ヘミングウェイ・ヒーロー」として捉えているが、この解釈の根底には「男と女を対立者と見る我々の文化の習慣的傾向」（122）に対する疑問の姿勢がある。「フェミニスト解釈は…［キャサリンを］主人公の愛人というステレオタイプ化された役割から救い出す。…キャサリンのような人物が単に主人公のアンチテーゼとして片づけられると、ヘミングウェイの小説は不当に矮小化される」（112–13）、とウェックスラーは主張する。このようなフェミニスト批評の姿勢は、男と女の対立的図式の中で男性登場人物および男性作者を非難するフェッタリーのフェミニズムを超えているばかりか、作品解釈に新次元をもたらしているのである。

ウェックスラーの立場を踏襲してキャサリン・バークレーを再定義しているのがサンドラ・ウィップル・スパニアーである。スパニアーによればキャサリンは従来「究極的な夢の女」か「悪夢」とみなされ、「神聖なかわいこちゃん」(Hackett 33)、「叙情的感情が抽象化されたもの」(Wilson, "Hemingway" 242)、「ほとんどの人々がもつ最も一人よがりな思いこみや、ある人たちが抱くもっと現実的な願望すらも超えて理想化されている」(Young, *Reconsideration* 91)、フレデリックの「ヒルのような影」(Gurko 87) と形容されてきた。またフェミニスト批評家もキャサリンの自立性を認めず、ミリセント・ベルはキャサリンを「自慰に耽る夢想家の意のままにできる一種の膨らんだゴム人形」(114) と形容し、また、先に見たようにジュディス・フェッタリーはキャサリンをフレデリックの恐怖および敵意の仮面として捉えている。ウェックスラーだけがキャサリンの性格の強さを十分に議論している、とスパニアーは断言する。

キャサリンを「ヘミングウェイ・ヒーロー」と規定するウェックスラーに対して、スパニアーはキャサリンを「コード・ヒーロー」と呼び、その理由を次のように説明する。キャサリンの役割は「個人がせいぜい限られた自立性しか得られない敵意ある混沌とした世界において、いかに生き延びるかを例をもってフレデリックに教えることである。それはみずからが創り上げた役割と儀式に固執することによってである」("Catherine" 132)。キャサリンは盲目的で抽象的なロマンチシズムをフィアンセともども砲弾でバラバラに吹き飛ばされた女性であり、物語に登場する時には既に生の意味と真実に開眼している("initiated")人物である("Catherine" 134)。そして、フレデリックとの恋愛関係にみずからを埋没させようとする気持ちは、キャサリンの女性的軟弱さを示す印ではなく「意志の行為」("Catherine" 134)なのである。つまり、喪失のうちに伝統的道徳、宗教、愛国心が空虚で不潔でさえあることを知った世界で、キャサリンはフレデリックとの恋愛をあえて選択することによってみずからに意味ある世界を創り上げる。つまり、キャサリンはロマンチック・ラブを演じるのである。それ故、フレデリックがキャサリンとの関係を当初チェスのゲームのように考えている間、実際はキャサリンがみずから仕掛けたゲームにおいてフレデリックを使っているのである。そして、「この小さな劇においてキャサリンはロマンチックなヒロインであるばかりでなく、プロデューサーでありディレクターでもあるのだ」("Catherine" 135)、とスパニアーは論じる。

このように創り上げた小さな劇の世界で、キャサリンは因習と運命を無視し、生への欲望を追い、瞬間に生きている、とスパニアーは言う。それは「ヘミングウェイ・コード」の体現である。「ヘミングウェイの世界は究極的に戦時下の世界」であり、「ヘミングウェイ・コード」とはその世界で「生き残るための戦略」である("Catherine" 137)。「コード・ヒーロー」は「ヘミングウェイ・ヒーロー」を導く。スパニアーはウェックスラーに共鳴し、キャサリンの役割は「フレデリックを教育すること」("Catherine" 139) という観点から次のように議論する。フレデリックが回顧的に語る物語は、キャサリンとの関係がいかにみずからの人間性と価値観を形成してきたかを跡づけるものである。それ故、たとえばフレデリックが勇敢さについて語る次の一節は、キャサリンの教えから生まれた認識を表現しているのである。「この世界に大きな勇気をもたらせば、世界はその人間を潰すために殺してしまわなければならない。だからもちろん世界はその人間を殺してしまう。世界は誰をも潰してしまうが、後になって潰されたところが強くなる者もたくさんいる」(*Farewell* 249)。また、結末の場面でフレデリックがキャサリンの死体を前にしても感傷に陥らないのは、フィアンセの死を感傷化しなかったキャサリンの範にならっている証である、とスパニアーは論じる。

以上のように、スパニアーの議論から「コード・ヒーロー」としてのキャサリンと「ヘミングウェイ・ヒーロー」としてのフレデリック、換言すれば、教え導くキャサリンと教え導かれるフレデリックという構図が明らかになる。ウェックスラーの議論ではキャサリンもフレデリックと同様に「ヘミングウェイ・ヒーロー」の地位に高められてはいたものの、それでもキャサリンは中心人物フレデリックの影のような存在として捉えられているという感がある。それに対してスパニアーはウェックスラーの論を発展させて、キャサリンこそが物語の中で主導権を握る中心人物であり、フレデリックはむしろ受動的立場にあるという捉え方をしている。スパニアーはフェミニストの立場から次のように警告する。フレデリックあるいはフレデリックとの恋愛に絶望的なほど依存しているという キャサリン像を主張してきた評者たちの「性偏見」は、「思ったよりはるかに深く彼らの思考の中に埋め込まれている」("Catherine" 141)。評者たちの見解はキャサリンについてよりも「評者たちの価値観と我々の文化」("Catherine" 141)について語っているのである。フレデリックがキャサリンとの関係をチェスにたとえるとき、彼の目はみずからの女性観によって曇っているのであり、それ故にキャサリンを「誤読する」ことになる。同様に批評家たちも、彼らの女性観によってではないにしても、ヘミングウェイの女性に関する彼らの思い込みによってその目は曇り、キャサリンを「誤読」してきたのである("Catherine" 147)。

ウェックスラーとスパニアーによる『武器よさらば』のフェミニスト解釈は、フェッタリーのように男性作家と男性主人公の女性蔑視を暴き非難するのではなく、女性登場人物を物語の中心に置き、その視点から「誤読」されてきた物語を再構築することであったと言えよう。しかもその解釈はテキストに裏づけされた説得力をもつものであり、物語をみずからの理論に都合よく固定化することはない。これらのフェミニズム解釈が意味することは、『武器よさらば』がフェミニストによって解釈の新次元を与えられたということのみならず、『武器よさらば』という小説は女性人物を中心に据えたフェミニスト解釈に耐える作品であるということである。これは従来の男性中心的なヘミングウェイ文学観を転覆し転換させる重大な研究成果である。

確かにヘミングウェイは実生活において四人の女性と結婚し、ボクシング、沖釣り、闘牛、狩猟といった男性的スポーツあるいは行動を好んだことにより、マッチョの烙印を押されてきた。

作品においてもこれらの男性的行動を描くことが多く、男性主人公に対して女性人物は従順であるか、時として男性を破壊する「悪女」として描かれている。少なくともそういう印象を与えるかもしれない。しかし、『武器よさらば』に限って言えば、男性中心人物フレデリックは未熟な若者として登場するし、戦争においてもヒロイックな活躍をしたわけではない。フレデリックは女性中心人物キャサリンに導かれて生の意味認識へと成熟する受動的人物であり、塹壕でチーズを食べワインを飲んでいる間に砲弾を浴びるという、むしろアンチ・ヒロイックな描かれ方をしている。キャサリンに出会った当初のフレデリックは女性を性的対象としてのみ捉えているように描かれていて、この時点のフレデリックは女性蔑視の非難を受けてしかるべきであろう。しかし、語り手フレデリックが語る物語の展開は、作中人物フレデリックにみられる女性蔑視の態度を否定あるいは修正する構造になっている。人間ヘミングウェイは別としても、作家ヘミングウェイの作品、少なくとも『武器よさらば』は決してマチズモに貫かれた物語ではない。われわれはマッチョ・ヘミングウェイという偏見で歪んだヘミングウェイの作品解釈を、ウェックスラーとスパニアーにならって再考する必要があろう。次章に提示するのは、このような観点に立ちながらも、ウェックスラーとスパニアーが開拓した解釈の地平線のかなたに展望できる新たな『武器よさらば』試論である。それは同時に、作家ヘミングウェイの成熟を同定することでもある。

第11章　キャサリン・バークレーの死体検証

『武器よさらば』は男性中心人物フレデリック・ヘンリーが女性中心人物キャサリン・バークレーとの関係を回顧的に語る物語である。それゆえ、物語のアクションにおける人物フレデリックと語り手フレデリックは区別されなければならない。E・M・ハリデイは作品中に挿入されるフレデリックの一部の思考に関して、「フレデリック・ヘンリーあるいはアーネスト・ヘミングウェイが回顧的に思考し、目を物語自体にではなく聴衆に向けて短い講義をしている」(178) ように感じられる、と言っている。ハリデイはそれを新批評の立場から批判しているのだが、語り手フレデリックの思考はまさしく講義であって、フレデリック・ヘンリーという男性読者によるキャサリン・バークレーという女性テキストの読みを提示しているのである。これは、いわば、フレデリックによるキャサリンの死体検証であり、その不完全な報告書である。「武器《アーム》」の世界に決別したフレデリックは、キャサリンのロマンチックな「腕《アーム》」の世界に飛び込む。そして、退屈なまでに幸せな生活をスイスで送った後、帝王切開の末にキャサリンと赤子を失う。その経験／テキストから戦争と軍隊の不条理、キャサリンの勇敢と無私の愛（アガペ）、そしてその勇敢とアガペをも潰してしまう生物学の不条理、世界の不条理を解釈する。生物学を手先とする不条理がキャサリンの死因である。これがその報告書の骨子である。

しかし、この報告書には疑わしい点がふたつある。ひとつは語り手フレデリックがみずからを中心とする物語を構築しようとするあまり、演技されたキャサリンの物語を「誤読」している点である。もうひとつは、キャサリンの特異なセクシュアリティにフレデリックは違和感を覚えながらも、それを解釈上放棄していることである。これらの点はフレデリック中心の物語の脈絡においては異質な要素として認識されるか、会話の流れにギャップや不自然さが生じることから見分けがつく。語り手フレデリックはその異質さや不自然さを解釈しないまま放置するか、みずからの「誤読」をほのめかしながらわれわれ読者に解釈を委ねる。先に紹介したジュディス・フェッタリーは語り手フレデリックが構築しようとする男性中心の物語を額面どおりに受け入れ、そこから生じる従来の男性中心の解釈構図を疑わないばかりか、そこに読み取れる作者ヘミングウェイの女性蔑視を批判する。それゆえフェッタリーはフレデリックと同様に、その解釈構図から逸脱する物語の不都合な細部を意識的か無意識的か見過ごしているのみならず、語り手と作中人物フレデリックを同一視する過ちを犯すことになる（Phelan 165–88 参照）。フレデリックに表象されるヘミングウェイのミソジニーという「暗号」(フェッタリーがみずからの論文の題名に使用しているキーワード)を解読しようとするあまり、キャサリンが発信する「暗号」を解読する姿勢がフェッタリーには欠落している。

しかし、これまで紹介してきたウェックスラーとスパニアーが共有する「フレデリック・ヘンリーの教育」という解釈、即ち、「キャサリンはそのロマンチック・ラブの奉仕において、兵士より勇敢であり、牧師より献身することを[フレデリックに]教える」(Wexler 119)、および「[キャサリンの]役割は、個人がせいぜい限られた自立性しか得られない敵意ある混沌の世界において、いかに生き延びるかを例をもってフレデリックに教えること」(Spanier, "Catherine" 132)という解釈も図式的すぎるし、その単純な図式に複雑なテキストは抵抗するように思える。「フレデリック・ヘンリーの教育」という解釈図式は、語り手フレデリックの解釈構図と一致する。つまり、キャサリンは奉仕し献身することによってアガペを体現し、勇敢に敵意ある運命と闘い、最終的には生物学が表象する不条理によって殺された、という解釈である。しかし、我々が物語の最後で見るフレデリックの姿は、ただ単に学んだ人間のそれではない。明らかにフレデリックは当惑している。なぜならば、フレデリックは損なわれた男性性をひきずっているからである。あえて言うならば、この物語は中断された「フレデリックの教育」についての物語であり、それゆえ不完全な報告書である。

語り手フレデリックの報告書に内在する疑わしさから浮かび上がるキャサリン像は、決して従順なか弱き恋人でもなければ、献身的で勇敢なヒロインでもない。キャサリンを中心に展開するのは奇妙な恋愛物語である。フレデリックとのロマンチック・ラブにおけるキャサリンの従順さは、演技である。それは女として生き延びるための戦略であり、セクシュアリティーの実験である。その奇妙な演技の舞台に入り込んだ/引き込まれたフレデリックは、ほとんど完全に受動的な人物である。なぜなら、そこはキャサリンが演出する舞台であるからである。事後数年を経て語られるこの物語は、男性の語り手フレデリックによる「男性的」な解釈の物語であり、キャサリンが演出し演技する物語はフレデリックの「男性的」解釈構図から排除され、解釈を施されることなく放置される。そこに生じる解釈の空白こそ、『武器よさらば』というテキストが生み出す不安と空虚感の源であり、物語の終わりで雨のなか病院を後にするフレデリックの不安と空虚感に呼応する。

1　恋愛ゲームの主導権

サンドラ・ウィップル・スパニアーに倣ってあえて繰り返せば、半世紀もの間、キャサリンは個人としての主体性を与えられず、「神聖なかわいこちゃん」(Hackett 33)、「叙情的感情が抽象化されたもの」(Wilson, "Hemingway" 242)、「ほとんどの人々がもつ最も一人よがりな思いこみや、ある人たちが抱くもっと現実的な願望すらも超えて理想化されている」(Young, *Reconsideration* 91)、フレデリックの「ヒルのような影」(Gurko 87)、「レタスのような女」(Cooperman 185)、「心理的に損なわれた女」(Brenner, *Concealments* 39)、あるいは「自慰に耽る夢想家の意のままにできる一種の膨らんだゴム人形」(Bell 114)と形容されてきた。しかし、このように形容されるキャサリンの「女性性」は、キャサリンみずからによって演技されている、ということをテキストは微細ながら明確に語っているのである。以下に展開するのは、キャサリンの演技を論証する作業である。これを作業と呼ぶのは、これまで批評家が関心を払わなかったテキストの細部、特に無意味に思えるようなキャサリンの些細な言動(せりふ)に着目するからであり、それは結果的に論理的で明晰な分析ではなく、冗漫な論述になるからである。まさに、テキストの「むだ」な部分に着目するからである。

キャサリンはまず、みずからのロマンチシズムを婚約者同様バラバラに吹き飛ばされた人物として登場する。キャサリンは婚約者が入隊した一九一五年末に篤志看護婦になった。その動機は「私がいる病院にあの人が来るかもしれない。サーベルで負傷するか、頭に包帯を巻いてね。あるいは肩を撃ち抜かれて」(20)というロマンチックなものであった。しかし、現実は負傷兵と看護婦の病院ロマンス物語とはならず、婚約者は翌年の一九一六年にソンム川の激戦で砲弾を浴びて吹き飛ばされる。キャサリンは婚約者と結婚しなかったこと、彼に身体を与えなかったことを悔やみながらも、死は「すべての終わり(the end of it)」(19)と冷厳にもフレデリックに語る。

フレデリックがキャサリンに出会うのは一九一七年の春であるから、キャサリンは婚約者を失ってから間もない女性として物語に登場する。彼女は既に戦争の犠牲者であるばかりではなく、生あるいは死の意味に開眼し、世界をリアリスチックかつシニカルに見る女性になっている。「ロマンチックなジェスチャーは不毛であるという認識」(Wexler 118) があるゆえに、キャサリンは悔恨の内に髪を切ることはしなかったし、看護婦になった動機を「愚かな考え」あるいは「絵に描いたようなもの」(20) だったと言い切れるのである。

以上は第四章で明らかになるが、続く第五章でフレデリックとキャサリンの「恋愛」がゲームとして始まる。キャサリンにキスを迫ったフレデリックは、涙がにじむほどの平手打ちを顔にうける。キャサリンはいわゆる「非番の看護婦について言われがちな夕方の素行」(26) を気にしてのことだと釈明し、謝る。それに乗じてフレデリックは自分が「有利な立場にある」と感じ、「チェスの駒を動かすように、ゲームでリードしている」(26) ことを確信する。そこでフレデリックはみずからの性欲のためのゲームを開始する。アメリカ人でありながらイタリア軍に入隊しているフレデリックは、「ぼくはちょっと変わった生き方をしているんだよね。それに英語を話すことすらないし。そういう時に、君があんまりきれいなものだから」(26) と言う。これは釈明とへつらいを装った幼稚な戦術である。その効果を確認するべくフレデリックはキャサリンの顔をうかがう ("I looked at her.") (26)。キャサリンは「そんなたわごと言う必要ないわ。私はごめんなさいと言ったのよ。仲良くしましょう」(26) とリアリスチックな態度を表明する。フレデリックの見えすいたゲームを、キャサリンは最初から見抜いているのだ。

フレデリックの幾分暴力的なキスに屈したキャサリンは、「ねえ、私に優しくしてくれるわよね」(27)と精神的な忠誠をフレデリックに要求する。そしてキャサリンは泣いて言う。「だって私たち奇妙な生き方をすることになるんだから("Because we're going to have a strange life.")」(27)と。キャサリンのこの文字どおり「奇妙な」言葉は、作中人物フレデリックから説明を求められることもなく、また語り手フレデリックによって説明を加えられることもなく、テキスト上で放置される。しかし、その沈黙は饒舌である。キャサリンのこの言葉は、性欲に目がくらんだ作中人物フレデリックにとって、またこれまでの多くの批評家にとっても、意味不明な無視すべき言葉であったかもしれないが、語り手フレデリックにとっては物語の核となる言葉なのである。なぜならば、語り手フレデリックが語る物語は、キャサリンが構築し、フレデリックがほとんど無意識に入り込んだ/引き込まれた「奇妙な生き方」の物語であるからである。キャサリンは性欲を動機とするフレデリックの卑小なゲームを、みずからのロマンチックながら「奇妙な」恋愛劇に取り込む。上のせりふはその劇の開始の合図であると同時に、フレデリックへの警告でもあったのだ。

キャサリンの目的は生き延びることである。婚約者と共にみずからのロマンチシズムを破壊され、悔恨を引きずりながらも世界の不条理を知った女として、しかもいつ終わるとも知れない戦時において、キャサリンはロマンチックな恋愛を演じることを唯一の生き延びる方策とするのでである。それは一見、自己矛盾した「狂気」にみえるかもしれない。実際、これまでほとんどの批評家はキャサリンの「狂気」を指摘してきた。しかし、ウェックスラーがいみじくも言うように、「キャサリンの狂気は、ヘミングウェイが描くところの神経を病む男性主人公が、不安定な情緒を抑制するために憑かれたようにマス釣りや狩猟を実行する戦後の状況に似ている」(114)。肉体のみならず精神に傷を負った男性人物ニック・アダムズやジェイク・バーンズは、マス釣りなどの伝統的に男性的な行動に専心することによって精神の安定と回復を図った。同様に戦争で精神に傷を負った女性人物キャサリンは、伝統的なロマンチック・ラブの枠組みの中で伝統的な女性の役割を選択し演じることによって精神の安定を図り、生き延びる方策とするのである。つまり、キャサリンは精神に傷を負ったヘミングウェイの主人公「ヘミングウェイ・ヒーロー」の女性版なのである。ニック・アダムズやジェイク・バーンズが狂気ではないのと同様に、キャサリン・バークレーも狂気ではないのである。

第六章はフレデリックが前線の詰所から戻って、二日ぶりにキャサリンに会う場面である。ここでの二人の会話は演技の舞台の主導権がキャサリンにあることを示す。わずか二日ぶりであるにもかかわらず「…ずいぶん長く行ってらっしゃったのね」(30)とキャサリンは言葉のゲームをしかける。キャサリンはフレデリックを戦死した婚約者に見立て、婚約者が死なずに帰ってきたという「奇妙な」劇を演じているのである。それに対してフレデリックは「今日で三日目だよ。ともかく、戻ってきたよ」(30)と、キャサリンの言動の「奇妙さ」を意識しつつも、会話を続行する。そしてキャサリンは「それに、私を愛してる？」とか「言って、『夜中にキャサリンのもとに戻ってきたよ』って」(30) というように、「疑似婚約者」フレデリックにロマンチック・ラブ劇のせりふを強要する。キャサリンを「少し頭がおかしい」(30) と思いつつも、それも気にせずフレデリックは要求された通りにせりふを言う。なぜなら、売春宿へ行くより「このほうがましだから」(30) である。それは「トランプのブリッジのようなゲームで、カードを扱う代わりに言葉を使うのだ。ブリッジのように金か何かの賭のためにゲームをしているふりをしなければならないのだ」(30–31) とフレデリックは考える。フレデリックは自分がゲームの主導権を握っていると考えているが、性欲のために目が曇り、キャサリンの演技されたロマンチック・ラブを読むことができない。それゆえ、キャサリンを単に「少し頭がおかしい」と「誤読」するのである。

キャサリンは一時的に演技の中断を宣言する。「私たちくだらないゲームをしているわね。…それにあなたはあなたなりにうまく演じているわ。…私を愛しているふりをする必要なんかないのよ。そういうことは今晩のところはこれで終わり」(31) と。キャサリンは二人が演技をしていることを隠さないし、その演技の第一幕を閉じる主導権を主張する。もはやこの時点でフレデリックはキャサリンの舞台に取り込まれているのである。キャサリンの主体性のなさや従順さを指摘する批評家たちは、男性中心的な解釈の姿勢で目が曇り、「だって私たち奇妙な生き方をすることになるんだから」というキャサリンの合図と警告を、性欲で目が曇ったフレデリックと同様に見過ごしているのである。その日、宿舎に戻ったフレデリックに軍医のリナルディはいみじくも言う。「ベイビーは困惑してるね」(32)と。『武器よさらば』は戦争小説でもなければロマンチックで悲劇的な恋愛小説でもない。名づけようのない実に奇妙な物語なのである。

以上は語り手フレデリックによって解釈され再構築された回顧的物語の始まりを示すが、その解釈構図は物語の冒頭で提示されている。読者に提示されるのは軍隊の宿舎での会食場面である。そこには温厚な従軍牧師と、その牧師を性的な話題でからかう大尉たち、そして牧師に共感を示しながらも大尉たちと売春宿へ行く中間的立場のフレデリックがいる。フレデリックが休暇中に訪ねる場所に関して、牧師は故郷の田舎アブルッツィをしきりに薦めるが、フレデリックはアブルッツィには行かず、大尉たちが薦めた「文化と文明の中心」(8)、即ち都会へ行く。「道は凍って鉄のように固く、空気は澄みわたって冷たく、しかも乾いていて、雪はさらさらと粉のようで、雪の中に野兎の走り跡がある。お百姓さんたちは帽子をとって旦那と挨拶をしてくれ、猟をするのにいい所」であるアブルッツィには行かずに、「カフェのタバコの煙の中」と「部屋がぐるぐる回り…泥酔して…自分と一緒にいるのが誰かもわからない」夜、そして「目が覚めると…ときどき値段のことで言い争った」(13)世界にいたのである。ここに示されているのは聖と性の対比である。これは後に、負傷したフレデリックを見舞った牧師が語るエロスとアガペの分別へと通じる。「あなたが夜中についておっしゃることですが。あれは愛ではありません。あれは情欲と愛欲にすぎません。人を愛するときは、その人のために何かをしてあげたくなるのです。犠牲になりたいと思うものです。奉仕したいと思うものです」(72)と牧師は語る。この病院でも牧師はアブルッツィについて語るが、それを語り手フレデリックは重複をいとわずに、しかも何の説明もなく伝えている(73)。重複と語りの寡黙さが示唆するところは、牧師が語るアブルッツィに語り手フレデリックは解釈上、重大な意味を負わせているということである。

この時点で明らかになる語り手フレデリックの解釈構図は、まずこの小説はフレデリックとキャサリンの「奇妙な」関係についての物語であるということ、そしてその物語を牧師が説く性と聖、エロスとアガペという二項対立で解釈する、ということである。換言すれば、語り手フレデリックの語りの視点は、自分がキャサリンの演技およびその意味を理解できなかったこと、自分がいかに性欲にとらわれた青二才であったかということ、そしてキャサリンの生き方から牧師が説いたクリスチャン・ラブ＝アガペをいかに認識するに至ったかということにある。それゆえ、「[牧師は]ぼくが知らなかったことを、それを学んだ時にはいつも忘れてしまったことを、いつも知っていた。しかしそのころ、ぼくにはそれがわからなかったのだ。後になってそれを学んだのではあるけれど」(14)と言うとき、語り手フレデリックはこれから語る物語がみずからの後悔とアガペ認識の物語であることを示唆している。『武器よさらば』をフレデリック・ヘンリーの教育と読む評者は、語り手フレデリックのこの解釈構図を信頼している。しかし、フレデリックは信頼できない語り手である。後述するように、テキストはフレデリックの解釈に抵抗する。

もうひとつ、物語の始まりで語り手フレデリックが規定していることは、自分は文字どおりの意味では「ヒーロー」ではない、ということである。前線における自動車の整備から負傷兵の運搬にいたるまで、仕事はかなりの程度まで自分の存在にかかっているとフレデリックは思っていた。しかし休暇から戻ってみると、「コンディションはすべて良好であった。…ぼくがいようといまいと、関係ないことは明らかだった」(16)。あるいは、「ぼくの留守中、すべてのことが以前より順調に進んでいるように思えた」(17)。さらに、前線近くに詰所を置かなければならないために、フレデリックは「自分が実際の兵士であるかのような錯覚」(17)を覚えた。フレデリックは師団所属の傷病兵運搬の任務についていたのであって、戦闘兵士ではなかった。このように、語り手フレデリックは戦争におけるみずからの存在感の希薄さをあえて明らかにすることによって、物語におけるみずからの「ヒーロー」性を否定する。

戦争職務におけるフレデリックの存在感の希薄さは、彼の個人的な意識の希薄さに呼応する。フレデリックは特に理由もなくイタリア軍に加わったと言う。そして「映画の中の戦争」(37)のように、フレデリックには自分がこの戦争で死ぬとは思えない。そしてヨーロッパを見て回りたいと思ったり、「多分［キャサリンは］ぼくのことを死んだ婚約者であるというふりをするだろう」(37)が、それでも構わず彼女と愛欲にふけりたい、と考える。戦争におけるみずからの存在感の希薄さと、戦争の危険に対する現実認識のなさ、そして性欲のみに突き動かされたキャサリンに対する姿勢が、フレデリックの負傷場面(54–56)へと物語を推進する。つまり、オーストリア軍の砲弾を浴びて負傷したとき、フレデリックは塹壕でチーズを食べワインを飲んでいたのである。なんらヒロイックな活躍あるいは活動をしていたわけではない。そして戦争は映画のようではなく、キャサリンの婚約者のようにみずからも砲弾で吹き飛ばされる。その負傷の結果、フレデリックは収容された病院でキャサリンへの愛欲を満足させることになる。フレデリックは決してヒーローではないのである。語り手フレデリックの解釈構図は明確に提示されている。

さらにつけ加えれば、フレデリックのキャサリンに対する気持ちが、性欲を動機としたものから真剣な恋愛感情へと発展することも示唆されている。第七章で病院にキャサリンを訪ねたとき、フレデリックは看護婦のミス・ファーガソンからキャサリンは気分がすぐれないために会えない旨を伝えられる。フレデリックは急に「寂しさとむなしさ」(41)を覚え、キャサリンに会うことを軽く考えていたこと、酒に酔っていたためにキャサリンに会いに行くのを忘れそうになったことを後悔する。先走るが、フレデリックに会えないというキャサリンの理由は口実であり、キャサリンの戦略であったとしたらどうであろう。演技されるロマンチック・ラブにフレデリックを真剣に参加させるための計略であったとしたらどうであろうか。もしそうだとすれば、その効果は絶大であったわけだ。このときを境に、フレデリックの姿勢は真剣なものに変わるからである。このような不気味さを内包しつつ、語り手フレデリックの視点、換言すれば、キャサリンというテキストを読む解釈の構図が第一部(Book One)で提示されていることがわかる。しかし、繰り返すが、テキストは語り手フレデリックの解釈に抵抗する。

2　演出された病院ロマンス

負傷したフレデリックはミラノのアメリカ病院でキャサリンの看護を受けることになるが、それはキャサリンにとって、かつて思い描いていたように、負傷した婚約者が自分の働く病院へ運ばれてきたかのようである。看護婦と負傷兵という病院のロマンスが第二部（Book Two）で展開されることになる。この病院ロマンスもキャサリンが演出したと思われるふしがある。フレデリックは負傷直後に野戦病院に収容されていたのだが、キャサリンは野戦病院にフレデリックを見舞いに来なかった。それによって、負傷前に面会を断られたときと同様に、フレデリックの「寂しさとむなしさ」が増したであろうことは想像に難くない。そしてキャサリンはイギリス病院からフレデリックが入院するアメリカ病院へ配置換えになるが、それは偶然ではなくキャサリンが意図したことであることが示唆される。アメリカ病院で再会したとき、「よくここに来てくれたね」（91）と驚くフレデリックに、キャサリンは「それはたいして難しくなかったわ。ここにとどまるほうが難しいかもしれない」（92）と言うのである。キャサリンの戦略は見事に功を奏し、アメリカ病院でキャサリンに再会したフレデリックは「彼女はさわやかで若々しく、とてもきれいだった。こんなにきれいな人は見たことがない」（91）と思うのであった。そして「彼女に恋したくはなかったのに。誰にも恋したくなかった。しかし、そうなってしまった…」（93）ことを認める。その始まりにおいては性欲で目が曇り、今度は恋愛感情で目がくらみ、フレデリックはキャサリンの演技の意味が見えない。「私のこと愛してる?……ほんとに愛してる?……もう私があなたのことを愛してるってわかる?……私のこと愛してるわよね?」(92-93) というキャサリンの執拗な愛情確認の言葉に、フレデリックは「ぼくは気が変になるほど君が好きなんだ」(92) と告げ、耐えきれずに「もうそれは言わないで。それを言われるとぼくがどうなるか君にはわからないんだ」(93) と言う。「気が変」なのはフレデリックのほうである。ゲームの主導権を握って勝ち誇ったキャサリンは「それじゃ気をつけることにするわ。これ以上あなたにしたいことは何もないわ」(93) と「奇妙な」ことを言って立ち去る。これはキャサリンがロマンチック・ラブの舞台にフレデリックを完全に引き込むための操作である。病院で患者フレデリックは看護婦キャサリンの看護を受けるが、演技の舞台もまた異種の病院であり、そこではフレデリックは仕組まれた患者であり、演技する看護婦キャサリンの看護と奉仕を受けるのである。

フレデリックの手術準備を終えたキャサリンは「これでおしまい。さあ、内も外もすっかりきれいになったわ。話して。今まで何人の人を愛したの」(104) と言う。手術の準備は演技の準備となる。嘘の返事をするフレデリックに対してキャサリンは「嘘を言い続けなさい。それこそあなたにして欲しいことなんだから」(105) と言ってゲームの継続を促す。キャサリンはフレデリックの売春婦体験を聞き出そうとしているのだが、フレデリックが嘘を言うたびに「そのとおり」とか「もちろん」(105) と相づちを打つ。そして、売春婦に「愛してる」と言ったことがあるかどうかフレデリックに訊く。それはキャサリンにとって「大事なこと」(105) なのである。

もちろん「いいや」(105) という嘘の返事をフレデリックから引き出し、「あなたは言わないって分かってたわ。ああ、あなたを愛してる」(105) と虚偽の会話を維持する。最後にキャサリンは「[売春婦は] 男の人が言ってもらいたいことを言うの?」(105) とたずねる。なぜなら、キャサリン自身が「あなたが望むことを言うし、あなたが望むことをする」(105) 決意であるからである。そして、フレデリックにも売春婦に言うように「愛してる」と言わせる決意であるのだ。だから、男と売春婦の会話はキャサリンにとって「大事なこと」なのである。

頭がおかしいのではないかと思わせるキャサリンの言動は、すべてが演技である。キャサリンは売春婦が演じるように、無私の愛というものを模倣し演技するのである。「私はあなたが望むものを望むわ。もう私はいないの。ただあなたが望むものだけよ」(106)、「私は存在しないの。私はあなたよ」(115)、あるいは「あなたが私の宗教よ」(116) と言うキャサリンの言葉は、フレデリックとのロマンチックな恋愛に自己のアイデンティティを埋没させようとする決意の表れである。それは伝統的な男性中心の男女関係に固執し、受動的女性の役割に甘んじる姿勢、まさしく売春婦のそれのようにみえる。しかし、「私たちにはどんな恐ろしいことだって起こると思うの。でもあなたは心配する必要はないわ」(116) というキャサリンの「奇妙な」言葉の背後には、恣意的に人間の死を司る「どんな恐ろしいことだって起こる」不条理に対抗する意識があることがわかる。その意識の世界はキャサリンにとって孤独の闘いの世界であり、そこではフレデリックは排除されている。だから「心配する必要はない」のである。フレデリックはただ売春婦を相手にする男のように「愛してる」と言えばよいのである。それは「奇妙な生き方」ではあるが、キャサリンにとっては女性的受動性を装った闘いなのである。

第十九章からはフレデリックの治療と回復期が語られる。この時期、フレデリックにはミラノの知人と話しをするか競馬に出かけること以外は、とりたててすることがない。実際、語り手フレデリックは第十九章の冒頭で「その夏はこのように過ぎていった。暑かったことと多くの勝利を伝える新聞記事のほかは、その頃のことはあまり覚えていない」(117)と語っている。一見充足した日々にみえるが、フレデリックにとってキャサリンに会うことがすべてであり、それ以外の「時間は喜んでつぶす」(117)べきものであった。このミラノでの単調な生活は、キャサリンが導くスイスにおける孤絶の世界の前段階を印す。それは戦争のみならず、過去と社会と家族から隔絶した世界である。

第二十章で八百長競馬が描かれ、次の第二十一章でキャサリンはフレデリックに妊娠を告げる。このような物語の流れは語り手フレデリックの意図的構成であり、それは解釈構図の一部となる。その解釈とは、キャサリンは生の不条理を認識しており、それに対抗しようとする勇敢さをもっていたということである。八百長競馬で自分が賭けた馬が一着になっても、配当金が不当に少ないことがわかったキャサリンは言う。「八百長でなかったら私たちあの馬に賭けなかったわ」(130)と。その言葉の背後には、人間の生は八百長競馬と同じであるという認識がある。つまり、人生は一見幸福を約束するようにみえて、最後には裏切るということである。それはキャサリンが死ぬ前に言うように「汚いトリック」(331)なのである。次にキャサリンは無名の馬に賭けるが、その馬の順位が最後から二番目であっても「私、ずっと清潔な気分よ」(131)と言う。これはキャサリンの倫理観の表明である。人生は八百長競馬のようなものと知りながら、あたかも世界には不正はないかのように振るまい(演技し)、あえて負ける「馬/生き方」に賭ける。それは不条理が支配する世界に対抗する倫理観の表明である。フレデリックとのロマンチック・ラブはその実践なのである。

競馬場でキャサリンは「私たち二人だけの方がよくない?」(132)と言ってフレデリックを他者から引き離す。これは自分たちの外部にあるものは、たとえ他の人間であろうとも、すべてみずから演出したロマンチック・ラブの舞台を破壊する要因として捉え、それに対抗しようとするキャサリンの精神の表れである。キャサリンのこのような姿勢はみずからの妊娠によってより明確に表明される。キャサリンはフレデリックに妊娠を告げる前に次のように言う。「失うものが何もないときは、生きていくのは難しくないわ」あるいは「以前はすごく大きかった障害が、とても小さく見えるものだなって考えていただけよ」(137)。妊娠はロマンチック・ラブの「自然な」結果でありながら、孤絶を希求する演技されたロマンチック・ラブを妨げる「障害」ともなる。「自然なこと」(138)である妊娠という生物学は、キャサリンにとっては女を破壊する可能性を秘めた「生物学的罠」(139)でもあり、不条理の手先となる。それゆえ、キャサリンは妊娠によってさらに外的世界と自己との対立を意識し、「私たち二人だけがいて、世界には他のみんながいるのよ。何かが二人の間に侵入すれば、私たちはおしまいだし、彼ら（they）にやられるわ」（139）と言ってさらに孤絶を志向するのである。キャサリンの意識の中では、人生と八百長競馬と妊娠は同義語となる。これまで批評家たちが注意を払うことがなかったキャサリンの言葉は、ロマンチックな恋人の歯の浮くような甘いせりふでも、狂気のための意味不明なたわごとでもないのである。

しかし、作中人物フレデリックはキャサリンの姿勢と決意を「勇敢」というレベルでしか解釈できない。フレデリックはジュリアス・シーザーの言葉を引用して「勇者は一度しか死なない」（139）と言うが、キャサリンは「勇敢な人間は知性があれば多分二千回は死ぬわよ」（140）と応じる。それに対してフレデリックは言う。「わからない。勇敢な人間の頭の中はわかりにくい」（140）と。まさしくフレデリックには勇敢なキャサリンの精神が見えていない。キャサリンはフィアンセが死んだときに一度死んだのであり、さらにもう一度、死に向かおうとしているのである。その姿勢が演技としてのロマンチック・ラブを選択させ、敵意ある外界に対抗するべく孤絶を志向させていたのだ。このようなキャサリンの意識はみずからの妊娠によって、さらに鋭敏になっているのである。自分を勇敢ではないと考えるフレデリックは、みずからを打率が二割三分の平凡な打者にたとえる。それに対してキャサリンは「それでも打者だわ」（140）と言う。世界がどんなに不条理で、どんなに罠があっても、人生というゲームにおいて常に「選手／演技者（player）」であり続けるようキャサリンは促しているのである（Lewis, A Farewell 130）。またフレデリックは打率がわずか二割三分程度の打者／演技者であるかもしれないが、それでもなんとか打っている／演じているではないか、とキャサリンは暗に語っているのである。二人の言葉は完全には交わらない。フレデリックのリアリティはキャサリンのフィクションによって操られているのである。

フレデリックとキャサリンの会話に生じる不自然さやギャップは、物語の最後まで繰り返し描かれる。ブランデーを飲んだことがないというキャサリンは、こうフレデリックに告げる。「私、とても古いタイプの妻なの」(141) と。キャサリンの発言／せりふが理解できず、フィクションの会話に応じることができないフレデリックは、ブランデーを注ぎ足す動作で当惑を隠す。作中人物フレデリックが理解できていないことは、キャサリンは「とても古い妻」を演じているということである。一方、語り手フレデリックは、このようなキャサリンの言動を語るに値すると認めるからこそ、散漫さをいとわずに語るのである。語り手フレデリックが何ら説明を加えずにキャサリンの「奇妙な」言葉を放置するのは、そこに意味を認めないからではない。意味を認めるからこそ語るのであり、その意味の解明は読者にあずけているのである。『武器よさらば』はキャサリンの生き方を早くに理解できなかったフレデリックの後悔の物語でもあるのだが、語り手フレデリックはモダニストの作家へミングウェイの語り手らしく、その後悔の念を言葉で説明 (tell) せず、文脈に語らせる (show) のである。しかし、このような散漫で些細な会話は、これまで長いあいだ評者たちに無視されてきたのである。それは評者たちが省略と寡黙を標榜するへミングウェイのスタイルを理解できなかったからではなく、男性中心に偏向した評者たちのジェンダーが女性を「ヒーロー」とする物語を認容できなかったからであろう。

脚の治療が終わり前線に戻る夜、寺院の影にイタリア人兵士と女の姿を見たフレデリックは「ぼくたちみたいだね」(147)と言う。それに対してキャサリンは「私たちみたいな人間はいないわ」(147)と応える。寄り掛かるべき宗教はもたず、社会規範にはずれた妊娠を抱え、演技をもって生きるコードとする人間は自分しかいない、とキャサリンは考えているのである。キリスト教的秩序の崩壊と生物学的世界の支配を対比させて自然主義的解釈をするポール・シヴェロは、イタリア人兵士とその恋人は「無知ゆえに」宗教的場をもち、一方、超越的原理の慰めをもたないキャサリンとフレデリックには「場がない。二人はみずからの場を創らなければならないのである」(88)と言う。確かに宗教を喪失した空虚の中で生物学的サイクルに支配されているキャサリンには、「知っている」ゆえに超越的救いと秩序の場はない。しかし、キャサリンはその喪失と空虚に対抗するべく演技の「場」を創り上げているのである。シヴェロの解釈にはその演技という視点がない。一方、前線に復帰する前にフレデリックが必要とする「場」はホテルの部屋である。彼もまたほとんど「無知ゆえに」、依然としてセクシャルな「場」しか求めていない。

赤いビロードとたくさんの鏡でしつらえられたホテルの部屋で、キャサリンは自分が売春婦になったような気がして憂鬱になる。しかし、彼女は思い直して「私、またいい女になったから」(152)と言う。キャサリンは現実の世界で一瞬、まるで自分が実際の売春婦になったかのような不快感を抱くが、すぐに再び演技の世界で売春婦にもどるのである。「悪徳はすばらしいことだわ。…赤いビロードは本当にすてき。…それに鏡はとても魅力的よ」（153）と言うとき、キャサリンはすべて逆を意味しているのである。また「本当に罪深いことができたらいいわ。…私たちがすることってなにもかも罪がなく単純にみえる」（153）と言うとき、キャサリンは自分たちのしていることは罪深く複雑だと考えているのである。さらに、「私は単純な女よ。それが理解できたのはあなただけ」（153）と言うとき、キャサリンは実際は自分は複雑な女で、それをフレデリックは理解できていないと言っているのである。「私は少し気が変だったわ。でも、気は変でも複雑な風ではなかったわ。あなたを混乱させたりしなかったでしょう？」（154）とキャサリンは言うが、キャサリンはキャサリン狡猾なほど正気であり、フレデリックを混乱させているのである。ここでもフレデリックはキャサリンはの言葉のレトリックに応じられず、「ワインはすばらしい。…いやなことは何でも忘れさせてくれる」（154）と話題をそらし、再びアルコールに頼って当惑を隠す。二人の会話に生じるギャップは、再び二人の意識のギャップを指示している。キャサリンは父親に会う必要はないとフレデリックに言い、フレデリックにも同じ言葉を言わせることによって家族との関係を断ち切らせる。そして、「私、他のことには何にも関心がないわ。あなたと結婚してとても幸せなんですもの」（154）と、単純で従順な妻を装ってフレデリックを再び当惑させる。

続く第三部（Book Three）では、フレデリックが前線に戻ってから実質わずか一日だけ負傷兵運搬の仕事をした後、戦況の悪化に伴う退却を強いられ、その途中で野戦憲兵にスパイ容疑の尋問を受け、タリアメント川に飛び込むまでが描かれる。疲労と厭戦気分が漂う中、イタリア軍が退却中のイタリア兵を尋問して処刑するという場に身をおくフレデリックは、不条理というものを身をもって体験する。あたかもフレデリックがキャサリンの不条理認識を追体験するかのように描かれている。実際、川に飛び込んだ後、フレデリックは戦争と軍隊と社会を捨て、キャサリンの元へ急ぎ、キャサリンとのロマンチック・ラブという孤絶の世界へと向かう。それはこの小説の題名が示すように、「主人公」がひとつの "arms"（武器）を捨て、もうひとつの "arms"（恋人の腕）を選択するという物語構造を形成し、それが小説のテーマをも指示するようにみえる。語り手フレデリックはこの選択する意志をみずからに与えることによって、みずからを中心人物とする実存的物語を構築しようとしていることがわかる。第三部は物語の流れが大きく変化する節目である。この物語構造の分岐点は語り手フレデリックが認識するみずからの精神的変化を反映するが、それは即ち、みずからの過去を再現する語り手フレデリックの解釈構図を明らかにすることにもなる。以下に、その詳細を見てみよう。

病院での治療が終わって前線の宿営地に戻ったとき「家に帰ったような感じがしなかった」（163）とフレデリックは語る。その違和感が語るのは、キャサリンとの関係にみられたフレデリックの精神的変化である。その変化を感じ取った友人のリナルディがいみじくも言うように、フレデリックは「結婚した男のように振る舞う」（167）のである。リナルディは続けて言う。「一体どうしたんだ」(167)と。これに対してフレデリックは「君こそ一体どうしたんだ」(167)と投げ返す。リナルディは戦争に疲れ憂鬱になっている旨を伝え、「おれは人間らしい感情をもつことすらできないのかい」(167)と冗談半分に言う。長期化する戦闘の中で、かつてのような飲み騒ぎや牧師いじめはない。リナルディはみずから「人間らしい感情」を率直に口にするだけでなく、フレデリックの「人間らしい感情」も認める。かつてフレデリックは売春宿から帰ると、歯ブラシで口を洗浄しアスピリンを飲み売春婦をののしっていた、とリナルディは回想する。イタリア人のリナルディはフレデリックが「歯ブラシで良心をみがく」「ご立派なアングロ-サクソン青年」あるいは「良心の呵責に苦しむ青年」(168)であることを皮肉ったのだが、それはフレデリックの本性をついてもいる。イタリア人のリナルディがからかうのは、アメリカ人フレデリックのピューリタン的道徳だけではない。キャサリンに対するフレデリックの気持ちが戯れでないことを知ったリナルディはこう言う。「おれは生まれてこのかた、神聖っていうものにお目にかかってきてるんだ。しかし、君とは皆無に等しかったな。君にも神聖っていうものがあるのにちがいない」(169)と。「理性の蛇」(170)を自認するリナルディは、自分には仕事と酒と売春婦相手のセックスしかないと言うが、実際には「聖なるもの」の欠如に意識は疼いているのである。フレデリックもリナルディも「聖なるもの」の意味を共有し、本質的には従軍牧師の故郷アブルッツィを志向しているのである。

上記の場面に、深い含意が感じとれるにもかかわらず、何の説明も伴わない表現がある。梅毒に感染していると思い込んでいるリナルディは、梅毒を「生産労働に伴う事故（an industrial accident）」（175）であると言う。ここで言う「生産労働」とは性の生物学に支配された生殖行為の謂いであり、リナルディのシニシズムは真実を言い当てる。リナルディの梅毒が生物学に支配された人間の「生産労働に伴う事故」であるならば、キャサリンの妊娠は異種の「生産労働に伴う事故」である。「生物学的な罠」とはその別名であるのだ。おそらく作中人物フレデリックが思いも及ばないこのような含意を、語り手フレデリックはその深みまで理解している。理解しているからこそ、それとなく語り残すのである。

一方、語り手フレデリックがみずからの解釈や見解を明確に表現する箇所がある。「神聖とか栄光とか犠牲とかいう言葉や、空しくという表現にはいつも当惑させられた」（184）で始まる語り手フレデリックの回顧的一節はそのひとつである。ここに表現された語り手フレデリックの見解は、物語では退却中のタリアメント川岸で検問する将校の言葉「祖国の神聖なる地に蛮族を侵入させたのは貴様や貴様の様な奴らだ」（223）に呼応する。戦況の現実を認識しようとせず、疑念に支配されて権力をかさに味方を処刑する将校たちを前にして、人物フレデリックは瞬間的に軍隊からの逃走を決意する。「私を撃つのであれば…尋問はやめて直ちに撃ってくれ。この尋問はばかげている」（224）と言って射殺された中佐が古典的ヒーローならば、衝動的に川に飛び込んだフレデリックは逃走する別種のヒーローである。「もうすっかり手を切ったんだ。もう義務はない」（232）、あるいは「そういう人生は終わったんだ」（233）と考えるとき、フレデリックはみずからの逃走という選択に能動性を付与する。そして、その行為を最終的には「単独講和（a separate peace）」（243）と呼んで意義づける。キャサリンの元に急ぐフレデリックはみずから選択する意志でもってキャサリンとの世間から隔絶した生活を求めるのだ、とみずからの行動を合理化する。「ぼくは考えるようにはできていないんだ。ぼくは食べるようにできているんだ。そうだ。食べて飲んでキャサリンと寝るんだ」（233）と。語り手フレデリックもみずからのイタリアでの経験を、戦場という「男性的」場を捨て、家庭という「女性的」場を選択するという物語へと構築していく。そしてその物語をキャサリンの勇敢でロマンチックな（とフレデリックが解釈する）物語に融合させようとする。しかし、その融合された物語において、フレデリックの役割は文字どおり「食べて飲んでキャサリンと寝る」ことしかない、ということがわかる。『武器よさらば』の物語構造は、舞台が戦場のイタリアからスイスに移る後半において、上記のような語りの構図との間に少しずつずれが生じるようになるのである。

3　誤読とジェンダー不安

第四部（Book Four）においては、戦争と社会からの疎外を一層意識するフレデリックが描かれる。それはまず軍服から平服に着替えた時の違和感（243）や、ずる休みをした学校で今何が起こっているのかが気になる少年の気持ち（245）として表現される。フレデリックのこの疎外感は、キャサリンが求める隔絶とパラレルをなすようにみえる。しかし、二人の意識には決定的なずれがある。戦争を逃れたフレデリックがストレーザでキャサリンと再会したとき、二人は同僚の看護婦ファーガソンの非難を浴びる。ファーガソンによれば、フレデリックはキャサリンを妊娠させた蛇のような卑劣な男で、その誘惑者を満面の笑顔で迎えるキャサリンには恥もまともな感情もない（247）。ファーガソンは常識の世界を代表しているのである。常識としての道徳と倫理と社会性を代表しているのである。しかし、これまで見てきたように、キャサリンはファーガソンが代表する常識の世界で生きているのではない。それをファーガソンが理解できないのは当然として、さらにそのことを理解できないフレデリックは「ファーギーにうんざり」（248）するだけである。戦場を離脱したフレデリックが感じる社会からの疎外感とキャサリンが覚える孤絶意識は異なる次元にあるが、それをフレデリックは理解できていない。つまり、フレデリックはみずからの物語がキャサリンの物語と融合していると考えているが、実際は二人の物語は別次元にあり、それが意識のずれとしてテキストに表れ、二人の間にコミュニケーション・ギャップを生じさせているのである。

その意識のずれは、特に語り手フレデリックが挿入する内省に表れる。語り手フレデリックはキャサリンとの二人だけの世界の充足感を「他のことはすべて非現実的だった」（249）と表現し、次の一節を挿入する。

男は孤独になりたいと思うことが多く、女も孤独になりたいと思うものだ。二人が愛し合っていれば、互いの中にあるその気持ちがねたましく感じられるものだ。しかし、はっきり言えるが、ぼくたちは決してそういうふうには感じなかった。ぼくたちは一緒にいるときは孤独になれたのだ、他者に対して二人だけだったのだ。(249)

語り手フレデリックは自分の気持ちを「他者」に対する「ぼくたち」の気持ちとして表現することによって、キャサリンの孤絶の物語をみずからのロマンチックで孤独な恋愛物語に読み換えていることがわかる。作中人物フレデリックも語り手フレデリックもキャサリンの孤絶とみずからの孤独を同一視する「誤読」を犯す(キャサリンとフレデリックの意識の次元を区別するために、本論では「孤絶」と「孤独」という表現に使い分けをしている)。語り手フレデリックは続けて言う。

それまで、そのような気持ちになったのは一度しかない。たくさんの女たちといたときもぼくはずっと孤独だった。そういうときこそ、いちばん寂しくなるものだ。しかし、ぼくたちが一緒にいるときは、決して寂しくなかったし、決して恐いと思ったこともない。(249)

フレデリックにとってキャサリンと一緒にいたときの孤独感は、売春婦をほのめかす「たくさんの女たち」と共にいたときの孤独感を連想させ、単なる寂寥感の有無の問題へと貶められる。ここで、語り手フレデリックはキャサリンの物語が理解できていないことを露呈してしまう。フレデリックが選択した孤独の世界は、キャサリンが志向する孤絶の世界の疑似反復であることがわかる。二人はそれぞれ戦争の世界からの異なる隔絶の意味を携えてスイスへと向かうことになる。
そして、上記の孤独に関する一節に続いて、語り手フレデリックによる次の洞察が唐突に挿入される。

もし人々がこの世界に大きな勇気をもたらせば、世界はその人々を潰すために殺してしまわなければならない。だからもちろん世界はその人々を殺す。世界は誰をも潰すが、後になって潰されたところが強くなる者もたくさんいる。しかし、潰されない者を世界は殺してしまうのだ。世界はとても善良な者もとても優しい者もとても勇敢な者もわけへだてなく殺す。そういう人間でなくても世界は殺してしまう。ただ、特に急がないだけだ。(249)

この一節の唐突さはテキスト上の空白、即ち脈絡のなさにより生じていると考えられる。なぜなら、この一節は既に語られていることについてではなく、フレデリックがこれから語ろうとする物語の方向性、つまり小説後半部に関する語り手フレデリックによる解釈構図のぎこちなくも唐突な表明であるからである。つまり、キャサリンは勇敢であり、その勇敢さゆえにキャサリンは殺される、という解釈である。それゆえこの一節は、これから語られる小説の結末に用意されているキャサリンの死から遡及し、いわば出来事に先んじてなされる省察である。よって、繰り返すが、この省察は結末に至る物語の構図を指示することになる。「この世界に大きな勇気をもたらす」人間はキャサリンであり、「潰されたところが強くなる者」もキャサリンである。そして世界は「とても勇敢」で「潰されたところが強く」なったキャサリンを殺すのである。「とても善良」でも「とても優しく」も「とても勇敢」でもないフレデリックは物語の中では殺されず生きながらえる。世界は「特に急がない」だけである。これが語り手フレデリックの解釈である。これから語られる物語、つまり戦争と軍隊の世界から離脱した物語はキャサリンの勇敢さの物語であり、勇敢な人間が殺される物語であり、勇敢ではない自分は死期を遅らされて生き残るという物語になる、という解釈である。フレデリックの言う「世界」とは、キャサリンが「彼ら」という言葉で表現していた生物学や偶然を具体的な条件とする自然主義的な支配力あるいは不条理的世界の言い換えである。この洞察はフレデリックがキャサリンから学んだこととして提示されているようである。しかし、キャサリンの物語は勇敢な女性の死という、完結した、あるいは閉じられた物語ではない。キャサリンの物語はフレデリックの単純な解釈構図ではとらえきれないほど複雑で、おそらく今日の批評が説明しきれない不吉な実験性をおびるのである。それが、ジョイス・ウェックスラーとサンドラ・ウィップル・スパニアーによって開拓された解釈の地平線のかなたに見えるものなのである。つまり、物語の後半部においてようやく、キャサリン・バークレーが希求する孤絶の世界が仄見えてくるのである。それはいかなる世界なのであろうか。

キャサリンは従順かつ勇敢な妻の役割を装いながらフレデリックを孤絶の世界へと導く。「彼らがあなたを逮捕できない所へ連れていってあげる。そこで私たちすてきな時を過ごすのよ」(252)と言うとき、キャサリンは「彼ら」によって表面的にはイタリア軍を指示しながら、同時に不条理の圧倒的な支配力を意味している。「すぐにそこへ行こう」(252)と応じるフレデリックはもはや受動的な人間である。しかも、フレデリックはキャサリンの言葉のゲームに参加しながらも、そのゲームの意味、あるいは言葉の二重性が理解できていない。それゆえフレデリックは「何も考えないでいよう」(252)と言って会話を打ち切る。「ぼくは考えるようにはできていないんだ」(233)と言っていたフレデリックは、実際ほとんど何も考えない受動的な男である。作中人物フレデリックには「彼ら」の意味も「彼ら」の手が届かない所がどこであるのかもわかっていない。それらがわからないままフレデリックは「すぐにそこへ」行く／連れて行かれることになるのである。しかも「そこ」は決して「すてきな時を過ごす」場所ではないことをフレデリックは知ることになる。

フレデリックはすでにほとんど「そこ」にいるのである。なぜならば、ストレーザにおいて、フレデリックにはキャサリンと一緒にいる以外にすることは何もないからである。つまり、フレデリックは退屈なのである。キャサリンはそれを指摘して「あなたはすることが何もないのね」(257)と言う。フレデリックは「かつてぼくの人生はあらゆることで満ちていた。…今は君が一緒にいないとぼくには世界で何ひとつない」(257)と心情を吐露する。前線から退却し、軍隊から離脱し、「単独講和」を宣言したフレデリックには、とりたててすることがないのである。ホテル住まいのフレデリックは入院中でもなければ休暇中でもない。まさしくキャサリンが言うように「仕事を失ったオセロ」(257)である。シェイクスピア劇『オセロ』において、妻デズデモーナが部下の副官キャシオと親密な関係にあるという偽りの話をイアーゴーに吹き込まれたオセロは、それを信じて怒り狂って言う。「さらば、オセロの仕事は失われた("Farewell, Othello's occupation's gone!")」(3.3.363)。妻の不貞で自己の人生の崩壊を感じ取るオセロは、みずから指揮する軍隊、華々しい戦争、出世や野心ばかりか、精神の平穏にも別れを告げる。オセロの「仕事」は失われたのである。もちろんフレデリックは、みずから言うように、オセロのように黒人でもなければ妻の不貞を疑って嫉妬心を抱いているのでもない。そういうことすらフレデリックにはないのである。むしろフレデリックはキャサリンとの二人だけの孤独の世界で充足しているはずであり、それを求めたのでもあった。それはフレデリックが捨てた男性的世界の代替世界であり、キャサリンが言うところの「彼らがあなたを逮捕できない所」への入口である。しかし、キャサリンにとって「すてきな時を過ごす」場である「そこ」は、フレデリックの男性的ジェンダーを満たすことのない空虚で退屈な世界なのである。キャサリンの言う「仕事を失ったオセロ」ならぬ「仕事を失ったフレデリック」の空虚は、ジェンダーの空虚であることが見えてくる。

一方キャサリンにとって、「そこ」はみずから志向した孤絶の世界の始まりである。戦争と軍隊というマスキュリンな世界を捨てたフレデリックはホテルの部屋を「ホーム」とし、伝統的に女性的な世界に閉じこもる。その女性的世界でキャサリンはさらにフレデリックをマスキュリンな世界から引き離そうとする。フレデリックがグレッフィ伯爵からビリヤードに誘われて出かけようとしたまさにそのとき、キャサリンはフレデリックにヘア・ブラシを取らせる。そして自分の豊かな髪にブラシをかける。「髪が重みで全部片方へ垂れるように頭をかしげて、彼女が髪にブラシをかける」(258) のをフレデリックは見ていた。フレデリックはたまらずキャサリンを抱いて言う。「ぼくは出かけたくない」(259) と。これはキャサリンの戦略である。ビリヤードという男性的世界への男性からの誘惑を、豊かな髪というフェミニンな魅力によって断ち切ろうとする戦略である。

スイスへの逃避行はフレデリックにとってはイタリア軍が「逮捕できない所」への逃亡であったが、キャサリンにとっては「彼ら」に対峙する孤絶の世界を求める旅である。湖を渡るときのキャサリンの嬉々とした言動と行動は単なる「勇敢」の表れではない。キャサリンがフレデリックを伴って／導いて行く目的地は彼女の戦略を完成させる場であるのだ。そこは外界からの孤絶のみならず、フレデリックを男性的世界から絶縁させる場でもあるのだ。スイスに着いたとき、目的地をモントルーとしたのはキャサリンである。そこは「最初に思いついた場所」とは言え、「悪くない所よ。山の上に宿が見つかるわ」(284) と言うキャサリンは、最終目的地である孤絶の世界をみずから用意する。スイスにたどり着いたときフレデリックは「今日はコミック・オペラみたいだ」(285) と言うが、その言葉はフレデリックが意識している以上の意味を帯びる。出来事がふりかかってくる人間として、キャサリンに導かれる人間として、受動的なフレデリック自身が滑稽なドラマを演じさせられているのである。その舞台のプロデューサーとディレクターはキャサリンなのである。「とにかく着いたね（"Anyhow we're here."）」と言うフレデリックに対して、キャサリンは「ええ、本当に着いたわ（"Yes, we're really here."）」（285）と応じる。二人の表現の間に意識のずれを読み取るべきであろう。フレデリックにとっては文字どおりイタリアを逃れ、無事にスイスへ入国できた安堵感の表出であったものが、キャサリンにとっては生の実験を行う最終目的地に「本当に」到達した達成感の表れなのである。この二人の会話は逃亡と到達のずれを示唆して第四部を結び、孤絶の世界を描く第五部（Book Five）へと導くのである。

4　キャサリンの両性具有的欲望

第三十八章は第五部の最初の章にふさわしく、キャサリンが求めた孤絶の世界が描かれる。それは同時に、とりたててすることが何もないフレデリックにとっては、さらなる退屈な世界である。その退屈とは、キャサリンを除くとフレデリックの男性的興味と欲望を満たすものは何もないということである。二人が滞在するモントルーは従軍牧師の故郷アブルッツィに似ている。二人が投宿したグッチンゲン夫妻の山荘は山腹にあって、そこから湖と雪を頂いた山並みを見渡すことができる。湖に注ぐ小川が音を立て、空気は冷たく澄み切っている。道路は凍結し、その上をスパイクつきのブーツで歩くのは爽快である。モントルーの店員たちは二人を歓迎し、キャサリンの美容師は快活である。

しかし、これらの記述を理由に、フレデリックはついに牧師の説くアガペ的世界にたどり着いた、と結論するのは性急であろう。フレデリックはグレッフィ伯爵から、男女の愛も「宗教的感情であることを忘れてはいけません」(263)と教えられていた。キリスト教の愛であれ、真剣な男女の愛であれ、「愛するときは、何かをしてあげたく」なり、「犠牲になりたい」と思い、「奉仕したい」と思う(72)のであれば、牧師のキリスト教的教えを伯爵の老齢が説く世俗的経験的教えに拡大解釈もできよう。ウェックスラーが言うように、牧師は愛を「対象が患者であれ女であれ神であれ、他者に奉仕することによって自己を超越することと理解している」(120)と解釈もできよう。しかし、フレデリックには他者に、即ちキャサリンに奉仕しようという姿勢はない。相手のエゴに敏感で、絶えず相手の要求に敏感に反応するのはキャサリンである。フレデリックはただキャサリンとのロマンチック・ラブに自己を埋没させ、キャサリンの「奉仕」を受けるだけである。さらに、その「奉仕」の世界でフレデリックは明らかに退屈している。

しかも、キャサリンの「奉仕」は疑わしい。それは演技の延長であり、その「奉仕」は自己のアイデンティティを抹消し、両性具有的融合を志向する。その「奉仕」はフレデリックの男性性を喪失させる欲望の表れのようにみえる。キャサリンの「奉仕」は、スコット・ドナルドソンが言うように、「適度の範囲を超えて、結局は異端に他ならないものに達している」(155)。さらに、キャサリンの「奉仕」は言葉では表現されるが、ジョン・ビヴァースルイスが指摘するように、その「家庭的な献身を誓う息を飲むような言葉は、彼女の行動にはめったに表れない」(23)。キャサリンは無私の愛を言葉で表現しながらも、それが実行されるのはフレデリックの性欲に応じるとき以外はほとんどない。キャサリンの目的は他にあるのだ。言葉のゲームは読者を惑わす。アガペ認識を解釈構図の一部とするフレデリックの解釈はひとつの「誤読」となる。二人がたどり着いた冬のスイスが牧師の故郷アブルッツィに類似するとしたら、それは風景と気候だけであろう。

スイスでの二人の生活は牧歌的に描かれ、二人は幸福を楽しんでいるように見える。しかし、フレデリックにとって冬のスイスの牧歌性は退屈の極致へのプロローグであり、キャサリンにとってそこはみずから求めた孤絶の世界である。キャサリンが美容院にいる間、フレデリックはモントルーの町でビールを飲みながら悲惨な戦況を伝える新聞を読む。その後、美容院の中でキャサリンが髪にウェーブをかけるのを見て、喉がつまるほど興奮する。美容師はいみじくも言う。「旦那様はとてもご興味がおありのようです」(293)と。フレデリックにとって新聞が伝える戦争は文字どおり彼岸の世界であり、此岸はキャサリンの長い髪が表象するフェミニニティの世界である。いわば、フレデリックはキャサリンのフェミニニティの世界にとらわれているのである。かつてストレーザのホテルで髪にブラシをかけてフレデリックを惹きつけたように、キャサリンの髪はフレデリックを惹きつける女性的魅力の象徴として繰り返し言及される。キャサリンに初めて会ったとき、フレデリックは彼女のブロンドの髪を認め「君の髪は美しい」(19)とほめた。それに対してキャサリンは、フィアンセが死んだとき「髪を全部切るつもりだった」(19)と言ってフレデリックをたじろがせた。そしてミラノのアメリカ病院で、キャサリンはベッドの上でフレデリックが彼女の髪のピンをはずすにまかせた。最後のピンを取るとキャサリンの髪全体が「落ちてきた。彼女は頭を下げ、ぼくたちは二人とも髪の内側にいた。それはテントの中か滝の裏側にいる気分だった」(114)。それはフレデリックにとってロマンチックでセクシャルな自足的世界であると同時に、女の長い髪というフェミニニティの世界に閉ざされることを予兆するものであった。

キャサリンは再びフレデリックを男性的関係から絶縁させようとする。山荘のグッチンゲン氏はクリスマスに帰省する息子からスキーのレッスンを受けるようフレデリックにすすめ、フレデリックは「それはすてきだ」(297)と言って興味を示す。その直後、キャサリンは何気なく「ねえ、一人でどこかへ旅行して男の人たちと交わってスキーをしたくない?」(297)とフレデリックに尋ねる。これは「いいや。どうしてぼくが?」(297)というフレデリックの返事を予期しかつ引き出すレトリカルなけん制である。フレデリックの退屈をロマンチック・ラブで操作するキャサリンの戦術である。この見過ごされがちな小さなエピソードは、グレッフィ伯爵からビリヤードの誘いがあった場面に連動し、物語の中で有機的関係をもつ。キャサリンはその戦術をもう一度しかける。「ねえ、あごひげを伸ばしてみたくない?」(298) と。ひげを生やすということは、男性に男性の生物学によって男性的風貌を与えるということである。しかし、この男性性は他者との関係をもたないばかりか、自己の身体を志向する自己満足的なもので、いわば自慰的男性性であり、何もすることのないフレデリックにとっては「何かすることを与えてくれる」(298) 退屈しのぎの消極的男性性である。

キャサリンのロマンチック・ラブは、究極的にはフレデリックとの両性具有的な一体感を希求する。それがキャサリンが志向する孤絶の極致であることが示唆される。キャサリンの孤絶は地理的な場であるのみならず、みずからが志向するジェンダーあるいはセクシュアリティを実現する場であるように思える。キャサリンはフレデリックに言う。「ねえ、髪を長くしたらどう?」(299) と。「…少し長くしなさいよ。私は自分のを切ってもいいわ。そうしたら私たちそっくりになるわ。一人はブロンドでもう一人は黒のちがいだけでね」(299)。「短くしたらすてきかもね。そうしたら私たちそっくりになるわ。ねえ、私とてもあなたが欲しいものだから、私、あなたになりたいの」(299)。「私たちがすっかり混じり合っていたいの。…ねえ、私、あなたと一緒じゃないときは全然生きていないのよ」(300)。フレデリックを惹きつけるフェミニニティの武器であった長い髪を切ってマスキュリンな短髪に近づけ、ジェンダーの差異を無化する空想が、心理的融合の表象として表現される。これはロマンチックな一体感希求を超えて、性差を無化する両性具有願望を示唆する。

一方フレデリックは「君がいないとぼくはだめなんだ。もうぼくにはライフがまったくないんだ」(300) とキャサリンの言葉を疑似反復する。これはもはや恋愛感情の表出ではない。かつて「私はいないの。私はあなたなの」(115) とみずからのアイデンティティを相手に埋没させようとしたのはキャサリンであった。スイスではフレデリックが同様のせりふを反復する。しかし、アイデンティティを抹消する姿勢とアイデンティティの欠如を感じることは類似表現を共有しても、別次元の問題である。キャサリンはフレデリックの男性性を剝奪し、みずからのフェミニンな孤絶の世界に導き入れ、最終的に両性具有的な融合を希求する。一方、フレデリックは男性的世界を喪失あるいは放棄した後に残されたキャサリンのフェミニンな世界に、自己のアイデンティティを埋没させているのである。繰り返せば、フレデリックはキャサリンの一体感表現を疑似反復しているにすぎない。それぞれが表現する一体感は交わらない。二人の会話は表面的なロマンチック・ラブのレベルでは成立しているが、それぞれが表象するものは異なる。

続いてフレデリックはキャサリンに「チェスをする「プレイ」のはどうだい」(300) と誘う。当初フレデリックはキャサリンとの関係を性欲を満たすためにするチェスのようなゲームと考えていたことを想起すれば、このせりふは見過ごせない。フレデリックはこの段階ではもはや性欲のためにゲームをする必要はない。ここでは性欲ではなく退屈しのぎのために、文字どおりチェスをしたがっているのである。キャサリンは「あなたとプレイしたいわ」(300) と応じる。この言葉はセクシャルなニュアンスを伴いながらも、キャサリンの一貫した精神を表象する。つまりキャサリンは演技（プレイ）の持続を主張しているのである。一方、キャサリンと出会ったところにフレデリックが仕掛けた性欲のための「チェス」ゲームは、小説前半で早々に終了しているのである。

その夜、目が覚めたフレデリックはキャサリンも目を覚ましているのを知る。キャサリンは言う。「あなたに初めて会ったとき、私はほとんど気が変だったことを考えて目が覚めたの。覚えてる？」（300）と。過去を回想するキャサリンのパースペクティブに見えるのは、「ほとんど気が変だった」と言えるほどさめた正気の内に達成した孤絶の世界である。それ故、「私、もう気が変じゃないわ。私、とても、とても、とても幸せよ」（300）と言えるのである。ウェックスラーが言うようにキャサリンの演技の目的がみずからの治療であるとしたら、その目的は達成されたのである。しかし、キャサリンの舞台はまだ幕を閉じない。あたかも両性具有的な一体感を求めるかのようにキャサリンは言う。「同時に眠りましょう」（301）と。しかし、フレデリックは「長いあいだ眠られず、いろいろなことを考え、眠っているキャサリンを見つめていた。彼女の顔に月明かりが落ちていた」（301）。フレデリックは再びキャサリンを見失っているのである。キャサリンが導きみずから飛び込んだ孤絶の世界は、平和で幸福な世界であったかもしれない。しかし、そこは同時に非男性的世界であり退屈な世界である。さらにキャサリンが示唆する両性具有的な世界は、フレデリックにとって戦争とは別種の彼岸の世界である。フレデリックはいずれの彼岸にも渡ることはできないのである。

ここにきて、フレデリックはキャサリンが言うような「とても、とても、とても幸せ」な気持ちにはなれないい。キャサリンの演技は情緒上の回復を一時的にもたらしたかもしれないが、ロジャー・ウィットローが言うような「心理上の回復」も「心理上の破滅に近い状態から平衡と愛の状態への」(22)成長ももたらさない。不条理を相手とするキャサリンの演技の結末には回復や成長はなく、あるのは死のみである。キャサリンは演技をしているため、狂気から正常に戻ったようにみえるだけである。演技の言葉は読者を惑わす。かつてリナルディが言ったように、フレデリックは再び「当惑している」のである。当惑して眠られないフレデリックが考えていることは、キャサリンはやはり「気が狂っている」のではないかということであろう。「彼女の顔に月明かりが落ちていた」という語りはそのメタファーとして読める(注)。この恋人たちの意識は交わらず、二人は疑わしい恋人である。

続く三十九章でキャサリンはさらに両性具有的な願望を表明する。「私たち何をしても問題にならない［差異が生じない］国に住んでいるのよ（"We live in a country where nothing makes any difference."）。誰にも会わないってすばらしいことじゃない？ ねえ、あなた、人に会いたいとは思わないわよね？」(303) と差異の無化と孤絶を主張し、フレデリックから「うん」(303) という同調の言葉を引き出す。そして再び髪の話題に触れ、出産後もう一度からだが細くなったら髪を切ると言う。そして「すっかり生まれ変わった違う女」(304) になってフレデリックをびっくりさせるのだ、と言う。しかし、それに対してフレデリックは「何も言わなかった」(304)。キャサリンの両性具有的な髪へのこだわりに、フレデリックは当惑しているのである。

ここに垣間見えるのは、もしキャサリンが生きていたらそうなるであろう姿である。事実、髪にこだわる両性具有的な女性は、ヘミングウェイの遺稿『エデンの園』において同名で登場する。この女性キャサリン・ボーンは夫デイヴィッドを両性具有の実験に誘い込むことによって、夫の創作を破壊しようとする。キャサリン・バークレーにはそのような実験をする時間的余裕はなかったが、それらしきことをほのめかす。フレデリックが「ぼくはもう十分に君を愛しているよ。君はどうしたいというんだ？ぼくを破滅させたいのか？」(305) と尋ねると、キャサリンは「ええ、そうよ。あなたを破滅させたいの」(305) と答える。二人の会話は表面上はセクシャルなレベルで成立しているが、キャサリンの言葉は不吉な含意を伝える。なぜなら、キャサリンの孤絶の世界はフレデリックの男性性を剝奪する世界でもあったからだ。キャサリン・バークレーはほとんどキャサリン・ボーンに近づいている。「結構。それこそぼくも望むところだ」(305) と応えるフレデリックは、「破滅させる」という言葉をセクシャルなレベルでしか理解していない。

これまで拾い上げてきたキャサリンとフレデリックのロマンチックで甘い戯言のような会話は、評者たちの関心をほとんど引かなかった。語り手フレデリックもキャサリンの言葉に特別な意味を見出すことなく甘い過去の記憶に浸っているか、あるいは違和感を感じながらも解釈を放棄しているかのいずれかのようにみえる。キリスト教的愛も勇敢も不条理も、フレデリックが学んだことは洞察として物語に挿入される。しかし、ジェンダーとセクシュアリティの問題は放棄されるか、キャサリンの出産と死によって中断され空白となる。ただ、少なくとも、フレデリックは自己の男性としてのアイデンティティに不安を感じている。このテキスト上の空白と不安こそが、フレデリックによるキャサリンの死体検証報告書の不完全さである。アガペと勇敢という解釈のキーワードは、キャサリン・バークレーというテキストを解読するのには不十分である。

5　キャサリン・バークレーの死体検証

みずからの性意識に不安を感じるフレデリックは、ローザンヌのホテルに滞在中、二つのマスキュリンな世界にしがみつく。ウィスキーとボクシングである。ホテルの給仕がウィスキー・グラスに氷をいれて持ってきたことに不満なフレデリックは次のように考える。「ウィスキーに氷を入れないように言わなければならない。氷は別にして持ってこさせよう。そうすればウィスキーがどれくらい入っているかがわかるし、ソーダを入れても急に薄くなりすぎることはないのだ。それが賢明なやり方というものだ。いいウィスキーはとても心地よい。人生の中で心地よいもののひとつだ」(310)と。キャサリンも飲みたいというワインではなく、「男性的」な酒であるウィスキーの良さを主張し、その飲み方にこだわるフレデリックの時ならぬウィスキー談義は、フレデリックのささやかな男性性主張のように聞こえる。何を考えているのかと尋ねるキャサリンに、「ウィスキーがどんなにいいものかってこと」(310) とフレデリックは答える。キャサリンは渋面を作って、「結構よ」(310) と言う。キャサリンにとってフレデリックの男性性享受は決して「結構」ではないのである。

さらに男性的欲求を満たすべく、フレデリックはボクシング・ジムに通う。「ボクシングをしてシャワーを浴びた後、大気に春の臭いを嗅ぎながら街を歩き、立ち寄ったカフェに座って人々を眺めたり新聞を読んだりヴァーモスを飲むのは、とても快適 (nice) であった」(310–11) とフレデリックは回想する。ジムでは「なわとび、シャドー・ボクシング、腹筋運動」をして「楽しかった (pleasant)」(311)。出産間近のキャサリンが午前中ベッドに寝ているおかげで、ホテルの部屋という「ホーム」の外に出て、男性的なスポーツに汗を流すフレデリックは、男性的な解放感を楽しんでいるようにみえる。これらの小さなエピソードはキャサリンが仕掛けたフレデリックのジェンダー不安とそれに対する抵抗を表象する。その意識をフレデリックは再びあごひげに語らせる。フレデリックは最初、鏡の前でシャドー・ボクシングができなかった。「あごひげを生やした男がボクシングをしている姿は、とても奇妙にみえた」(311) からである。また、ジムのボクシング・コーチは「口ひげ (mustaches)」(311) を生やしていた、とある。口ひげのほうが「男性的」なのである。ひげをめぐる「男性性」の小さなエピソードの意味は、小説のテーマに大きく関わっている。「ボクシングを始めた時すぐにあごひげをそり落としたかったけれど、キャサリンがそれをいやがった」(311)、とフレデリックは回顧する。キャサリンは「私たち何も問題にならない「差異が生じない」国に住んでいるのよ」と差異が無化される世界を主張するが、フレデリックにとってボクシングという男性的世界を志向したとき、非「男性的」なあごひげという差異は大いに「問題」になるのであった。

最終章はキャサリンの入院から死に至るまでを描く。入院手続きの際、キャサリンは「宗教はもたない」（313）と言うことによって形而上的な救いを否認し、「キャサリン・ヘンリー」と署名することによって社会性を欺く。このようにして出産という生物学との闘いの準備をするのである。そして神ではなく、便宜上、医学という科学に身を託す。妊娠と出産はキャサリンにとって生物学的破壊要因を胎内に抱えた闘いなのである。それは女一人の闘いであって、フレデリックは共有できない世界である。それ故、キャサリンは病室では一転してフレデリックに出ていくように言うのである（315、317）。「あなたがいるとわたし自意識が強くなるみたい」（315）とキャサリンは言う。医学／生物学のベッドからは恋人役のフレデリックは排除されるのである。つまり、突然、フレデリックはキャサリンが演出する舞台に一人とり残された脇役となる。それゆえ、フレデリックにできることは、せいぜい病院の廊下で祈ること（314）と、ゴミ箱をあさる野良犬に自己投影することである。「何が欲しいんだい」（315）とフレデリックは犬に問いかける。犬は「彼」と指示されたオスである。ゴミ箱をのぞき込んだフレデリックは「何もないよ」（315）と犬に語りかけるが、フレデリックこそキャサリンの世界から追い出されたオスの野良犬である。フレデリックは野良犬と同様に、自分には何も残されていないと感じているのである。

医師がキャサリンの陣痛を緩和する麻酔用のガス吸入器を扱わせてくれたとき、何もすることがないフレデリックは、あごひげを生やし始めたときと同様に「何かすることを与えてくれた」(317)ことに感謝する。しかし、それはキャサリンの痛みを緩和する手助けにはなっても、キャサリンを救うことにはならない。鏡に映った自分の白衣姿は「あごひげを生やしたにせ医者」(319)に見えるのであった。現代の悲劇は教会に代わってひとまず病院に希望を託す。祈りの代わりに麻酔が悲劇の暴力を緩和してくれるが、麻酔は悲劇の本質(死)から救ってくれるわけではない。フレデリックにできることはせいぜい「にせ医者」にみえる補助役である。生物学の罠から人間を救う救世主はいない。このような認識はアリのエピソードで語られる。語り手フレデリックはみずからの解釈構図を表明する洞察を物語の中に挿入してきたが、キャサリンが死ぬ直前に挿入されるこのエピソードは、語り手フレデリックの最終的洞察であり、最終的な認識を印す。フレデリックはかつてキャンプで焚き火をしたことを思い出す。その焚き火に丸太を入れたのだが、その丸太にはアリが巣くっていて、燃え出すとアリの群れが逃げ場を求めて右往左往し始めた。その丸太に水をかけることによって、フレデリックはいわば救世主になることもできたはずである。そのとおりに、フレデリックは水をかけたのだが、それはウィスキーを入れるためにコップの水を捨てたにすぎなかった。その結果、「アリを蒸し焼きにしただけであった」(328)。このエピソードが意味することは、無関心な神、あるいは神の不在、神なき不条理の混沌、偶然や恣意の世界ということであろう。無関心な神は、コップの水を投げかけるフレデリックと同様に、一見、救済しようという関心を示すようにみえながら、その行為は恣意的で偶然にすぎないのである。「彼ら」と指示された不条理のエージェントは人間を「この世界に投げ込み、ルールを教え、最初にベースを離れたとたんにその人間を殺す」か、それでなくともフレデリックの部下であった「アイモがそうであったように、いわれもなく殺す」(327)のである。この洞察はかつてストレーザでキャサリンと再会したときに、語り手フレデリックが物語に挿入していた「勇気ある者を世界は殺す」という洞察として提示され、物語後半の解釈構図を指示していた。その通りに物語は語られたのである。

キャサリンの死を意識したフレデリックは、死の原因を次のように特定化しようとする。それは「二人が寝た代償」であり、「罠の結末」である(320)。「彼ら」はキャサリンを「ついに捕らえた」のであり、キャサリンを苦しめているのは「自然」である(320)。しかし、キャサリンが「死ぬどんな理由があるというのだ」(320)。「ミラノでの楽しい夜の副産物」(320)である子どもが生まれるだけなのだ、と。小説中にちりばめられた「みがかれた宝石」(Reynolds, *Hemingway's First War* 254)のような語り手フレデリックの洞察は、上記のようにキャサリンの死に臨んで動揺した作中人物フレデリックの混乱した認識が、物語を語っている現在までに「みがかれ」、つまり論理化されて提示されたものと考えられる。それがみずからの過去の経験を再構築する物語の解釈構図を決定しているのである。それが語り手/読者フレデリックによるキャサリンというテキストの読みであり、フレデリックによるキャサリンの死体検証であったのだ。

その意味において、キャサリンの死の意味を考えると興味深い。長びく出産の果てにキャサリンは、自分はもはや「勇敢」ではなく、「彼ら」が自分を「破滅させた」(323)と語る。キャサリンの意識においては、闘いの相手は出産ではなく、みずからの女の身体を支配する生物学であり、さらにはその生物学を手先とする不条理である。フレデリックがみずからの洞察の中で使用する「彼ら」という代名詞はキャサリンが使用する「彼ら」の反復と思われる。この小説がフレデリック・ヘンリーの教育を描いたものだとすれば、その最終的教育はフレデリックがキャサリンの死によって学んだことであろう。即ち、フレデリックが洞察の中で語るように、「彼ら」あるいは「世界」は「勇敢な」人間を殺すということである。

出血が止まらないキャサリンは「私、死ぬわ」と言った後、間を置いて「私は憎い」と言う("I'm going to die," she said; then waited and said, "I hate it.")(330)。その「間」が意味するのは、キャサリンの意識が変化するわずかの時間であろう。キャサリンの意識の世界は、ベッドにかがみ込んで泣くフレデリックの感傷的世界とは決定的に異なり、「彼ら」あるいは「世界」と表現される不条理に一人で対決しなければならない世界である。そこにはフレデリックはいない。手を握ろうとしたフレデリックに「さわらないで」(330)と言うキャサリンの言葉は、その意識の世界から発せられたものであろう。このような意識の変化はもう一度起こる。牧師を呼ぼうかと言うフレデリックに、キャサリンは「あなただけでいい」(330)と答える。そして再び間を置いて「私は恐くない。ただ憎いだけ」("Then a little later, 'I'm not afraid. I just hate it.'")(330)と続ける。フレデリックを巻き込んだロマンチック・ラブの演技の世界と、不条理と対決する現実の世界が、死を前にしたキャサリンの意識の中で交錯する。それまでキャサリンはこのふたつの世界を意識的に切り替えることによって、「気が変だったかもしれない」自己の精神をコントロールできていたのであった。

キャサリンの意識の変化は最後にもう一度繰り返される。何か欲しいものはないかと尋ねるフレデリックに、キャサリンは微笑んで「いいえ」(331) と答える。そして、みたび間を置いて(“Then a little later...”)、「私たちがしたことを他の女の子としたり、同じことを言ったりしないでね」(331) と言う。なぜならば、当初「だって私たち奇妙な生き方をすることになるんだから」と演技開始の合図を送っていたように、二人は「奇妙な生き方」をしてきたからである。かくしてキャサリンの演技の舞台は、反復を拒絶するキャサリンの言葉で閉幕が告げられる。キャサリンの最期の言葉は「あなた、心配しないで…私は少しも恐くないの。汚いトリックにすぎないわ」(331) である。小説の終わりでキャサリンの意識がとらえているものは、小説が始まる以前にすでに、フィアンセの死に臨んで認識していた不条理的世界観である。女の生物学は女を幸せにすると約束するようにみえて、女を女の内側から破壊する。まさしく「汚いトリック」である。そしてそれをフレデリックは学んだのである。確かに「彼ら」は勇敢な人間を潰したのである。

キャサリンに最後の別れを告げるべく、フレデリックは看護婦を病室から追い出し明かりを消したが「無駄であった。彫像に別れを告げるようなものであった」(332)。そしてフレデリックは初春の雨がそぼ降る中、病院を後にする。それは生物学のサイクルを促す雨に支配された人間の姿である。春の雨は芽吹く生命の上にも降るし、死者と喪失者の上にも等しく降るのである。小説の最後において、フレデリックには何も残されていないようにみえる。なぜならば、これはキャサリンの物語、キャサリンの舞台だったからである。主役およびプロデューサーのキャサリンを失い、舞台に一人残されたフレデリックには、演じる役割が何も残されていない。ようやくフレデリックはキャサリンの本質を知る。当初キャサリンはフィアンセの死を「それですべては終わりだった」(19) と残酷なまでに淡々と語ったが、今フレデリックはキャサリンの死を感傷化せず「彫像に別れを告げるようなものであった」と言う。キャサリンの死体は、逃げまどって蒸し焼きなったアリではなく、勇敢に抵抗した末に黒こげになったアリである。それはフレデリックの言う「彫像」にかなり近いものであろう。生物学を手先とする不条理の認識と、肉体的死は精神の終わりという認識は、キャサリンが用意したものであった。キャサリンはみずからの死の意味づけすら行って生の舞台を降りたのである。この洞察は「勇気ある者を世界は殺す」という洞察として提示され、物語後半の解釈構図を指示していたが、ここでその解釈構図は閉じられ、物語も終わる。

フレデリックには何も残されていないという解釈 (Reynolds, *Hemingway's First War* 259; Brenner, *Concealments* 41) は、上記の解釈構図に従って『武器よさらば』を完成された喪失の物語としてとらえることに由来すると思える。しかし、キャサリンの舞台は未完である。キャサリンの死によって中断された部分には、少なくとも損なわれた男性性をひきずるフレデリックの姿がある。小説の終わりで読者が最後に見るフレデリックは、あごひげを生やした喪失者である。春のそぼ降る雨は、そのあごひげをも濡らしたはずである。フレデリック・ヘンリーの物語もまだ終わっていない。事後数年を経て書かれたテキストも、その点を空白にしたままである。その空白はアール・ロヴィットが構想しウェックスラーとスパニアーのフェミニスト批評によって採用された「初学者と師（"Tyros and Tutors"）」（Rovit 53-77）という図式、即ち、キャサリンによる「フレデリック・ヘンリーの教育」という図式で解釈してもなお残るテキストの空白である。この空白は、キャサリンが仕掛けたジェンダーとセクシュアリティの変化が未完のまま寸断された後に横たわる空白である。その空白の中で、フレデリックは深い不安に襲われているのである。フレデリック・ヘンリーは決して、歯を食いしばって喪失を非情に耐えるマスキュリンなハード・ボイルド・ヒーローではない。

6　不安の源泉

スイスにおける短命な牧歌的生活に潜む不安は、従軍牧師が描く故郷アブルッツィが表象する価値に対するキャサリンとフレデリックの認識の差異によると解釈できよう。負傷したフレデリックを病院に見舞った牧師は、アブルッツィをこう描いていた。「私の故郷では人は神を愛するものだと理解されています。それは汚い冗談ではないのです」(71)と。

夜中にフルートを吹くのは禁止されています。若者がセレナーデを奏でるにも、フルートだけは禁じられています。…夜中に娘たちがフルートを聞くのはよくないからです。百姓たちはみんな「旦那」と呼んでくれるし、出会うと帽子を脱ぐんです。…ランチを持っていく必要はありません。百姓たちの家で食事をとると、いつも光栄に思ってくれるからです。(73)

ロバート・ソロタロフによると、アブルッツィは性と変化が支配する生殖過程から隔絶した「無変化の相」(14)を代表し、百姓たちが高貴な人間や客に「旦那」と呼びかけ、食事を提供して敬意を払う「家父長的ヒエラルキー」(14)の痕跡を表す。またポール・シヴェロはアブルッツィをアナクロニズムと規定し、「キリマンジャロの雪」に描かれた「時間と自然のプロセスの腐敗から永遠に隔離された豹のように、アブルッツィの百姓たちは彼ら自身、時の中に『凍結している』のである」(77)と言う。戦争と性欲の迷妄から覚めたフレデリックがキャサリンとの家庭的幸福に求めたものは、封建的な差異と秩序が固定した「無変化」のジェンダーであり、下層の百姓ならぬ女性キャサリンのアガペ的奉仕であった。キャサリンは「旦那(Don)」と言う代わりに「ダーリン(Darling)」と呼びかける。しかし、固定した「無変化」のジェンダーを維持しながらマスキュリンなアイデンティティの喪失を感じるということは、それ自体矛盾であり空虚であり不安である。フレデリックの不安はジェンダーとセクシュアリティの変化に対して抵抗し葛藤する心理の表象である。一方、構造化されたジェンダーを偽装することによってキャサリンが求めたものは、不条理の混沌に対して性的差異すら無化する「無変化」と孤絶の世界であった。しかし、その「無変化」はみずからの胎内で変化の時を刻む「生物学の時計」(Solotaroff 16) に侵害されているのである。ロマンチック・ラブの一体感に潜む二人の「無変化」意識の差異とその無効性こそが、『武器よさらば』というテキストが生み出す不安の源である。

(注) 顔に落ちる月明かりと狂気の関係について、ヘミングウェイは一九二〇年にグレイス・クインラン(一九一九年の秋に知り合ったミシガン州ペトスキー生まれの女性) 宛の手紙の中でも言及している。この手紙はベイカーが伝記の中で引用しているし、手紙本文はベイカー編の書簡集に収録されている。ヨーロッパから帰還後の一九二〇年の夏、二十一歳になってまもないアーネストは、妹や地元の娘たちとミシガン州の別荘近くにあるワルーン湖のライアン岬で深夜のピクニックを強行したために、別荘から追放された。その事情をアーネストはクインランに次のように手紙で書いた。別荘から追い出されたアーネストは友人たちとブラック川へ釣りの旅に出かけたが、夜中に毛布にくるまって横になり「月を眺めながら長い長い瞑想にふけるのは最高だった。シシリーでは顔に月の明かりを浴びて眠ると頭が変になるという迷信がある。気がふれる(ムーンストラック) ってやつだ。多分、ぼくが悩むのはそのせいだ」(Baker, *Letters* 36)。これは『武器よさらば』における同様の描写に通じ、それをメタファーとして解釈することに説得性をもたせてくれよう。

第12章　両性具有ハドレーと二人のキャサリンの「エデンの園」

前章で見てきたように、『武器よさらば』は単なる反戦小説でもなければ、戦場を背景にしたロマンチックな悲恋物語でもない。家父長的な男性中心の物語でもなければ、狂気と思われるほど純真で従順な女の物語でもない。さらには、伝統的な成長物語でもなければ、悲劇をストイックに耐える男を描くハード・ボイルド小説でもない。つまり、『武器よさらば』は無駄のない完成された物語あるいは閉じられた物語ではない。実に奇妙な恋愛物語なのである。『エデンの園』の出版を契機として、両性具有願望がヘミングウェイ文学の新次元として解明され、ヘミングウェイ再評価を推進してきたが、『武器よさらば』も例外ではないことは、これまでに見てきたとおりである。しかし、閉じられた物語という構図からはずれるキャサリン・バークレーの両性具有的欲望は、作者ヘミングウェイの創作上の不完全さの痕跡なのか、あるいはヘミングウェイ文学の読み直しを迫るものであるのか。そもそも、ヘミングウェイ文学における両性具有願望という要素はどこに、あるいは何に由来するのであろうか。この議論を牽引したケネス・リンとマーク・スピルカは、両性具有願望の起源をヘミングウェイ個人の幼少期における双子体験あるいは性的倒錯に求めた。しかし、両性具有願望研究は伝記を越えたテキスト研究として発展する一方で、心理分析を加えられた伝記は両性具有願望の起源としては一過性の関心事にとどまった。今日、ヘミングウェイ文学における両性具有願望を論じるのに、実証性に欠ける伝記の援用はもはや必要ないのである。

しかし、心理分析とは異なる実証性の高いもうひとつの起源を、伝記上の証左および原稿の中に見出すことができる。以下に展開するのはそれを論証する議論であるが、これはあくまでも試論であり、不十分さは免れない。それでも、この議論および議論の中で提供される情報は、ここ数十年にわたってヘミングウェイ研究の隆盛を支えてきた両性具有願望論議にひとつの新たな展望を提供できるものと思われる。ただ、この研究は結論として、ヘミングウェイの最初の妻であり、貧しい修業時代を支えた糟糠の妻と一般的に考えられているハドレーのセクシュアリティを露にすることになる。それゆえ、これまでのヘミングウェイ研究が秘匿としてきた聖域に踏み込むという意味で、これは秘密の研究である。しかしこれは同時に、これまでみてきた作家ヘミングウェイの形成にあずかった創作素材としての経験に、もうひとつの決定的な経験を加えることになる研究でもある。

1　両性具有キャサリン・バークレー

一九九〇年に今村楯夫の『ヘミングウェイと猫と女たち』が出版されたとき、新鮮な驚きを覚えた読者は少なくないであろう。当時は、マッチョ・ヘミングウェイ崇拝は衰微していたとはいえ、「ヘミングウェイ・ヒーロー」の成長物語とそのヒーローがよって立つ掟、即ち「コード」を読み解いたフィリップ・ヤングの影響が支配的であり、それを超える解釈は展望しがたく、ヘミングウェイ研究は停滞気味の感があった。そのような折に今村は「男性的」作家ヘミングウェイを「女性的」視野の中で捉えたのである。その骨子は「序」においてすでに紹介したが、今にして思えば、『ヘミングウェイと猫と女たち』はヘミングウェイ再評価の中心となる研究であった。七十年代の終わりから八十年代にかけて、ヘミングウェイ研究のリヴィジョンが急速に進んだが、その核となるのはヘミングウェイのマチズモ解体であった。女装をした幼年期のヘミングウェイの写真を公開して、そこからヘミングウェイの私的な生い立ちに起因する性的倒錯論を展開したケネス・S・リンや、同様にヘミングウェイの幼少期における性的不安を指摘しながらも、文学や芸術に表現された両性具有という文化的コンテキストの中で、ヘミングウェイに内在する男性性と女性性の葛藤を分析したマーク・スピルカはその代表者である。ジェンダーやセクシュアリティが批評上のキーワードであるのはヘミングウェイ研究に限られたことではないが、一般的にマッチョと考えられていたヘミングウェイの作品研究においては、ジェンダーとセクシュアリティの観点からの読み直しは特に成果を収めているように思える。

これまで見てきたように、人物像が逆転するほどの読み直しがなされているのは『武器よさらば』のキャサリン・バークレーである。ジョイス・ウェックスラーとサンドラ・スパニアー以後、『武器よさらば』研究はキャサリンの両性具有願望の解明に焦点を絞らなければならない。ウェックスラーとスパニアーの研究においては、キャサリンの演技を読み取ることと、キャサリンをある種のヒーローと規定することに議論が集中するあまり、両性具有願望もキャサリンの演技として解消されているようである。しかし、キャサリンの両性具有的な言動は、演技という視点を導入しても解消できない当惑を読者に覚えさせる。再度、確認しておくと、ここで言う両性具有とは、あるいはヘミングウェイのテキストで描かれる両性具有とは、「伝統的に男性あるいは女性のものと考えられる特性、役割、行動、そして性行為における体位を、混交あるいは交換すること」(Spilka, *Hemingway's Quarrel* 4)、または「男あるいは女としての特徴と、男女によって表現される人間的な衝動が、厳密には振り分けられていない状態」(Heilbrun x) と定義され、議論はジェンダーとセクシュアリティが分かちがたく混在している領域に分け入ることになる。その領域こそが、ウェックスラーとスパニアーによる研究のかなたに展望できるキャサリン・バークレー研究である。

ジュディス・フェッタリーは批評家たちがキャサリンの性格の矛盾に当惑していることを指摘し、その代表者としてジェイ・ゲレンズを挙げる。ゲレンズはキャサリンの性格上の矛盾を「性的に不身持ち」だが「どうしようもなく清純」、「ベオウルフのような強さ」をもっていながら「売春婦のように振る舞っていると感じてホテルの部屋で動揺する」、「鹿のように優しい」がボートのオールで腹部を突けば流産して楽になるというように「乱暴な考え方をする」、と指摘している（*Resisting Reader* 65-66）。フェッタリーはこれに対して、次のように言う。「キャサリンの矛盾は解決できるようなものではない。なぜなら、彼女の性格は彼女以外の力によって決定されているからである」（*Resisting Reader* 66）。「彼女以外の力」とは「男の心理と男の空想」（*Resisting Reader* 66）であり、キャサリンの性格は「彼女をとりまく男の世界の必要に対する一連の反応」（*Resisting Reader* 66）である。それゆえ、「キャサリンの性格の『複雑さ』に接近する最良の方法は、彼女を一連の暗号のひとつとして見ることである。それを解読してみれば、この古典的恋愛物語の背後に潜む、女に対する根源的敵意が明らかになる」（*Resisting Reader* 67）とフェッタリーは言う。

この解釈はキャサリンの演技という視点の導入によって崩れる。キャサリンの言動と行動、つまりキャサリンの性格の表象と思えるものが「男の世界の必要に対する一連の反応」の演技であったとすれば、キャサリンの性格は矛盾しない。「キャサリンは男の観点から自己を定義する」（*Resisting Reader* 67）とフェッタリーは言うが、実際は「男の観点から定義した自己を演じている」のである。物語中のフレデリックは、このように男性にとって都合の良いように振る舞ってくれるキャサリンを、「奉仕する愛」と「勇敢」というレベルで享受賞賛し、それを語り手としてキャサリンから学んだ不条理との闘いというドラマに組み込んで解釈しているのである。もはや、キャサリン・バークレーという「暗号」は作者アーネスト・ヘミングウェイに対する評者たちの性偏見では解読不可能である。

2　作者ヘミングウェイの両性具有不安

批評家ばかりではなく、フレデリック・ヘンリー自身が当惑したキャサリンの両性具有的な願望は、キャサリンの死によって中断されているわけであるが、ヒロインに両性具有的特性をもたせるのは、性に関する作者ヘミングウェイの単なる気まぐれであろうか。あるいは別次元の解釈が用意されているのであろうか。それともテキストはそれによって何かを表象しているのであろうか。『誰がために鐘は鳴る』において、ロバート・ジョーダンと過ごすマドリードでの生活を空想するマリアは、髪がロバートと同じ長さになって「あなたのようになりたい…。そうなったら髪を変えたくないわ」(345) と言う。スペイン内乱の犠牲者マリアの両性具有的な願望は、ピラールがジョーダンの死を予見した後の限られた時間が促した情熱の発露であったと解釈もできよう。一方、第一次世界大戦の犠牲者でアメリカでの生活を少女のように夢見る（ふりをする）キャサリン・バークレーの場合は、たとえ出産による死を予期していたとしても、マリアの場合よりもはるかに両性具有的な欲望を実践に移す時間的余裕はあったのである。

キャサリンの両性具有願望を論じる評者たちの見解は、作者ヘミングウェイの欲望の表出という考えに傾いている。セクシュアリティの観点からロバート・ソロタロフは、フレデリックに内在する男性性と女性性の相克を読み解く。その相克とは、「[フレデリックは]男性的活動の世界における自分の場を否定されているので、もっと大きな逃走を始めることができるのである。つまり、抵抗したくてたまらないと同時に、屈したくてたまらない自己のある部分に屈することができるのである」(9)というものである。つまり、フレデリックには戦争という男性的世界に対置するキャサリンとの家庭的幸福に「屈したい」という欲望が内在する、という指摘である。ただ、フレデリックはキャサリンの女性性に全面的に屈することを「飲み込まれること」(11)として恐れている、即ち、去勢恐怖を抱いている、とソロタロフは解釈する。そして、スピルカを踏襲して、その恐怖は作者ヘミングウェイのセクシュアリティが投影されたものである、と言う。それゆえ、フレデリックはみずからの男性性を回復するためにキャサリンの死が必要であり、そのために作者ヘミングウェイは「みずからが創作した美しくて勇敢で寛大な女性さえ」(12)殺すのである。フレデリックの内部にある性的葛藤は「変化に対する抵抗」(12)を示すものである、とソロタロフは結論する。この論もキャサリンを殺したのは、テキストにコード化された作者ヘミングウェイの男性性であるとする解釈である。そうすると人間の生死を司る生物学や不条理というこれまで論じられてきた『武器よさらば』解釈のキーワードは、作者が抱く男性性の優越意識をカモフラージュする偽装であることになる。このような読みは、ケネス・リンとスピルカが唱道した両性具有論を批判的に継承したナンシー・R・カムリーとロバート・スコールズおよびデブラ・モデルモグの見解、即ち、作者ヘミングウェイはヘテロセクシュアルの側から性の境界線とその向こう側を見ているのだ、という議論を先取りすると考えられる。

ソロタロフを追認するビックフォード・シルヴェスターは、フレデリックの退屈を指摘した「仕事を失ったオセロ」(257) というキャサリンの言葉に言及して、フレデリックは「目的を失った後の『仕事のない』内なる真空地帯」にあり、それは「キャサリンが死ぬ前においてすら重苦しい空虚であり、小説の終わりまで変わらない」(178) と言う。シルヴェスターによると、『武器よさらば』はヘミングウェイが一九二〇年にシカゴで書いていた未完の空想的習作「オーペン物語」("The Tale of Orpen") が計画的に検証されたものと考えられる。シルヴェスターはこの習作の概要を以下のように紹介している。戦争で負傷したイギリス人兵士オーペンは、意識を回復するまでの間に、戦闘にうみ疲れた歴史上の英雄たちが集うヴァルハラ (Valhalla—北欧神話の最高神「オーディン (Odin)」の殿堂で、戦死した英雄の霊を招いて祀るところ。この英雄たちは「神々の黄昏」という世界終末の戦いに備えて、世の終わりまで武事に励む) と、かつて自分が作曲をしていた母の音楽室で母が迎えてくれるという天国を夢に見る。オーペンはヴァルハラの戦争には戻りたくない、母の音楽室でずっと作曲をしていたいと打ち明ける。母に、そして手術室で目が覚めたときは看護婦に、もうヴァルハラには戻らなくてよいと言われる。夢の早い段階で、この兵士はネルソン提督を始めとする伝説的な戦士たちが、戦場ではなく静かな庭と家庭を、戦友ではなく妻を恋しがる声を聞いていた（179）。

シルヴェスターによれば、この空想物語はオーペンの母親の“herstory”（180）（男性中心の歴史・物語“history = his story”に対する女性の観点からの歴史・物語“her story”）とも呼べるもので、それが説くところは「男性がもつ攻撃性は生得的というより条件づけられたものであり、炉辺のもつ価値は男にも女にも等しく第一義的であると思われる」（180）ということである。ヘミングウェイは早くに「炉辺とベッドと音楽室がもつ価値（伝統的に女性のものと考えられる価値であり、みずから個人的にみて本来的に女性的であると直感していた）は、男女両性の深奥にある必要性の——つまり、人間の根本的な必要性の——表出である」（181）という可能性と進んで創造的に戯れていた。かくして、シルヴェスターも『武器よさらば』は作者ヘミングウェイの「両性具有との揺れ動く私的な葛藤」（180）を実証しているとして、スピルカを踏襲する。ただ、シルヴェスターの解釈がスピルカの、あるいはソロタロフの見解と異なるのは、この性心理劇は作者の潜在意識によってテキストにコード化されているというより、「オーペン物語」との継続性を考慮してみると、作者ヘミングウェイの「ほとんど計画的なものである」（180）と考えている点である。

3 両性具有の新妻、ハドレー・リチャードソン

キャサリン・バークレーに見られる両性具有的な欲望とフレデリック・ヘンリーが感じるジェンダーおよびセクシュアリティの不安は、意識的か無意識的かの違いはあるものの、作者ヘミングウェイの性意識の表出と解釈されている。そうすると、幼年期に母親によって植えつけられたヘミングウェイの性的不安を一九八七年に指摘したケネス・リンから、批評状況はそう遠くには来ていないことになる。ここでもう一度、今村の『ヘミングウェイと猫と女たち』に立ち返り、キャサリン・バークレーをはじめとする女性登場人物の形成に影響を与えたと考えられる妻ハドレー像の変容について触れたい。ハドレーという主体も創られるテキストだからである。今村が詳細にたどる「猫的」な女性ハドレーと「猫的」な女性人物キャサリン・バークレーやマリアとの相関は、やがて「雨の中の猫」の若い妻が猫と長い髪を欲望することに触れられる中で、その論点が猫から髪に対するヘミングウェイのフェチシズムへと移る。しかしながら、その議論が両性具有論へと発展する過程で、ハドレーという「子猫ちゃん」はどこかへ消えてしまっているようである。今村の見解におけるハドレーは、ヘテロセクシュアルの夫アーネストに猫のように甘える従順でヘテロセクシュアルな妻であり、また、アーネスト好みの甘えられる姉さん女房でもある。ハドレーがキャサリン・バークレーの主要なモデルの一部であることは指摘されながら、今村のハドレー像において、キャサリン・バークレーから『エデンの園』のキャサリン・ボーン

へと引き継がれる両性具有的セクシュアリティの形成に、ハドレーは寄与していないようである。しかし、今村も参照しているケネス・リンはすでにハドレーのセクシュアリティに、深入りはしていないが、言及はしている。リンによると、ハドレーとヘミングウェイは結婚前に手紙で性経験を語り合った。その中でハドレーはブリン・モア大学時代のルームメイト、エドナ・ラパロの母親がレズビアンだったことを語った。女を愛する女にとって人生は、そうでない場合よりもどれほど楽しいかをミセス・ラパロは教えてくれた、とハドレーは語った。そして、ハドレーは次のように手紙を続けた。「私はとても暗示にかかりやすいものだから、自分にもこのような卑しい性的感情があって、[ミセス・ラパロも] 私にそのように感じているものと思い始めていました」(Lynn 143)。結果的にハドレーは同性愛に強くひきつけられることはなかったようだが、一般的な意味でのヴィクトリアンでヘテロセクシュアルな糟糠の妻というハドレー像は、少なくともそのセクシュアリティにずれが生じたのである。

ただ、リンは上記の手紙をバーニス・カート著 *The Hemingway Women* (1983) から再引用している。一方、カートはアーネスト宛のハドレーの手紙 (一九二一年六月七日付) から直接引用しているが、ハドレーのレズビアニズムは否定する。その証左としてカートは、リンが利用したハドレーの手紙の続きの部分を引用している。

あちら側のこと (on that side) は不安がることはありません。かつて、あれほどまでに私のことを好きになってくれた人に、私もその人のことが同じように好きなのだと思わせられたことがありました。でも、今はそんなことはないとわかっています。私は別の種類の人(other kinds)のほうが好きなんです。女の人はほとんどいなくて、男の人はいろいろすごくたくさんなの(very few women and a great many kinds of men)(96)。

つまり、ハドレーはミセス・ラパロとのレズビアン的欲望を一時の気迷いとして否定し、自分は「あちらの側」の人間ではなくヘテロセクシュアルなのだと言うことによって、婚約者のアーネストを安心させているのである。カートはそれを信じてか、ハドレーは「男が好きだったのだ」(96)と断定してこの議論を閉じている。しかし、引用した手紙の最後の文章にみられる曖昧さは、断定をためらわせるのではないだろうか。

一九九二年に出版されたジオイア・ディリベルト著 *Hadley* は上記の点にもっと踏み込んだ記述をしている。ディリベルトが強調するのは、ハドレーの母親フローレンスがエドナ・ラパロとその母ミセス・ラパロをレズビアンだと疑い始め、ハドレーがミセス・ラパロにレズビアンの欲望を抱いているのではないかと責めた、という点である。フローレンスの疑念に根拠はないようだが、ディリベルトによると母フローレンスは潜在的に同性愛者であったと語る孫たちがいるとのことである。よって、母フローレンスの心配は、抑圧しているみずからの性的欲望が娘に遺伝しているのではないか、ということではないかとディリベルトは推測する。いずれにしても、ハドレーは母の非難に大きなショックを受け、ラパロ家とのつき合いをやめるが、それによる心痛に長く苦しむことになる（24–25）。

ディリベルトはハドレーのレズビアニズムを示唆するもうひとつの出来事を紹介している。ラパロ家との交際を絶ったあとの暗澹たる日々、ハドレーはエルサ・ブラックマンを頼みにするようになる。エルサはハドレーの少女期における最も親しい友人であった。六歳も年上であったが、二人はピアノと音楽に対する情熱を共有していた。ハドレーはエルサに恋愛感情とおぼしき尋常ならざる感情を抱いていたことを、エルサの姪チャリス・バックミンスターが記憶している（27）。エルサ自身、のちに別の女性と長らく関係をもつ同性愛者であった（28）。このように、ディリベルトは思春期以降のハドレーにレズビアニズムの疑いを示唆し、さらにはハドレーの容姿に両性具有的特徴を見る。ハドレーは運動選手のような体つきをしていて、顔にはそばかすがあり、ボーイッシュな容姿であった、とディリベルトは指摘する。さらに、アーネストが好む女性のタイプについて次のように言う。「［アーネストは］どこか両性具有的な強くて知的な女性に惹かれた。たとえばハドレーは背が高くて運動選手のようで、化粧はせず、髪は男子生徒のように短く切っていた。しかし、このようなことは彼が単に容貌と振る舞いが自然で、因習的な女らしさにとらわれない女性を好んだ、ということを示すに過ぎない」（110）。カートもリンもディリベルトも、ハドレーのレズビアニズムあるいは両性具有を示唆しながらも、それ以上の深入りはできなかったようである。

ハドレーのセクシュアリティに最も踏み込んだ研究は現在のところJ・ジェラルド・ケネディ著 ***Imagining Paris***（1993）であろう。同書はパリ時代のハドレーが両性具有的性行為に積極的であったことを示唆する証左を提示する。ケネディによると、一九五〇年代に執筆が再開された『エデンの園』は『移動祝祭日』と同時進行で書かれていて、両作品は「同じ物語に関する別々だが相互に関連しているバージョン（separate but related versions of the same story）」（131）である。「同じ物語」とは「一人の若い作家が無垢から両面性をもつ性の複雑さへと堕落」（131）する物語である。その証左としてケネディは『移動祝祭日』に関係する十九ページからなる未発表のスケッチ原稿の存在を指摘し、この原稿が両作品を結びつけ、「両性具有と都市パリの環境との重大なつながり」（131）を強調すると主張する。

ケネディが公開して紹介する原稿（ケネディ図書館所蔵ヘミングウェイ・コレクション原稿256）をみると、そこに若い作家と妻との秘め事を垣間見ることができる。つまり、一九二四年にカナダからパリに戻った頃のヘミングウェイ夫妻が両性具有的な性の実験を試みていたことが描かれていて、それが『移動祝祭日』のヘミングウェイと『エデンの園』のデイヴィッド・ボーンあるいはニック・シェルドンを結びつけるとケネディは言う。この原稿で語り手「ヘミングウェイ」はまず高級でお上品なセーヌ右岸を避けるためにボヘミアンな長髪にしたこと、長髪は「忌まわしい（damned）」と考えられていて、それが何かは語られていないが、彼と妻はともに「忌まわしい」と考えられることを楽しんだ、と回顧する。そして二人は「野蛮人（savages）」のように暮らし、「自分の部族のルール（our own tribal rules）」に従い、「自分たちの慣習と自分たちの基準、秘密、タブー、そして快楽（our own customs and our own standards, secrets, taboos, and delights）」をもっていたと語る。その「野蛮」ぶり、その「慣習」や「秘密」や「快楽」を示すものとして、ヘミングウェイと妻はユニセックスな同じ髪型にする計画を語りあう。そればかりではなく、妻ハドレーは髪の長さをまったく同じにするという「秘密のひとつ（one of the secret things）」を明かし、次のように誘う。「タティ、わくわくするようなことを思いついたの。…［あなたの髪が］私のと同じになれるかもしれないって考えたの。…私、待つわ。そしたら二人とも同じになるわ（"Tatie I thought of something exciting." … "I thought maybe [your hair] could be the same as mine." … "I'll wait and then it will be the same for both."）」。そして誘惑された「タティ」（ハドレーが好んだ夫ヘミングウェイの呼称）は、「私たちは腰を下ろした。彼女は秘密めいたことを言い、ぼくも秘密めいたことを言い返した（We sat and she said something secret and I said something secret back）」と語り、妻とひそかに分かち合った快楽を回想する（未出版原稿からの引用はすべて Kennedy 134–36）。

　この原稿に基づいてケネディは次のように推論する。若きヘミングウェイ夫妻がパリで実践する肩まで長い髪型の相似形願望は、『エデンの園』の未出版部分に登場するニックとバーバラのシェルドン夫妻によって反復される。また、このスケッチ原稿に描かれるヘミングウェイ夫妻にはジェンダーの交換はないものの、繰り返される "secret things" という言葉は『エデンの園』で用いられる“devil things”に呼応し、短い髪型の相似形を望むボーン夫妻のセクシュアリティの実験を示唆する。いや、これは示唆にとどまらない。このスケッチ原稿には髪を短く刈ってきたハドレーが夫に「首の後ろをさわってみて」と言う場面があり、そこで興奮した夫ヘミングウェイは再び「秘め事」をささやく。

私は［ハドレーの短く刈り込んだ髪の］絹のようになめらかな軽さと、首のあたりに反発する鈍さを手に感じながら、秘密めいたことを言った。すると彼女はこう言った。「あとで」「きみは」と私は言った。「きみは」(136)

きわめて性的な、しかもオーソドックスではない秘められた性の含意をもつヘミングウェイ夫妻の会話は、そのままボーン夫妻に引き継がれる。『エデンの園』の冒頭で最初の“surprise”として短髪にしてきたキャサリンは「私は女の子。でも今は男の子でもあるの」(15) と言う。そして、夫デイヴィッドに刈り込んだ髪や首まわりをさわらせる。ヘミングウェイ夫妻の長い髪はシェルドン夫妻に、妻ハドレーの短髪はキャサリン・ボーンへと描き分けられる。

ヘミングウェイにとってパリは、その複雑さに対比される素朴なミシガンへのノスタルジーを高め、シャーウッド・アンダソンの助言どおり、外国暮らしの中で明確な輪郭を見せたアメリカ、特にミシガンを回想する創作を促した。しかし、パリはヘミングウェイをセクシュアリティの多様性と混乱にさらしたのであり、そのパリをキャサリン・ボーンが表象しているのだ、とケネディは論じる。ヘミングウェイにとってキャサリン・ボーンはパリなのである。回想録の形式をとる『移動祝祭日』の主人公はオーソドックスでヘテロセクシャルであるのに対して、フィクションである『エデンの園』の主人公は性の多様性を受け入れる。つまり、先の引用文を借用すれば、両者は「同じ人物に関する別々だが相互に関連しているバージョン」ということになろう。もともと『移動祝祭日』で主人公は **"Hem"** あるいは **"Tatie"**、つまり作者の実名と妻ハドレーによる実際の呼び名が使われているが、この人物は回想録の中で創り上げられた「ヘミングウェイ」である。この虚構化された「ヘミングウェイ」と文字どおりの虚構『エデンの園』の主人公デイヴィッドは、それぞれアーネスト・ヘミングウェイという人物の半身なのである。女性人物の意識を通して暴力的な性行為を描いた「北ミシガンにて」を携えてパリへと旅立った一九二一年からわずか三年後、ヘミングウェイの性にまつわる概念は多様性と複雑さと豊かさを急速に増していたのである。そして、性の多様性はヘミングウェイの創作の主要なモチーフとして二十年代の作品で既に、露骨ではないが巧妙に、繰り返し描かれるのである。しかし、遺稿の中にかくも頻繁に、しかも五十年代にいたるまで執拗に、両性具有的欲望があからさまに描かれているのは驚きである。オークパークの「外」にある暴力との遭遇がヘミングウェイ文学の基本的構造であることを解釈してきたが、その暴力のひとつである性の多様性についてはひそかに、しかしながら露骨に、執筆が進められながら、その多くは未完のまま葬られるか、意図的に公刊を控えられたのである。

ここで、キャサリン・ボーンからキャサリン・バークレーに戻らなければならない。『武器よさらば』においてキャサリン・バークレーが両性具有的願望を表現するのは、ヘテロセクシュアルで男性中心的な場である戦場を逃れた恋人たちに用意された牧歌的な別世界においてであった。作者ヘミングウェイはその牧歌性を、パリ修業時代の一九二四年に両性具有的な欲望の実践を積極的に試みた若妻ハドレーを素材として描こうとしたと考えられるのである。しかし、ヘミングウェイはおそらく、戦場と負傷と出産と死を描く伝統的な悲劇の物語と両性具有的欲望との整合性をもたせることも、両性具有的欲望を物語化することもできなかったのである。それゆえ、両性具有的特徴を帯びる牧歌的な物語を終わらせる解決方法はただひとつ、キャサリンを殺すことであったのだ。従順であれ勇敢であれ、長らくヘテロセクシュアルであることを疑われなかったキャサリン・バークレーの両性具有的テキストは、宙吊りのまま閉じられるのである。それが『武器よさらば』というテキストが読者に覚えさせる不安の原因ではないかという解釈は先に提示したところである。中断されたキャサリンの両性具有的欲望の物語は、二十年後にもう一人のキャサリンに受け継がれるわけである。ヘミングウェイは両性具有願望の原型と推測される妻ハドレーの髪型と性行為の実験を『移動祝祭日』において回想しながら、同時に、積極的に両性具有的欲望を表現するもう一人のキャサリンを小説『エデンの園』で物語化したのである。少なくとも、現在までの研究から、このような推測は許されるであろう。二人のキャサリンは一人のキャサリン。つまり、ケネディの言葉を再度借用すれば、二人のキャサリンは「同じ人間に関する別々だが相互に関連しているバージョン」ということになろう。「同じ人間」とは、結婚後まもない頃のヘミングウェイの若妻ハドレー・リチャードソン・ヘミングウェイである。

　糟糠の妻ハドレーの両性具有願望は、明かすべからぬ秘密か、ヘミングウェイ研究では長い間ベールに包まれたままであるし、ベールをはぐ気運もない。ケネディが一九九三年の早くに指摘しながら、その後、ハドレーのセクシュアリティがヘミングウェイ研究で議論の対象になったという記憶はない。無名時代のヘミングウェイを支え、自分の信託預金を夫の貧しい修業時代に捧げ、最初の子を産み育て、夫の心変わりにみずから身を引いたヘミングウェイの最初の妻ハドレーの性の秘密を明かすことは、冒瀆的行為なのかもしれない。しかし、ハドレーに支えられた修業時代の夫アーネスト・ヘミングウェイ自身、妻ハドレーの性癖を記憶にとどめていて、作品の素材として利用したのである。ヘミングウェイ・テキストに内在する両性具有願望を、ケネス・S・リンとマーク・スピルカは幼少期におけるヘミングウェイの女装および双子体験から説き起こした。一方、ロバート・ソロタロフとビックフォード・シルヴェスターは、両性具有願望を作者ヘミングウェイに内在する欲望の表出としてとらえた。これらの心理分析的アプローチに比すると、これまで論じてきたハドレーの両性具有願望の解明は、原稿と伝記を証左とする相対的に実証性の高い議論を提供できたのではないだろうか。

　釣り、ボクシング、戦争、闘牛、サファリなどの暴力的世界を描き、暴力との接触を主たる経験とする「男性的」成長物語を展開し、そこに勇敢でヘテロセクシュアルな男性像を構築する傾向にあるようにみえるヘミングウェイ文学は、その深層にジェンダーとセクシュアリティに関わる性の多様性という豊かな水脈をたたえていたのである。その水脈が幼少期に形成されたものであろうが、最初の妻によって導かれたものであろうが、『われらの時代に』のストーリー群を書いていた一九二〇年代の若きヘミングウェイは、既にその水脈の文学的豊かさに気づいていたのである。ヘミングウェイが早くから意識的に性の多様性に触れていたことは『日はまた昇る』と『武器よさらば』を論じる中でみてきたとおりである。それはもはや、男性中心でヘテロセクシュアルなテキスト上の残像というより、明確な刻印と言うべきであろう。本研究は作家ヘミングウェイの形成を、父と母と息子の物語、ミシガンの辺境とマス釣りと先住民の物語、戦場における負傷と看護婦との恋愛および破局の物語、そして心身の戦傷をひきずりながら戦後の生を模索する物語の創作の中にみてきたが、ここに妻ハドレーの両性具有的性癖をヘミングウェイの文学世界を構成する隠蔽された要素として加えることによって、作家ヘミングウェイの形成、すなわち、若きヘミングウェイの修業期研究の区切りとしたい。

終章　ヘミングウェイを許した故郷の町

ヘミングウェイの読み直しが進む中、一九九〇年から一九九三年にかけて私はイリノイ州オークパークでリサーチを継続していた。未開拓の分野であったヘミングウェイの故郷オークパークの歴史を掘り起こすことが目的であった。しかし、オークパークの歴史研究はマイケル・レノルズがすでに着手しており、まもなく本として出版されたので、私の研究はオリジナリティを失うことになる。ただ、リサーチを続けている間に、ヘミングウェイと故郷との確執に関わる興味深い事実に行き当たった。オークパークは町が輩出したノーベル賞作家を長らく許していなかったのである。現在はオークパーク・ヘミングウェイ財団が創設され、財団を中心にヘミングウェイに関する活動を活発におこなっている。本書は作家ヘミングウェイの形成に関わるオークパークの「過去」から論じ始めたが、ここに作家ヘミングウェイに関わるオークパークの「現在」を報告することで締めくくりとしたい。オークパークの「現在」にみられるのは、作家の故郷の側におけるリヴィジョンであるからである。

1　ヘミングウェイを許さなかったホーム（タウン）

一九二三年、トロント・スター社の特派員としてヨーロッパに滞在し、作家としての修業時代を送っていたアーネスト・ヘミングウェイは、アメリカに一時帰国をし、故郷のオークパークに二、三時間立ち寄った。ちょうどクリスマスを過ごすために夫とオークパークに戻っていた姉マーセリーンに「家族には見せてはいけないよ」（Sanford 215-16）と言って、アーネストは一冊の本を手渡した。それは、アーネストが最初に出版した本『三つの短編と十の詩』であった。マーセリーンはその本を両親には見せないようにはからった。なぜなら、その本には強姦めいたセックスを描いた「北ミシガンにて」が入っており、しかも、登場人物たちはヘミングウェイ家が親しかったミシガンの友人たちがモデルであることは一目瞭然であったからである。

翌年の一九二四年、パリのスリー・マウンテンズ・プレス社から、オークパークの自宅とデトロイト在住のマーセリーンの元に本の注文書が届いた。その本はアーネストの二冊目の本、パリ版『ワレラノ時代ニ』であった。父クラレンスは六冊、マーセリーンは二冊を注文した。後にオークパークの実家を訪れたマーセリーンは、両親にただならぬ気配を感じた。母グレイスはこう語ったのだ。父と母はアーネストの新しい本を読んで「その内容、特に第十章…にショックを受け、ぞっとした」(Sanford 219)。注文していた六冊全部を出版社に送り返した父は、息子に手紙を書いた。「紳士であれば、医師の診察室以外では性病のことなど口にしないものです」(Sanford 219)。この本の第十章(アメリカ版『われらの時代に』の「とても短い話」)は、タクシーの中でデパートの店員に淋病をうつされる男の話である。

カーロス・ベイカーの伝記によると、父クラレンスはアメリカ版『われらの時代に』を一冊買い、息子に「興味深く」読んだと手紙を書いたが、この本にはどこか精神的高揚が欠けていると考えた。「おまえが残酷なものを世間に示したのは確かです。人格の中にある喜ばしい、精神を高める、明るい、崇高なものを求めなさい。探せば、それはあるのです。神は私たち一人ひとりに最善を尽くす責任をお与えになっていることを忘れてはいけません」(Baker, *A Life Story* 160)。

一九二六年、シカゴの書店で息子の長編小説が山積みにされているのを見た父クラレンスは、一冊買い求めた。そのとき店員に、自分が作者の父親であることを隠せなかった、とうれしそうに家族に報告している(Sanford 221-22)。ただ、この小説『日はまた昇る』を「セックス小説」と評した書評(*Literary Digest Book Review Magazine*)を息子に送り、「私は『もっと健康的な』文学を好む」し、「アーネストが将来書く本がもっと高いレベルの主題を扱うことを望む」

(Baker, *A Life Story* 180)と手紙に書いた。一方、母グレイスはアーネストに次のような手紙を書いた。グレイスは町の読書クラブの一員であったが、そのクラブで『日はまた昇る』が書評される日、とても出席する気にはなれなかった。そこで、クラブのある人からの報告として書評を息子に伝えている。「偉大な才能を最低の使い方に身売りしている。今年の最も不潔な本のひとつを書くとは、その名誉は疑わしい」(Reynolds, *The Young Hemingway* 53)。グレイスは続けてみずからの感想を述べている。「おまえは人生にある忠誠、高貴、名誉、清廉に対する興味を失ったのですか。『クソ(damn)』とか『メス犬(bitch)』以外にも言葉を知っているはずですよ。どのページも嫌悪感で胸が悪くなります。ほかの作家がそんな言葉を使って書いた本なら、二度と読まずに火の中に投げ込みます」(Reynolds, *The Young Hemingway* 53)。この母は、アーネストがハイスクール一年のときに、読書課題としてジャック・ロンドンの『野生の叫び声』が指定されたとき、この小説は「クリスチャンの紳士には不適切である」と町の教育委員会に抗議をしたことがある(Reynolds, *The Young Hemingway* 109)。

ヘミングウェイの両親は当時のオークパークの道徳基準を代表していたようだ。ヘミングウェイが二十年代半ばに作家として成功をおさめると、オークパークの人々はヘミングウェイをぞんざいで不敬で無分別な本を書いた堕落した作家として放逐した(Krohe, "The Young Man" 13)。町の人たちはヘミングウェイが書いた本について尋ねられると、一様に「実際、何も知らないんだが」とあわてて前置きをしたという(Fenton 2)。一九五二年に町のある人はこう語った。「アーネストがあのような本を書いたなんて、オークパークにとっては当惑であるばかりか驚きでもあります」(Fenton 2)。

一九六〇年頃まで、町の公立図書館はヘミングウェイの作品を開架から下ろしていた(Krohe, "The Young Man" 20)。地元の新聞『オーク・リーブズ』紙は、町が輩出した大作家の活動をほとんど報告していない。一九五三年にヘミングウェイが『老人と海』でピューリッツァー賞を受賞したとき、同紙はわずか五センチ幅の報告記事を載せただけであった。同じ紙面には、地元の理髪店のコーラス・グループに関する記事が、二倍の長さで掲載されている(Krohe, "Come Home" 24)。また、一九五四年にヘミングウェイがノーベル賞を受賞したときも、同新聞は短い報告を裏面に載せただけであった。アーネストが通ったオークパークのハイスクールが、一九七三年に創立百周年を記念して地元の著名人リストを作成したとき、ヘミングウェイの名前は除外されていた(Krohe, "Come Home" 21)。(尚、同ハイスクールは一九八三年から毎年、"Tradition of Excellence Awards" と題した小冊子で、同校出身の著名人や各界での貢献者を写真入で紹介しているが、ヘミングウェイは初年の一九八三年に紹介されている。)ヘミングウェイばかりではない。オークパークの著名人としてはヘミングウェイより堅実な名声を得ていたと思われる建築家フランク・ロイド・ライトも除外されたのである。ライトは妻と子供たちを捨てて、人妻と暮らしたのであった。この有名な出来事は地元の新聞も取り上げなかった。妻遺棄はオークパークでは許されることでも口にされることでもなかったのである(Reynolds, *The Young Hemingway* 52)。

現在、オークパークにはヘミングウェイ家の者は一人も住んでいない。ヘミングウェイが住んだふたつの家は人手に渡っていた。一九七三年までにオークパークを訪れたヘミングウェイ愛読者は、ほかの有名作家には期待できるような資料館はおろか、ヘミングウェイに関して見るべきものはおよそ何もなかった。オークパークが地元出身の世界的に有名なノーベル賞作家アーネスト・ヘミングウェイを許していなかったのである。ヘミングウェイはオークパークを舞台とした作品はひとつも書いていない。それにもかかわらず、オークパークはヘミングウェイを許さなかった。その背景にはオークパークの社会的文化的特殊性があるようだ。いや、その特殊性はオークパークに特異な環境というより、ヴィクトリア朝時代的なアメリカに内在するものであったと言うべきかもしれない。『日はまた昇る』を不道徳な本と考えたオークパークは、マーク・トウェインの『ハックルベリー・フィンの冒険』を「亡国の文学」として図書館から排除したり、シャーウッド・アンダソンの『ワインズバーグ・オハイオ』を「下水溝」と酷評したアメリカとは別世界であるようには思えないからである。

オークパークがヘミングウェイを許さなかった理由を説明する文書は特にないようであるが、モリス・バスキー（元オークパーク・ハイスクールの歴史教員、オークパーク・ヘミングウェイ財団の創始者の一人で元会長）は私信（一九九二年二月三日付）で次のように説明してくれた。ヘミングウェイの幼少期は家庭、教会、学校、そしてコミュニティがひとつにまとまった強力な影響力によって形成されていた。両親、教師、それに教会とコミュニティの指導者たちは同一人物であるか、目的と価値を共有する結束の固いグループの人たちであった。たとえば、ヘミングウェイはハイスクール一年の英語のクラスで旧約聖書物語を習った。担当した教師はフランク・J・プラットで、プラットは第一会衆派教会を通じてヘミングウェイの両親とは懇意であった。ヘミングウェイは四方から監視される中、オークパークの社会に順応していったようである。

しかし、ヘミングウェイは必ずしも評判のよい子供だったわけではない。バスキーの知人によれば、彼女は毎日、小学校へ子供を迎えに行っていた。ヘミングウェイのいじめから子供を守るためであった。また、ヘミングウェイと幼なじみの男性によれば、ヘミングウェイと二人で別の少年を家まで追いかけて行って殴ったことがある。あとでその子の兄に校庭で殴り返され、ヘミングウェイ医師に手当てをしてもらった。ヘミングウェイは小学校八年のときには、ほかの男の子より体が大きくなっていたので、このような話は信じてよいだろう、とバスキーは言う。また、バスキーの友人によれば、ハイスクールの理科の先生はヘミングウェイのことを「甘やかされた生意気なガキ」と言った。ある女性の兄弟は、ハイスクールの陸上部のマネージャーをしていたヘミングウェイと口論になり、スタート用のピストルで胸を撃たれて火傷をした。ヘミングウェイのクラスメートの一人は、アーネストには“I-trouble”があった、つまり、うぬぼれが強かったと回想している。

オークパークがヘミングウェイを嫌ったのは、ある程度「悪ガキ」ヘミングウェイに関する記憶のせいであろう、とバスキーは言う。しかし、オークパークが許せなかったのは成人した作家ヘミングウェイであった。バスキーによれば、オークパーク・ハイスクールの教員は当初、全員プロテスタントであった。一九四四年になって初めてカトリック教徒とユダヤ人の教員が受け入れられた。ヘミングウェイが属していた第一会衆派教会は、「寛容」を教えるためにほかの信仰に関する討論会を開いていたが、カトリック信仰はその中に含まれていなかった。それゆえ、一九二七年にヘミングウェイがポーリーン・ファイファーとの再婚に際してカトリックに改宗したとき、オークパークの人々はヘミングウェイは敵に身売りしたと感じた。また、離婚と飲酒はオークパークの伝統と教えに反することであった。バスキーの歯科医は、バスキーがフランク・ロイド・ライトやヘミングウェイに関与しているのを快く思っていないらしい。この二人の著名人を不道徳な人間であると考えているからである。六十年前には多くのオークパークの人々が同じ考えを抱いていたのだ、とバスキーは言う。

しかし、オークパークがヘミングウェイを嫌う根底には、ヘミングウェイの作品がある。バスキーによると、ヘミングウェイが書いた粗野な言葉と場面は、オークパークの道徳観に対する侮辱であったのだ。現在、オークパークの古い世代はこの世を去り、新しい世代が大勢を占めている。時とともにヘミングウェイ観は変わり、オークパークはヘミングウェイの才能を理解するようになった。オークパークが何年ごろにヘミングウェイに対する態度を和らげたのかについて、提供できる資料はないが、オークパークの大半の人々はもはやヘミングウェイに反感を抱いていないことは確かである、とバスキーは手紙を締めくくっている。

2　オークパーク・アーネスト・ヘミングウェイ財団

第一次世界大戦中、ヘミングウェイと同時期に赤十字傷病兵運搬車の運転手を志願し、肝炎を患い、ヘミングウェイと同じくミラノのアメリカ赤十字病院に収容されていたヘンリー・S・ヴィラードは、こう回想している。

「出身はどこ?」［ヘミングウェイが尋ねた。］
「ニューヨーク」と私は答えた。「大都市だよ。君は?」
「イリノイ州オークパーク――聞いたこともない所だろ。」彼は少年っぽく笑った。「シカゴの近く。西部が始まる所だよ。…」(Villard and Nagel 8)

この「聞いたこともない所」オークパークを世界に知らしめ、『老人と海』を書いたかの有名なノーベル賞作家アーネスト・ヘミングウェイはオークパークで生まれ育ったということを、世界の人々に認識させるべく努力している人たちがいる。それが「オークパーク・アーネスト・ヘミングウェイ財団」(The Ernest Hemingway Foundation of Oak Park)である。

ヘミングウェイ財団は一九八三年に創設された。長年、会長を務めたスコット・F・シュウォーは財団の活動目的について、財団のニューズレターで次のように報告している。

一九八七年十一月のある週末、ヘミングウェイ委員会は会合を開き、財団の使命と目的を明文化した。使命――ヘミングウェイ理解のさらなる発展に貢献する「ヘミングウェイ・センター」計画をオークパークで推進する。目的――研究を助成し、ヘミングウェイの芸術性と文学上の影響力を広く大衆に紹介し、ヘミングウェイ祝典行事を実行推進し、オークパークをヘミングウェイの出生地かつ少年時代の故郷として世に知らしめ、当財団がヘミングウェイに関するすべての一大中心であるという国際的な認識を得る。

(*Hemingway Despatch*, Summer 1991)

財団は毎年七月の一週間、オークパークでヘミングウェイ生誕記念祝典を開催している。また、ヘミングウェイが住んだふたつの家を買い取った。ひとつは、アーネストが生まれて六年ほど住んでいた母方のホール家の家で、もうひとつは、母方の祖父の死後、母が遺産を元にみずから計画して建てた新居である。いずれの家も人手に渡っていたが、財団は生家を一九九二年に、少年時代の新居を二〇〇一年に取得した。生家は修復工事が進み、一般公開されているし、少年時代の家はその用途が検討されている。オークパーク・ハイスクールの"English Club Room"として知られる三三八番教室は、財団の努力により一九一〇年当時の外観に修復され、非公式ではあるが"**Hemingway Room**"と呼ばれている。

財団が創設される以前から、オークパークにおけるヘミングウェイ許容の歴史はあった。一九七四年七月二十二十一日付の『パノラマーシカゴ・デイリー・ニュース』紙は「今年のオークパークはパパの年」という特集を組み、これに「故郷の町、ヘミングウェイを大いに許す」という副題をつけている。この特集の中で、ヘミングウェイの少年時代を小説化した *Hemingsteen* (1977) の作者マイケル・マーフィは「オークパーク、パパと和解」という記事を書いている。マーフィによると、この特集号が出た一九七四年七月二十一日の日曜日は、ヘミングウェイの七十五回目の誕生日にあたり、オークパークはようやくヘミングウェイを許し、この年を「ヘミングウェイ年」と呼んでいる。その行事として、町の公立図書館でヘミングウェイの記念胸像の除幕、ヘミングウェイが住んだふたつの家に記念銘板の設置、そのほか映画や講演が予定された。この計画を推進したのは前年に組織された「ヘミングウェイに捧ぐ会（Tribute to Hemingway Committee)」というグループであった。マーフィはその十年前にも同様の記念行事を提案したが、当時は誰もヘミングウェイを許していなかったようだと回顧している。

また同特集で、オークパーク在住のジャーナリスト、フランシス・J・ウォルシュは「老人と郊外」と題して、ヘミングウェイと町の公立図書館との関係を紹介している。少年ヘミングウェイは同図書館が「スコヴィル協会（Scoville Institute)」と呼ばれていたころからの利用者であった。同図書館の五十周年記念に際して、ヘミングウェイは一九五三年六月十日、当時の図書館長フレッド・ウィーズマンに百ドルの小切手を同封した手紙を送っている。そこにヘミングウェイはこう書いた。

…折悪しく、貴図書館の記念ディナーの折、私は海に出ていました。そうでなければメッセージをお送りし、私が貴図書館に負うところが如何に大きく、また、私の人生にどれだけ大きな意味をもっているかをお伝えするところでした。…小額ながら、小切手を同封いたします。

もし私に何か罰金か追徴金がありましたら申しつけください。

（ヘミングウェイ財団発行の栞より。手紙は同図書館所蔵）

ほほえましいエピソードであるが、一九六〇年ごろまで同図書館はヘミングウェイの作品を開架に置かなかったことは先に述べたとおりである。ウォルシュによれば、一九七四年当時、オークパーク公立図書館には百冊以上のヘミングウェイの作品と、七十冊の批評書および四十冊の伝記が開架に置かれ、ハイスクールの学生を中心に利用者が後を絶たなかった。また、同図書館の地元作家コレクションの中には、ヘミングウェイの初版本や遺書（著作上の遺産を妻メアリー・ヘミングウェイに譲渡する旨の内容）の転写など百五十点以上が保管されていた。

『シカゴ・デイリー・ニュース』紙と同じ一九七四年七月二十一日、『ワールド』紙が「ヘミングウェイ生誕七十五周年増刊」を発行している。これには、この日を「ヘミングウェイの日」とするイリノイ州知事ダン・ウォーカーによる宣言書が転載されている。その宣言書によると、ヘミングウェイはオークパークが輩出した最も著名な人物であり、アメリカで最も有名な作家の一人である。また、オークパーク・ハイスクールは一九六七年にヘミングウェイ卒業五十周年の記念行事を催し、一九七三年十一月から翌年の四月まで、同校の教員ダン・ライチャードを中心に「ヘミングウェイに捧ぐ会」が公立図書館でヘミングウェイ・セミナーを開催している。さらに、一九七一年十月、オークパーク・リヴァーフォレスト歴史協会は「ヘミングウェイ家の人々の思い出」と題して討論会を開催している。参加者はヘミングウェイの少年時代の親友ルイス・クララハン、ハイスクールの同級生スーザン・ローリー・ケスラー、元ハイスクールの英語教師フランク・J・プラットなど、オークパーク時代のヘミングウェイを知る人たちであった。この討論会の内容は *Ernest Hemingway: As Recalled by His High School Contemporaries*（1973）として同歴史協会から出版されている。この中でクララハンは、アーネストと町はずれのデス・プレインズ川で泳いだり、釣りをしたり、カヌーで遊んだこと、サミット（Summit）（作品「殺し屋」の舞台と考えられているイリノイ州の町）までハイキングをしたこと、アーネストと姉マーセリーンは双子のように育てられていたことなど、数多くの思い出を語っている。

ヘミングウェイは一部の理解者たちの地道な努力によって、オークパークで次第に「許される」ことになる。特に一九七四年はオークパークが公式にヘミングウェイを「許した」年であったと言えよう。一九九〇年、オークパーク在住のジャーナリスト、ジェイムズ・クロエ・ジュニアは、シカゴの新聞『リーダー』紙（三月三十日付）に「青年と郊外」と題してヘミングウェイとオークパークの関係を詳述している。クロエは同様の記事を『ニューヨーク・タイムズ・ブック・レヴュー』紙（七月八日付）にも掲載している。それには「パパ、帰っておいで、すべて許されたから」と見出しがつけられている。一九七四年に続いてヘミングウェイが二度「許された」と考えられる背景には、ヘミングウェイ財団の活躍がある。財団は一九九〇年の第七回ヘミングウェイ生誕記念祭で、ヘミングウェイが愛したスペインの闘牛にちなんで「牛の走り抜け」をプログラムに取り入れた。ただし、本物の牛ではなく、全米バスケットボール連盟のシカゴ・ブルズ（雄牛）の選手が走った。

背景にあったのはその程度のことではない。クロエによると、前年の一九八九年、財団の活動はヘミングウェイ記念切手の発行に注がれた。ヘミングウェイがオークパークで「許された」一九七四年に、「ヘミングウェイに捧ぐ会」はヘミングウェイ生誕七十五周年を記念してヘミングウェイ切手を発行するよう郵政局に働きかけた。しかし、郵政局の回答は、ヘミングウェイは記念切手発行に関する郵便規定を満たす没後年数に達していない、というものであった。ところが、一九八七年にウィリアム・フォークナーの記念切手が発行された。当時、ヘミングウェイ財団の下で活動していたヘミングウェイ切手推進者たちは、歴史ばかりかオークパークまで侮辱されたと感じた。フォークナーが死んだのは、ヘミングウェイの一年後であったからである。

一九八九年、郵政局はようやく二十五セントのヘミングウェイ切手発行計画を発表した。しかし、郵政局は切手の初日発売をヘミングウェイが居を構えていたフロリダ州キーウェストにすると発表した。財団はイリノイ州議会にも働きかけ、同議会は初日発売地をオークパークにするよう要請する決議をみたが、結局むだであった。「罪を悔いた」郵政局は異例の第二日発売に同意し、その日をヘミングウェイの誕生日に当たる一九八九年七月二十一日に合わせた。オークパーク郵便局では、この日のためにヘミングウェイの生家をあしらった消印が用意され、少年時代の家が描かれた記念封筒まで印刷された。しかし、財団の中にはまだ不満を抱く者もいた。記念切手に描かれたのは、少年時代のヘミングウェイではなく、ひげをたくわえた髪の毛の薄い晩年のヘミングウェイであったからである。これはユーサフ・カーシュが一九五八年に作成したポートレートである。しかも、その背景にはイリノイ州ではなくアフリカの夕焼けが描かれている。

記念切手発行は、財団の活動がイリノイ州やオークパークの政財界に認知されたことの証であった。このように政財界から支持を受けた背景には、ヘミングウェイを売り出すことによってオークパークの観光促進を図ろうとする意図もあった。すでに観光として成功しているものに、復元されたフランク・ロイド・ライトのスタジオ兼自宅がある。ライトは生涯の仕事のほとんどをオークパーク時代におこなっている。オークパークおよび隣接するリヴァーフォレストにも、ライトが設計した家が二十数軒残っている。この世界的に有名な「プレーリー・スタイル」の建築を見るために、毎年、世界中から七万人近くの観光客が訪れるという。しかし、ヘミングウェイ研究者や愛読者にとって、オークパークで見るものといえば、ヘミングウェイが住んでいた家の外観と記念銘板、あるいは町の中心にあるスコヴィル・パークに設置された第一次世界大戦記念碑に刻まれた"E. H. Hemingway"という名前ぐらいであった。公立図書館をくまなく歩き回った訪問者なら、ヘミングウェイの胸像に出会ったかもしれない。しかし、ハイスクールの「ヘミングウェイ・ルーム」を含めて、これらはとても観光の対象としてふさわしいとは言えない。オークパークのビジター・センターにはライト関係の本や、ライトの名前やデザインをほどこしたみやげ物がたくさんある。しかし、ヘミングウェイ関係のものは皆無に等しかった。

しかし、財団の目的は観光よりももっと文化的で教育的である。その主たる目的はヘミングウェイ資料館の創設であった。財団はアグネス・フォン・クロウスキーがヘミングウェイに送った絶縁状をミシガンの収集家から入手した。一九九一年七月二十一日、財団はオークパーク・アート・センターの一角に「ヘミングウェイ——オークパーク時代」と題した常設展示を開設した。この展示はヘミングウェイ資料館の前身となるものであった。映画俳優のポール・ニューマンが資料館開設のために一万ドルを寄付した。ニューマンは五十年代にA・E・ホッチナーがヘミングウェイの「拳闘家」をテレビ用に脚色したドラマに出演していたのである。

一九九一年のヘミングウェイ生誕記念祭は「ヘミングウェイ祭(Fiesta de Hemingway)」と称して盛大に行われた。プログラムは、映画『日はまた昇る』の上映、街頭パーティ、スペイン料理や酒、スペイン民謡とダンス、ノース・カロライナ州立大学教授マイケル・レノルズによる講演、それに「牛の走り抜け」など多彩であった。『シカゴ・トリビューン』紙(一九九一年七月十八日付)でジョン・ブレイヅは“Putting Hemingway in his place”と題してヘミングウェイ祭を報告している。その中で、財団会長のシュウォーはインタビューに答えて次のように語っている。

ほとんどの伝記研究者や文学史家が、ヘミングウェイのオークパークに対する軽蔑や両親からの疎外を曲解している。ヘミングウェイが「オークパークで過ごした時期は、まるで地獄のような二十年であったかのように、誤ったイメージに塗り替えられています。実際は、彼の子供時代はかなり幸福だったのです。ただ、思春期の人間であれば誰でもそうであるように、彼も自我の確立に苦しんでいたのです」(3)。常設展示を管理したテリー・ファイフもこう語っている。展示の目的は「ヘミングウェイのオークパーク幼少年時代にささやかな窓をあけることです。誰もがヘミングウェイの幼少年期の養育に関して型にはまった見方をします。まるで、ヘミングウェイが平穏で裕福で保守的なスモール・タウンにありがちな育ち方をしたかのようです。実際にはそれよりもっともっとたくさんの出来事があったのです」(3)。記事を書いたブレイヴによれば、財団はこの祭の開催によって、オークパークが抑圧的な偏狭さの中心であるという誤ったイメージを修正しようとしているのである。

一九九一年六月、オークパーク・ヘミングウェイ財団は常設展示をもとにオークパーク・アート・センターに「ヘミングウェイ博物館」を開設、一九九三年七月十七-二十一日に「アーネスト・ヘミングウェイ——オークパークの遺産」と題してヘミングウェイ国際学会を開催した。この学会にはコーディネーターのジェイムズ・ネイゲルをはじめ、マイケル・レノルズやリンダ・ワグナー・マーチンなど当時のヘミングウェイ研究の中核をなす研究者が参加した。ヘミングウェイ再考の高まりの中で、オークパークはようやく注目され始めた。クロエは期待を込めて次のように書いた。「ヘミングウェイは再び面白くなった…ということは、オークパークが再び重要になったということである」("The Young Man" 12)。

確かに、私がリサーチを実施した九十年代の初めにはそう思えた。一九七四年にオークパークが公式にヘミングウェイを許し、一九八九年にはヘミングウェイ切手が発行され、一九九一年に「ヘミングウェイ博物館」がオープンし、一九九三年にオークパークで初めてのヘミングウェイ国際学会が開催された。これによって、オークパークにおけるヘミングウェイ許容の活動は、とりあえずはその目的を達成したものと思える。現在も財団は活動を継続しているが、ヘミングウェイ研究という観点からすると、故郷の町の意義は終息したかにみえる。レノルズ以後、オークパークとヘミングウェイの関係を探る研究は継続も発展もみていない。いかに故郷とはいえ、作家が描かなければ、少なくとも研究上は、その意義を深めることは難しいのかもしれない。

本論を閉じるにあたって、一九八〇年代以降のヘミングウェイ再考の中心的存在であり、オークパーク研究でピューリッツァー賞受賞候補にもなったマイケル・レノルズの慧眼に、ヘミングウェイ文学における故郷オークパークの意義について語ってもらう。その見解が、筆者の研究の動機づけになっているからである。

[ヘミングウェイが] 創作した人物は、一人を除いて、実質的に家庭をもたない男たちになるのである。家族がいないだけではなく、故郷と呼べる町もないのである。

しかし、彼が描いた人物たちは母親が称揚した美徳〔母グレイスが『日はまた昇る』を批判した手紙の中で、息子の作品に欠如しているとした忠誠、高貴、名誉、清廉〕がなかったわけではない。戦時中、フレデリック・ヘンリーにとって言葉は不潔になったかもしれない。しかし、言葉だけである。忠誠、高貴、名誉という美徳は、その価値を失ってはいなかった。それに愛も加えよ。勇気を加えよ。自己信頼を加えよ。そして、なかんずく義務を加えよ。ヘミングウェイの人物たちのほとんどは、これらの美徳を伴ってみずからの墓地へと突き進むのである。……『日はまた昇る』の中でこれらの美徳が最も欠如しているところでは、人生は生気がなく、平板で、不毛であるのだ。母ヘミングウェイは、われわれの時代の多くの読者同様に、肝心な点を見過ごしている。変わったのは世界のほうであって、息子の価値ではない。息子もまた、もはや古い真実を尊重しなくなった世界に対する嫌悪に満ちていたのである。不潔になったのは人生のほうである。いわゆるモダニストの多くがそうであったように、ヘミングウェイは自分が育った失われた世界を生涯忘れることはなかったのである。……表面に現れない見えないところで、〔ヘミングウェイが描く人物の〕多くは良きオークパーク人だったのである。(*The Young Hemingway* 53–54)

そして、アメリカ合衆国のミドル・クラスの良き息子だったのである。このようにレノルズが示唆するにとどめた作中人物の出自としてのオークパークを、本書は作家ヘミングウェイの形成をたどる出発点としたのである。ここから第I部「描かれなかった故郷の町——イリノイ州オークパーク」は始まるのである。

引用文献

Anderson, Sherwood. *A Story Teller's Story*. New York: B.W. Huebsch, 1924.

——. *The Modern Writer*. San Francisco: Lantern, 1925.

——. "An Apology for Crudity." *The Dial*. LXIII (November 8, 1977): 437-38.

Baker, Carlos. *Hemingway: The Writer as Artist*. 1952. Princeton UP, 1963.

——. *Ernest Hemingway: A Life Story*. New York: Scribner's, 1969.

——, ed. *Ernest Hemingway: Selected Letters, 1917-1961*. New York: Scribner's, 1981.

Baker, Sheridan. *Ernest Hemingway: An Introduction and Interpretation*. New York: Holt, Rinehart & Winston, 1967.

Bardacke, Theodore. "Hemingway's Women." *Hemingway: The Man and His Work*. Ed. John K.M. McCaffery. Cleveland: World, 1950. 340-51.

Barton, D.D., William E. "The Secret of the Charm of Oak Park." *Glimpses of Oak Park*. Oak Park: Frank H. June and Geo. R. Hemingway, 1912. N. pag.

Beegel, Susan F., ed. *Hemingway's Neglected Short Fiction: New Perspectives*. Ann Arbor: UMI, 1989.

Bell, Millicent. "*A Farewell to Arms*: Pseudoautobiography and Personal Metaphor." *Ernest Hemingway: The Writer in Context*. Ed. James Nagel. Madison: U of Wisconsin P, 1984. 107-28.

Benson, Jackson J. *Hemingway: The Writer's Art of Self-Defense*. Minneapolis: U of Minnesota P, 1969.

Beversluis, John. "Dispelling the Romantic Myth: A Study of *A Farewell to Arms*." *Hemingway Review* 9.1 (Fall 1989): 18-25.

Blades, John. "Putting Hemingway in his place." *Chicago Tribune* (18 July 1991).

Brenner, Gerry. *Concealments in Hemingway's Works*. Columbus: Ohio State UP, 1983.

——. "Enough of a Bad Gamble: Correcting the Misinformation on Hemingway's Captain James Gamble." *Hemingway Review* 20.1 (Fall 2000): 90-96.

Bruccoli, Matthew J., ed. *Ernest Hemingway's Apprenticeship: Oak Park, 1916–1917*. Washington, D.C.: Microcard Editions, 1971.

Bruccoli, Matthew J. and C.E. Frazer Clark, Jr. *Fitzgerald/Hemingway Annual 1972*. Washington, D.C.: Microcard Editions, 1973.

Burchard, Ruth Bagley. "Telling on Ernie." *Oak Leaves* 5 (August 1973).

Buske, Morris. "What If Ernest Had Been Born on the Other Side of the Street?" *Ernest Hemingway: The Oak Park Legacy*. Ed. James Nagel. Tuscaloosa: U of Alabama P, 1996. 209–16.

Cappel, Constance. *Sweetgrass and Smoke*. Philadelphia: Xlibris, 2002.

Chappell, John O. "Adventure, Love, Death." *Cincinnati Enquirer* (November 2, 1940): 5. Rpt. in *Ernest Hemingway: The Critical Reception*. Ed. Robert O. Stephens. New York: Burt Franklin, 1977. 245–46.

Civello, Paul. *American Literary Naturalism and Its Twentieth-Century Transformations*. Athens: U of Georgia P, 1994.

Cochran, Robert W. "Circularity in *The Sun Also Rises*." *Modern Fiction Studies* XIV. 3 (Autumn 1968): 297–305.

Comley, Nancy R. and Robert Scholes. *Hemingway's Genders: Rereading the Hemingway Text*. New Haven: Yale UP, 1994.

Cook, May Estelle. *Little Old Oak Park, 1837–1902*. Oak Park, Illinois: Privately Published, 1961.

Cooperman, Stanley. *World War I and the American Novel*. Baltimore: Johns Hopkins P, 1967.

Cowley, Malcolm. "A Portrait of Mister Papa." *Ernest Hemingway: The Man and His Work*. Ed. John K.M. McCaffery. Cleveland: World, 1950. 34–56.

——. *Exile's Return: A Literary Odyssey of the 1920s*. 1951. New York: Viking, 1969.

Crowley, John W. "Introduction." *New Essays on* Winesburg, Ohio. Ed. John W. Crowley. Cambridge: Cambridge UP, 1990. 1–26.

Davidson, Arnold E. and Cathy N. "Decoding the Hemingway Hero in *The Sun Also Rises.*" *New Essays on* The Sun Also Rises. Ed. Linda Wagner-Martin. Cambridge: Cambridge UP, 1987. 83–107.

DeFalco, Joseph. *The Hero in Hemingway's Short Stories*. Pittsburgh: U of Pittsburgh P, 1963.

Diliberto, Gioia. *Hadley*. New York: Ticknor & Fields, 1992.

Donaldson, Scott. *By Force of Will: The Life and Art of Ernest Hemingway*. New York: Viking, 1977.

Duffey, Bernard. *The Chicago Renaissance in American Letters: A Critical History*. East Lansing: Michigan State UP, 1956.

Ebner, Michael H. "The Result of Honest Hard Work: Creating a Suburban Ethos for Evanston." *Chicago History* (Summer 1984). Chicago: Chicago Historical Society, 1984: 48–65.

Evans, Elizabeth. "Ring Lardner." *Dictionary of Literary Biography, Volume II: American Humorists, 1800–1950, Part I: A–L*. Detroit: Gale Research Company, 1982. 242–56.

Fanning, Michael. *France and Sherwood Anderson: Paris Notebook, 1921*. Baton Rouge: Louisiana State UP, 1976.

Fenton, Charles A. *The Apprenticeship of Ernest Hemingway: The Early Years*. 1954. New York: Octagon Books, 1975.

Ferres, John H., ed. *Winesburg, Ohio: Text and Criticism*. 1966. New York: Penguin, 1977.

Fetterley, Judith. *The Resisting Reader: A Feminist Approach to American Fiction*. Bloomington: Indiana UP, 1978.

——. "Hemingway's 'Resentful Cryptogram.'" *Ernest Hemingway's* A Farewell to Arms. Ed. Harold Bloom. New York: Chelsea House, 1987. 61–75.

Fiedler, Leslie A. *Love and Death in the American Novel*. Rev. ed. New York: Stein & Day, 1975.

Fitzgerald, F. Scott. *The Great Gatsby*. 1925. New York: Scribner, 2004.

——. *The Crack-Up*. New York: New Directions, 1945.

Griffin, Peter. *Along With Youth: Hemingway, The Early Years*. Oxford: Oxford UP, 1985.

Guarino, Jean. *Oak Park: A Pictorial History*. St. Louis: G. Bradley Publishing, 1988.

Gurko, Leo. *Ernest Hemingway and the Pursuit of Heroism*. New York: Crowell, 1968.

Hackett, Francis. "Hemingway: 'A Farewell to Arms.'" *Saturday Review of Literature* 32 (6 August 1949): 32–33.

Halliday, E.M. "Hemingway's Narrative Perspective." *Ernest Hemingway: Critiques of Four Major Novels*. Ed. Carlos Baker. New York: Scribner's, 1962. 174–82.

Hassan, Ihab. *Radical Innocence: Studies in the Contemporary American Novel*. Princeton: Princeton UP, 1961.

Heilbrun, Carolyn. *Toward a Recognition of Androgyny*. New York: Alfred A. Knopf, 1973.

Hemingway Despatch: Newsletter of the Ernest Hemingway Foundation of Oak Park. Oak Park, Illinois: The Ernest

Hemingway Foundation of Oak Park.

Hemingway, Ernest. *Three Stories & Ten Poems*. Paris and Dijon: Contact, 1923.

——. *in our time*. Paris: Three Mountains, 1924.

——. *In Our Time*. 1925. New York: Scribner's, 1958.

——. *The Sun Also Rises*. 1926. New York: Scribner's, 1954.

——. *A Farewell to Arms*. 1929. New York: Scribner's, 1957.

——. *Death in the Afternoon*. 1932. New York: Scribner's, 1960.

——. *Green Hills of Africa*. New York: Scribner's, 1935.

——. *To Have and Have Not*. New York: Scribner's, 1937.

——. *The Fifth Column: A Play in Three Acts*. New York: Scribner's, 1940.

——. *For Whom the Bell Tolls*. 1940. New York: Scribner's, 1968.

——. *A Moveable Feast*. New York: Scribner's, 1964.

——. *The Short Stories of Ernest Hemingway*. New York: Scribner's, 1967.

——. *The Nick Adams Stories*. New York: Scribner's, 1972.

——. *The Garden of Eden*. New York: Scribner's, 1986.

Hemingway, Leicester. *My Brother, Ernest Hemingway*. Miami Beach: Winchester House, 1980.

Hemingway, Mary Welsh. *How It Was*. New York: Knopf, 1976.

Hirsch, Jr., E.D., Joseph F. Kett, and James Trefil. *The New Dictionary of Cultural Literacy*. New York: Houghton Mifflin, 2002.

Holder, Alan. "The Other Hemingway." *Ernest Hemingway: Five Decades of Criticism*. Ed. Linda Welshimer Wagner. East Lansing: Michigan State UP, 1974. 103–09.

Hotchner, A.E. *Papa Hemingway: The Ecstasy and Sorrow*. New York: Quill, 1983.

Hovey, Richard B. "Hemingway's 'Now I Lay Me': A Psychological Interpretation." *The Short Stories of Ernest Hemingway: Critical Essays*. Ed. Jackson J. Benson. Durham: Duke UP, 1975. 180–87.

Howe, E.W. *The Anthology of Another Town*. New York: Alfred A. Knopf, 1920.

Johnston, Kenneth G. *The Tip of the Iceberg: Hemingway and the Short Story*. Greenwood: Penkevill, 1987.

Jones, Howard Mumford, and Walter B. Rideout, eds. *Letters of Sherwood Anderson*. New York: Little, Brown, 1953.

Kennedy, J. Gerald. *Imagining Paris: Exile, Writing, and American Identity*. New Haven: Yale UP, 1993.

Kert, Bernice. *The Hemingway Women*. New York: Norton, 1983.

Kesler, Susan Lowrey. "The High School Years." *Ernest Hemingway as Recalled by His High School Contemporaries*. Ed. Ina Mae Schleden and Marion Rawls Herzog. Oak Park: The Historical Society of Oak Park and River Forest, 1973. 19-30.

Krohe, Jr., James. "The Young Man and the Suburb." *Reader* (30 March 1990): 1+.

——. "Come Home, Papa, All Is Forgiven." *The New York Times Book Review* (8 July 1990).

Le Gacy, Arthur Evans. "Improvers and Preservers: A History of Oak Park, Illinois, 1833-1940." Diss. U of Chicago, 1967.

Lewis, Robert W. *Hemingway on Love*. 1965. New York: Haskell House, 1973.

——. "'Long Time Ago Good, Now No Good': Hemingway's Indian Stories." *New Critical Approaches to the Short Stories of Ernest Hemingway*. Ed. Jackson J. Benson. Durham: Duke UP, 1990. 200-12.

——. A Farewell to Arms*: The War of the Words*. New York: Twayne, 1992.

Lewis, R.W.B. *The American Adam: Innocence, Tragedy, and Tradition in the Nineteenth Century*. Chicago: U of Chicago P, 1955.

Lynn, Kenneth S. *Hemingway*. New York: Simon and Schuster, 1987.

Martin, Wendy. "Brett Ashley as New Woman in *The Sun Also Rises.*" *New Essays on* The Sun Also Rises. Ed. Linda Wagner-Martin. Cambridge: Cambridge UP, 1987. 65-82.

Masters, Edgar Lee. *Spoon River Anthology*. 1915. New York: Collier Books, 1962.

——. *Across Spoon River: An Autobiography*. 1936. Urbana: U of Illinois P, 1991.

Maziarka, Cynthia, and Donald Vogel, Jr., eds. *Hemingway at Oak Park High: The High School Writings of Ernest Hemingway, 1916-1917*. Oak Park: Oak Park and River Forest High School, 1993.

Mellow, James R. *Hemingway: A Life without Consequences*. Boston: Houghton Mifflin, 1992.

Meyers, Jeffrey. *Hemingway: A Biography*. New York: Harper and Row, 1985.

Miller, Madelaine Hemingway. *Ernie: Hemingway's Sister "Sunny" Remembers*. New York: Crown, 1975.

Moddelmog, Debra A. "The Unifying Consciousness of a Divided Conscience: Nick Adams as Author of *In Our Time*." *New Critical Approaches to the Short Stories of Ernest Hemingway*. Ed. Jackson J. Benson. Durham: Duke UP, 1990. 17–32. Rpt. from *American Literature* 60 (December 1988).

——. *Reading Desire: In Pursuit of Ernest Hemingway*. Ithaca: Cornell UP, 1999.

Modlin, Charles E., and Ray Lewis White, eds. *Winesburg, Ohio: Authoritative Text, Backgrounds and Contexts, Criticism*. New York: W.W. Norton, 1996.

Montgomery, Constance Cappel. *Hemingway in Michigan*. New York: Fleet, 1966.

Morrison, Toni. *Playing in the Dark: Whiteness and the Literary Imagination*. Cambridge: Harvard UP, 1992.

Muller, Peter O. *Contemporary Suburban America*. Englewood Cliffs, N.J.: Prentice-Hall, 1981.

Murphy, Michael. "Oak Park Makes Peace with Papa." *Panorama—Chicago Daily News* (20–21 Jul. 1974).

Oak Leaves (Newspaper published weekly in Oak Park, Illinois).

Oak Park and River Forest High School. *8th Annual Tradition of Excellence Awards*. 1990.

O'Connor, Carol. "Review Essay." *Chicago History* (Summer 1984). Chicago: Chicago Historical Society, 1984: 66–69.

Ohle, William H. *How It Was in Horton Bay*. Privately Published, 1989.

Oldsey, Bernard. "Introduction." *Ernest Hemingway: The Papers of a Writer*. Ed. Bernard Oldsey. New York: Garland, 1981. xi–xv.

O'Neal, Debbie Trafton. *Now I Lay Me Down to Sleep: Action Prayers, Poems, and Songs for Bedtime*. Minneapolis: Augsburg, 1994.

Pearson, Norman Holmes. "Anderson and the New Puritanism." *Newberry Library Bulletin*. 2nd Ser. No. 2. (December, 1948): 52–63.

Phelan, James. *Reading People, Reading Plot: Character, Progression, and the Interpretation of Narrative*. Chicago: U of

Chicago P, 1989.

Phillips, William L. "How Sherwood Anderson Wrote *Winesburg, Ohio.*" *The Achievement of Sherwood Anderson: Essays in Criticism*. Ed. Ray Lewis White. Chapel Hill: U of North Carolina P, 1966. 62-84.

Raeburn, John. *Fame Became of Him: Hemingway as Public Writer*. Bloomington: Indiana UP, 1984.

Raymond, Roberta L. "The Challenge to Oak Park: A Suburban Community Faces Racial Change." Diss. Roosevelt University, 1972.

Reynolds, Michael S. *Hemingway's First War: The Making of* A Farewell to Arms. Princeton: Princeton UP, 1976.

——. "Unexplored Territory: The Next Ten Years of Hemingway Studies." *Ernest Hemingway: The Papers of a Writer*. Ed. Bernard Oldsey. New York: Garland, 1981. 11-23.

——, ed. *Critical Essays on Ernest Hemingway's* In Our Time. Boston: G.K. Hall, 1983.

——. "Introduction: Looking Backward." *Critical Essays on Ernest Hemingway's* In Our Time. Ed. Michael S. Reynolds. Boston: G. K. Hall, 1983. 1-12.

——. "False Dawn: A Preliminary Analysis of *The Sun Also Rises*' Manuscript." *Hemingway: A Revaluation*. Ed. Donald R. Noble. Troy, New York: Whitston, 1983. 115-34.

——. *The Young Hemingway*. New York: Blackwell, 1986.

——. "*The Sun* in Its Time: Recovering the Historical Context." *New Essays on* The Sun Also Rises. Ed. Linda Wagner-Martin. Cambridge: Cambridge UP, 1987. 43-64.

——. The Sun Also Rises*: A Novel of the Twenties*. Boston: Twayne, 1988.

——. *The Paris Years*. Oxford: Blackwell, 1989.

——. *Hemingway: An Annotated Chronology*. Detroit: Omnigraphics, 1991.

——. "Portrait of the Artist as a Very Young Man." *Hemingway at Oak Park High*. Ed. Cynthia Maziarka and Donald Vogel, Jr. Oak Park: Oak Park and River Forest High School, 1993. 13-17.

Rosenfeld, Paul, ed. *Sherwood Anderson's Memoirs*. New York: Harcourt, Brace, 1942.

Ross, Lillian. *Reporting*. New York: Simon and Schuster, 1964.

Rovit, Earl. *Ernest Hemingway*. Boston: Twayne, 1963.

Sackett, S. J. *E. W. Howe*. New York: Twayne, 1972.

Salinger, J. D. *The Catcher in the Rye*. 1951. London: Penguin, 1994.

Sanford, Marcelline Hemingway. *At the Hemingways: A Family Portrait*. Boston: Little, Brown, 1962.

"Saved by Grace." *The Cyber Hymnal* (18 February 2008). ⟨http://www.cyberhymnal.org/htm/s/b/sbygrace.htm⟩.

Scafella, Frank. "Introduction." *Hemingway: Essays of Reassessment*. Ed. Frank Scafella. New York: Oxford UP, 1991. 7–13.

Schleden, Ina Mae, and Marion Rawls Herzog, eds. *Ernest Hemingway as Recalled by His High School Contemporaries*. Oak Park: Historical Society of Oak Park and River Forest, 1973.

Scholes, Robert. *Semiotics and Interpretation*. New Haven: Yale UP, 1982.

Shakespeare, William. *Othello*. Ed. M.R. Ridley. London: Methuen, 1958.

Smith, Julian. "Hemingway and the Thing Left Out." *The Short Stories of Ernest Hemingway: Critical Essays*. Ed. Jackson J. Benson. Durham: Duke UP, 1975. 135–47.

Smith, Paul. "Hemingway's Apprentice Fiction: 1919–1921." *New Critical Approaches to the Short Stories of Ernest Hemingway*. Ed. Jackson J. Benson. Durham: Duke UP, 1990. 137–48. Rpt. from *American Literature* 58 (December 1986).

——. *A Reader's Guide to the Short Stories of Ernest Hemingway*. Boston: G.K. Hall, 1989.

——. "The Bloody Typewriter and the Burning Snakes." *Hemingway: Essays of Reassessment*. Ed. Frank Scaffella. Oxford: Oxford UP, 1991. 80–90.

Solotaroff, Robert. "Sexual Identity in *A Farewell to Arms*." *Hemingway Review* 9.1 (Fall 1989): 2–17.

Spanier, Sandra Whipple. "Catherine Barkley and the Hemingway Code: Ritual and Survival in *A Farewell to Arms*." *Ernest Hemingway's* A Farewell to Arms. Ed. Harold Bloom. New York: Chelsea House, 1987. 131–48.

——. "Hemingway's Unknown Soldier: Catherine Barkley, the Critics, and the Great War." *New Essays on* A Farewell to Arms. Ed. Scott Donaldson. Cambridge: Cambridge UP, 1990. 75–108.

Spilka, Mark. "The Death of Love in *The Sun Also Rises*." *Ernest Hemingway*. Ed. Harold Bloom. New York: Chelsea House, 1985. 107–18.

——. *Hemingway's Quarrel with Androgyny*. Lincoln: U of Nebraska P, 1990.
Stein, Gertrude. *The Autobiography of Alice B. Toklas*. New York: Random House, 1933.
Stephens, Robert O. "Ernest Hemingway and the Rhetoric of Escape." *Ernest Hemingway's* The Sun Also Rises. Ed. Harold Bloom. New York: Chelsea House, 1987. 51-60.
Stoppard, Tom. "Reflections on Ernest Hemingway." *Ernest Hemingway: The Writer in Context*. Ed. James Nagel. Madison: U of Wisconsin P, 1984. 19-27.
Sutton, William A., ed. *Letters to Bab: Sherwood Anderson to Marietta D. Finley, 1916-33*. Urbana: U of Illinois P, 1985.
Svoboda, Frederic Joseph. *Hemingway &* The Sun Also Rises*: The Crafting of a Style*. Lawrence, KS: UP of Kansas, 1983.
——. "False Wilderness: Northern Michigan as Created in the Nick Adams Stories." *Hemingway: Up in Michigan Perspectives*. Eds. Frederic J. Svoboda and Joseph J. Waldmeir. East Lansing: Michigan State UP, 1995. 15-22.
Sylvester, Bickford. "The Sexual Impasse to Romantic Order in Hemingway's Fiction: *A Farewell to Arms*, *Othello*, 'Orpen,' and the Hemingway Canon." *Hemingway: Up in Michigan Perspectives*. Eds. Frederic J. Svoboda and Joseph J. Waldmeir. East Lansing: Michigan State UP, 1995: 177-87.
Twombly, Robert C. *Frank Lloyd Wright: An Interpretive Biography*. New York: Harper & Row, 1973.
Villard, Henry S. and James Nagel. *Hemingway in Love and War: The Lost Diary of Agnes von Kurowsky, Her Letters, and Correspondence of Ernest Hemingway*. Boston: Northeastern UP, 1989.
Vopat, Carole Gottlieb. "The End of *The Sun Also Rises*: A New Beginning." *Fitzgerald/Hemingway Annual 1972*. Ed. Matthew J. Bruccoli and C.E. Frazer Clark, Jr. Washington, D.C.: Nicrocard, 1973. 245-55.
Wagner, Linda W. " 'Proud and Friendly and Gently': Women in Hemingway's Early Fiction." *Ernest Hemingway: The Papers of a Writer*. Ed. Bernard Oldsey. New York: Garland, 1981. 63-71.
Wagner-Martin, Linda, ed. *New Essays on* The Sun Also Rises. Cambridge: Cambridge UP, 1987.
Waldhorn, Arthur. *A Reader's Guide to Ernest Hemingway*. New York: Farrar, Straus & Giroux, 1972.
Walsh, Francis J. "The Old Man and the Suburb." *Panorama—Chicago Daily News* (20-21 July 1974).
Webster's Third New International Dictionary. Springfield, MA: G. & C. Merriam Co., 1976.

Wexler, Joyce. "E.R.A. for Hemingway: A Feminist Defense of *A Farewell to Arms*." *Georgia Review* 35 (1981): 111–23.
Whitlow, Roger. *Cassandra's Daughters: The Women in Hemingway*. Westport: Greenwood, 1984.
Wilson, Edmund. "Return of Ernest Hemingway." *New Republic* 103 (October 28, 1940): 591–92. Rpt. in *Ernest Hemingway: The Critical Reception*. Ed. Robert O. Stephens. New York: Burt Franklin, 1977. 240–43.
——. *The Wound and the Bow*. Cambridge: Houghton Mifflin, 1941.
——. "Hemingway: Gauge of Morale." *Hemingway: The Man and His Work*. Ed. John K.M. McCaffery. Cleveland: World, 1950. 236–57.
——. *The Shores of Light: A Literary Chronicle of the 1920s and 1930s*. New York: Farrar, 1952.
Young, Philip. *Ernest Hemingway*. New York: Rinehart, 1952.
——. *Ernest Hemingway: A Reconsideration*. University Park: Pennsylvania State UP, 1966.
今村楯夫「アーネスト・ヘミングウェイ」別冊『英語青年』(一九八四年六月) 115–17頁。
——『ヘミングウェイと猫と女たち』新潮社、一九九〇年。
M・エリアーデ『生と再生—イニシエーションの宗教的意義—』堀一郎訳　東京大学出版会、一九七一年。
カール・サンドバーグ『サンドバーグ詩集』安藤一郎・河野一郎訳、新潮文庫、一九七四年。
エレイン・ショーウォーター「荒野のフェミニズム批評」エレイン・ショーウォーター編『新フェミニズム批評』青山誠子訳　岩波書店、一九九〇年。
日本ヘミングウェイ協会編『ヘミングウェイを横断する—テクストの変貌』本の友社、一九九九年。
ロラン・バルト『サド、フーリエ、ロヨラ』篠田浩一郎訳　みすず書房、一九七五年。
レスリー・A・フィードラー『消えゆくアメリカ人の帰還—アメリカ文学の原型III—』渥美昭夫・酒本雅之訳　新潮社、一九七二年。
——『アメリカ小説における愛と死—アメリカ文学の原型I—』佐伯彰一・井上謙治・行方昭夫・入江隆則訳、新潮社、一九八九年。
ジュディス・フェッタリー『抵抗する読者—フェミニストが読むアメリカ文学』鵜殿えりか・藤森かよこ訳、ユニテ、一九九四年。

武藤脩二『ヘミングウェイ「われらの時代に」読釈』世界思想社、二〇〇八年。

※「引用文献」には、本文中で引用あるいは言及している文献のみ挙げた。ヘミングウェイ関係の文献については、日本ヘミングウェイ協会編『ヘミングウェイを横断する―テクストの変貌』（本の友社、一九九九年）が解説つきの詳細な「ヘミングウェイ書誌」を掲載しているので参照されたい。

あとがき

私が大学および大学院の学生であった七十年代から八十年代の初め、もはやヘミングウェイについて言うべきことは何もないのではないかと思われた。フィリップ・ヤングが一九五二年という早くに展開したヘミングウェイのペルソナたる「ヘミングウェイ・ヒーロー」論、掟に従いストイックに生きる「コード・ヒーロー」論、短編小説群に読み取ったニック・アダムズの成長物語、作者と同じ戦傷をもつ傷ついた、あるいは傷つきやすい主人公たちの心理分析、文明・都市・家庭から離反し原始的世界を求めるハック・フィン的ヒーロー像の解明などは、ほとんど完結したヘミングウェイ文学論であるような印象を与えた。ヘミングウェイの伝記にしても、カーロス・ベイカーが一九六二年にその評伝によって提供した膨大な情報量は十分すぎるものであった。しかも、これらの本はいずれも邦訳されていたので学生にも読みやすく、それがさらなる影響力をもつ原因になったと思われる。

このように、ある意味、ヘミングウェイ研究の袋小路に入り込んだ感のあった一九八七年、米国ワシントン州エレンズバーグにある州立セントラル・ワシントン大学で日本語を教えるという機会に恵まれた。学生時代に留学経験のなかった私は、慣れない日本語教育の準備と過密なスケジュールを押してアメリカ文学の授業を聴講させてもらった。そこでアメリカ文学の基礎を学べたことは今でも貴重な財産となっている。教授はアンソニー・カネードというスペイン系の先生であった。私にとって幸運なことに、カネード教授はヘミングウェイの研究家であった。「現代アメリカ文学」および「ヘミングウェイ・セミナー」という授業で、当時、つまり八十年代に進行中のヘミングウェイ再考の動きについて教えられた。この授業が、停滞していた私のヘミングウェイ研究に新しい風を送り込んでくれたのである。また、その頃に訪れたニューヨーク五番街のスクリブナーズ書店には、出版されたばかりの分厚いヘミングウェイ伝記が平積みにされていた。ケネス・リン著『ヘミングウェイ』であった。一冊買って読みふけった。それまでの研究では思いも及ばなかったヘミングウェイの複雑なセクシュアリティ、とりわけ両性具有願望という新たな世界に導かれたのであった。

帰国後、日本アメリカ文学会の全国大会で新しい研究動向を踏まえた『日はまた昇る』論を発表することができた。この『日はまた昇る』論は『英語青年』(一九九一年二月号)に巻頭論文として掲載された。望外の喜びであったと同時に、大きな自信ともなった。しかし、新たなヘミングウェイ研究の幕開けはその後に到来するのである。先のアメリカ文学会で司会を引き受けてくださった今村楯夫氏から、ヘミングウェイ協会を立ち上げたいので発起人になってもらえないかと打診された。果たして一九九二年、「日本ヘミングウェイ協会」が発足した。爾来、私のヘミングウェイ研究は本協会を軸にして進んできたし、協会の仕事を通じて成長させてもらったと実感している。

もうひとつ、私のヘミングウェイ研究を推し進めてくれたことがある。一九九〇年から一九九三年にかけて数回に分けてヘミングウェイの故郷オークパークでリサーチを継続したことは先に述べた。当時、ヘミングウェイ関係でオークパークに入っていける糸口すらなかった私は、とりあえずオークパーク公立図書館の司書宛に資料の有無と図書館の利用について問い合わせた。返事をくれたのは元図書館長バーバラ・ボリンジャーであった。彼女は同図書館への招待状を書いてくれたばかりか、彼女みずから中心的メンバーであったオークパーク・ヘミングウェイ財団の存在を教えてくれたのである。そればかりではない。ヘミングウェイの少年時代についてリサーチしたい旨を伝えていたので、彼女は本書で何度か言及したモリス・バスキーを紹介してくれた。それ以来、両人との交流が数年にわたって続くことになる。手探りの中、ようやくヘミングウェイの故郷に入る窓口を見つけることができたのである。

オークパークへ入るもうひとつの窓が、思いがけないところから提供された。一九九一年、ヴァージニア工科州立大学で開催されたシャーウッド・アンダソン学会に参加する予定であった私は、一週間ほどオークパークに滞在する旅程を立てた。それを慶應義塾大学教授であった大橋吉之輔先生に伝えたところ、先生は「オークパークに行くのだったら、シカゴのボーエンに会って来い」と言われた。元シカゴ大学教授で著名なメルヴィル学者であったマーリン・ボーエン先生のことである。大橋先生とボーエン先生とは長年の知己であられた。おかげで、シカゴ大学の図書館で資料収集を手伝っていただくなど、ボーエン先生には二日間にわたってお世話になった。そのボーエン先生からオークパーク在住のフランク・ウォルシュというジャーナリストを紹介された。ウォルシュはオークパークとヘミングウェイに関する新聞記事を数多く書いているので、何かの役に立つだろうということであった。果たして、ウォルシュから自身が書いた記事や収集している資料を数多く提供してもらうことになった。これらの資料を、ヘミングウェイ財団やオークパーク歴史協会あるいはオークパーク・ハイスクールで収集した資料とあわせて整理し、そこから見えてきたヘミングウェイとオークパークの確執を「ヘミングウェイを許した故郷の町」として『英語青年』(一九九二年八月号)に、「ヘミングウェイの故郷で」と題して『朝日新聞』(一九九三年十月二日朝刊)の文化欄に掲載してもらった。

一九九三年、オークパーク・ヘミングウェイ財団の主催により、ジョージア大学教授ジェイムズ・ネイゲルをコーディネーターとしてヘミングウェイ国際学会が開催された。つたない論文ながら発表を許可され、みたびオークパークを訪れた際に、そこでネイゲルをはじめマイケル・レノルズ、リンダ・ワグナー-マーティン、ロバート・マーティン、ジョージ・モンタイロ、アビー・ワーロック、ジュディ・ヘンなど著名なヘミングウェイ学者に会えたことは幸運であった。この学会は私のオークパーク研究の掉尾を飾ることになったが、学会終了後、ある程度の自信をもって発表したはずの自分の研究の弱点が、ボディ・ブローのように少しずつ少しずつ効いてくるのを実感することになった。やはり、名だたるヘミングウェイ研究者の緻密な研究との比較の中で、私の論文はきめの粗さが目立つようになったのである。このような学習がその後の研究に、特に本書に生かされていれば幸いである。ここに名前を挙げた方々は、その多くが他界された。記憶の中に鮮やかに残る恩師、先達に心より感謝申し上げたい。

本研究はアメリカにおけるヘミングウェイ研究の単なる翻案や要約ではなく、研究の最前線を紹介しながら、そこから展望できる新たな解釈の可能性を追求したものである。ひとつひとつの論考は主として過去に発表した原稿に基づくが、全体の論旨に整合性をもたせたり、議論の連続性を維持したり、過去の発表では諸条件により割愛せざるを得なかった部分を復活させたり、あらたな情報による修正を施すなど、相当の書き直しや削除と追加をおこなった。重複と冗長を避けるために、ヘミングウェイ研究上すでに常識や定説となっていることは、議論を展開する上で不可欠な場合を除いて記述は意図的に控えた。それゆえ、論の展開や各章のつながりにぎこちなさを残したかもしれない。

尚、本書は、二〇〇八年二月に広島大学大学院文学研究科において審査を受け、同三月に学位を授与された博士論文がもとになっている。博士号など無縁と決め込んでいた私に、博士論文をまとめるよう促してくださったのは、広島大学教授、田中久男先生であった。声をかけていただいてから論文が完成するまで、優に七、八年は過ぎた。怠慢をお詫びすると同時に、論文審査から本の出版までを見届けてくださったこと、心より感謝申し上げたい。先生は私の荒原稿をアメリカ出張に携え、かの地で目を通してくださったとのこと。恐縮の極みである。

お名前を挙げて謝意を表さなければならない方々はたくさんいらっしゃる。感傷レベルでしかなかった学部時代の私の文学趣味を、文学研究へと開眼させてくださった古茂田淳三先生と、大学院時代に数多くの作家に導いてくださり、細部にこだわる緻密な読みを指導してくださった吉田弘重先生には特に感謝しなければならない。

最後に、本書の出版に際して、懇切に編集上の助言をしてくださった南雲堂の取締役、原信雄氏と、出版の橋渡しをしてくれた営業部の山本崇氏に、心よりお礼を申し上げたい。

平成二十一年一月　　前田一平

索　引

ー・タウン』(*The Anthology of Another Town*) 125-126, 150-151
バスキー, モリス (Morris Buske) 387-389, 417
バックミンスター, チャリス (Charis Buckminster) 374
ハッサン, イーハブ (Ihab Hassan) 173
ハリー (Harry) 189, 207, 219
ハリス (Harris) 276, 279
ハリデイ, E・M (E. M. Halliday) 264-265, 309
バルト, ロラン (Roland Barthes) 28-29, 204, 283
ヴァン・キャンペン, ミス (Miss Van Campen) 297
バンポー, ナティ (Natty Bumppo) 235, 259, 276
ビーゲル, スーザン・F (Susan F. Beegel) 8-9, 16, 20
ビヴァースルイス, ジョン (John Beversluis) 344
ヴィラード, ヘンリー・S (Henry S. Villard) 111-114, 390
ヴォウパット, キャロル・ゴッツリーブ (Carole Gottlieb Vopat) 264-265
ヒロネス, ビセンテ (Vicente Girones) 281-283
ファーガソン, ミス (Miss Ferguson) 321, 335
プア, チャールズ (Charles Poore) 191
ファイフ, テリー (Terry Fife) 398
フィードラー, レスリー・A (Leslie A. Fiedler) 11, 14-15, 22, 233-235, 238, 275
フィッツジェラルド, F. スコット (F. Scott Fitzgerald) 43, 253, 269
　『グレート・ギャッツビー』(*The Great Gatsby*) 43, 269
　The Crack-Up 253
フィン, ハックルベリー (Huckleberry Finn) 30, 80-83, 86, 259, 276, 415
フェッタリー, ジュディス (Judith Fetterley) 14-15, 277, 294-300, 304, 307, 310-311, 365-366
フェントン, チャールズ・A (Charles A. Fenton) 40, 61-63, 69-76, 79, 81, 84, 88, 95, 102, 385-386
フォークナー, ウィリアム (William Faulkner) 41, 148, 395
　『行け、モーセ』(*Go Down, Moses*) 148
フォッサルタ (Fossalta) 251
不眠症 13, 20, 233, 239, 241-242, 244-245, 248-253, 259
ビュエル, リズ (Liz Buell) 135, 137-139
ブラックマン, エルサ (Elsa Blackman) 374
プラット, フランク・J (Frank J. Platt) 79, 102, 388, 394
フラッパー 268-269, 271, 274
ブルックス, ヴァン・ワイク (Van Wyck Brooks) 151
プルーディ (Prudy)／プルーデンス (Prudence) 127, 228-232
ブレイヅ, ジョン (John Blades) 397-398
ブレナー, ゲリー (Gerry Brenner) 115, 221, 246-247, 313, 358
ブルッコリー, マシュー・J (Matthew J. Bruccoli) 79, 88-89, 91, 94-96, 101
フローレンス (Florence) 373
ベイカー, カーロス (Carlos Baker) 11-12, 18-19, 64, 73, 111, 131, 195-197, 361, 384, 415
　『ヘミングウェイ』(*Hemingway: The Writer as Artist*) 11
　『アーネスト・ヘミングウェイ』(*Ernest Hemingway: A Life*

「アッシュヒール腱一物語」(“The Ash Heels Tendon—A Story”) 116, 121-122, 129-130, 140
「恋する観念主義者の肖像一物語」(“Portrait of the Idealist in Love—A Story”) 117, 123
「十字路一作品集」(“Cross Roads: An Anthology”) 117, 125-126, 129, 132, 140
「ポーリーン・スノー」(“Pauline Snow”) 125, 132, 135-137
「エド・ペイジ」(“Ed Paige”) 125, 127
「ボブ・ホワイト」(“Bob White”) 125, 127
「ハード爺さんと奥さん」(“Old Man Hurd—and Mrs. Hurd”) 125, 127
「ビリー・ギルバート」(“Billy Gilbert”) 125, 128
「ホートン夫妻」(“The Hortons”) 125, 128
「ハンク・アーフォース」(“Hank Erforth”) 125, 128
「ウォレン・サムナーと奥さん」(“Warren Sumner and Mrs. Sumner”) 125, 128
「北ミシガンにて」(“Up in Michigan”) 8, 107-109, 130-141, 146, 163-164, 293, 378, 383
「三発の銃声」(“Three Shots”) 17, 82, 221-223, 225-227, 231, 239-242, 250-251, 253-254
「インディアン・キャンプ」(“Indian Camp”) 41, 173, 178, 213-214, 221-223, 225-227, 239-241, 253-254
「あることの終わり」(“The End of Something”) 14, 180, 194, 214, 216
「三日吹く風」(“The Three-Day Blow”) 82, 180, 194, 214
「医師と医師の妻」(“The Doctor and the Doctor's Wife”) 41, 81-82, 100, 179, 213, 227-228, 233, 241
「拳闘家」(“The Battler”) 80, 174, 181, 214, 397
「とても短い話」(“A Very Short Story”) 108, 110, 112, 116, 183, 189, 203-205, 214, 285
「兵士の故郷」(“Soldier's Home”) 41, 86, 189, 206, 241
「エリオット夫妻」(“Mr. and Mrs. Elliot”) 184, 206, 233
「雨の中の猫」(“Cat in the Rain”) 13, 20, 138, 184, 206, 216, 233, 371
「季節はずれ」(“Out of Season”) 13, 184, 206, 216
「クロス・カントリー・スノー」(“Cross-Country Snow”) 184, 190, 199, 206-207, 216, 231, 233
「ぼくの親父」(“My Old Man”) 93
「ふたつの心臓のある大きな川」(“Big Two-Hearted River”) 176, 183, 186, 188, 190-196, 200-202, 207-208, 210, 214, 217-219, 249, 251
「創作について」(“On Writing”) 188, 190-191, 193-196, 198, 200-202, 205-208, 210-212, 214, 216-219
「スミルナ埠頭にて」(“On the Quai at Smyrna”) 96, 101, 174, 177, 179
「五万ドル」(“Fifty Grand”) 93
「白い象のような山並」(“Hills like White Elephants”) 13-14, 231, 233
「殺し屋」(“The Killers”) 122, 394

著者について

前田一平（まえだ・かずひら）

一九五三年、高知県中村市生まれ。広島大学大学院博士課程修了。セントラル・ワシントン大学客員教授、ワシントン大学客員研究員。文学博士（広島大学）。現在、鳴門教育大学教授。

共著書に『ヘミングウェイの時代』（彩流社）、『シャーウッド・アンダソンの文学』（ミネルヴァ書房）、『ヘミングウェイを横断する』（本の友社）、『アーネスト・ヘミングウェイの文学』（ミネルヴァ書房）など、論文に「削除された'Foreword': *The Sun Also Rises* 再読」（『英語青年』）、「少年時代のヘミングウェイ神話」（『ユリイカ』）、「*No-No Boy* の地理学」（*AALA Journal*）など。

若きヘミングウェイ　生と性の模索

二〇〇九年十月三十日　第一刷発行

著者　前田一平
発行者　南雲一範
装幀者　岡孝治
発行所　株式会社南雲堂
東京都新宿区山吹町三六一　郵便番号一六二-〇八〇一
電話　東京(〇三)三二六八-二三八四
振替口座　東京〇〇一六〇-〇四六八六三
ファクシミリ　(〇三)三二六〇-五四二五
印刷所　壮光舎
製本所　長山製本

乱丁・乱丁本は、小社通販係宛御送付下さい。
送料小社負担にて御取替えいたします。

〈IB-311〉〈検印廃止〉

ISBN978-4-523-29311-8　C 3098